Peter Kersken, geboren 1952 in Oberhausen im Ruhrgebiet, studierte Philosophie und Literaturwissenschaft in Freiburg und Köln und arbeitete als Redakteur bei einer Kölner Tageszeitung. Er lebt als freiberuflicher Autor in der Eifel. Im Emons Verlag erschienen seine Romane »Tod an der Ruhr«, »Im Schatten der Zeche« und »Zechensterben«.

Dieses Buch ist ein Roman, und alle darin geschilderten Ereignisse sind frei erfunden. In besonderem Maße gilt das für Handlungen und Äußerungen der auftretenden oder erwähnten Personen, auch wenn einige von ihnen nicht der Phantasie des Autors entsprungen sind. Darüber hinaus sind Ähnlichkeiten mit lebenden oder toten Personen rein zufällig.

PETER KERSKEN

Im Schatten der Zeche

HISTORISCHER KRIMINALROMAN

emons:

Bibliografische Information der Deutschen Bibliothek
Die Deutsche Bibliothek verzeichnet diese Publikation
in der Deutschen Nationalbibliografie; detaillierte bibliografische
Daten sind im Internet über http://dnb.d-nb.de abrufbar.

MIX
Papier aus verantwortungsvollen Quellen
FSC® C083411
FSC
www.fsc.org

Umschlagzeichnung: Heribert Stragholz
Umschlaggestaltung: Tobias Doetsch
Druck und Bindung: CPI – Clausen & Bosse, Leck
Printed in Germany 2015
Erstausgabe 2010
ISBN 978-3-89705-714-2
Originalausgabe

Zur Erinnerung an meine Urgroßeltern

Wilhelm Kersken arbeitete 1912 als Dreher auf der Gutehoffnungshütte, hatte ein Haus in der Reinersstraße gebaut, lieh hin und wieder ein Buch in der Volksbücherei und hatte zusammen mit seiner Frau Maria elf Kinder zu versorgen.

Peter Gamerschlag, auf einem kleinen Bauernhof am Niederrhein aufgewachsen, war 1912 Kokillenformer auf der Hütte und gehörte dem katholischen Arbeiterverein an. Seine Frau Christine dachte oft wehmütig an ihre Eifeler Heimat.

Johannes Zomrowski verdiente 1912 als Heizer auf Zeche Osterfeld den Lebensunterhalt für seine Familie. Seine Frau Martha und er waren zwanzig Jahre zuvor als junges Paar aus der preußischen Provinz Posen ins Ruhrgebiet gekommen.

Heinrich Kogelboom wurde 1912 in der Bremenstraße in Sterkrade von seiner Witwe Johanna und seinen Kindern betrauert. Er war als Schlepper unter Tage zwischen die Puffer zweier Kohlenwagen geraten und tödlich verletzt worden.

Personen

Rathaus
Zur Nieden, Dr. Eugen – Bürgermeister
Grotedick, Wilhelm – Vorsteher des Meldeamtes
Rüter, Adalbert – Vorsteher des Schulamtes
Kerkhoff, Nikolaus – Polizeiinspektor, Vorsteher des Polizeiamtes
Bauland, Fürchtegott – Polizeisergeant erster Ordnung
Mömmeken, Mathias – Polizeisergeant zweiter Ordnung
Hüppchen, Lambertus – Kommissar, Vorsteher des Kriminalamtes
Zomrowski, Johann – Kriminalwachtmeister
Molsbeck, Peter – Kriminalsergeant
Schmitz, Anton – Kriminalsergeant
Pötter, Emil – Kriminalsergeant
Grottkamp, Dietrich – Kriminalsergeant

Bahnhofstraße
Hellweg, Hermann – Kaufmann, Nähmaschinen- und Fahrradhandlung
Hellweg, Margarete – Gattin
Hellweg, Hubert – Sohn, Juniorchef und Fahrradnarr
Hellweg, Edwina – Tochter
Grotedick, Wilhelm – Bürgermeistersekretär
Grotedick, Therese – Gattin, Johann Zomrowskis Schwester
Kückelmann, Marta – Dienstmädchen
Horstkamp, Berta – Ladenbesitzerin, Witwe, Zomrowskis Vermieterin
Kleinrogge, Lise – Dienstmagd im Hause Horstkamp

Postwegschule
Lengeling, Jakob – Hauptlehrer, Johann Zomrowskis Schulfreund
Lengeling, Grete – Ehefrau
Terhufen, Gotthold – Lehrer

Reinersstraße
Kückelmann, Theodor – Dreher, Vater der toten Marie Zomrowski
Kückelmann, Bernhardine – Tochter, führt den Haushalt
Kückelmann, Marta – Tochter, Dienstmädchen bei den Grotedicks
Kückelmann, Arnold – Sohn, Schüler der Postwegschule
Lehmkuhl, Bernhard – Schuster
Lehmkuhl, Ferdinand – Sohn, Schüler der Postwegschule

Zechensiedlung Dunkelschlag
Ingenbold, Ludwig – Bergmann, Mitglied im Alten Verband und in der SPD
Ingenbold, Katarina – Hausfrau, Mutter, Zomrowskis Schwester
Ingenbold, Karl – ältester Sohn
Zomrowski, Michael – Neffe, Johann Zomrowskis Sohn
Leschinsky, Paula – Witwe, Nachbarin der Ingenbolds
Leschinsky, Leo – Sohn, Schulfreund von Michael Zomrowski
Pawel – Bergmann, Pole, Kostgänger
Karol – Bergmann, Pole, Kostgänger
Zirbel, Heinrich – Berginvalide, Dichter, Kostgänger
Juskowiak, Hermine – Witwe
Juskowiak, Paul – Sohn, Schlepper auf Zeche Sterkrade

Kirmesleute
Marsilius, Nepomuk – Impresario der Schaubude Marsilius
Schürmann, Emilie – Emmy, die schwerste Frau der Welt
Wolter, Josefa – Riesendame
Krabbich, Petronella – Kamala, die schwebende Inderin
Drescher, Adam – der stärkste Mann des Kaukasus
Meyer, Franz – Wotan, der Wolfsmensch
Lange, Bartholomäus – Höhlenmensch aus Alaska
Kessler, Friedrich – Liliputaner

EINS

Josefa raffte ihren Rock noch ein Stück höher. Die Rheinfähre hatte abgelegt und das Wasser zu schäumenden Wellen aufgewühlt, die gurgelnd auf die junge Frau zurollten. Sie brachen sich an ihren Knien, umschlangen ihre Schenkel und verloren sich in der flachen Uferböschung zwischen glitzernden Kieseln.

Der Mann neben Josefa betrachtete versonnen die weißen Rüschen ihrer Beinkleider. Als eine Welle gegen seine Brust schwappte, trat er ein paar Schritte zurück.

»Du hast schöne Beine«, sagte er, »so schöne, lange Beine.«

Josefa lachte. Die Fähre erreichte die Mitte des Stroms. Das Wasser beruhigte sich. Der Mann gesellte sich wieder zu Josefa.

Sie beugte sich zu ihm hinunter und küsste ihn auf die Wange. »Meine Beine waren noch nie schön, Friedrich«, sagte sie. »Das sind sie erst, seitdem ich zu euch gehöre.«

»Ja, du gehörst jetzt zu uns«, entgegnete Friedrich. »Du hast deine Sache gut gemacht.«

»Ich muss mich noch an alles gewöhnen. In meinem Dorf bin ich nie unter die Leute gegangen. Ich hab mich verkrochen. Und wenn's nicht möglich war, hab ich versucht, mich klein zu machen. Mir hat der Rücken oft wehgetan, weil ich krumm gelaufen bin oder schief gesessen hab. ›Jetzt faltet die Josefa sich wieder zusammen‹, hat der Vater oft gesagt. Und dann haben immer alle gelacht. Mir war's manchmal so schlimm, dass ich nicht mehr leben wollt. Und jetzt zieh ich hohe Schuhe an, die der Schuster nur für mich gemacht hat, und hab einen Hut auf dem Kopf, damit ich noch ein bisschen größer ausseh. Das ist so seltsam alles. Da muss ich mich noch dran gewöhnen.«

»Du hast deine Sache gut gemacht«, sagte Friedrich noch einmal. »Den meisten fällt es anfangs schwer. Ihr Leben lang sind sie begafft und verspottet worden. Nur wenn sie allein waren und niemand sie sehen konnte, hatten sie ihren Frieden. Und dann sollen sie raus auf die Bühne, wenn hundert Menschen im Zelt sind oder noch mehr. Bei manchen geht das am Anfang gar nicht.«

»Als ich auf der Bühne stand, in der ersten Vorstellung, da hab ich mich gleich gut gefühlt. Die Leute haben mich nicht verachtet, das hab ich gespürt. Sie haben mich bewundert. Auf der Bühne bin ich keine Missgeburt, keine Strafe Gottes für meine Eltern. Ich bin die Riesendame Josefina Iwana Moskowina, eine Attraktion.«

»Wenn dich daheim deine Eltern weggesperrt hätten, und ein jeder hätt zwanzig Pfennige geben müssen, um dich zu sehen, dann wärst du auch von den Leuten in deinem Dorf bewundert worden. So sind sie nun mal, die Menschen, die normalen.«

»So wie es jetzt ist, ist es besser«, sagte Josefa, wandte ihr Gesicht der Sonne zu und schloss die Augen. »Ihr seid wie ich. Nicht normal zu sein, das ist für euch normal. Wenn ich mit euch zusammen bin, gafft mich niemand an. Dann bin ich einfach nur eine junge Frau mit langen Beinen, ein Mädchen aus einem kleinen Eifeldorf, die Josefa mit den schwarzen Haaren. Das ist schön. Das ist noch schöner, als bewundert zu werden.«

Der Rhein wälzte sich träge durchs gleißende Sonnenlicht. Josefa und Friedrich genossen die Kühle des Stroms. Sie stand bis zu den Knien im seichten Uferwasser, er bis zum Bauch.

»Einen schönen Badeanzug hast du«, sagte Josefa.

»Rot mit blauen Bördchen«, entgegnete Friedrich verlegen. »Ein Kindertrikot. Es gefällt mir nicht, aber ich konnte nichts andres finden.«

Die Fähre hatte am jenseitigen Ufer angelegt. Menschen gingen an Land, liefen die Uferböschung hinauf und verschwanden hinter dem trutzigen Mauerwerk, das sich dort drüben abweisend über dem Rhein erhob.

»Weißt du, wie die Burg heißt?«, fragte Josefa.

»Das ist eine Stadt«, sagte Friedrich, »die Feste Zons.«

»Eine Feste?«

»Ein altes Städtchen, von dicken Mauern umgeben, wie eine Festung«, erklärte Friedrich. »Da wurde früher ein Rheinzoll erhoben von den Schiffen, die hier vorbeifuhren. Deshalb war's eine wichtige Stadt. Und wichtige Städte wurden immer angegriffen. So war das. Dagegen haben die Menschen sich mit Mauern geschützt. Und die wurden immer gewaltiger und immer höher in den Jahrhunderten.«

»Und die vielen Türme?«

»Tortürme, Wachtürme, Beobachtungstürme, was weiß ich.«

»Da in der Mitte, das ist ein Kirchturm«, sagte Josefa.

»Und rechts auf der Ecke, neben den Fachwerkhäusern, das ist der alte Zollturm. Das hab ich mal gehört, als ich drüben war. Und mitten in der Mauer stecken noch Kanonenkugeln von einem Krieg, den es irgendwann mal gegeben hat. Die hab ich gesehen.«

»Du warst mal in der Stadt?«

»Ja gewiss. Wir kommen öfter hier vorbei. Manchmal schlagen wir hier unser Nachtlager auf. Dann können wir mit der Fähre rüber und uns Zons angucken. Es ist schön zwischen den Stadtmauern. Enge, verwinkelte Gässchen und uralte Häuser. Ich werd's dir zeigen, wenn wir wieder mal über Nacht bleiben.«

Josefa nickte. »Das wäre schön«, sagte sie.

Hinter ihnen wieherte ungehalten ein Pferd.

Der starke Adam hatte einen ihrer Rappen am Halfter gepackt und versuchte, ihn von den Rheinwiesen zu ziehen. Das schwere Zugpferd schlug ungehalten mit dem Kopf. »Na komm schon, du alter Zossen«, knurrte Adam. »Hast genug Gras gefressen. Und lang genug Pause gemacht hast du auch. Jetzt geht's wieder an die Arbeit.«

Das Tier blieb störrisch.

Josefa und Friedrich hatten ihren Spaß an der Auseinandersetzung.

»Jetzt bin ich gespannt, wer von euch beiden stärker ist«, rief Friedrich.

»Er ist stärker«, gab Adam zu. »Aber ich bin der Klügere.«

Er tätschelte den Hals des Rappen und redete eine Weile leise auf ihn ein. Als er sich zum Gehen wandte, ohne das Halfter loszulassen, folgte das Pferd ihm mürrisch. Nach ein paar zögerlichen Schritten trottete es endlich bereitwillig neben ihm her.

»Was hast du zu ihm gesagt?«, wollte Josefa wissen.

»Dass zu viel frisches Gras ungesund für einen alten Gaul ist«, antwortete Adam.

Josefa schüttelte ungläubig den Kopf. Friedrich lachte.

»Ihr solltet aus dem Wasser kommen!«, rief Adam. »Wenn ich die Pferde eingespannt habe, geht es weiter.«

»Wo sind denn die anderen?«, fragte Friedrich.

»Die dösen noch irgendwo im Schatten vor sich hin.«

Josefa sah zu den vier Wohnwagen hinauf, die in einer Reihe auf dem Uferweg standen. Himmelblau hatte der Direktor sie streichen lassen für diese Kirmessaison, mit dunkelroten Fenstereinfassungen und ebenso roten Fenstersprossen und mit Schriftzügen in einem hellen, leuchtenden Rot. »Schaubude Marsilius«, las Josefa und »Kuriositäten aus aller Welt«. Den dritten Wagen verdeckten die Sträucher und Büsche, die am Rand des Uferwegs wuchsen. Auf dem vierten Wagen leuchtete über dem saftigen Grün des Gebüschs ein einziges Wort grell und rot in der Junisonne: »Abnormitäten«.

»Wie heißt die Stadt, in die wir fahren?«, fragte Josefa, während sie vorsichtig über die Rheinkiesel zum Ufer watete.

»Sterkrade. Ein Ort im Ruhrrevier, der aus allen Nähten platzt. Hütte. Zeche. Bergleute. Polen. Arbeiterkolonien. Jedes Jahr, wenn wir hinkommen, ist der Ort wieder größer geworden. Und jedes Jahr kommen mehr Leute zur Kirmes. Und immer mehr Schausteller kommen auch. Aber eine Stadt ist Sterkrade nicht, nur eine Bürgermeisterei.«

Josefa strich ihren Rock glatt. »Und die Kirmes, ist die schön?«

»Schön?« Friedrich zuckte mit den Achseln. »Im Ruhrgebiet geht's rauer zu als anderswo. Viele junge Kerle sind da auf den Kirmessen unterwegs, Bergleute und Hüttenarbeiter. Die saufen und prügeln sich gern. Und ein großes Maul haben sie, reden unanständig daher. Was unsereins da zu hören kriegt auf der Bühne, das ist nicht immer schön. Aber sie haben an den Kirmestagen ihre sauer verdienten Pfennige locker sitzen, die jungen Burschen. Und viele Leute kommen auch aus der Umgebung. Ist eben eine große Straßenkirmes mit Tradition, die Sterkrader Fronleichnamskirmes. Gut fürs Geschäft. Unser Zelt ist immer voll, bei jeder Vorstellung.«

»Wann werden wir dort sein?«

»Morgen. Am Nachmittag.«

***

»Ein so schönes Geschenk ist das, Wilhelm. Das ist schöner als ein Strauß roter Rosen.«

»Deine Rosen wirst du noch bekommen, meine Liebe. Die gehören dazu. Heute vor zehn Jahren haben sie dich geschmückt, und seitdem an jedem unserer Hochzeitstage. Und heute in zehn Jahren werden sie dich auch wieder schmücken, das versprech ich dir. Aber dieses Mal gibt es sie eben mit Verspätung.«

»Ach Wilhelm, wie gern ich die in Kauf nehme, die Verspätung, für so einen schönen Ausflug. Mit dem Schiff über den Rhein zu fahren, an so einem herrlichen Sonntag, das ist einfach wundervoll. Und hier, hier war ich auch schon so lang nicht mehr.«

Therese Grotedick schmiegte sich an den Arm ihres Gatten. Ihr Glockenhut verrutschte, und sie zog hastig den Kopf zurück. Dabei stieß sie mit dem Sonnenschirm gegen Grotedicks Hut. Er lachte. Seine Frau lächelte verlegen. Beide rückten ihre Kopfbedeckungen wieder zurecht.

Vor ihnen legte der Rheindampfer vom Landungssteg ab, mit dem sie vor ein paar Minuten angekommen waren.

»Was machen wir zuerst?«, fragte Wilhelm Grotedick.

»Ich weiß nicht recht.«

»Wir könnten am Schlossturm vorbei zum Marktplatz hinaufgehen. Der ist gleich da vorn. Von dort bummeln wir dann ein wenig durch die alten Gässchen in Richtung Königsallee.«

»Da will ich auf jeden Fall noch hin, auf die Kö. Die Auslagen in den Geschäften muss ich mir ansehen«, sagte Therese entschieden.

»Ja, sicher musst du das«, erwiderte ihr Mann schmunzelnd.

»Aber hier unten am Wasser ist es so schön. Hier würd ich gern noch ein wenig promenieren. Vielleicht bis zu der Brücke dahinten.«

»Ja, gut.«

»Und dann könnt es vielleicht sein, dass ich bald Appetit bekomme. Es geht ja schon auf Mittag zu.«

»Das will ich hoffen, dass du Appetit bekommst«, entgegnete Wilhelm Grotedick fröhlich. »Mir knurrt jetzt schon der Magen.«

»Und wo essen wir etwas?«

Grotedick deutete mit dem Kopf an der schiefen Kirchturmspitze von Sankt Lambertus vorbei. »Da oben kenn ich ein altes Brauhaus, sehr gemütlich«, sagte er.

»Ein Brauhaus? Ist das nicht ein bisschen gewöhnlich?«, fragte Therese enttäuscht.

»Ja gewiss, da hast du wohl recht. Also schlendern wir jetzt über die Promenade und halten nach einem feinen Gasthaus Ausschau, nach einem mit Rheinblick, wenn du magst.«

Therese strahlte. »Na, dann komm«, sagte sie und zog ihren Mann am Arm mit sich. »Und nach dem Essen bummeln wir über die Kö.«

Grotedick nickte. »Wir müssen ja nicht unbedingt mit dem Schiff zurück. Wir können auch die Eisenbahn nehmen. Damit sind wir in einer Stunde zu Hause. Wenn wir erst mit dem Dampfer bis Ruhrort fahren und von dort mit dem Zug weiter, dann sind wir doppelt so lange unterwegs, mindestens.«

»Mit dem Schiff wär's aber schöner«, entgegnete Therese. »Es reicht doch, wenn wir am Abend zurück sind. Die Mädchen sind bei der Marta in guter Obhut. Und die Frau Hellweg sieht auch zwischendurch mal nach ihnen. Das hat sie mir versprochen. Da haben wir es doch nicht eilig.«

»Ich möchte vor dem Abendessen zu Hause sein, damit wir uns noch ein wenig ausruhen können. Es wär doch schade, wenn wir an unserem Hochzeitstag zu müde wären für einen netten Abend zu zweit.«

»Ein netter Abend zu zweit?« Therese kicherte. »Ich kann mir schon denken, was du meinst.«

Arm in Arm schlenderten Wilhelm und Therese Grotedick über die Düsseldorfer Rheinpromenade, wo an diesem wolkenlosen Sonntag hunderte Spaziergänger die überraschend warme Frühlingssonne genossen und die kühlen Brisen, die hin und wieder über den Rhein strichen.

»Dass wir am zweiten Juni ein Wetter wie im Hochsommer haben, das gibt's auch nicht oft«, sagte Grotedick, fuhr mit einem Finger hinterm steifen Hemdkragen an seinem schwitzenden Hals entlang und versuchte, mit einem leichten Ruck seinen Binder zu lockern.

Therese stieß ihn mit dem Ellenbogen an. »Schau mal da! Das weiße Voilekleid mit den rosa Stickereien! Ist das nicht prächtig? So etwas kriegst du in Sterkrade nicht zu sehen. Da ist immer alles so eintönig und trist. Nur dunkle Kleider und Schürzen.«

»Zweckmäßig ist das, was die Frauen in Sterkrade anziehen, nicht fürs Promenieren gemacht, sondern fürs Arbeiten«, entgegnete Grotedick.

Wieder stieß Therese ihn an. »Ein Paillettekleid aus reiner Seide. Wie elegant! Das hat bestimmt über vierzig Mark gekostet.«

»Viel billiger war dein Kleid auch nicht, meine Liebe.«

»Ich wüsste zu gern, was die Katarina denken würd, wenn sie all die feinen Leute hier sähe.«

»Sie würde staunen.«

»Und ein bisschen neidisch wär sie auch.«

»Das glaub ich nicht. Deine Schwester weiß, wo sie hingehört und dass sie sich in der Zechensiedlung nur lächerlich machen würde mit einem Seidenkleidchen.«

»Aber manchmal bedauert sie es gewiss, dass sie auf diesen Bergmann hereingefallen ist, diesen versoffenen Sozialdemokraten, und dass sie keinen Beamten abgekriegt hat wie ihre kleine Schwester.«

»Nicht jedes Polenmädchen kann einen deutschen Beamten abkriegen«, sagte Wilhelm Grotedick lachend.

»Wir sind keine Polenmädchen«, erwiderte Therese ungehalten. »Wie oft hab ich dir das schon gesagt!«

»Ist ja gut, meine Liebe. War doch nur ein Scherz.« Grotedick legte einen Arm um seine Frau und drückte sie sanft an sich.

Eine Weile ging Therese schmollend neben ihrem Gatten her. Dann hatten die Kleider der Düsseldorfer Damen sie wieder in ihren Bann gezogen.

»Guck doch mal, diese feinen Valenciennes-Einsätze in dem gestreiften Kleid. Die sind garantiert von Hand geklöppelt. Und dazu der Florentinerhut mit der Garnitur aus Seidenband und Blumen. Ist das nicht pompös? Was man hier an Putz sieht, das ist einfach himmlisch.«

»Dein Hütchen ist genauso hübsch.«

»Nun ja, sie ist recht chic, die Glockenform, und durchaus modern. Das ist wahr.«

»Und die Seidenrose daran passt wunderbar zur Farbe deines neuen Kleides.«

»Ja, mit meinem neuen Sommerkleid kann ich mich schon sehen lassen«, stellte Therese zufrieden fest.

»Ich fühl mich in meinem hellen Anzug auch ganz wohl.«

»Das kannst du auch, Wilhelm. Siehst du, wie viele Herren hier einreihige Sakkos tragen. Ich hab's dir ja gesagt. In diesem Jahr muss auch der feine Herr nicht mehr unbedingt im steifen Zweireiher daherkommen.«

»Wer uns ansieht, uns beide, der denkt sicher, dass wir dazugehören, zu diesen feinen Düsseldorfer Herrschaften«, vermutete Grotedick.

»Wir sind feine Herrschaften«, sagte Therese entschieden, »der Herr Bürgermeistersekretär und seine Gattin. Die Bäckersfrau, die hat mich dieser Tage sogar mit ›Frau Amtsvorsteher‹ angeredet.«

»Na, das bist du ja auch«, sagte Wilhelm Grotedick fröhlich. »Dein Herr Gemahl ist schließlich der Vorsteher vom Melde- und Militäramt der Bürgermeisterei Sterkrade.«

»Ist der Johann dir jetzt eigentlich unterstellt?«

»Nein, mit dem Kriminalamt haben wir nichts zu tun. Aber einen höheren Rang als dein Bruder, den hab ich jetzt schon im Rathaus.«

»Ja, Wilhelm, du hast es weit gebracht. Ich bin stolz auf dich.«

Als ihr Mann stehenblieb, um einem Schleppkahn nachzuschauen, der zwei Kohlenschiffe rheinaufwärts zog, sagte Therese: »Er ist golden, der Rhein. Im Sonnenlicht ist er golden. Siehst du das?«

»Du Fürst der Ströme, du goldener Rhein, du Schmuck der germanischen Auen«, rezitierte Grotedick feierlich.

»Schön hast du das gesagt, Wilhelm, wirklich schön.«

»Das sind Worte von Joseph Schregel, dem Dichter. Er hat sie gewiss an einem Tag wie diesem geschrieben.«

***

Arnold und Michael waren ausgelassen die Stufen der breiten Steintreppe hinaufgetollt. Jetzt standen die beiden Jungen beeindruckt zwischen den mächtigen Brückentürmen und schauten über die endlos lange Rheinbrücke hinweg zum Homberger Ufer hinüber.

Es dauerte eine ganze Weile, bis Theodor Kückelmann und seine Tochter Bernhardine die Jungen eingeholt hatten.

»So ihr beiden, jetzt ist es mit der Rennerei vorbei! Ihr verschreckt ja die Spaziergänger. Und wenn wir gleich unten im Hafen sind, dann bleibt ihr bei uns. Das ist viel zu gefährlich sonst. Ist das klar?«

»Ja, Vater«, sagte Arnold.

»Ja, Großvater«, sagte Michael.

»Sei nicht so streng mit den Jungen! Ein bisschen toben müssen sie schon, damit sie ihren Spaß haben«, beschwichtigte Bernhardine.

»Na ja«, sagte Theodor Kückelmann, nahm seinen Hut vom beinahe kahlen Kopf und fächerte sich damit Luft zu. »Dass es heut so warm werden würde, Anfang Juni, wer hätte das gedacht.«

»Guck mal, Tante Bernhardine!« Michael hatte die Tafel mit den Brückentarifen entdeckt. »Das Brückengeld beträgt für Kinder unter zehn Jahren und Schüler auf dem Schulwege fünf Pfennige, für andere Personen zehn Pfennige«, las er vor, »für Tiere fünf bis dreißig Pfennige, für Fuhrwerke und Kraftwagen fünf bis hundertzwanzig Pfennige.«

»Lass mal gut sein!«, unterbrach Kückelmann seinen Enkel. »Wir gehen da nicht rüber. Ich wollte mir die Brücke nur mal ansehen. Als ich zuletzt hier war, vor sieben Jahren, mit deiner Großmutter, mit eurer Mutter, da gab es sie noch nicht.«

»Seht mal da unten, die vielen Schiffe!«, rief Arnold.

»Ja, dahin gehen wir jetzt«, sagte sein Vater.

»Fließt da die Ruhr in den Rhein?«

»Das hier unten ist nur ein Hafenbecken, der Kaiserhafen. Dahinter siehst du noch ein Hafenbecken, und dahinter mündet die Ruhr in den Rhein.«

Über die Brücke näherte sich hupend ein offener Personenkraftwagen.

»Passt auf!«, rief Bernhardine und zog die Jungen von der Fahrbahn weg.

Der Wagen fuhr an ihnen vorbei. Die Augen des Fahrers waren hinter einer klobigen Automobilbrille verborgen. Seine englische Lederkappe hatte er tief ins Gesicht gezogen.

»Das war ein reicher Mann«, stellte Michael fest.

»Mit so einem Motorwagen möchte ich mal fahren«, sagte Arnold.

Das Automobil verschwand knatternd in den Straßen von Ruhrort.

Michael beobachtete einen Raddampfer, der unter der Brücke hindurch rasch rheinabwärts glitt.

»Ich wäre lieber mal auf einem Schiff«, sagte er. »Wo fährt es wohl hin, Tante Bernhardine?«

»Vielleicht bis zum Meer.«

Versonnen sah Michael dem Dampfer nach. »Ich war noch nie auf einem Schiff, noch nie in meinem Leben.«

Bernhardine lachte. »Was denkst du dir? Noch niemand von uns war das.«

»Ihr seid wohl verrückt, ihr beiden Burschen«, ereiferte Kückelmann sich. »Da reist ihr heute zum ersten Mal mit der Eisenbahn, erzählt mir noch vor ein paar Minuten, wie gut euch das gefallen hat und dass ihr euch schon auf die Rückfahrt nach Sterkrade freut, und jetzt wollt ihr plötzlich in ein Automobil und aufs Schiff. Als müsstet ihr das ganze Leben an einem Tag entdecken!«

Als Theodor Kückelmann, seine Tochter Bernhardine, sein Sohn Arnold und Michael, der Sohn seiner verstorbenen Tochter Marie, kurz darauf an der Schifferbörse vorbei über die Hafenpromenade schlenderten, hatten die Jungen ihr Versprechen, bei den Erwachsenen zu bleiben, längst wieder vergessen. Sie rannten an der Kaimauer auf und ab und zählten die Masten der Kutter und die Schornsteine der Dampfer.

»Ein Schiff mit einem roten Kamin, sieh mal Onkel Arnold!«

»Du sollst nicht Onkel zu mir sagen, du Idiot!«

»Aber du bist doch mein Onkel!«, rief Michael lachend.

»Trotzdem. Lass das!«

»Und viel älter als ich bist du auch. Ein ganzes Jahr. Und bald musst du auf die Hütte zur Maloche.«

»Wenn ich dich kriege, setzt es was!«

»Kriegst mich aber nicht!« Michael rannte zum Kaiser-Wilhelm-Denkmal hinüber. Arnold verfolgte ihn johlend.

»Lass sie nur!« Bernhardine legte ihrem Vater besänftigend eine Hand auf den Arm. »Sie passen schon auf sich auf. Komm, wir setzen uns da auf die Bank!«

Als Theodor Kückelmann seine Jacke ausgezogen, die Ärmelhalter abgestreift, die Hemdsärmel hochgekrempelt und seine Hosenträger ein wenig gelockert hatte, sagte er: »Gut, dass ich keinen Kragen umgelegt habe. Es ist wirklich warm heute.«

Dann setzte er sich, kramte seine Pfeife hervor, stopfte Tabak hinein, entzündete ihn mit einem Streichholz, zog seine Hutkrempe tief über die Augen und fügte hinzu: »Bei so einem Wetter am Wasser zu sitzen, das ist gut.«

Bernhardine seufzte. »Ein wunderschöner Tag für einen Ausflug ist das. So könnt es jeden Sonntag sein.«

»Dein Vater ist Dreher bei der Gutehoffnungshütte und kein Generaldirektor.«

»Ich weiß«, sagte Bernhardine. »Und im Sterkrader Wald und im Volkspark ist es ja auch schön. Aber eine Fahrt an den Rhein, das ist eben was besonders Schönes.« Sie strich eine blonde Haarsträhne von ihrer Stirn und schloss die Augen.

»In den letzten Jahren sind wir nicht mehr aus Sterkrade rausgekommen. Jetzt, wo das Haus abbezahlt ist, können wir es wieder«, stellte Theodor Kückelmann fest. »Ab und zu wenigstens. Dafür sollten wir dankbar sein.«

»Ich bin dir dankbar, Vater.«

»Dank lieber unserem Herrgott!«

Die Jungen lagen mittlerweile einträchtig nebeneinander im Gras und beobachteten ein Taubenpärchen, das sich gurrend auf dem Kaiserdenkmal niedergelassen hatte.

»Schade, dass die Marta heut nicht frei bekommen hat«, sagte Bernhardine.

»Sie ist nun mal Dienstmädchen bei den Grotedicks. Und wenn der Herr Amtsvorsteher und seine Gattin einen Sonntagsausflug machen, dann muss sie auf die Kinder aufpassen. Das ist eben so.«

»Ja natürlich. Und die Marta ist ja auch recht zufrieden mit ihrer Stellung.«

»Dass es ein evangelisches Haus ist, das gefällt mir nicht besonders«, sagte Kückelmann und blies Qualmwölkchen in die Frühlingsluft.

Bernhardine saß schweigend neben ihrem Vater in der Sonne. »Unsere Familie ist so klein geworden. Das ist seltsam«, stellte sie nach einer Weile fest. »Früher, als noch alle da waren, da ging's fröhlicher zu, denk ich oft.«

»Kinder verlassen irgendwann ihr Elternhaus. So geht's nun mal zu im Leben. Nur wenn sie so früh sterben müssen, wie deine Schwester Marie, dann ist es schwer zu ertragen. Und dass die

Mutter schon von uns gehen musste, das ist ein Jammer. Für mich und für den Arnold ist es ein Segen, dass du noch im Haus bist.«

»Daran wird sich nichts ändern, Vater. Ich führ gern den Haushalt für uns drei.«

»Und wenn du doch noch heiraten möchtest, irgendwann, dann werd ich dir keinen Stein in den Weg legen. Das weißt du.«

»Es wird sich nichts ändern«, wiederholte Bernhardine.

»Vielleicht überlegt der Johann es sich ja doch noch eines Tages.«

»Er ist der Mann meiner Schwester.«

»Deine Schwester Marie ist seit elf Jahren tot.«

»Seit zwölf, Vater. Der Michael ist zwölf jetzt, also ist die Marie seit zwölf Jahren tot.«

»Ja, natürlich.« Kückelmann nickte nachdenklich. »Ich bin froh, dass der Junge heute mit uns gekommen ist.«

»Ja, für die Jungen ist das ein Erlebnis«, sagte Bernhardine.

»Am liebsten hätt ich, er käme ganz zu uns, der Michael. Dass er bei diesem Sozialdemokraten in der Zechensiedlung aufwächst, das kann nicht gut für ihn sein. Und sein Vater, der könnt sich auch mehr um ihn kümmern.«

»Du weißt genau, dass der Johann das nicht kann, in seinem Beruf als Kriminalwachtmeister.«

Theodor Kückelmann sah sich um. »Wo sind sie denn jetzt, der Arnold und der Michael?«

»Dahinten seh ich sie. Sie werden schon zurückkommen. Spätestens wenn sie Hunger kriegen.«

»Den hab ich übrigens schon eine Weile.«

»Wir hätten Brote mitnehmen sollen. Ich hätt sie uns fein belegt.«

»Unsinn«, entgegnete Kückelmann. »Heute lassen wir uns verwöhnen. Das gehört zu einem Ausflug dazu. Einen gemütlichen Gasthof, vielleicht ein schönes Brauhaus, wo es einen preiswerten Mittagstisch, ein kühles Bier und eine feine Limonade gibt, werden wir in Ruhrort sicher finden. Und wenn wir uns gestärkt haben, dann machen wir noch einen Spaziergang durch die Rheinauen, bevor wir zurückfahren nach Sterkrade.«

»Am Ende wird er dich mehr als zehn Mark kosten, unser Ausflug. Mit den Fahrkarten und dem Essen«, sagte Bernhardine.

»Das wird er wohl. Aber das ist er mir wert, dieser schöne Tag.« Theodor Kückelmann lächelte zufrieden und entzündete seine kalt gewordene Pfeife noch einmal.

»Ich könnt ja was dazulegen«, schlug Bernhardine vor.

»Soweit kommt es noch«, sagte ihr Vater energisch, »dass ich dir das kleine Taschengeld, das ich dir geben kann, nachher wieder abknöpfe. Nein, nein! Du sparst doch auch auf irgendwas. Ist das nicht so?«

»Ja, auf eine neue, weiße Sonntagsbluse. Die hier, die ist schon ein wenig durchgeschlissen an den Ärmeln«, antwortete Bernhardine.

***

»Manchmal bin ich ganz froh, keine Dame zu sein. An einem Tag wie diesem, da denk ich, dass unsereins es doch recht gut getroffen hat.«

»Wie kommst du denn darauf?«

»Na, hast du dir die beiden feinen Frauenzimmerchen mal angeguckt, die uns in Walsum vorm Rathaus begegnet sind. Unterkleid, Korsett, Voilekleid mit Kragen und dazu Hut und Lackstiefelchen. Ich würd verrückt, wenn ich so eingeschnürt wäre. Ich hab mir heute Morgen meine Bluse und den Rock übergestreift, und das war's.«

»Du hast nichts drunter? Gar nichts?«

Paula Leschinsky lachte. »Warum sollte ich? Bei der Hitze.«

»Weil's unanständig ist, so ohne Leibwäsche rumzulaufen.«

»Ach, Katarina!« Paula saß neben der Freundin im warmen Sand am Rheinufer bei Walsum. »Mach dir das Leben doch nicht noch schwerer, als es ist!« Sie ließ sich auf den Rücken fallen, zog ihren graublauen Baumwollrock hoch bis zu den Oberschenkeln, legte ihre Arme unter den Kopf und schloss die Augen. »Die Sonne auf dem Leib zu spüren, das ist schön«, sagte sie. Und nach einer Weile fügte sie hinzu: »Und wenn's mal was Schönes gibt, was wir einfachen Leute uns leisten können, dann soll's unanständig sein.«

Katarina Ingenbold schwieg.

»Deine Pfaffen sagen das. Ich weiß. Die haben uns gern zerknirscht und kleinlaut, damit wir ihre Kirchen füllen und ihre Klingelbeutel.«

»Red nicht so gottlos daher!«, sagte Katarina ungehalten. »Als wärst du nicht auch eine katholische Frau.«

»Lass mich das mal mit unserem Herrgott ausmachen. Ich glaub, ich versteh mich recht gut mit ihm«, erwiderte Paula leichthin. »Den Pfaffen, den trau ich schon lang nicht mehr. Diener des Herrn wollen die sein? Diener der Industriebarone sind sie. Denen spielen sie in die Karten, wenn sie die einfachen Leute kleinlaut und duckmäuserisch halten.«

»Jetzt sprichst du wie mein Ludwig.«

»Es ist keine Schande, so zu reden wie ein Gewerkschaftler und ein Sozialdemokrat. Bestimmt nicht.«

»Das weiß ich ja. Aber dass man nicht ein Sozialdemokrat und ein guter Katholik zugleich sein kann, das will mir nun mal nicht in den Kopf.«

»Na, darüber sprich mal mit deinem Herrn Pastor. Erklär das dem mal, dass es keine Sünde ist, die niederrheinische Arbeiterzeitung zu lesen und für mehr Lohn und bessere Arbeitsbedingungen zu kämpfen!«

»Das sagt der Ludwig auch immer so.«

»Und der Onkel Heinrich, der sagt, dass es unchristlich ist von der Kirche, wenn sie die Arbeiter verdammt, die für ihre Rechte kämpfen.«

Katarinas Blick irrte über den flirrenden Strom zum jenseitigen Ufer hinüber, wo der Kirchturm von Orsoy wie ein mahnender Finger aus dem flachen Land emporragte.

»Wo ist der eigentlich, der Onkel Heinrich?«, fragte sie.

Paula setzte sich auf, zog ihren Rock über die Knie und deutete mit dem Kopf auf ein Gebüsch in der Uferwiese. »Dahinter hat er sich gelegt. Ein bisschen schlafen wollte er.«

»Der lange Fußmarsch hat ihn sehr angestrengt.«

Paula nickte. »Als ich vorigen Sommer mal mit dem Pawel hier war, da haben wir kaum mehr als zwei Stunden gebraucht von der Kolonie Dunkelschlag bis Walsum. Der Onkel Heinrich kann eben nicht mehr so, wie er will. Die Beine tun es noch, aber die Luft bleibt ihm weg, wenn's zu schnell vorwärts geht. Wenn die Lunge voll Steinstaub sitzt, dann ist das eben so.«

»Dabei ist er immer so gern unterwegs gewesen«, sagte Katarina. »Wo der schon überall war!«

»Durch den Spessart, den Taunus und durch die Eifel ist er schon gewandert.« Paula Leschinsky seufzte leise. »Den Rhein hat er gesehen, bis rauf nach Mainz. Und über alles hat er so schöne Gedichte geschrieben.«

»Ja, das hat er«, sagte Katarina. »Er ist ein bedeutender Mann, der Onkel Heinrich. Und trotzdem ist er einer von uns.«

»Was hältst du davon«, fragte Paula nach einer Weile, »wenn wir ihn heute Abend in Walsum in die Straßenbahn setzen? Dann kann er bis Aldenrade fahren. Das ist ein Drittel des Weges immerhin. Wir anderen könnten dann zügig marschieren. Und wenn er gemütlich an Wehofen und Holten vorbei in Richtung Heimat spaziert, dann holen wir ihn bestimmt noch vor Sterkrade wieder ein. Die Straßenbahnfahrt für ihn kostet höchstens zwanzig Pfennige. Wir könnten zusammenlegen.«

»Eine gute Idee«, befand Katarina Ingenbold. »Aber wenn die Kinder heute Abend müde sind, dann können wir auch ohne den Onkel Heinrich nicht so schnell laufen.«

»Dann setzen wir eben die Kleinen in den Handkarren. Wenn wir die Brote und den Kartoffelsalat gegessen haben, müsste das gehen.«

»Da hinten kommt die Bagage«, sagte Katarina.

»Hat ja nicht lange gedauert, die Besichtigung des Hafens«, stellte Paula fest.

Noch ein gutes Stück rheinaufwärts tanzten die drei Töchter der Ingenbolds fröhlich um ihren Vater und um ihren jüngsten Bruder herum, der an der Hand des Vaters ging. Der neunjährige Karl Ingenbold und Paulas Sohn Leo suchten am Ufer nach flachen Steinen, die sie übers Wasser springen ließen. Pawel und Karol, die beiden polnischen Kostgänger von Paula Leschinsky, schauten den Jungen dabei zu.

»Sie verstehen sich besser, seitdem sie zusammen gestreikt haben, dein Ludwig und meine beiden Polen«, sagte Paula.

Katarina nickte. »Es hat ihm gefallen, dass die polnischen Bergleute sich nicht von den Christlichen haben einwickeln lassen. Aber einer von den Pollackenhassern ist der Ludwig sowieso nie gewesen. Schließlich ist er mit einer geborenen Zomrowski verheiratet.«

»Ach ja, das vergess ich immer. Dein Vater war ja Pole. Ist viel zu früh gestorben, genau wie deine Mutter.«

»Kurz vor ihrem Fünfzigsten war sie. Darmverschlingung«, sagte Katarina. Ihr Blick fand die Kirchturmspitze am anderen Ufer wieder. »Und ein Jahr später ist der Vater im Berg geblieben.«

»Mein Leschinsky war gerade erst dreißig. Vier Jahre ist das jetzt schon wieder her.«

»Wie du dich allein durchgeschlagen hast, seitdem! Ich glaub, das könnt ich nicht.«

Paula zuckte mit den Achseln. »Hab eben bei allem noch Glück gehabt, dass ich mit dem Jungen in dem Zechenhaus bleiben konnte und dass ich ein bisschen von der Knappschaft kriege. Mit dem Kostgeld vom Pawel und vom Karol und vom Onkel Heinrich dazu ist es nicht so schwierig, den Leo und mich durchzubringen.«

»Dafür hast du drei Kerle im Haus, mit deinem Leo sogar vier, und jede Menge Arbeit, mit der Dreckswäsche vom Pütt und allem.«

Paula lachte. »Mir gefällt es ganz gut, so wie es ist.«

»Ich bin froh, dass der Michael bei uns wohnt«, sagte Katarina. »Er ist uns ans Herz gewachsen wie unsere eigenen. Und der Johann zahlt gut für ihn. So gut, dass wir uns keinen fremden Kostgänger ins Haus nehmen müssen.«

»Na, der kann es sich ja auch leisten, dein Herr Bruder.«

»Neidest du's ihm?«

Paula schüttelte den Kopf »Nein, dem Johann neide ich es nicht. Er ist ein anständiger Kerl geblieben, obwohl er einer von den Kriminalen geworden ist. Sogar der Onkel Heinrich hat ihn immer noch gern. Wenn der sich noch mal eine Frau nehmen wollte, der Johann, dann könntest du ihn zu mir schicken.«

Katarina lachte. »Würd ich gerne tun«, sagte sie. »Glaub's mir. Ohne ein Weib wird so einer am Ende nur seltsam. Dass er nicht weiß, wo er hingehört, denk ich oft vom Johann, und dass er deshalb nur für seinen Beruf lebt.«

»Wie lang ist er jetzt schon verwitwet?«, wollte Paula wissen.

»Vor zwölf Jahren, als der Michael geboren wurde, ist die Marie ihm im Kindbett weggestorben.«

Eine Weile schwieg Paula Leschinsky nachdenklich. »Warum

ist der Junge heute eigentlich nicht mit uns gekommen?«, fragte sie dann.

»Die Kückelmanns machen auch einen Ausflug, nach Ruhrort, mit der Eisenbahn. Und die wollten ihn gern mitnehmen. Da war der Michael natürlich ganz begeistert. Mit der Eisenbahn ist er noch nie gefahren.«

»Das können die sich leisten, die Kückelmanns?«

»Jeden Sonntag gewiss nicht. Aber die Gelernten auf der Hütte, die verdienen ganz gut. Das hört man doch immer wieder. Und der alte Kückelmann ist Dreher im Maschinenbau.«

Ludwig Ingenbold, seine Kinder, Paulas Sohn Leo und die beiden jungen Polen kamen nur langsam näher. Immer wieder blieben sie stehen und winkten zu Ausflugsschiffen und Schleppzügen hinüber, die rheinaufwärts dampften und rheinabwärts zogen.

Katarina kniff die Augen zusammen und sah angestrengt über die sonnenglitzernde Wasserfläche hinweg. »Sieh mal da drüben, die vier Burschen in den bunten Sporttrikots, die tragen ein Ruderboot zum Wasser runter.«

»Die haben uns bestimmt hier sitzen gesehen und kommen jetzt rüber«, scherzte Paula.

»Das hättest du gerne, was?«

»Nein, danke!« Paula lachte. »Im Moment hätt ich lieber ein Wurstbrot mit Kartoffelsalat und dazu ein schönes kühles Bier.«

»Oh je, das Bier!« Katarina seufzte. »Das ist bestimmt pipiwarm.«

»Nein, ist es nicht«, sagte Paula fröhlich. »Sieh mal, da vorne im Wasser!«

Tief ins Kiesbett gedrückt, so dass sie nicht umfallen konnten, standen da, vom kühlen Rheinwasser umspült, sechs große Flaschen Bier.

»Wunderbar!«, sagte Katarina.

***

»Diese Weite! Das gefällt mir, dass man sehen kann, wo die Erde an den Himmel stößt. Und die Stille! Keine Droschken, keine Straßenbahnen, keine Motorwagen und keine Menschen. Nirgendwo lärmende Menschen!«

»Wenn du nicht so viel erzählen würdest, wäre es noch ruhiger«, sagte Johann Zomrowski erheitert.

Jakob Lengeling ließ sich nicht bremsen. »Und die Luft, die ist einfach wundervoll. Man kann endlich noch mal durchatmen. Ganz frei.«

Die beiden Männer, die nebeneinander auf dem Rheindeich saßen, hatten ihre Sportsandalen ausgezogen und ihre Stutzen von den Waden gestreift. Zomrowski hatte die Knopfleiste seines weißen Trikothemdes geöffnet, Lengeling war nur noch mit der knielangen Radfahrerhose bekleidet. Sein Sporthemd lag neben den Rucksäcken im Gras. Er trank einen Schluck Wasser aus seiner Taschentrinkflasche.

Die Blicke der Männer streiften ziellos durch die sonnenüberflutete niederrheinische Landschaft zu ihren Füßen, durch deren leuchtendes Auengrün sich in einem weiten Bogen das glitzernde Band des Stromes zog.

Johann Zomrowski zwirbelte die Spitzen seines kräftigen Schnauzbartes. »Wir können auch in Sterkrade frei atmen, du und ich, viel freier jedenfalls als die Männer untertage und an den Hochöfen«, sagte er nach einer Weile.

»Ja. Sicher.« Jakob Lengeling sah den Freund erstaunt an. »Trotzdem tut es gut, ab und zu rauszukommen aus der Enge des Ruhrreviers und aus dem ganzen Betrieb da, einfach mal weit weg zu sein von meiner Schule und von deinem Kriminalbüro. Und die Luft ist hier nun mal besser, sie ist rein und klar.«

»Hast schon recht, Köbes! Es gibt nur viele, die es nötiger hätten als wir, am Sonntag mal den ganzen Schlamassel hinter sich zu lassen. Und so etwas«, Zomrowski deutete auf die beiden Fahrräder, die unter ihnen im Gras lagen, »so etwas können die sich nicht leisten. Die drängen sich heute im Volkspark umeinander oder marschieren zu Hunderten durch die Heide.«

»Das, mein lieber Herr Kriminalwachtmeister, klingt jetzt aber sehr nach sozialdemokratischem Gedankengut«, entgegnete Lengeling mit hochgezogenen Augenbrauen.

»Ja gewiss, Herr Hauptlehrer. Wenn einem Mann irgendwas nicht gefällt an dieser wunderbaren Welt, die unser Herrgott und unser allergnädigster Kaiser doch aufs Beste eingerichtet haben, dann macht er sich natürlich höchst verdächtig«, sagte Zomrowski spöttisch. »Und wenn so einer auch noch der Sohn eines polnischen Bergmanns ist und selbst ein paar Jahre untertage war, dann ist er ganz ohne Frage ein Sozialdemokrat.«

»Mein Vater hat sich auch krumm gearbeitet, damals in der Gießerei, als wir noch nebeneinander in der Schule gesessen haben. Und ich hab gewiss ein Herz für die kleinen Leute«, sagte Lengeling ärgerlich. »Aber was du willst, das ist verkehrt. Du willst die Welt auf den Kopf stellen. Was du von dir gibst, das ist sozialdemokratische Jauche.«

Er sprang auf, lief ein paar Schritte über den Kamm des Deiches, blieb stehen, breitete die Arme aus und brüllte über die menschenleere Rheinebene hinweg: »Wir fordern ein Fahrrad für jeden Kumpel und für jeden Hüttenarbeiter! Und zwar eins der Marke Excelsior, ein hochelegantes Kavalierrad mit allerneuester Ausstattung für einhundert Mark, so wie der Herr Kriminalwachtmeister Zomrowski es seit neuestem fährt. Und damit die Arbeiterfrauen nicht mehr zu leiden haben unter der Ausbeutung ihrer Männer, fordern wir für jeden Haushalt eine Waschmaschine der Marke Saalfeldia mit Wäschebeweger für vierundvierzig Mark, wie sie der Herr Hauptlehrer Lengeling jüngst für seine Gemahlin angeschafft hat.«

Ein paar schwarzbunte Kühe waren hinter dem Rücken des Redners herangetrabt, blieben am Fuß des Deiches stehen und schauten gemächlich kauend zur Deichkrone empor.

Zomrowski klatschte in die Hände. »Bravo!«, rief er. »Du verstehst es wirklich, dein Publikum zu begeistern.« Lengeling drehte sich um, lachte und verbeugte sich theatralisch vor den Rindviechern.

Als die Kühe wieder davongetrabt waren und die Männer eine Weile schweigend die Schiffe beobachtet hatten, die durch die Rheinschleife zogen, sagte Lengeling: »Den Arbeitsleuten geht es heute besser, als es unseren Vätern gegangen ist. Unsere Sozialgesetzgebung ist einmalig in der Welt, weil der Kaiser selbst sich immer für das Wohl der Arbeiterschaft eingesetzt hat. Die Sozialdemokratie ist ein gefährlicher Irrtum.«

»Ich hab nie etwas anderes behauptet«, entgegnete Zomrowski.

»Sei vorsichtig, Johann! Dass du deinen Jungen bei einem Sozialdemokraten aufwachsen lässt, das macht dich angreifbar. Ich versteh es sowieso nicht, dass du den Michael nicht zu deiner anderen Schwester gibst, zu der Therese und zum Grotedick.«

»Unsinn!«, sagte Zomrowski schroff. »Da gehört er nicht hin. Da würd er sich am Ende nur für was Besseres halten, genau wie die Therese. Die weiß doch schon lange nicht mehr, wo sie herkommt.«

»Und warum lässt du den Michael nicht bei deinem Schwiegervater in der Reinersstraße? Die Kückelmanns sind anständige Leute. Und der Arnold ist in seinem Alter. Der ist bei mir in der Abschlussklasse, ein aufgeweckter Junge.«

»Der Michael war jetzt all die Jahre bei den Ingenbolds. Das ist sein Zuhause. Meine Schwester Katarina liebt den Jungen, als wär's ihr eigener. Und der Ludwig ist gut zu ihm. Und die beiden brauchen das Kostgeld.«

»Es ist nicht richtig, Johann. Im Rathaus könnten sie es dir ankreiden, dass dein Junge in so einem Haus aufwächst. Beim Streik im März war der Ludwig Ingenbold ganz vorne mit dabei.«

»Jetzt lass mal gut sein, Köbes! Sonst versaut die Politik uns am Ende noch den schönen Ausflug.«

»Ich mein ja nur, Johann. Es wäre schade, wenn du es nicht zum Kommissar bringen würdest, wegen so einer Dummheit.«

»Wo sind wir hier eigentlich?«, fragte Zomrowski und sah sich um.

»Das ist Mehrum und da ist Ork, und dahinter geht's auf Spellen zu.«

»Ach ja. Und in Spellen wollen wir zu Mittag essen?«

Jakob Lengeling nickte. »So hatte ich's mir gedacht. Und dann können wir uns überlegen, ob wir noch einen Abstecher nach Wesel machen oder ob wir über Voerde und Dinslaken zurück in Richtung Sterkrade radeln.«

»Na gut, dann lass uns weiterfahren!«, schlug Zomrowski vor.

»Nun mal nicht so schnell, Johann! Ich würd gern noch ein Weilchen hier die Sonne genießen und den Blick auf den Rhein. Kannst es wohl nicht abwarten, wieder auf dein Fahrrad zu kommen!«

Zomrowski lachte. »Ein paar Minuten halt ich es schon noch aus hier. Aber es macht wirklich Spaß mit dem neuen Rad. Es hat eine etwas größere Übersetzung als das alte, und es tritt sich trotzdem nicht schwerer. Die Naben sind viel leichtläufiger.«

»Ist eine elegante Maschine«, befand Lengeling.

»Und wiegt nur dreizehneinhalb Kilo, voll ausgestattet.«

»Mehr nicht?« Jakob Lengeling zeigte sich beeindruckt.

»Na ja, treten muss man trotzdem noch«, stellte Zomrowski grinsend fest.

»Und der Preis ist natürlich auch entsprechend. Hast du wirklich hundert Mark bezahlt?«

»Mit allem Drum und Dran wird's wohl noch ein bisschen mehr werden. Fahrradglocke, Rahmentasche und Luftpumpe hab ich neu. Und eine Pelerine wollte ich endlich mal haben, damit ich nicht bei schlechtem Wetter immer das Fahrrad stehen lassen muss. Die hab ich im Rucksack, obwohl ich sie heute getrost hätt zu Hause lassen können. Vorm Herbst will ich auch noch eine Karbidlampe haben. Die hab ich schon beim Hellweg bestellt, mit allem Zubehör. Ach ja, und eine Bürstengarnitur hab ich gekauft, mit Speichenbürste, Kettenbürste und so weiter.«

»Ja, so etwas braucht man natürlich für so eine Maschine«, sagte Jakob Lengeling.

»Aber ich hab ja auch noch fast dreißig Mark für mein altes Fahrrad gekriegt. Deshalb bin ich gut hingekommen.«

»Ich bin mit meiner Teutonia-Maschine noch ganz zufrieden. Und jetzt hab ich gerade der Grete die Waschmaschine gekauft, und für den Sommer hab ich meine drei Weibsbilder neu einkleiden müssen, da ist vorläufig sowieso kein Geld übrig für eine größere Anschaffung.«

»Hauptsache, es reicht noch für einen anständigen Mittagstisch in Spellen im Gasthaus.«

Jakob Lengeling lachte. »Wenn's dafür mal nicht mehr reicht, dann werd ich die Waschmaschine wieder verkaufen.«

ZWEI

»Komm, lass uns lieber abhauen!« Als Arnold das leuchtende Himmelblau der Wohnwagen durch die Büsche schimmern sah, wurde es ihm mulmig. Er hatte nicht recht daran geglaubt, dass die ersten Kirmesleute schon angekommen waren, und gehofft, dass diese sinnlose Mutprobe ihm erspart bliebe.

Doch da waren sie, auf der Wiese neben den Bahngleisen, die Abnormitäten und Kuriositäten aus aller Welt.

»Unsinn, jetzt komm! Wir können es doch wenigstens mal versuchen.« Sein Klassenkamerad Ferdinand Lehmkuhl, der Sohn des Schusters aus der Reinersstraße, ließ nicht locker.

Arnold Kückelmann hockte unschlüssig im Dickicht und dachte darüber nach, wie groß die Chance war, aus einem so fragwürdigen Abenteuer mit heiler Haut herauszukommen. Was wäre, wenn einer sie entdecken würde? Vielleicht der stärkste Mann des Kaukasus? Von dem hatten ein paar ältere Jungen beim Fußballspielen erzählt. Dem in die Finger zu fallen, wäre schrecklich. Aber vielleicht doch noch besser, als von diesem fürchterlichen Menschen mit der blassen Haut und den roten Augen erwischt zu werden. Und wenn's der Vater erführe, dass er sich hier herumgetrieben hatte, dann gäb's zu Hause auch noch eine gehörige Tracht Prügel. Das war sicher.

»Komm Arnold, die beiden Gesellen von meinem Alten, die haben's voriges Jahr doch auch gemacht. Und die haben die Frau gesehen, diese Emmy. Ich hab gehört, wie sie drüber gesprochen haben. Die hat Titten, dass man sich drin verstecken könnt, haben sie gesagt, und einen Arsch wie ein Brauereipferd.«

»Ist doch Quatsch, was die erzählen«, sagte Arnold skeptisch. »Die Kirmesleute, die rennen doch nicht nackt auf der Wiese rum.«

Den Einwand ließ Ferdinand nicht gelten. »Die waschen sich vielleicht draußen vor ihren Wohnwagen«, sagte er. »Und so eine wie die Emmy, die muss bestimmt andauernd pissen. Und wenn die sich neben die Büsche hockt, dann kannste alles sehen. Bestimmt.«

»Na gut«, sagte Arnold.

Emmy, die schwerste Frau der Welt, beim Pinkeln zu beobachten, vielleicht einen Blick auf ihren gewaltigen Arsch werfen zu können, das war eine geradezu himmlische Verlockung, die Arnold seine Ängste vergessen ließ. Schwer atmend kroch er neben seinem Freund Ferdinand durchs Unterholz.

Hinter einem ausladenden Weißdornbusch am Rande der Wiese, auf der die Mitglieder der Schautruppe Marsilius ihr Lager aufgeschlagen hatten, blieben sie keuchend hocken. Über die nahen Gleise rollte kreischend und rumpelnd ein Güterzug. Jenseits der Bahnlinie verkroch sich die müde Abendsonne hinter den Fördertürmen und Schloten der Zeche, die ihre schwarzen Schatten über die Schienen warfen. Als die Zuggeräusche in der Ferne verklungen waren, glaubte Arnold, Stimmen zu hören.

Ferdinand legte sich auf den Bauch und schob sich durch das hohe Gras so weit am Weißdornbusch vorbei, dass er den Lagerplatz überblicken konnte.

»Da sind welche«, flüsterte er aufgeregt. »Drei von denen sind draußen.«

»Wer denn? Ist die Emmy dabei?«

»Mensch, guck doch selbst!«

Arnold robbte zur anderen Seite des Busches und schaute vorsichtig daran vorbei.

Nein, die dicke Emmy war da nicht. Aber was Arnold zu sehen bekam, ließ ihn mit offenem Mund staunen.

Auf der Holztreppe eines Wohnwagens saß ein Mann mit schwarzgrauer Lockenmähne und einem mächtigen, pechschwarzen Bart. Vor ihm auf der Wiese standen eine Riesin und ein Zwerg.

»Wir müssen uns was einfallen lassen. Es werden wahrscheinlich drei Riesendamen hier sein in diesem Jahr. Als Gräfin Moskowina bist du auf Dauer nur eine von vielen«, sagte der Mann auf der Treppe.

»Sind die anderen noch größer als ich?«, fragte die Riesin.

»Was weiß ich! Das spielt keine Rolle. Die Leute sehen euch ja nicht nebeneinander. Wie groß du wirkst, allein darauf kommt's an. Und deshalb werdet ihr beiden ab jetzt zusammen auftreten. Wenn ihr nebeneinander auf der Bühne steht, dann wirkt der Friedrich noch kleiner und du noch größer. Das ist mal sicher. Und dann sollen die anderen sich meinetwegen darüber streiten, wer die größte russische Gräfin hat. Aus euch mach ich was viel Interessanteres: ein Geschwisterpaar aus der Eifel.«

Der Mann sah die Riesin und den Zwerg triumphierend an.

»Ein Geschwisterpaar? Wir beide? Das ist doch Quatsch«, sagte die Riesin. Der kleine Kerl schlug sich lachend auf den Oberschenkel.

»Nicht, wenn ich es den Leuten verkaufe«, sagte der Mann auf der Treppe. Er stand auf, stieg eine Stufe höher, stemmte seine Hände in die Hüften, verbeugte sich tief und rief über den Lagerplatz hinweg: »Wie unergründlich die Wege des Herrn sind, mein verehrtes Publikum, das wissen Sie alle. Doch manchmal geschehen Dinge, die unser Fassungsvermögen schier übersteigen. In der Eifel, diesem kargen und rauen Bergland, das gewöhnlich nur zähe und arbeitsame Menschen hervorbringt, ereignete sich das Wunder, das Sie jetzt mit eigenen Augen sehen werden. Dort wurde einem braven Paar ein Knäblein in die Wiege gelegt, so klein und winzig, wie es noch nie ein Mensch gesehen hatte. So unendlich langsam wuchs dieser Knabe heran, dass er in seinem Mannesalter gerade die Größe eines zehnjährigen Kindes erreicht hatte. Und auch wenn seine Eltern ihn innig liebten, so grämten sie sich doch über seinen zwergenhaften Wuchs. Als ihnen eine Tochter geschenkt wurde, da beteten sie inständig darum, dieses Kind möge heranwachsen und groß und stattlich werden. Und siehe da, das Mädchen wuchs so schnell, dass es schon in seinem zehnten Jahr nur noch in gebückter Haltung das Haus der Eltern betreten konnte. Und als aus dem Kind eine junge Frau geworden war, da war sie zu einer Riesin herangewachsen, wie man noch nie eine in der Eifel gesehen hatte, wie man wohl in der ganzen Rheinprovinz, ja im gesamten Königreiche keine zweite finden wird. Sehen Sie, meine Damen und Herren, die Riesendame Josefa aus der Eifel und ihren Bruder, den Zwerg Josef.«

Lachend klatschten die riesenhafte Frau und der kleinwüchsige Mann in die Hände.

»Und am Schluss eures Auftritts wirst du, Friedrich, über ein Fußbänkchen und einen Stuhl auf einen Tisch klettern und der Josefa einen brüderlichen Kuss auf die Wange geben. Das Publikum wird johlen. Glaubt es mir! Kommt, das probieren wir jetzt gleich mal vor den anderen.«

»Wahnsinn«, hauchte Arnold, als die drei Kirmesleute in einem der Wohnwagen verschwunden waren.

»Ich hab's dir doch gesagt«, raunte Ferdinand.

Eine Weile tat sich nichts auf dem Lagerplatz der Schaustellertruppe Marsilius. Gelächter drang aus einem der Wohnwagen. Arnold dachte über die Riesin nach. Ob die wirklich so groß geworden war, weil ihre Eltern so viel gebetet hatten? Oder was hatte das zu bedeuten, was der Mann auf der Treppe da erzählt hatte?

»Der Zwerg kommt wieder raus«, flüsterte Ferdinand. »Pass auf!«

Arnold zog sich hinter den Busch zurück. Durch die Zweige sah er den kleinen Mann näher kommen. Er ging auf die Einmündung eines Trampelpfades am Rand der Wiese zu.

»Das war knapp«, sagte Ferdinand, als der Kleinwüchsige nur wenige Meter neben ihnen über den Pfad gelaufen und im Dickicht verschwunden war.

»Wenn der gleich zurückkommt, dann sieht er uns«, befürchtete Arnold. »Komm, lass uns abhauen!«

»Quatsch, der kommt so schnell nicht zurück. Der ist bestimmt irgendwo ein Bier trinken.«

Arnold war der Gedanke unangenehm, dass es außer den Kirmesleuten in den Wagen vor ihnen nun auch noch diesen Zwerg in seinem Rücken gab, der dort jederzeit wieder auftauchen konnte.

Hinter der Wiese stampfte eine Dampflokomotive über die Schienen. Arnold legte sich flach auf den Boden. So wurde er vielleicht übersehen zwischen den Gräsern und dem Gesträuch, zwischen all den Farnen und den langblättrigen Pflanzen, die hier den sandigen Erdboden überwucherten. Möglich war's ja immerhin, dass im nächsten Moment die dicke Emmy herauskam, um zu pinkeln. Ein paar Minuten sollte man vielleicht noch abwarten!

Eine Weile geschah nichts. Dann wurde eine Wohnwagentür geöffnet. Jemand stapfte schweren Schrittes eine der Holztreppen hinunter. Arnold hob hoffnungsvoll den Kopf und lugte am Weißdornbusch vorbei.

Es war nicht Emmy. Es war ein Koloss von einem Mann. Der stärkste Mann des Kaukasus. Ja, das musste er sein! Er kam geradewegs auf sie zugelaufen. Irgendetwas trug er in der Hand. Arnold drückte sich an die Erde. Das Gesicht zum Lagerplatz gewandt, sah er aus zusammengekniffenen Augen das Unheil herankommen.

Zwei Schritte vor dem Weißdornstrauch blieb der stärkste Mann des Kaukasus stehen. Was er in der Hand trug, war ein Topf, ein Nachttopf. Mit einem gewaltigen Schwung seines kräftigen Armes goss der Koloss den Inhalt des Topfes in den Busch. Dann drehte er sich um und ging zurück zu den Wohnwagen.

Kaum war er verschwunden, sprang Ferdinand auf und huschte durchs Dickicht davon. Arnold folgte ihm. Als sie den schmalen Trampelpfad erreicht hatten, begann Ferdinand zu rennen. Arnold blieb dicht hinter ihm.

»Das war Pisse!«, schrie Ferdinand.

»Ich weiß. Ich hab zum Glück nichts abgekriegt«, rief Arnold zurück.

»Ich schon!«, brüllte Ferdinand und blieb stehen. So urplötzlich stand er starr auf dem Trampelpfad, dass Arnold ihn beinahe umgerannt hätte.

»Da liegt ein Junge«, sagte Ferdinand atemlos.

Ein paar Augenblicke standen die beiden Freunde starr nebeneinander.

»Ist der tot?«, fragte Arnold.

»Worauf du einen lassen kannst«, murmelte Ferdinand.

Bäuchlings, die Beine mit den hochgerutschten Hosen quer über dem Trampelpfad, Oberkörper und Kopf zwischen Gräsern und unter wucherndem Blattwerk halb verborgen, die Arme von sich gestreckt wie der Gekreuzigte, so lag dort ein Mensch, der deutlich kleiner war als sie beide.

»Das ist kein Kind«, sagte Arnold Kückelmann leise. »Das ist der Zwerg.«

Und dann liefen die Jungen los. Sie sprangen über den Toten hinweg, rasten über den Trampelpfad, bogen in den Fußweg ein, rannten über Straßen, Pfade und Feldwege und hörten nicht auf zu rennen, bis sie endlich in der Reinersstraße angekommen waren.

***

»Ich versteh nicht ganz!«, sagte Theodor Kückelmann ungehalten. Die Nachtschicht an der Drehbank hatte ihm zugesetzt. Er war müde und wollte ins Bett.

Als er von der Hütte gekommen war, hatten seine Kinder in der

Küche auf ihn gewartet. Jetzt stand Arnold mit gesenktem Kopf vor dem kleinen Fenster, durch das die Morgensonne zaghaft ihre ersten Strahlen hereinwarf. Seine Schwester hatte ihm schützend den Arm um die Schulter gelegt.

»Neugierig waren sie, die Jungen, wie es wohl zugehen würd bei den Kirmesleuten«, erklärte Bernhardine. »Und da haben sie sich eben hinter die Büsche gehockt und einen Blick auf den Lagerplatz geworfen. Natürlich gehört sich das nicht. Das weiß der Arnold. Aber dass sie dann so was Schreckliches sehen mussten, das war ja nun Strafe genug.«

»In meinem ganzen Leben bin ich in keiner Schaubude gewesen. Kerle, die sich wie die Wilden gebärden! Weibsbilder, die sich unzüchtig zur Schau stellen! Unsittlich ist das! Niemals würd ich mir so was ansehen wollen«, polterte Kückelmann. »Dass mein dreizehnjähriger Sohn sich ausgerechnet da herumtreibt, das ist eine Schande!«

Bernhardine und Arnold wichen dem zornigen Blick ihres Vaters aus und schwiegen. Theodor Kückelmann saß auf der Ofenbank neben dem kalten Küchenherd, hielt die Arme vor der Brust verschränkt und sah seine Kinder kopfschüttelnd an.

»Warum hast du gestern Abend nichts davon erzählt«, fragte er seinen Sohn, »bevor ich zur Nachtschicht auf die Hütte bin?«

»Weil er Angst hatte, der Arnold, und weil er verwirrt war und weil er gedacht hatte, sie könnten die Sache für sich behalten, der Ferdinand und er«, antwortete Bernhardine für ihren Bruder. »Den Toten würde schon irgendjemand finden, hatten die Jungen sich überlegt, und niemand müsste erfahren, dass sie dort waren. Aber dann konnte er nicht schlafen, weil er ein Gewissen hat, dein Sohn. Und da ist er zu mir gekommen, irgendwann in der Nacht, und hat mir alles erzählt. Und seitdem haben wir hier in der Küche gesessen und auf dich gewartet.«

Kückelmann kratzte ärgerlich die kahle Mitte seines Schädels. »Dann müssen wir zur Polizei. Am besten wir gehen gleich zum Johann. Scheint ja wohl eine Sache für die Kriminalen zu sein.«

»Vielleicht wissen die's ja auch schon«, sagte Arnold kleinlaut.

»Vielleicht auch nicht«, entgegnete Kückelmann unwirsch.

»Aber du gehörst ins Bett, Vater«, befand Bernhardine. »Du musst doch hundemüde sein, nach der langen Nachtschicht.«

»Natürlich bin ich müde. Aber willst du vielleicht mit dem Jungen zur Polizei? Oder was stellt ihr euch vor?«

Bernhardine und Arnold schwiegen.

»Du machst mir einen Kaffee, aber einen starken! Und du, du ziehst dich an und wäschst dich! Und die Haare legst du dir ordentlich glatt! In einer viertel Stunde gehen wir.«

»Ich will nicht mitgehen.« Die Entschiedenheit, mit der Arnold das sagte, überraschte seinen Vater. »Ich will den nicht noch mal sehen, den toten Zwerg.«

»Blödsinn! Ob du ihn einmal siehst oder zweimal, das ist nun auch egal.«

»Er hat die ganze Nacht nicht geschlafen, Vater. So hat es ihn mitgenommen.«

»Aber er muss uns dahinführen, den Johann und mich, zu diesem Toten. Wie soll's denn sonst gehen?«

»Es ist ganz einfach zu finden, wo er liegt«, warf Arnold ein. »Wirklich. Ich könnt es dir beschreiben.«

Theodor Kückelmann schwieg mürrisch.

»Ich mach dann mal Feuer im Herd, damit ich dir einen Kaffee aufbrühen kann«, sagte Bernhardine.

»Das dauert mir jetzt zu lange. Hol mir ein Glas Wasser! Und du«, Kückelmann wandte sich an seinen Sohn, »du erklärst mir, wo er liegt, dieser tote Kerl! Aber genau! Und dann machst du dich fertig für die Schule. Und die Tracht Prügel, die du verdient hast. Na ja, wir werden sehen.«

Eine viertel Stunde später marschierte Theodor Kückelmann, den Hut zum Schutz gegen die lästige Morgensonne tief ins Gesicht gezogen, den Eichelskamp hinunter. Die Glocke im Turm der Clemenskirche schlug siebenmal. Auf dem großen Markt sah Kückelmann den Polizeisergeanten Fürchtegott Bauland stehen, der mit ihm im Kirchenchor sang, und er beschloss, sich den Weg zu seinem Schwiegersohn Johann Zomrowski zu sparen.

»Wenn ich dich nicht schon so lang kennen würde, dann würd ich denken, dass ihr eine blühende Phantasie habt, du und dein Arnold«, sagte Bauland, nachdem Kückelmann ihm die Geschichte von dem toten Kleinwüchsigen auf dem Trampelpfad erzählt hatte.

Der Polizeisergeant erster Ordnung steckte einen Finger durch den Kinnriemen seiner Pickelhaube und kratzte seinen Hals. Unschlüssig sah er seinen Sangesbruder an. »Hinter der Brandenburger Straße, in dem Brachland neben den Gleisen, da soll er liegen, dieser Zwerg?«

Kückelmann nickte. »Irgendwo im Gestrüpp zwischen Bergstraße und Bahnlinie.«

»Da gibt's einen Weg, der von der Brandenburger abgeht«, sagte Bauland. »Einen Fußweg, der sich durch diesen Streifen Ödland hindurchzieht in Richtung Volkspark.«

Kückelmann nickte wieder. »Und von diesem Weg zweigt irgendwo ein schmaler Trampelpfad ab. Der führt zu der Wiese, auf der die Kirmesleute lagern. Direkt an der Bahn. Auf dem schmalen Pfad, da liegt er, der tote Zwerg, sagt der Arnold.«

»Na ja, dann werden wir dort wohl mal nachsehen müssen«, entschied Fürchtegott Bauland, und Theodor Kückelmann nickte noch einmal.

Auf der Brandenburger Straße begegnete ihnen Polizeisergeant Mömmeken. Bauland forderte ihn auf, sie zu begleiten, und Mathias Mömmeken, ein jüngerer Polizeisergeant zweiter Ordnung, folgte der Aufforderung umgehend.

Als Kückelmann, flankiert von den beiden Uniformierten, von der Brandenburger in den Fußweg eingebogen war, sagte er: »Fünfzig Meter vielleicht noch, dann müsste links der Trampelpfad beginnen.«

Mömmeken nickte. »Kenn ich, den Pfad. Führt zu einer Wiese direkt an der Eisenbahn.«

»Dann müsste es ja gleich da irgendwo sein«, sagte Bauland kurz darauf.

»Hier liegt er schon.« Mömmeken, der rechts am Wegrand entlanglief, blieb stehen.

»Kann nicht sein«, sagte Kückelmann.

»Ist aber so«, stellte Bauland fest.

Am Rand des Weges, hinter einem kniehoch aufgeschichteten Stapel frisch geschlagenen Holzes, lag ein Mann mit dem Gesicht im Moos. Bekleidet war er mit einer groben Baumwolljacke, einer verschlissenen Hose und derben Lederschuhen. Neben seinem Kopf lag eine Kappe.

»Das ist kein Zwerg«, sagte Kückelmann verblüfft.

»Ein Arbeiter«, schloss Bauland aus der Bekleidung.
»Ist der tot?«, fragte Kückelmann.
Bauland drückte seine Fingerkuppen auf die Halsschlagader des Mannes. »Mausetot. Erschossen«, sagte er und deutete auf den Rücken des Toten. »Das ist ein Einschussloch, ganz ohne Frage.«
»Das verstehe ich nicht.« Kückelmann nahm seinen Hut ab und kratzte verwirrt seinen Schädel.
Polizeisergeant Mömmeken war ein paar Schritte weiter gegangen, entdeckte die Einmündung des schmalen Pfades und verschwand im Gebüsch.
»Hier liegt noch einer!«, rief er. »Das ist der Liliputaner.«
»Na also«, sagte Kückelmann, und es klang so erleichtert, dass Bauland ihn mit einem missbilligenden Blick strafte.
»Entschuldigung«, murmelte Kückelmann. »Aber ich hatte gerade schon gedacht, dass er vielleicht verrückt geworden ist, mein Arnold.«
Die beiden Männer gingen zum Trampelpfad hinüber.
»Bleib hinter mir und achte drauf, wo du hintrittst!«, kommandierte Bauland. »Ich kenn den Zomrowski. Wenn wir hier rumtrampeln, dann macht er nachher wieder ein Palaver von wegen seiner sogenannten Beweissicherung am Tatort. Ist eben die moderne Kriminalistik.«
Auch Mathias Mömmeken war offenbar schon zu Ohren gekommen, dass der Kriminalwachtmeister Zomrowski höchst ungehalten reagierte, wenn irgendjemand unnötigerweise einem seiner Tatorte zu nahe gekommen war. Der junge Polizeisergeant starrte den Toten, der quer über dem Trampelpfad lag, aus einigen Schritten Entfernung an.
»Genau so hat's der Arnold beschrieben«, sagte Kückelmann leise.
»Na, wenn der gestern Abend schon so dagelegen hat, brauchen wir ja wohl nicht zu überprüfen, ob er tot ist.« Fürchtegott Bauland dachte laut nach. »Dann gibt's jetzt nur eins. Sie, Mömmeken, laufen zur Bahnhofstraße und gucken, ob Kriminalwachtmeister Zomrowski noch zu Hause ist! Der wohnt überm Laden für Kurz-, Weiß- und Wollwaren von der Witwe Horstkamp.«
Mömmeken nickte. »Ich weiß.«
»Und dann laufen Sie weiter zum Rathaus, egal, ob Sie den Zom-

rowski angetroffen haben oder nicht«, fuhr Bauland fort. »Schlagen Sie auf der Kriminalwache Alarm! Und informieren Sie Polizeiinspektor Kerkhoff! Der soll Ihnen noch zwei oder drei Männer mitgeben. Und mit denen kommen Sie wieder her!«

Mömmeken starrte immer noch auf den Toten. »Ist ja unglaublich, das hier«, murmelte er. »Gleich zwei Tote. Glauben Sie, die haben sich gegenseitig umgebracht?«

Bauland sah den jungen Polizeikameraden verblüfft an. »Ja sicher«, knurrte er dann. »Erst hat hier der Große den Kleinen ermordet, und dann hat der Kleine drüben am Weg den Großen erschossen.«

»Ach so. Ja. Natürlich«, sagte Mömmeken verlegen. »Muss wohl ein Dritter im Spiel gewesen sein, was?«

»Jetzt hören Sie mal auf zu spekulieren, Mömmeken! Das führt ja doch zu nichts. Machen Sie sich auf die Socken! Und sputen Sie sich! Ist schließlich kein Vergnügen, hier allein bei zwei Toten herumzustehen.«

»Ich bleib auch hier«, sagte Theodor Kückelmann, als Polizeisergeant Mömmeken verschwunden war. »Brauchst nicht allein zu warten auf die Kriminalen.«

»Ich denk, du hast die ganze Nacht gearbeitet. Du musst doch hundemüde sein.«

»Glaubst du, nach so einer Aufregung könnte ich schlafen?« Kückelmann schüttelte den Kopf. »Es hat gar keinen Zweck, dass ich jetzt ins Bett gehe. Nein, ich warte hier mit dir, bis mein Schwiegersohn kommt.«

»Ist ein guter Kriminalist, der Zomrowski. Das sagen jedenfalls alle. Aber das hier?« Bauland wiegte skeptisch den Kopf hin und her. »Na ja, wenn überhaupt einer herausfinden kann, wer die beiden Kerle ins Jenseits befördert hat, dann vermutlich dein Schwiegersohn.«

Eine Weile standen die beiden Männer schweigend beieinander. Irgendwann sagte Kückelmann: »Zwölf Jahre ist sie jetzt schon tot, die Marie.«

»Ja, die Zeit vergeht.« Bauland strich nachdenklich über den Kinnriemen seiner Pickelhaube. »Und deinen Enkel, ich meine den Sohn vom Zomrowski und von deiner Tochter, siehst du den hin und wieder?«, fragte er.

Kückelmann sah Fürchtegott Bauland verblüfft an. »Natürlich. Mindestens einmal die Woche kommt er zu uns in die Reinersstraße. Sonntag hat er noch einen Ausflug mit uns gemacht. Nach Ruhrort.«

»Solltest ihn ganz zu dir nehmen«, sagte Bauland unverblümt. »Dass er in der Dunkelschlagkolonie aufwächst, im Haus von einem Sozialdemokraten, ist nicht gut für den Jungen. Und für den Zomrowski auch nicht. Im Rathaus redet man schon drüber, hinter vorgehaltener Hand, dass es ihm schaden könnte, wo sie doch bald einen neuen Kriminalkommissar brauchen, wenn der Hüppchen in Pension geht.«

***

Das Fotografieren erwies sich als der schwierigste Teil der Beweissicherung. Auf dem schmalen Trampelpfad, im Schatten des dichten Gebüschs, war ohne Blitzlicht kein kontrastreiches Bild auf die Platte zu bannen. Kriminalwachtmeister Johann Zomrowski hatte einen mit Blitzpulver gefüllten kleinen Beutel an die Spitze eines dünnen, langen Astes gebunden, den Kriminalsergeant Peter Molsbeck mit ausgestrecktem Arm hielt.

Molsbeck machte ein mürrisches Gesicht. Diese Fotografiererei war für den alten Haudegen, wie er sich selbst gern nannte, immer noch eher moderner Firlefanz als kriminalistische Notwendigkeit.

Vor zweiundsechzig Jahren in Sterkrade geboren, hatte Peter Molsbeck nie etwas anderes werden wollen als Polizist. Nach dem Militärdienst war er als Schutzmann in Dienst gestellt worden, war Polizeisergeant der zweiten und später der ersten Ordnung geworden, und als Sterkrade irgendwann eine Kriminalabteilung bekommen hatte, war er von Anfang an mit dabei gewesen. Dass es für ihn nicht weiter aufwärts gegangen war auf der Karriereleiter des preußischen Beamtentums, nahm er längst gelassen. Wenn man heutzutage seine Zeit in Polizeischulen und bei kriminologischen Fortbildungen absitzen musste, um aufzusteigen, dann sollten nur die jüngeren Kollegen Wachtmeister und Oberbeamte werden. Das hatte er nicht mehr nötig. Er hatte seinen Rosengarten und dachte in letzter Zeit immer häufiger mit stiller Vorfreude an das Pensionärsdasein.

»Du musst das Ding noch ein Stück hierüberhalten. Ich will ja nicht den Blitzbeutel fotografieren, sondern die Leiche«, maulte Zomrowski. »Ja, so müsste es gehen.«

Johann Zomrowski war froh, dass er seine Anzugsjacke in einiger Entfernung im Gras abgelegt hatte, bevor er sich, wie seine beiden Kollegen, die dunkelblaue Arbeitsschürze umgebunden hatte. Auch dieser erste Dienstag im Juni schickte sich an, ein sommerlich warmer Tag zu werden. Zomrowski löste seinen Binder ein wenig und öffnete den Knopf seines steifen Kragens. So ließ es sich besser arbeiten. Er zog die Flügelschraube, mit der er die Klappkamera auf dem Stativ befestigt hatte, noch einmal nach. Aus rund zwei Metern Entfernung und eineinhalb Metern Höhe war das gläserne Kameraauge jetzt starr auf den Toten gerichtet.

Der junge Kriminalsergeant Anton Schmitz legte einen Maßstab neben die Leiche. Er war froh, seit dem ersten Juni endlich ein Kriminaler zu sein. Und dass er schon heute, am vierten des Monats, bei einem so spektakulären Fall dabei sein konnte, versetzte ihn geradezu in Begeisterung. Es war eben doch richtig gewesen, sich auf die Stelle zu bewerben. In diesem explosionsartig wachsenden Ruhrgebiet suchte man nun mal händeringend nach Ordnungshütern und Kriminalbeamten. Und so schmuddelig wie man's ihm in der Heimat angedroht hatte, im schönen Porz am Rhein, so schmuddelig war's in Sterkrade nun auch wieder nicht.

»Ja, der liegt gut so, der Maßstab«, sagte Zomrowski. »Und jetzt müssen wir sehr präzise arbeiten. Wie besprochen.«

Peter Molsbeck zog die Krempe seines Hutes tief ins Gesicht und hielt den Arm steif. Anton Schmitz nickte seinen beiden Kollegen zu. Dann näherte er sich mit einem brennenden Zündholz der Lunte des Blitzbeutels. Als sie entflammte, begann er laut und langsam zu zählen.

»Eins. Zwei. Drei.« Mit jeder Zahl wich Schmitz einen Schritt weiter von der Lunte zurück.

»Vier.« Zomrowski drückte den Handauslöser herunter.

»Fünf.« Grell aufleuchtend explodierte das Blitzpulver im Beutel.

»Sechs.« Zomrowski ließ den Verschluss zuschnappen.

»Das müsste geklappt haben«, sagte er.

Molsbeck trat die glimmenden Überreste des Blitzbeutels aus.

»Ja, gut so. Danke«, sagte Zomrowski. »Das würd noch fehlen, dass wir hier einen Brand entfachen.«

»Die moderne Kriminaltechnik hat nun mal ihre Tücken«, grummelte Molsbeck.

Noch bei einer weiteren Fotografie auf dem Trampelpfad kam ein Blitzbeutel zum Einsatz.

Der Tote, der neben dem Holzstapel am Wegrand lag, wurde von der Junisonne beschienen. »Da brauchen wir kein Kunstlicht«, entschied Zomrowski. »Eine hochempfindliche Platte für Momentaufnahmen und eine Verschlussöffnung von einer fünfundzwanzigstel Sekunde reichen aus.«

Als fünf fotografische Bilder aufgenommen waren, zwei vom Toten auf dem Trampelpfad, zwei vom Toten am Weg und eins aus größerer Entfernung, ein Überblick über den Fußweg zwischen Holzstapel und Einmündung in den Pfad, entnahm Zomrowski unter einem Verdunklungstuch die letzte belichtete Platte dem Kameragehäuse.

»Mich wundert, dass Sie nicht mit einem Tageslicht-Filmpack arbeiten«, sagte Kriminalsergeant Schmitz. »Gerade am Tatort ist so ein Rollfilm doch sehr viel praktischer als die Platte.«

»Ich weiß nicht.« Zomrowski hatte die belichteten Glasplatten in einer schwarzen Pappschachtel verstaut und zwirbelte seinen Schnurrbart. »Ich trau der Qualität nicht recht. Wir brauchen gestochen scharfes und kontrastreiches Bildmaterial für die Beweissicherung. Sonst nützt uns die Fotografiererei überhaupt nichts.«

»Ist schon klar, Herr Kriminalwachtmeister. Aber das kriegen Sie auch vom Rollfilm. Ich hab's ausprobiert. Und für die Arbeit im Labor bringt's nur Vorteile. In einem Arbeitsgang entwickeln Sie alle sechs Negative, die auf so einem Film drauf sind.«

»Sie kennen sich in fotografischer Labortechnik aus?«, fragte Zomrowski überrascht.

»Ich hab mich damit beschäftigt. Aus Interesse. Auch privat fotografiere ich hin und wieder. Aber ich will Ihnen keinesfalls in die Quere kommen. Die Kollegen sagen, dass Sie hier im Kriminalbüro der Experte fürs Fotografische sind.«

»Das ist Unsinn«, entgegnete Zomrowski kopfschüttelnd. »Ich bin der Einzige, der's beherrscht. So ist das. Aber es hält mich oft viel zu lange auf. Ich werd Sie in unser kleines Labor im Rathauskeller einführen. Und dann zeigen Sie mal, was Sie können.«

Peter Molsbeck, der einige Schritte von seinen Kollegen entfernt eifrig einen Notizblock beschrieb, schaltete sich ein: »Schön, schön. Ein fortschrittlicher junger Kriminalsergeant, der sich aufs Fotografische und sicher auch auf die Daktyloskopie und die neuesten Methoden der Kriminaltechnik versteht. So einen brauchen wir unbedingt in Sterkrade.«

»Spar dir deine dummen Bemerkungen!«, sagte Zomrowski, dem Molsbecks Auffassung zur modernen Kriminologie hinlänglich bekannt war. »Lies lieber mal vor, was wir bisher haben.«

»Erst stecke ich mir jetzt eine Zigarette an.« Molsbeck ließ sein Taschenfeuerzeug aufblitzen. »Und damit ich nicht am Ende noch zum Mordverdächtigen werde, kommt die Kippe natürlich in meine kleine Blechdose hier. Sie wird keinesfalls in der Nähe des Tatorts weggeworfen.«

»Das will ich hoffen«, entgegnete Zomrowski, ohne den ironischen Tonfall des Kollegen zu beachten.

»Also«, sagte Molsbeck, als er Zigarettenetui und Feuerzeug wieder im Jackett verstaut hatte und eine glimmende Zigarette in seinem Mundwinkel hing.

»Fundort eins. Männliche Leiche am Rande des Fußwegs, der in Nord-Süd-Richtung durch das Brachland zwischen Bahnlinie und Bergstraße führt. Lage: bäuchlings zwischen Gräsern und Moosen, unmittelbar neben einem Stapel kürzlich geschlagenen Holzes. Alter: Mitte bis Ende zwanzig. Der Kleidung nach Arbeiter. Offensichtliche Todesursache: Einschuss im Rücken unterhalb des linken Schulterblattes. Leichenbeschau ist anzuordnen. Halb abgebrannte Zigarette der Marke Sphinx neben der rechten Hand des Toten im Moos. In seinen Taschen: Etui mit fünf Zigaretten der Marke Sphinx, Geldbörse mit verschiedenen Geldstücken im Gesamtwert von zwei Mark und achtzehn Pfennigen, Taschenuhr, Schnupftuch, Schachtel mit Zündhölzern. Keine Passkarte oder sonstigen Anhaltspunkte zur Identifikation.«

Molsbeck schob seine Hutkrempe hoch, nahm die Zigarette aus dem Mund und sah die beiden Kollegen, die ihm gegenüberstanden, fragend an.

»Sehr gut«, sagte Zomrowski. Anton Schmitz nickte.

»Also weiter.« Molsbeck blätterte ein wenig in seinem Notizblock herum.

»Fundort zwei«, fuhr er fort. »Männliche Leiche auf dem Trampelpfad, zwischen dichtem Busch- und Strauchwerk, vierzehn Meter von der Einmündung in den Fußweg entfernt. Kleinwüchsig. Alter schwer einschätzbar, zwischen Mitte zwanzig und Anfang dreißig. Kleidung unauffällig. Schwere Schädelverletzungen, vornehmlich am Hinterkopf, augenscheinliche Todesursache: Schlag mit einem stumpfen Gegenstand. Leichenbeschau ist anzuordnen. Offensichtliches Tatwerkzeug, ein armdicker, blutverschmierter Ast, Länge dreiundsechzig Zentimeter, lag vier Schritte von der Leiche entfernt am Rand des Pfades und wurde zwecks daktyloskopischer Untersuchung sichergestellt. In der Hosentasche trug der Tote Münzgeld im Wert von einer Mark und fünfundneunzig Pfennigen bei sich. Keine weiteren Gegenstände gefunden. Aufgrund seines zwergenhaften Wuchses ist davon auszugehen, dass der Tote zu einer Schaustellertruppe gehört, die auf einer nahen Wiese ihr Lager aufgeschlagen hat.«

Über die Bahngleise rumpelte ein Zug. Molsbeck wartete ab, bis er vorbeigefahren war.

»Mehr hab ich nicht«, sagte er dann. »Oder soll ich das auch aufschreiben, dass neben dem Trampelpfad Gräser niedergetrampelt sind, da wo der Liliputaner liegt?«

Zomrowski nickte. »Schreib es auf, aber mit einem Fragezeichen. Da könnte jemand gestanden und dem Mann aufgelauert haben. Da könnte aber auch sonst jemand herumgetrampelt sein, vielleicht die Jungen, die den Toten entdeckt haben.«

»Acht Meter«, sagte Schmitz, »acht Meter sind es vom Fundort eins am Wegrand bis zur Einmündung des Trampelpfades.«

»Hab ich schon aufgeschrieben.« Molsbeck blätterte im Block herum. »Hier.«

»Und von der Einmündung des Pfades zum Fundort zwei, wo der Zwerg liegt, sind es vierzehn Meter. Also liegen die beiden Leichen acht plus vierzehn gleich zweiundzwanzig Meter voneinander entfernt.«

»Wenn man die Wege entlanggeht«, knurrte Molsbeck. »Wenn man quer durchs Gebüsch misst, ist die Entfernung kürzer.«

»Na gut«, sagte Zomrowski. »Dann sehen wir uns jetzt noch

mal alles an. Jeder für sich. Auch das weitere Umfeld. Vielleicht entdeckt ja noch jemand irgendwas. Das ist unsere letzte Chance. Wenn erst mal der Leichenwagen vorfährt und die Pferde hier rumtrampeln und ein halbes Dutzend Leute die Toten einsammelt, dann können wir den Tatort vergessen.«

»Seltsam genug, dass bisher noch kein Mensch hier vorbeigekommen ist«, meinte Anton Schmitz.

»Polizeisergeant Bauland hat ringsum ein paar Uniformierte postiert. Die haben Anweisung, kein Publikum durchzulassen«, erklärte Zomrowski. »Aber hier geht sowieso nur selten jemand her, soviel ich weiß. Ist ja auch nicht gerade einladend, diese Wildnis.«

»Guckt mal hier! Das könnte interessant sein«, rief Molsbeck. Er war dort, wo der Trampelpfad in den Weg einmündete, auf die Knie gegangen. Vorsichtig schob er ein paar Gräser auseinander.

Ein kurzer, aber kräftiger Reifenabdruck im sandigen Boden wurde sichtbar.

»Und ob das interessant ist«, sagte Zomrowski.

»Ein Radfahrer. Der ist hier auf seine Maschine gestiegen. Daher der tiefe Abdruck. Davor das Moos, das ist auch noch eingedrückt«, stellte Schmitz fest. »Und dann ist der Reifen hier auf den Weg gerollt. Auf dem festeren Untergrund gibt's keine sichtbaren Spuren mehr.«

»Vorderrad oder Hinterrad?«, fragte Zomrowski.

»Hinterreifen. Wenn das Fahrrad gegen diesen Busch gelehnt war, dann hat das Vorderrad hier im Moos gestanden, schon fast auf dem Fußweg, und das Hinterrad genau hier. Und dann hat's jemand aufgerichtet, ist aufgesprungen und hat sich über den Weg in Richtung Brandenburger Straße entfernt.«

Zomrowski drehte die Spitzen seines Schnurrbartes zwischen Daumen und Zeigefinger. Nach einer Weile nickte er. »So könnte es gewesen sein.«

»Na, dann werde ich mal einen feinen Gipsabdruck machen«, sagte Molsbeck.

DREI

Die Hände von Kriminalkommissar Lambertus Hüppchen ruhten auf seinem üppigen Bauch. Die dicken Finger waren ineinander verschränkt, die beiden Daumen drehten sich unablässig umeinander.

Mit gesenktem Kopf saß Hüppchen hinter seinem Schreibtisch. Die Augenlider waren halb geschlossen. Der steife Hemdkragen drückte das fleischige Kinn hoch, das von einem mächtigen, weißen Backenbart umrahmt wurde, wie einst Kaiser Wilhelm I. ihn getragen hatte. Der schmale Mund wurde von einem üppigen, gezwirbelten Schnurrbart bedeckt, der die zwei Hälften des Backenbartes wie eine Brücke miteinander verband.

Johann Zomrowski hatte ausführlich über die Arbeit am Fundort der beiden Leichen berichtet. Hüppchen hatte ihn nicht ein einziges Mal unterbrochen und saß auch noch stumm in seinem schweren, lederbezogenen Stuhl, als der Kriminalwachtmeister seinen Bericht längst beendet hatte.

Aus der Mode gekommen ist er, der Alte. So einen Bart trägt doch heute kein Mensch mehr, dachte Zomrowski. Er wusste, dass Hüppchen als junger Rekrut Wilhelms I. gegen die Franzosen ins Feld gezogen war, dass er in Sedan dabei gewesen war und dass er sich nie von seiner eigenwilligen Bartpracht trennen würde.

Hüppchen hatte sich eine Zigarre angezündet. Er paffte. Die Luft wurde stickig. »Sie haben alles richtig gemacht, Wachtmeister«, sagte er nach einer Weile, lächelte und fügte hinzu. »Natürlich haben Sie alles richtig gemacht.«

»Molsbeck hat die Reifenspur entdeckt, und Schmitz scheint ein heller Kopf zu sein.«

Hüppchen nickte bedächtig. »Ich werde Ihnen die beiden zuteilen für diese Sache. Die Ermittlung leiten werden Sie, in Absprache mit mir.«

»Ja natürlich«, sagte Zomrowski

»Wenn Sie noch einen weiteren Kriminalsergeanten benötigen, dann teilen Sie's mir mit. Aber lieber wär es mir, Sie kämen mit den beiden Beamten zurecht.«

Zomrowski nickte.

»Kriminalsergeant Pötter ist heute beim Gericht in Duisburg wegen eines Streikvergehens.«

»Ich denke, das war gestern.«

»Ja, ja, gestern war er auch dort. Da ging's um diesen Kerl, diesen Bergmann Rink, der während des Streiks einen Polizeisergeanten beleidigt hat. Der Schutzmann hatte ihn aufgefordert, einen Arbeitswilligen aufs Zechengelände zu lassen, da hat er gebrüllt ›Verschwinde, du Affe!‹. Pötter hat's mitgekriegt und es gestern vor der Strafkammer bezeugt. Zwanzig Mark Geldstrafe und zwei Wochen Gefängnis haben sie dem Kerl aufgebrummt.«

»Das ist allerhand«, befand Zomrowski.

»Das Doppelte hätte dieser Rink gekriegt, wenn's nach mir ginge. Hart durchgreifen müssen wir gegen solche aufrührerischen Tendenzen. Wo soll das denn hinführen, Zomrowski? Wenn erst mal der Respekt vor der Uniform verloren geht, dann wackeln die Grundpfeiler der preußischen Staatsordnung.«

»Ich mein ja nur, dass eine Bergarbeiterfamilie da kaum drüber wegkommt. Zwanzig Mark und der Ernährer im Gefängnis. Da leiden doch am meisten die Frau und die Kinder drunter.«

»Auf unseren beiden Zechen, auf Sterkrade und auf Hugo, besteht der Großteil der Bergarbeiterschaft aus ledigen, jungen Männern, Zomrowski. Das ist ja das Problem. Keine Bindungen, kein Heimatgefühl. Die machen hier Stunk, und dann sind sie wieder weg und versuchen ihr Glück in Osterfeld oder in Gladbeck oder auf irgendeinem anderen Pütt. Wenn sie erst mal für eine Familie zu sorgen haben, dann werden die meisten Kerle vernünftig. Nein, nein, dieser Rink ist Junggeselle. Und die anderen Bergleute auch, die gestern in Duisburg abgeurteilt worden sind. Hier, ich hab's mir aufgeschrieben.«

Hüppchen setzte seine Brille auf.

»Bergmann Regulski, Widerstand gegen die Staatsgewalt und Werfen von Steinen auf Menschen am 16. März unweit des Zechengeländes, zwei Wochen Gefängnis. Bergmann Müller hat einen Arbeitswilligen angehalten, ihn beleidigt und bedroht, drei Wochen Gefängnis. Bergmann Schulz hat einen Arbeitswilligen am Halse gewürgt und ihn Streikbrecher genannt, fünfzig Mark Geldstrafe. Schlepper Lysowski beteiligte sich am 14. März an einer Ansammlung vorm Zechengelände, beschimpfte Arbeitswillige und leistete Beamten Widerstand, die ihn abführen wollten. Nach Zeugenaussagen einer der Rädelsführer, die jeden Tag neue Unruhe stifteten, acht Wochen Gefängnis.«

Zomrowski hörte mit wachsendem Erstaunen zu. Dass ihm jedes einzelne Strafmaß äußerst willkürlich festgesetzt zu sein schien, behielt er für sich.

»Heute wird in Duisburg der letzte Fall von Zeche Sterkrade verhandelt. Dann können wir das Thema endlich ad acta legen. Es geht um diese Frau aus der Kolonie Dunkelschlag, die ihrer Nachbarin gedroht hat. Besonders rabiate Streikende, von Zeche Osterfeld und von Concordia vor allem, hätten sich zusammengerottet, hat sie der Nachbarin erzählt. Und die Kerle wären unterwegs nach Sterkrade und würden alle Arbeitswilligen übel zurichten, sie verprügeln und ihnen Pfeffer in die Augen streuen, und einem hätten sie sogar schon den Kopf abgeschnitten. Da hat die Nachbarsfrau natürlich Angst gekriegt und wollt ihren Mann nicht zur Zeche gehen lassen. Der hat sich aber nicht einschüchtern lassen und die Polizei benachrichtigt. Und als Kriminalsergeant Pötter später die Weibsperson verhört hat, da hat sie behauptet, sie hätt der Nachbarin gar nicht drohen wollen. Sie hätt eben von der Sache gehört gehabt, und mit ihrer Warnung hätte sie es doch nur gut gemeint. Aber wo sie's gehört hatte und von wem, das konnte sie dem Pötter natürlich nicht mehr sagen. Das hatte sie vergessen. Ich bin sehr gespannt, wie das Gericht die Angelegenheit beurteilt.«

»Ja sicher, Herr Kommissar. Aber ich wär doch gern noch mal auf unseren neuen Fall zurückgekommen. Immerhin haben wir zwei Tote.«

»Nun bleiben Sie mal geduldig, Mann! Geduld ist eine wichtige Tugend für einen Kriminalen und erst recht für einen künftigen Oberbeamten.« Hüppchen nahm seine Brille ab, zog an der Zigarre und betrachtete seinen Kriminalwachtmeister kopfschüttelnd. »Wenn Sie demnächst auf diesem Stuhl sitzen wollen, dann sollten Sie sich in dieser Tugend noch ein wenig üben.«

Zomrowski schwieg und ließ seinen Blick durch das düstere Kommissariatszimmer schweifen. Alle unterstellten ihm, dass er sich nach Hüppchens abgewetztem Ledersessel sehnte. Aber war es wirklich so erstrebenswert, zwischen überladenen Aktenschränken herumzusitzen, während die Kollegen draußen Verbrecher jagten? Nein, hier würde ihm die Decke auf den Kopf fallen, diese stuckverzierte Zimmerdecke, deren ursprüngliches Weiß allmählich zu einem schmierigen Braun wurde, das auffallend der Farbe von Hüppchens Zigarren glich.

»Und, Zomrowski«, hörte er Hüppchen sagen, »es geht niemals nur um einen Fall, sondern immer ums Ganze, um das Funktionieren der Kriminalabteilung, mag ein Verbrechen auch noch so spektakulär sein. Gucken Sie mal, was hier auf meinem Schreibtisch liegt: Fahrraddiebstahl, Einbruchdiebstahl, gewerbsmäßige Unzucht, Verdacht der Wilddieberei, Veranstaltung von Glücksspielen, noch mal Einbruchdiebstahl, Pferdediebstahl. Und wenn das demnächst alles auf Ihrem Tisch liegt, Zomrowski, dann können Sie sich nicht Hals über Kopf in einen Fall stürzen. Da hätt unser Lumpengesindel sicher seine Freude dran.«

Ich würde es hinkriegen, dachte Zomrowski, auf meine Art. Die Vorstellung, dem Kriminalamt der Bürgermeisterei Sterkrade vorzustehen, hatte ohne Frage auch ihren Reiz. Ein Kommissar Zomrowski! Aber wenn er's machen würde, dann nicht so wie der alte Hüppchen. Die wichtigen Ermittlungen, die würde er selber leiten. Er war Kriminalist, der beste in Sterkrade. Daran zweifelte niemand, kein Sergeant und kein Vorgesetzter. Und seinen Schreibtischplatz in der Wachstube, mit Blick auf die belebte Steinbrinkstraße, den würde er behalten. Er wollte keine Tür hinter sich zumachen, um in Ruhe Zeitung lesen zu können wie der Alte.

Vielleicht könnte man in Hüppchens Zimmer ein kleines kriminaltechnisches Labor einrichten, auf Dauer. Oder ein gut sortiertes Archiv für Fingerabdrücke und Steckbriefe. Das wäre was. Arbeiten ließ es sich ohnehin besser in der geräumigen und hellen Wachstube. Da liefen die Fäden zusammen, da könnte er den Kollegen auf die Finger sehen, ihnen während der Arbeit Hinweise geben oder Aufträge erteilen, wie er es auch jetzt schon tat. Er sah durch die offen stehende Zimmertür hinüber in die Wachstube, wo im Moment alle Schreibtische und Stehpulte verlassen dastanden und der Kaiser von der Wand herab milde in der Junisonne lächelte.

»Wo ist eigentlich Kriminalsergeant Grottkamp?«, fragte er Hüppchen.

»Hier.« Der Kommissar zog unter der Volkszeitung den General-Anzeiger hervor, blätterte darin und las: »Vermisst wird seit Freitag der Bergmann Friedrich Stratmann aus Sterkrade. Derselbe wohnte bei seinen Eltern in der Wannestraße und wird als ordentlicher junger Mann geschildert. Nachdem er die Löhnung im Betrag von neunundfünfzig Mark auf Zeche Neumühl empfangen, begab er sich nach Oberhausen, auf welchem Wege er geblieben ist. Der Vermisste ist sechsundzwanzig Jahre alt, mittelgroß, hat frisches Aussehen, trägt blonden, kurzen Schnurrbart und war bekleidet mit einem grünlich gestreiften Anzug.«

Zomrowski nickte. »Ich kenn die Vermisstenanzeige. Dass sie heute in der Zeitung steht, wusste ich allerdings nicht.«

Hüppchen tippte mit seinem dicken Zeigefinger auf das Blatt. »Daraufhin haben sich zwei Schwestern, Inhaberinnen einer Oberhausener Gaststätte, gemeldet. Fernmündlich. Sie wollen den Vermissten in ihrem Lokal gesehen haben. Dietrich Grottkamp ist mit der Straßenbahn nach Oberhausen gefahren, um der Sache auf den Grund zu gehen.«

»So etwas hatte ich schon vermutet«, sagte Zomrowski. »Tag für Tag einfahren zu müssen, das hält nicht jeder aus. Die Malocherei und die Angst, dass man irgendwann vielleicht nicht wieder rauskommt aus dem Berg, das zehrt an den Männern. Da kann ein junger Kerl schon mal durchdrehen. Und mit neunundfünfzig Mark in der Tasche kann er sich ein paar Tage volllaufen lassen, einfach mal alles vergessen.«

»Für neunundfünfzig Mark ist auch schon manchem der Schädel eingeschlagen worden«, entgegnete Hüppchen. »Aber Sie scheinen ja recht zu behalten mit Ihrer Vermutung. Gott sei Dank. So eine Zeitungsmeldung ist eben Gold wert, kann uns manchmal langwierige Ermittlungen ersparen. Ich halte viel von einer guten Zusammenarbeit mit der Presse.«

Zomrowski nickte. Hüppchen zog an seiner Zigarre, ließ sie in den Aschenbecher fallen, schob seine Hände ineinander, legte sie wieder auf den Bauch und begann, seine Daumen umeinander zu drehen.

»Und den Blick für die politische Dimension eines Falles, lieber Zomrowski, den müssen Sie sich auch noch aneignen«, sagte er nach einer Weile. »Was hier im Rathaus los ist, das wissen Sie ja. Sterkrade will Stadt werden. Endlich!«

»Es wird ja kaum noch über was anderes gesprochen in den Amtsstuben und auf den Fluren«, sagte Zomrowski. »Aber es ist ja nicht das erste Mal. Ich fürchte, dass das ganze Theater wieder nicht zum gewünschten Ergebnis führt.«

»Beim ersten Mal war's noch zu früh, und 1909 haben die Holtener quergeschossen. Diesmal sind die Voraussetzungen anders. Die Herren von der Hütte unterstützen den Antrag, und die haben Beziehungen zu den höchsten Stellen in Berlin. Glauben Sie mir, diesmal wird was draus. Es darf nur nichts Unvorhergesehenes mehr dazwischenkommen. Das sieht der Bürgermeister auch so. Deshalb war er auch schon hier bei mir, vor gut einer Stunde.«

»Was wollte er denn von Ihnen?«

»Er war ziemlich aufgeregt, hatte gerade von der Sache gehört. Ich hab ihm gesagt, dass es sich wahrscheinlich um eine Bluttat unter Kirmesleuten handelt. Da war er sichtlich erleichtert.«

Zomrowski sah Hüppchen erstaunt an.

»Sehen Sie Wachtmeister, genau das ist die politische Dimension. Wenn uns die Sozialdemokraten und die Gewerkschaftler hier auf dem Kopf rumtanzen, dann haben wir schlechte Karten bei den hohen Herren in Berlin. Und wenn die Sterkrader sich gegenseitig die Köpfe einschlagen würden, dann wär das auch nicht gerade ein Faktum, das die Bewerbung um die Stadtrechte begünstigen würde. Aber wenn sich ein paar Kirmesleute gegenseitig umbringen, die zufällig in Sterkrade sind, nun ja, Zomrowski, danach kräht in Berlin kein Hahn.«

»Ich versteh nicht ganz, was Sie meinen. Glauben Sie wirklich, einer von der Schaustellertruppe hätte diesen Kleinwüchsigen und den anderen jungen Mann umgebracht?«

»Aber Zomrowski, wir wissen doch, wie's bei solchen Leuten zugeht. Keine Zucht, keine Moral. Da hat der stärkste Mann der Welt ein unzüchtiges Verhältnis mit der schwebenden Jungfrau. Und dann kommt der Zwerg daher und schaut der Jungfrau unter die Röcke. Also stellt der starke Mann den kleinen Mann zur Rede, und da wird der Kleine pampig. Dem Starken gehen die Gäule durch, er greift nach einem Knüppel und schlägt zu. So ähnlich wird es sicher gewesen sein.«

»Und der andere Tote? Dieser junge Arbeiter?«

»Ob's ein Arbeiter ist, das wissen wir ja noch gar nicht. Vielleicht gehört er ja auch zu den Kirmesleuten und war irgendwie in die Angelegenheit verwickelt. Und wenn's ein Arbeiter ist, dann ist er vielleicht zufällig da vorbeigekommen, hat die Untat beobachtet, und der Mörder des Kleinwüchsigen hat den unliebsamen Zeugen eben auch noch beseitigt.«

Zomrowski schüttelte den Kopf. »Der junge Mann saß auf einem Holzstapel und kippte vornüber, als er von hinten erschossen wurde. Neben ihm lag eine Zigarettenkippe. Dass er zufällig den Mord auf dem Trampelpfad beobachtet hatte und sich danach hingesetzt und eine Zigarette geraucht hat, das ist doch wohl höchst unwahrscheinlich. Und dass ein Doppelmörder das erste Opfer erschlägt und das zweite erschießt, das erscheint mir auch äußerst seltsam. Und überhaupt, Herr Kommissar, wir wissen ja noch nicht einmal, ob die beiden Männer zur selben Zeit getötet worden sind.«

»Na gut, Zomrowski. Ich will Ihren Ermittlungen nicht vorgreifen. Sie verstehen mehr von der modernen Kriminalistik als jeder andere hier im Haus, auch mehr als ich. Das wissen Sie. Und ich bin alt genug, um damit leben zu können. Es ist gut, einen Mann mit Ihren Kenntnissen in meiner Abteilung zu haben. Sie haben freie Hand, wie immer. Gehen Sie vor, wie Sie es für richtig halten. Aber tun Sie mir einen Gefallen, Zomrowski: Konzentrieren Sie Ihre Ermittlungen zunächst auf diese Kirmesleute!«

»Das war meine Absicht, Herr Kommissar. Ich wollte Ihnen Bericht erstatten und dann die Schaustellertruppe aufsuchen.«

»Und noch was, Zomrowski. Spielen Sie nicht ständig mit Ihrem Schnauzer herum!«

»Wie bitte?«

»Dauernd zwirbeln Sie mit den Fingern die Spitzen Ihres Schnurrbarts. Das erweckt den Eindruck, als wären Sie irgendwie verunsichert.«

»Ich? Verunsichert?« Zomrowski schüttelte ärgerlich den Kopf.

»Nun seien Sie mal nicht eingeschnappt! Ich wollte Ihnen ja nur einen väterlichen Rat geben«, sagte Hüppchen besänftigend. »Und jetzt lade ich Sie zum Essen ein. Es ist gleich Mittag. Zu den Kirmesleuten können Sie nachher noch. Was machen eigentlich Molsbeck und dieser Schmitz?«

»Die sind am Tatort geblieben, um den Leichentransport zu beaufsichtigen.«

»Ach so. Ja, das ist gut. Ich werde mich darum bemühen, dass wir schnell eine Obduktion kriegen. Darum brauchen Sie sich nicht zu kümmern. Die königliche Staatsanwaltschaft in Duisburg …«

Krachend fiel die Vordertür zur Kriminalwache ins Schloss.

»Kein Mensch hier? Was ist das denn für ein Laden?«, schallte es durch den leeren Raum.

Polizeiinspektor Nikolaus Kerkhoff hastete zwischen zwei Schreibpulten hindurch auf Hüppchens Zimmer zu. »Ach, da sind die Herren Kriminalen ja. Bleiben Sie sitzen, Zomrowski, bleiben Sie sitzen!«

Mit hochrotem Kopf blieb Kerkhoff vor Hüppchens Schreibtisch stehen. Sterkrades höchstrangiger Polizeibeamter atmete schwer. Seine Leibesfülle übertraf die des Kriminalkommissars noch bei weitem. Über seinem gewaltigen Bauch spannte sich ein viel zu enger blauer Uniformrock.

»Waren Sie mit der Unterstützung meiner Leute zufrieden, heute Morgen am Tatort?«, fragte er Zomrowski und fuhr, ohne eine Antwort abzuwarten, fort: »Ja, auf den Bauland kann man sich immer verlassen. Ist ein gewissenhafter Mann. Würd ihn gern noch zum Polizeiwachtmeister machen, bevor er in den Ruhestand geht. Er hätte die höhere Pension verdient, der Fürchtegott Bauland.«

Kerkhoff schnaufte ein paar Mal tief durch und wandte sich an Hüppchen. »Lambertus, ich hab da vielleicht was Interessantes für euch. Eine Frau aus der Dunkelschlagsiedlung war gerade bei uns im Polizeibüro. Hat ihren Sohn als vermisst gemeldet. Als der Bauland ihre Personenbeschreibung hörte, hat er gleich geschaltet. Er meint, es könnte sich um eins der beiden Mordopfer handeln. Und jetzt ist er mit der Frau auf dem Weg zum Josefs-Hospital. Die sind doch im Krankenhaus, die beiden Toten? Oder wo sind die?«

Zomrowski nickte. »Inzwischen sollten sie im Leichenkeller des Krankenhauses sein«, sagte er.

***

»Wir sind zutiefst erschüttert, Herr Kriminalwachtmeister«, sagte Nepomuk Marsilius, während Zomrowski ihm seinen Pass und den Wandergewerbeschein zurückgab, der es ihm gestattete, zur Ausübung des Schaustellergewerbes mit seinen Artisten in der gesamten Rheinprovinz umherzuziehen.

Den Eindruck tiefer Zerknirschtheit machte allerdings keiner dieser seltsamen Menschen auf Johann Zomrowski. Sie standen auf der Wiese zwischen den Wohnwagen beieinander oder hatten sich ins Gras gehockt. Der dicken Emmy hatten sie eine Bank unter das gewaltige Hinterteil geschoben. Bedrückt waren sie ohne Frage, vielleicht auch traurig, aber keine Träne hatte Zomrowski gesehen, kein Schluchzen gehört, als er der Schaustellertruppe die Nachricht vom gewaltsamen Tod des Kleinwüchsigen überbracht hatte.

Marsilius schien seine Gedanken zu erahnen. »Alle diese Menschen haben früher unter ihrer Abnormität gelitten«, sagte er. »Bevor sie hierher kamen, sind sie oft jahrelang verhöhnt und gedemütigt worden. Da lernt man, seine Gefühle für sich zu behalten.«

Johann Zomrowski hatte sich auf die Holztreppe eines Wohnwagens gesetzt. Neben ihm stand Peter Molsbeck.

»Die Identifikationspapiere sind in Ordnung. Alle hier anwesenden Personen können sich legitimieren, drei durch Passkarten, ausgestellt für das Jahr 1912, drei durch gültige Reisepässe für Inlandsreisen. In zweien davon sind fotografische Porträts eingeheftet«, sagte der Kriminalsergeant.

Zomrowski ließ sich die Identifikationspapiere von Molsbeck geben, erhob sich und schaute in den zuoberst liegenden Pass. »Schürmann, Emilie, geboren 1878«, las er. »Wer ist das?«

»Das bin ich. Ich bin hier die schwebende Jungfrau«, sagte Emilie Schürmann, lachte schrill auf, verstummte augenblicklich wieder und fügte nach einer Weile mit gesenktem Kopf hinzu: »Verzeihen Sie! Das ist wohl nicht die Zeit zum Scherzen. Ich bin Emmy, die schwerste Frau der Welt.«

Von der Fotografie, die in den nächsten Reisepass eingeheftet war, lächelte Zomrowski eine weibliche Schönheit entgegen. Zunächst schaute er sich vergeblich nach ihr um. Erst beim zweiten Hinsehen wurde ihm klar, dass der Ausweis der zierlichen Frau gehören musste, die, auf einem Grashalm kauend, in der Mitte der Wiese hockte. »Krabbich, Petronella, geboren 1881«, las er laut. Die Frau sah älter aus als einunddreißig, deutlich älter. Doch als sie

Zomrowski entgegenlächelte, entdeckte er in ihren Augen den Glanz ihrer einstigen Schönheit.

»Ich bin hier diejenige, die schwebt«, sagte sie freundlich. »Ich mache dieses und jenes in der Schaubude, aber vor allem bin ich Kamala, die schwebende Inderin.«

Zomrowski gab ihr das Ausweispapier.

»Und wenn ich auf der Bühne stehe, herausgeputzt und geschminkt, dann sehe ich wieder genau so aus wie auf dieser Fotografie.«

Der nächste Reisepass gehörte dem schlanken, jungen Mann, der sich am Rande der Wiese in den Schatten der Sträucher gesetzt hatte. Seine bis auf den Rücken herabhängenden weißblonden Haare, seine rötlich schimmernden Augen und seine helle Haut ließen keinen Zweifel daran, dass er an Albinismus litt.

»Lange, Bartholomäus, geboren 1883.«

Der junge Mann nickte. »Ich bin der Höhlenmensch aus Alaska«, sagte er, und die kräftige, tiefe Stimme passte so wenig zu diesem feenhaften Wesen, dass Zomrowski irritiert nach seinem Schnurrbart griff. Doch er besann sich, zwirbelte keine der beiden Bartspitzen, ließ die Hand wieder sinken und sah sich die drei Passkarten an, die noch übrig waren, nachdem er Lange seinen Reisepass ausgehändigt hatte.

»Meyer, Franz, neunundzwanzig Jahre alt«, las er vor.

Der Besitzer des Ausweispapiers war unter all diesen sonderbaren Menschen derjenige, dessen Erscheinung Zomrowski am meisten verstörte. Außer seinen Füßen und den Innenflächen der Hände waren alle sichtbaren Stellen seines Körpers von Haaren bedeckt. Das dünne Haupthaar hing bis auf die Schultern herab. Das ebenso lange Barthaar schien aus allen Poren der Gesichtshaut hervorzusprießen. Bis fast zu den Augen waren die Backenknochen von flauschigem Haar bedeckt, aus den Nasenflügeln spross es hervor, und oberhalb der Augenbrauen wuchs es als weicher Flaum auf der Stirn. Arme und Handrücken waren dicht behaart, ebenso die Schenkel unterhalb der hochgekrempelten Hosenbeine. Aus dem geöffneten Hemd quoll üppig das Brusthaar hervor.

»Ich bin Franz Meyer«, sagte der Mann. »In der vorigen Kirmessaison war ich das fehlende Glied in der Entwicklung vom Affen zum Menschen, entdeckt von Direktor Marsilius in den

Urwäldern Afrikas. In dieser Saison bin ich Wotan, der Wolfsmensch. Das ist doch ein gewaltiger evolutionärer Fortschritt, nicht wahr?«

»Vermutlich«, murmelte Zomrowski, legte dem Mann sein Identifikationspapier in die haarige Hand und wandte sich ab.

»Wolter, Josefa, vierundzwanzig Jahre alt, aus Sistig in der Eifel, und Drescher, Adam, einundvierzig Jahre«, las Zomrowski von den beiden letzten Passkarten vor. »Die Riesendame und der starke Adam, nehme ich an.«

Josefa Wolter nickte.

Adam Drescher deutete eine Verbeugung an. »Der stärkste Mann des Kaukasus«, sagte er.

Ein Personenzug polterte hinter der Wiese über die Schienen und hielt kurz darauf rumpelnd und quietschend im nahen Sterkrader Bahnhof. Zomrowski ging zurück zur Wohnwagentreppe, stellte sich auf die untere Stufe und sagte laut: »Kriminalsergeant Molsbeck und ich werden in den nächsten Tagen noch jeden von Ihnen einzeln befragen. Denken Sie bis dahin noch einmal nach! Vielleicht fällt Ihnen ja doch irgendwas ein. Oft haben uns schon Beobachtungen weitergeholfen, die ein Zeuge zunächst für belanglos hielt. Vielleicht gab es in den vergangenen Tagen Ereignisse, die nur scheinbar nichts mit den Morden zu tun haben, einen Streit vielleicht, einen fremden Besucher oder sonst irgendwas Ungewöhnliches. Es ist Ihre Pflicht, uns alle Beobachtungen mitzuteilen, die mit dem Verbrechen in Zusammenhang stehen könnten. Vergessen Sie das nicht!«

Die dicke Emmy saß reglos auf ihrer Bank, Kamala, die schwebende Inderin, hockte im Gras und lächelte, der elfengleiche Höhlenmensch rutschte näher an das schattenspendende Gebüsch, die Riesendame und der stärkste Mann des Kaukasus standen mit gesenkten Köpfen beieinander.

Lediglich Direktor Marsilius und der Wolfsmensch sahen den Kriminalwachtmeister aufmerksam an, und Nepomuk Marsilius signalisierte durch unablässiges Kopfnicken eine überaus große Bereitschaft, seiner Bürgerpflicht nachzukommen.

»Und noch etwas«, sagte Zomrowski. »Sollte jemand von Ihnen schon einmal mit dem Gesetz in Konflikt geraten sein, dann teilen Sie uns das gefälligst mit! Wir werden es ohnehin herausfinden, und wenn Sie's uns verheimlichen, dann machen Sie sich nur verdächtig.«

»Zwei Gefängnisstrafen wegen gewerbsmäßiger Unzucht«, sagte die zierliche Kamala und lächelte.

»Nein, nein«, wehrte Zomrowski ab. »Das können Sie uns natürlich unter vier Augen erzählen, wenn wir einzeln mit Ihnen sprechen.«

»Körperverletzung, eine Verurteilung wegen schwerer Körperverletzung«, sagte Adam Drescher, der stärkste Mann des Kaukasus.

»Wir haben keine Geheimnisse voreinander«, fügte Nepomuk Marsilius hinzu.

»Vergehen gegen den Paragraphen hundertfünfundsiebzig.« Das war die kräftige, dunkle Stimme des Höhlenmenschen.

»Aber, Herr Kriminalwachtmeister«, erklärte Marsilius, »all diese Dinge liegen lange zurück. Wer zur Schaustellertruppe Marsilius gehört, der hat ein Zuhause und sein Auskommen, der begeht keine Straftaten mehr.«

»Was hat es mit der Körperverletzung auf sich?«, wollte Zomrowski wissen.

»Eine Gasthausrauferei«, sagte Drescher. »Ich wurde da hineingezogen. Ist schon fast zehn Jahre her.«

»Neigen Sie zur Gewalttätigkeit?«, fragte Zomrowski.

»Nein, das tut der Adam gewiss nicht«, sagte Nepomuk Marsilius entschieden. »Er ist ein gutmütiger Kerl. In der achten Saison ist er jetzt schon bei mir, und es ist nie etwas vorgefallen.«

»Na gut, dann brauche ich Sie vorläufig nicht mehr, außer Direktor Marsilius. Ach ja, und einer von Ihnen muss Kriminalsergeant Molsbeck die Schlafstelle des Toten zeigen und seine Truhe.«

»Welche Truhe?«, fragte Marsilius.

»Na, den Platz eben, an dem er seine persönlichen Sachen aufbewahrt hat.«

»Ja gewiss.« Marsilius drehte sich nach Adam Drescher um. »Zeig du dem Kriminalsergeant das Bett vom Friedrich und die Kiste und was er sonst noch sehen will!«

»Ich muss mich um die Pferde kümmern«, entgegnete Drescher mürrisch.

»Ich zeig dem Herrn Sergeanten alles«, sagte Franz Meyer, der

Wolfsmensch, und verschwand mit Molsbeck in einem der Wohnwagen.

»Das ist der Männerwagen. Der hat einen Schlafplatz in jeder Ecke«, erläuterte Marsilius. »Rechts der Wagen, das ist unsere Küche. Da ist sogar ein Kochherd drin und alles an Töpfen und Geschirr, was man so braucht. Und im hinteren Teil schlafen die drei Frauen. Das querstehende Fuhrwerk in der Mitte, das ist der Direktionswagen. Das ist mein Reich. Und ein langer schmaler Tisch steht drin, an dem wir alle zusammensitzen können.«

»Und im Männerwagen hat auch der Kleinwüchsige geschlafen?«, fragte Zomrowski nach.

Marsilius nickte. »Da wohnen alle meine männlichen Artisten, außer Adam Drescher, unserem starken Mann. Adam schläft im Bühnenwagen. Der steht an der Brandenburger Straße und wird zu einem Teil unseres Zeltes während der Kirmestage, zum Bühnenhintergrund gewissermaßen. Darin werden auch all unsere Requisiten aufbewahrt. Drum muss einer von den Männern im Bühnenwagen schlafen, vor allem während einer Kirmes, wenn nachts viele Betrunkene durch die Straßen ziehen. Und der stärkste Mann des Kaukasus ist natürlich nicht der schlechteste Wächter, wie Sie sich denken können.«

Als Emmy ächzend die Stufen des Küchenwagens erklommen hatte, stand Zomrowski allein mit Nepomuk Marsilius auf dem Lagerplatz. Plötzlich war ein heftiges Gepolter zu hören, begleitet von einem spitzen Aufschrei. Dann rief eine Frau: »Ach Emmy, pass doch gefälligst besser auf!«

Aus dem Männerwagen drang kein Laut. Zomrowski wusste, dass Molsbeck alles gründlich in Augenschein nehmen würde. Er würde die Besitztümer des Toten untersuchen und sie, soweit sie für die Ermittlungen von Bedeutung sein konnten, beschlagnahmen.

Der starke Adam und der hellhäutige Höhlenmensch waren unmittelbar vor den Gleisanlagen nach rechts hinterm Gesträuch verschwunden.

»Wo geht's denn da hin?«, fragte Zomrowski.

»Das ist nur ein Wiesenstreifen, der sich an der Bahn entlangzieht, der einzige Weg, über den wir mit unseren Wagen diesen Platz erreichen können. Da sind jetzt unsere Pferde angepflockt.«

Marsilius deutete auf die Holzbank, auf der die schwere Emmy gesessen hatte. »Wollen wir da Platz nehmen, oder sollen wir in den Direktionswagen gehen?«

Zomrowski zog die Bank in der Sonne vor. »Dieser Wiesenstreifen, endet der hier am Lagerplatz?«, fragte er, während er sich setzte.

Marsilius setzte sich neben ihn und nickte.

»Nach links, zur Brandenburger Straße hin, führt also kein Weg an den Gleisen entlang?«

»Nein, wenn wir dahin wollen und weiter in die Stadt, dann gehen wir über den Trampelpfad und über den Fußweg.«

»Das hatte ich angenommen.« Zomrowski nickte. »Dann wundert's mich allerdings, dass keiner von Ihren Leuten die Toten entdeckt hat. Die haben von gestern Abend bis zum Abtransport heute Mittag auf dem Trampelpfad und neben dem Fußweg gelegen.«

Marsilius kratzte eine Weile seinen buschigen, schwarzen Bart. Dann sagte er: »Gestern Abend hat niemand mehr den Platz verlassen. Da bin ich mir sicher. Heute Vormittag haben wir noch ein paar Einzelheiten unseres Programms besprochen, und einige meiner Artisten haben trainiert, der Meyer zum Beispiel, der Albino, mit seinen Keulen, und der Adam mit seinen Gewichten.«

»Und niemand hat den Kleinwüchsigen vermisst?«

Nepomuk Marsilius wiegte sein lockenumsäumtes Haupt, zog die buschigen Augenbrauen hoch, sah den Kriminalwachtmeister mit einem verlegen wirkenden Lächeln an, räusperte sich und kraulte seinen Bart mit allen zehn Fingern. So übertrieben zeigte er, dass es ihm peinlich war, das zu sagen, was jetzt gesagt werden musste, dass Zomrowski ihm seine Verlegenheit nicht abnahm.

»Also, der ist nun mal so, der Friedrich. Ich mein, der war nun mal so«, begann Marsilius umständlich. »Wenn wir irgendwo angekommen waren, dann musste er los, gleich am ersten Abend. Das war immer dasselbe. In die Gasthäuser und auf die Tanzböden hat's ihn gezogen. Und dass er dabei ein Liebchen gefunden hat für die Nacht und erst am nächsten Tag zurück ins Lager kam, das war eben hin und wieder so.«

»Liebchen?«, fragte Zomrowski verdattert. »Der Liliputaner?«

Marsilius lächelte. »Der Liliputaner, der putzige Zwerg, der kleine Prinz aus dem Märchenland. So einer verzückt die Weibsbilder.

So einen nehmen sie arglos mit in ihre Kammer. Und da ist er dann eben doch ein Mann gewesen, der Friedrich.«

Kopfschüttelnd zog Zomrowski den Pass des Toten aus seiner Jackentasche. »Kessler, Friedrich«, las er laut. »Beruf: Artist. Geboren am siebten April 1887. Geburtsort: Rheinbach, Landkreis Bonn, Provinz Rheinland. Staatsangehörigkeit: Preuße. Gestalt: gedrungen. Gesichtsform: rund. Augen: blau. Haare: braun. Besondere Kennzeichen: kleinwüchsig.«

Noch einmal schüttelte Zomrowski den Kopf, schwieg eine Weile und fragte schließlich: »Und hier, in dieser Gruppe, hat er hier auch den Frauen nachgestellt?«

»Nein«, antwortete Marsilius entschieden. »Das war nicht sein Fall. Hübsche junge Weiber, die hatten es ihm angetan. Bei uns war er für alle der liebenswerte kleine Friedrich, für die Frauen und für die Männer. Und wenn Sie glauben, Herr Kriminalwachtmeister, dass einer von meinen Leuten ihn getötet haben könnte, dann irren Sie gewaltig. Wir gehören zusammen wie eine Familie. Und seinen kleinen Bruder, den bringt niemand um.«

Das klang überzeugend. Alles, was dieser Mann von sich gab, klang überzeugend. Das machte Zomrowski misstrauisch.

Als hätte Marsilius jedes Wort sorgfältig bedacht, bevor er es aussprach, als hätte er sich schon Antworten zurechtgelegt, lange bevor ihm die Fragen gestellt wurden, so kam es Zomrowski vor.

Es galt, auf der Hut zu sein. Unter dieser angegrauten Lockenmähne verbarg sich ein kluger Kopf. Und dieser Mann verstand es, überzeugend zu wirken und Menschen um den Finger zu wickeln. Das war sein Beruf und offenbar auch seine Gabe.

Zomrowski schob den Pass Friedrich Kesslers in die Innentasche seiner Jacke zurück. »Es gibt wohl keinen Zweifel daran, dass der Tote Ihr kleinwüchsiger Artist ist. Aber Sie müssen ihn trotzdem noch identifizieren. Und den anderen Toten, den sollten Sie sich ebenfalls ansehen, auch wenn er nicht zu Ihrer Truppe gehörte. Vielleicht kennen Sie ihn ja doch. Einer meiner beiden Kriminalsergeanten wird Sie ins Josefs-Hospital begleiten.«

Nepomuk Marsilius nickte schweigend.

»Ich weiß gar nicht, was jetzt werden soll, ohne meinen Liliputaner«, sagte er nach einer Weile leise. »Und eigentlich wollten wir heute Nachmittag das Zelt aufbauen.«

Über die Gleise fuhr dampfend ein Personenzug in Richtung Arnheim. Jenseits der Bahnlinie drehten sich die Seilscheiben in den Fördertürmen.

***

Johann Zomrowski lag mit geschlossenen Augen in der Badewanne.

Er war mit dem Fahrrad zur Reinersstraße gefahren, weil er Arnold und Ferdinand, den Sohn vom Schuster Lehmkuhl, befragen wollte. Aber die Jungen waren unterwegs gewesen, irgendwo auf einer Wiese Fußball spielen, hatte sein Schwiegervater Theodor Kückelmann gesagt.

Zomrowski war mit seiner neuen Excelsior-Maschine durch die Gegend gefahren, um nach den Jungen zu suchen, hatte Spaß daran bekommen, an diesem schönen Juninachmittag auf dem Rad zu sitzen, hatte gespürt, wie es ihm guttat, zu treten und zu schwitzen und den Fahrtwind im Gesicht zu spüren. Irgendwann war er froh gewesen, die Jungen nicht gefunden zu haben, war die Kronprinzstraße bis hinauf nach Königshardt geradelt, hatte nicht mehr an die beiden Toten denken müssen, nicht mehr an Riesenweiber und Wolfsmenschen, nicht mehr an Kommissar Hüppchen und das Kriminalbüro, hatte einfach in die Pedale getreten, auf den Hiesfelder Wald zugehalten und wäre am liebsten immer weiter gefahren, bis nach Kirchhellen oder sonst wohin. Aber dann war ihm plötzlich eingefallen, dass er bei Lise ein Bad bestellt hatte.

Als er zu Hause angekommen war, war das Wasser im Badeofen schon heiß gewesen. Lise Kleinrogge hatte es in die Wanne gelassen und ihm ein frisches Handtuch rausgelegt.

Er hatte es gut getroffen mit seiner Wohnung im Haus der Witwe Berta Horstkamp.

Sie betrieb unten im Parterre zusammen mit ihrer Schwester ein gut gehendes Geschäft für Kurz-, Weiß- und Wollwaren. Die beiden Damen bewohnten die erste Etage. Er teilte sich die zweite mit einem jungen Hütteningenieur, den er kaum einmal sah und nie hörte.

Seine beiden Zimmer waren nach seinem Geschmack. Das Wohnzimmer vorne raus, das war aufregend, voller Geräusche, mit Blick auf die Bahnhofstraße, die lebendigste Straße Sterkrades. Er sah gern auf die Menschen hinunter, auf die eilenden, drängenden, hastenden Menschen, die in den Einkaufsgeschäften verschwanden, hinter der Straßenbahn herliefen, vor Fuhrwerken aufs Trottoir flüchteten und in letzter Zeit hin und wieder auch vor einem hupenden Automobil.

Wenn es ihm zu laut wurde, zog er sich in das hintere Zimmer zurück, in das Schlafzimmer, in dem auch der kleine Schreibtisch stand, an dem er manchmal saß, um in einer Akte zu blättern, die neuesten Entwicklungen der Kriminologie zu studieren oder, selten nur, um in einer Zeitschrift zu lesen. Wenn er die Zwischentür zum Vorderzimmer geschlossen hatte, dann hörte er hier nichts mehr vom Lärm auf der Bahnhofstraße, dann war es um ihn herum beinahe so ruhig, als wäre Sterkrade noch immer ein Dorf.

Das Klosett auf der Etage, nur für ihn und den Herrn Ingenieur, das war angenehm, aber der größte Luxus war ohne Zweifel der Baderaum.

Er musste es Lise nur rechtzeitig sagen, dann gab es warmes Wasser und das schöne Gefühl, es im Leben zu einem Wohlstand gebracht zu haben, von dem seine Eltern nicht einmal geträumt hatten.

Und dann war da natürlich Lise Kleinrogge, das Dienstmädchen von Berta Horstkamp und ihrer Schwester. Für fünf Mark im Monat, so hatte er es mit den beiden Damen vereinbart, machte Lise seine Wäsche mit, hielt die beiden Zimmer sauber und brühte ihm an den Werktagen morgens einen Frühstückskaffee auf.

Und hin und wieder, obwohl das nicht vereinbart war, kam Lise spätabends noch mal von ihrer Kammer unterm Dach heruntergestiegen und klopfte an seine Tür. Und manchmal ließ er sie herein und nahm sie mit in sein Schlafzimmer.

Als seine Fingerkuppen schrumpelig geworden waren, stieg Johann Zomrowski aus der Wanne, rieb sich trocken, wickelte das Handtuch um die Hüften und ging durch den Flur hinüber zu seinen Zimmern.

Er stand vor dem Kleiderschrank, als Lise hereinkam. Sie hatte nicht angeklopft. »Ich wollte fragen, ob Sie noch ein Handtuch brauchen«, sagte sie.

Johann Zomrowski spürte, dass sie etwas anderes wollte.

»Komm her«, sagte er, und Lise kam zu ihm und schmiegte sich an ihn. Er strich mit der Hand über ihren Rücken und ihren Hintern. Sie trug kein Beinkleid unter ihrem langen Rock. »Leg dich aufs Bett«, sagte Zomrowski, und Lise legte sich hin und zog ihren Rock hoch. Er streifte das Handtuch von den Hüften und kniete sich zwischen ihre Schenkel. Sie waren üppig. Lise war üppig. Sie hatte ihre Augen geschlossen, und Zomrowski legte sich auf sie.

Mit Lise war es anders als damals mit Marie. Marie hatte er haben wollen, mehr als alles auf der Welt. Immer wieder aufs Neue hatte er sie begehrt. Das mit Lise, das war etwas, was ihm guttat. Mehr war es nicht. Aber auch nicht weniger.

Er bewegte sich langsam in ihr und sah in ihr entrücktes Gesicht. Es gefiel ihm, dass er sie in diesen Zustand versetzen konnte. Als sie den Kopf hin und her warf, entzog er sich ihr und spritzte auf ihren Bauch.

»Das ist nicht schön, wenn Sie ihn vorher rausziehen«, sagte sie, als er aufstand. »Das müssen Sie doch nicht.«

»Ich will dich nicht schwängern. Das weißt du.«

Lise schwieg eine Weile. »Sie haben mir für den Mai zehn Mark gegeben, obwohl ich nur fünf von Ihnen zu kriegen habe«, sagte sie dann. »Dafür möchte ich mich bedanken.«

»Das brauchst du nicht. Ich bin froh, dass ich dich hab.«

Lise seufzte. »Dafür will ich kein Geld«, sagte sie, »dafür nicht. Es ist schön mit Ihnen. Deshalb mach ich's.«

Zomrowski setzte sich auf die Bettkante, wischte mit seinem Handtuch ihren Bauch ab, zog ihren Rock herunter, strich ihr die Haare aus dem Gesicht und lächelte sie an. »Ich weiß, dass es schön für dich ist. Deshalb gefällt es mir ja mit dir«, sagte er. »Aber ich möchte dir trotzdem wieder zehn Mark geben, auch für den Juni, wenn du nichts dagegen hast.«

»Wenn's so ist, dann hab ich nichts dagegen«, sagte Lise und lächelte auch.

Als es an der Tür zum vorderen Zimmer klopfte, fuhr sie erschrocken hoch.

»Bleib liegen«, sagte Zomrowski »und verhalt dich still! Hier wird niemand reinkommen.«

Er wickelte das Handtuch wieder um seine Hüften, verließ das

Schlafzimmer, schloss die Zwischentür hinter sich, ging durchs Wohnzimmer und öffnete die Tür zum Flur.

Davor stand Kriminalsergeant Anton Schmitz.

»Schmitz! Was wollen Sie denn noch? Ich dachte, Sie würden längst Ihren Feierabend genießen.«

»Ich suche Sie, schon seit ein paar Stunden«, sagte Schmitz. »Aber wenn ich jetzt störe.« Verlegen sah der junge Kriminalsergeant an seinem halbnackten Vorgesetzten vorbei. »Es hat sicher auch Zeit bis morgen.«

»Ich wollte gerade ins Bad«, log Zomrowski. »Für drei Minuten können Sie reinkommen. Länger nicht. Sonst wird das Wasser kalt.«

»Ich war schon mal hier«, sagte Schmitz, während Zomrowski ihn ins Wohnzimmer ließ. »Unten im Laden bei Ihrer Vermieterin. Die hat mir gesagt, Sie wären mit dem Fahrrad unterwegs. Zur Reinersstraße ist der Herr Kriminalwachtmeister, hat sie gesagt. Da hab ich mir gedacht, dass Sie die beiden Jungs vernehmen wollten, die den toten Kirmesartisten gefunden haben. Also bin ich zur Reinersstraße gelaufen. Aber als ich da ankam, bei diesen Kückelmanns, da waren Sie schon wieder weg.«

»Sie sollten sich auch ein Fahrrad anschaffen«, schlug Zomrowski vor.

»Ich kann mit so einem Ding nicht fahren.«

»Das lässt sich lernen. Ist nicht so schwierig, wie es aussieht. Aber jetzt sagen Sie mir, worum es geht!«

»Als ich aus dem fotografischen Labor kam, unten im Rathaus, da ist mir einer von den Uniformierten über den Weg gelaufen. Es war dieser Bauland, Polizeisergeant Bauland. Der war schon die ganze Zeit auf der Suche nach einem von uns. Im Kriminalamt war aber niemand mehr. Und da war er froh, dass er mich erwischt hat. Sonst hätt er noch den Diensthabenden zu Hause aufsuchen müssen.«

»Also, worum geht es Schmitz?«, fragte Zomrowski ungeduldig.

»Die Mutter hat den Toten identifiziert, den vom Fußweg. Bauland war mit der Frau im Leichenkeller im Hospital. Es war ihr Sohn.«

Schmitz hatte einen verknitterten Zettel aus seiner Hosentasche hervorgekramt. »Juskowiak, Paul, sechsundzwanzig Jahre alt, wohnhaft in der Kolonie Dunkelschlag, Grubenstraße, Schlepper auf Zeche Sterkrade. Das ist der Tote.«

»Danke, dass Sie mich noch informiert haben«, sagte Zomrowski.

»Keine Ursache.« Schmitz sah sich um. »Schön haben Sie es hier, richtig nobel.«

»Kriminalsergeant Schmitz, jetzt verschwinden Sie bitte! Ich möchte in die Badewanne.«

VIER

»Es wallt ein Strom hernieder von Höhen schroff und kahl; gar wild sind seine Wellen und herrlich ist sein Tal. Rings um in weiter Runde reckt stolz sich die Natur: Sei tausendmal gepriesen, du schönes Land der Ruhr!«

Johann Zomrowski stieg von seiner Excelsior-Maschine und nahm die Hosenstulpen ab, die er immer anlegte, wenn er im Anzug auf dem Rad unterwegs war. Im Dienst konnte er nun mal keine Kniebundhosen tragen. Die Stulpen schützten die Hosenbeine vor Kettenfett und Straßenschmutz. Als er sie in seine Jackentasche stopfte, hörte er, dass in der Postwegschule schräg und laut das Ruhrlied gesungen wurde.

»Dir ward vor andern Gauen ein auserwähltes Los; die schwarzen Diamanten birgst du in deinem Schoß, und goldne Früchte reifen auf deiner grünen Flur: Sei tausendmal gepriesen, du reiches Land der Ruhr!«

Zomrowski schob sein Rad über den Hof und blieb lauschend unter dem geöffneten Fenster des Schulraumes stehen, in dem die morgendliche Gesangsstunde ihren schrillen Verlauf nahm.

»Es stehen in der Esse die Waffenschmiede dein und schmieden Stahl und Eisen im hellen Feuerschein. Hei, wie die Funken sprühen, ihr Feinde, wagt es nur! Sei tausendmal gepriesen, du starkes Land der Ruhr!«

Zomrowski hörte erheitert dem kindlichen Gesang zu, in dem dröhnende und zaghafte, brüchige und feine Kinderstimmen sich unbekümmert zu einem grellen Missklang mischten.

»Und so wie deine Söhne, sah ich ein Volk wohl nie: so emsig und so tapfer, so stolz und stark sind sie; und deine Töchter hüten des Hauses heil'gen Schwur! Sei tausendmal gepriesen, du edles Volk der Ruhr!«

Während Zomrowski weiterging, hörte er Jakob Lengeling: »Das war gut, Kinder. Das war schön. Nur an der Stelle, wo es heißt ›Ihr Feinde, wagt es nur!‹, da müsst ihr eure Stimmen noch etwas mehr anheben. Das muss noch kraftvoller und drohender klingen.«

Zomrowski wollte sein Rad hinter das Schulhaus bringen. Als er um die Ecke des Gebäudes bog, sah er in die erschrockenen Augen zweier Jungen, eines kräftigen, rothaarigen und eines hageren mit unzähligen Pickeln im Gesicht. Sie hatten sich offenbar an den beiden Fahrrädern zu schaffen gemacht, die hinter der Schule abgestellt waren.

»Was geht denn hier vor?«, fragte Zomrowski streng. »Was habt ihr beiden hier zu suchen?«

»Und Sie? Was machen Sie hier?«, entgegnete der Rothaarige keck. »Fremde dürfen nicht auf den Schulhof.«

Zomrowski zog seine Blechmarke aus der Tasche und hielt sie den Jungen vors Gesicht.

»Heißt das Kriminalpolizei?«, fragte der Hagere ungläubig.

»Genau das steht da drauf. Kriminalpolizei – Bürgermeisterei Sterkrade.«

»Au Backe«, sagte der Hagere.

»Sind Sie hinter einem Mörder her?«, fragte der Rothaarige.

»Hin und wieder«, antwortete Zomrowski. »Meistens aber jage ich kleine Gauner oder Diebe, die anderer Leute Fahrräder stehlen.«

Die Jungen sahen den Kriminalwachtmeister eingeschüchtert an.

»Also«, fragte Zomrowski, »was macht ihr hier?«

»Wir putzen dem Hauptlehrer Lengeling sein Fahrrad«, sagte der Hagere, und der Rothaarige nickte.

Erst jetzt sah Zomrowski die beiden Lappen, die an der Lenkstange des Teutonia-Rades hingen, und die Bürsten und den Putzeimer auf dem Boden.

»Und warum seid Ihr nicht im Unterricht?«, wollte er wissen.

»Wir haben Singen«, erklärte der Hagere, »und da dürfen wir nicht mitmachen, weil wir nie den richtigen Ton treffen.«

»Sagt der Herr Hauptlehrer jedenfalls«, fügte der Rothaarige hinzu. »Und dass wir mit unserem Herumbrummen immer die anderen durcheinanderbringen. Deshalb müssen wir jetzt sein Fahrrad putzen, wenn Singunterricht ist.«

»Hört sich an, als wärt ihr im Stimmbruch«, stellte Zomrowski fest. »Und das hier, macht euch das mehr Spaß als die Singerei?«

»Ist schon in Ordnung so«, antwortete der Hagere. »Hier kriegen wir wenigstens nicht dauernd eins drüber, weil wir wieder falsch gesungen haben.«

»Ist nur blöd wegen den Mädchen. Singen haben wir zusammen mit denen.« Der Rothaarige verdrehte die Augen. »Ist eigentlich schade deswegen.«

»Religionslehre beim Herrn Pastor haben wir ja auch mit den Mädchen zusammen«, tröstete ihn der Hagere.

»War bei uns auch schon so«, erinnerte Zomrowski sich. »Und wem gehört das andere Fahrrad?«

»Das ist vom Lehrer Terhufen. Der soll seine Maschine aber mal selber putzen«, sagte der Rothaarige.

Der Hagere grinste und nickte.

»Wieso?«, fragte Zomrowski.

»Kein Auftrag«, erklärte der Rothaarige. »Und außerdem können wir den nicht leiden. Hat immer seinen Knüppel in der Hand. Mein Bruder hat bei dem, der wird dauernd vermöbelt. Mein Vater hat sich schon beschwert.«

»So, so.« Zomrowski deutete auf Lengelings Fahrrad. »Und wie weit seid ihr?«

»Schon fertig. Müsste eigentlich jeden Moment Pause sein«, sagte der Hagere.

Gerade als Zomrowski an die Tür zu Lengelings Klasse klopfen wollte, begann der Pedell die Schulglocke zu läuten.

»Dann raus mit euch!«, hörte er Jakob Lengeling rufen. »Aber gesittet, wenn ich bitten darf. Zuerst die Damen und dann die Herren.«

Und ehe Zomrowski es sich versah, stürmten sechzig oder siebzig Kinder an ihm vorbei, die sich überaus gesittet benahmen, solange ihr Lehrer ein Auge auf sie hatte. Kaum waren sie durch die Tür, hüpften und rannten sie, dass die Holzschuhe über die Steinfliesen des Flures trommelten, und verschwanden johlend und kreischend auf dem Schulhof.

»Wenig Zucht und Ordnung in Ihrer Bande, Herr Hauptlehrer«, sagte Zomrowski, als er den still gewordenen Klassenraum betrat.

Lengeling blickte erschrocken von den Schulheften auf, die er gerade auf seinem Pult zusammenlegte. »Ach, du bist das. Ich dachte schon, der Schulinspektor hätte mich erwischt.«

»Und?«, fragte Zomrowski, während Lengeling von seinem Katheder herabstieg. »Wobei hätte er dich erwischt?«

»Bei einem Verstoß gegen die Schulordnung für die Sterkrader Volksschulen«, sagte Lengeling grinsend. »Da heißt es ›Das Hinein- und Hinausgehen geschieht in bestimmter Ordnung unter Aufsicht und Führung der Lehrer und Lehrerinnen‹. Aber die Großen, die lass ich schon mal laufen. Sind ja nur ein paar Schritte bis zum Schulhof. Und meistens sind sie auch ganz brav. Aber wenn ich sie zusammen im Gesangsunterricht hab, die Mädchen und die Jungen, dann sind sie immer außer Rand und Band. Da muss man schon mal ein Auge zudrücken.«

»Das waren ja fast siebzig Kinder, die gerade an mir vorbeigelaufen sind. Verlierst du da nicht die Übersicht?«

»Kleinere Klassen wären natürlich angenehmer, aber sie sind nicht bezahlbar«, erklärte Lengeling. »Fast siebentausend Volksschüler haben wir inzwischen in Sterkrade, in achtzehn Volksschulen, zwölf katholischen und sechs evangelischen.«

»Siebentausend! Das hätte ich nicht gedacht«, sagte Zomrowski beeindruckt.

»Als ich 1907 zurück nach Sterkrade kam, wurde ich als vierundfünfzigste Lehrkraft eingestellt. Inzwischen, in nur fünf Jahren, hat sich die Zahl der Volksschullehrer verdoppelt. Aber trotzdem hat ein Lehrer noch im Durchschnitt mehr als sechzig Kinder zu unterrichten.«

Zomrowski betrachtete nachdenklich das Bildnis Kaiser Wilhelms, der von der Wand des Schulzimmers ebenso milde herablächelte wie von der Wand des Kriminalbüros im Sterkrader Rathaus.

»Bei euch hängt der Kaiser ja sogar ein Stück höher als das Kreuz«, stellte er fest.

Lengeling ließ seinen Blick abschätzend zwischen dem zum König von Preußen und zum Kaiser aller Deutschen gekrönten Wilhelm und dem mit Dornen gekrönten Herrn Jesus an der Wand entlanggleiten. »Was einem Kriminalwachtmeister so alles auffällt!« Er schüttelte den Kopf. »Hatte ich noch nicht bemerkt.«

Zomrowski sah sich im Schulraum um, der ihm trotz der hereinflutenden Sonne düster erschien, betrachtete die drei Reihen der ebenso engen wie harten Holzbänke, studierte eine Weile die neben der Tafel hängende Landkarte des rheinisch-westfälischen Industriereviers, sah hinüber zum Lehrerkatheder und zum gusseisernen Kanonenofen und sagte kopfschüttelnd: »So verdammt lang ist das alles schon her.«

»Nun, so lange auch wieder nicht«, entgegnete Lengeling. »Wir sind doch noch keine alten Männer.«

»Fast vierzig«, sagte Zomrowski achselzuckend.

Lengeling lachte. »Was führt dich eigentlich her?«

»Ich muss den Arnold befragen und den Ferdinand Lehmkuhl, den Jungen vom Schuster. Die beiden haben den toten Kleinwüchsigen entdeckt, in den Büschen an der Bahn.«

»Hab ich schon gehört. Warum hast du sie dir nicht gleich gegriffen, als sie aus der Klasse gestürmt sind?«

»Ich hab den Arnold erst entdeckt, als er schon halbwegs zur Schultür raus war. Und den Ferdinand hab ich gar nicht gesehen.«

Lengeling war ans offene Fenster getreten. »Da hinten sind sie«, sagte er. »Aber wenn ich sie jetzt reinrufe, dann sitzt du wahrscheinlich noch hier mit den beiden, wenn die nächste Stunde beginnt. Mir wär's lieber, wenn du warten würdest, bis die Pause zu Ende ist. Dann kannst du dich draußen irgendwo mit ihnen hinsetzen.«

»Mach ich.« Zomrowski stellte sich neben den Freund ans Fenster.

»Gibt's schon Erkenntnisse zu den Morden?«, fragte Lengeling.

»So gut wie keine«, musste Zomrowski zugeben. »Eine undurchsichtige Angelegenheit im Moment noch. Und vermutlich viel Arbeit in den nächsten Tagen.«

»Dann brauche ich für Sonntag wohl keine Radtour für uns beide zu planen?«

»Doch, doch. Mach nur! Wenn ich Sonntag keine Zeit habe, verschieben wir die Tour eben um eine Woche.«

Lengeling nickte. Zomrowski hatte auf dem Schulhof den aufsichtführenden Lehrer Terhufen entdeckt. »Der scheint ja nicht sehr beliebt zu sein bei den Schülern, der Herr Terhufen«, sagte er.

»Beliebt sein muss ein Pädagoge nicht. Respektiert werden muss er. Aber wenn man Respekt mit der Rute erzwingen will, dann ist das nicht gut.«

»Bist du nicht zufrieden mit ihm?«

Lengeling seufzte. »In den Zielen unserer Arbeit gibt es keine Differenzen. Natürlich sollen unsere Schüler einmal tüchtige Arbeiter und tugendhafte Hausfrauen werden, mit Respekt vor der Obrigkeit. Das ist unbestritten das Erziehungsziel der Volksschule. Aber Gotthold Terhufen glaubt, alle Arbeiterkinder würden Sozialdemokraten, Gewerkschaftler, Schwerverbrecher oder unsittliche Weibsbilder, wenn sie nicht täglich Respekt und Untertanengeist eingebläut bekämen. Der Stock ist für die Kinder der unteren Schichten der einzige rechte Wegweiser ins Leben, sagt er immer. Ein Bürgersöhnchen ist er eben, einer, für den es ausgeschlossen ist, dass es auch unter Arbeiterkindern besondere Begabungen gibt. Die Klugen, die haben es besonders schwer bei ihm, die bringen sein Weltbild durcheinander. Die tragen schon den Keim sozialdemokratischen Gedankenguts in sich, meint er. Und er findet immer irgendeinen Grund, sie zu bestrafen.«

»Hätten wir so einen Lehrer gehabt, wären wir nicht das geworden, was wir sind«, sagte Zomrowski.

Lengeling nickte und schwieg.

Als die Pause zu Ende war, schlenderte Johann Zomrowski mit Arnold Kückelmann und Ferdinand Lehmkuhl über den Schulhof, der wieder still unter der Junisonne lag. »Wie war es Sonntag in Ruhrort?«, fragte er Arnold.

»Schön. Die vielen Schiffe und alles und auch die Fahrt mit der Eisenbahn, ich fand's sehr schön. Und dem Michael hat es auch gefallen.«

»Den will ich heut noch besuchen«, sagte Zomrowski.

»Stimmt das, dass Sie der Schwager vom Arnold sind?«, fragte Ferdinand.

»Ja, ich war mit seiner ältesten Schwester verheiratet.«

»Mit der Bernhardine?«

»Nein, mit der Marie. Die kannst du nicht kennen. Die ist schon gestorben, als ihr noch klein ward. Vor zwölf Jahren ungefähr.«

»Ich kann mich auch nicht an sie erinnern«, sagte Arnold.

»Kommt, wir setzen uns hinter der Schule auf die Bank. Da, wo die Fahrräder stehen. Da können wir in Ruhe sprechen.«

»Da dürfen wir nicht hin«, sagte Ferdinand Lehmkuhl.

»Mit mir dürft ihr das.«

Als Zomrowski zwischen den beiden Jungen auf der Holzbank saß, betrachtete er ein paar Augenblicke nachdenklich seine nagelneue Excelsior-Maschine und Lengelings frisch gewienertes Teutonia-Rad, die blinkend nebeneinander in der Sonne standen. Er hörte das Knallen einer Peitsche und die Rufe eines Kutschers, der sein Zugpferd den Postweg hinauftrieb. Im Baum hinter der Bank zirpte ärgerlich ein Vogel. Durch die geöffneten Fenster des Schulhauses drangen brüchig dünne Kinderstimmen und bedrohlich laute Lehrerworte, aber kein Gesang in dieser Stunde und, wie Zomrowski nach einer Weile erstaunt bemerkte, nicht ein einziges kindliches Lachen.

Er spürte, dass es den beiden Jungen an seiner Seite unbehaglich zumute war. Dass ihr sittenloses Herumschleichen am Lagerplatz der Kirmesleute zur Sprache kommen sollte, bedrückte Arnold und Ferdinand so offensichtlich, dass Zomrowski ihnen zunächst einmal klarmachte, dass er durchaus ein gewisses Verständnis für ihre moralische Verfehlung aufbringen konnte und dass diese ihn im Übrigen nicht sonderlich interessierte.

»Wen und was ihr da gesehen habt, das will ich wissen, nicht was ihr sehen wolltet«, erklärte er den Jungen.

»Zuerst war da ein Mann mit einem buschigen Bart und einem grauen Lockenkopf«, sagte Arnold.

»Das ist der Patron der Truppe, Nepomuk Marsilius.«

»Ja, das kann sein. Der hat zu zwei Leuten gesprochen, zu einer Riesin und dem Zwerg. Und dann sind sie alle drei in einen Wohnwagen gegangen.«

»Da waren auch noch andere drin. Man hat sie lachen gehört«, fügte Ferdinand hinzu.

»Wer da drin war, das wisst ihr nicht?«

Die Jungen schüttelten den Kopf.

»Irgendwann ist dann der Zwerg wieder rausgekommen und auf dem Trampelpfad verschwunden«, sagte Arnold.

»Und später kam dann der stärkste Mann des Kaukasus«, erinnerte Ferdinand sich.

»Und der ist hinter dem Kleinwüchsigen her?«, fragte Zomrowski.

»Nein«, sagte Ferdinand, »der hat Pisse über uns gekippt und ist wieder in den Wohnwagen.«

»Was hat der?«

»Der hat seinen Pinkelpott in dem Busch ausgeleert, hinter dem wir lagen«, stellte Arnold richtig. »Und der Ferdinand hat was abgekriegt.«

»Gesehen hat er euch nicht?«

»Ganz bestimmt nicht«, sagte Arnold.

»Danach sind wir abgehauen«, fuhr Ferdinand fort. »Als wir dann den Toten da liegen gesehen haben, haben wir uns furchtbar erschreckt. Da wollten wir nur noch weg und sind ganz schnell nach Hause gerannt.«

»Hattet ihr Holzschuhe an?«

»Nein, mein Vater ist doch Schuster«, sagte Ferdinand.

»Seitdem ich in der Oberklasse bin, darf ich meine Lederschuhe auch werktags anziehen«, erklärte Arnold. »Der Vater meint, die Füße wachsen so schnell, dass ich sie sonst sowieso nicht auftrage. Nur zum Fußballspielen, da muss ich Klotschen anziehen.«

»Also gut. Wie war das genau, als ihr den Toten entdeckt habt? Wo seid ihr da stehen geblieben?«

»Na, vor dem Zwerg auf dem Trampelpfad«, sagte Arnold. »Und als wir kapiert hatten, dass der tot war, da sind wir über ihn drüber gesprungen und losgerannt.«

»Wann das war, zu welcher Uhrzeit mein ich, das wisst ihr nicht?«

Die Jungen schüttelten den Kopf.

»Als ich gestern bei euch war, da hab ich kurz mit deiner Schwester Bernhardine gesprochen«, sagte Zomrowski zu Arnold. »Die hat dich gesehen, als du außer Atem zu Hause angekommen bist. Da hätt es gerade zum Angelus geläutet, hat sie sich erinnert. Dann wärst du also gegen sieben in der Reinersstraße gewesen.«

»Das könnte sein.«

»Und von diesem Trampelpfad bis zur Reinersstraße seid ihr den ganzen Weg gerannt. Also nehmen wir mal an, ihr habt etwa eine viertel Stunde gebraucht.«

»Das kann hinkommen«, sagte Arnold, und Ferdinand nickte.

»Also habt ihr gegen viertel vor sieben den Toten gefunden.« Zomrowski dachte eine Weile nach, bevor er fragte: »Und vom Lagerplatz weg seid ihr gleich, als der starke Adam seinen Pinkelpott ausgekippt hatte?«

»Wir haben danach noch kurz gewartet«, sagte Ferdinand.

»Bis er wieder im Wohnwagen verschwunden war«, erklärte Arnold.

»Und wie lange vorher ist der kleine Mann weggegangen?«

»Vielleicht auch eine viertel Stunde«, sagte Ferdinand unsicher.

»Vielleicht auch etwas weniger«, meinte Arnold.

»Also sagen wir mal, rund eine viertel Stunde bevor ihr ihn gefunden habt, ist der kleinwüchsige Artist auf dem Trampelpfad verschwunden. Das heißt, er ist zwischen halb sieben und viertel vor sieben erschlagen worden.«

Die beiden Jungen nickten. Offensichtlich waren sie von Zomrowskis Kombinationsgabe beeindruckt.

»Jetzt noch eine ganz wichtige Sache. Ihr wisst, dass da noch ein Mann getötet worden ist. Der lag ungefähr acht Meter rechts von der Einmündung des Trampelpfades in den Fußweg.«

»Nichts von gesehen«, sagte Ferdinand.

»Wir sind ja nach links runter abgehauen«, fügte Arnold hinzu.

»Habt ihr denn den Holzstapel gesehen, der da lag?«

Beide Jungen schüttelten den Kopf.

»Auch auf dem Hinweg nicht?«

»Als wir hin sind zum Lagerplatz«, erklärte Arnold, »da sind wir quer durch die Büsche, da sind wir gar nicht über den Weg gegangen.«

***

»Da ist der Herr Kriminalwachtmeister ja endlich.«

Kommissar Lambertus Hüppchen kam schweren Schrittes aus seinem Zimmer, ließ einen Stapel Zeitungen auf das erste Stehpult fallen, das er erreichte, blieb daneben stehen, schaute sich im Kriminalbüro um und stellte fest: »Dann sind ja jetzt alle da.«

Als wäre er sich seiner Sache nicht ganz sicher, sah er weiter zwischen Tischen und Schreibpulten, Aktenregalen und Karteischränken umher.

Kriminalsergeant Pötter begriff als Erster, wonach sein Vorgesetzter guckte. »Darf ich Ihnen einen Stuhl bringen, Herr Kommissar?«, fragte er.

»Ja, gerne, Pötter. Seien Sie so gut und holen Sie den Sessel aus meinem Zimmer herüber.«

Während Kriminalsergeant Pötter mit freudigem Eifer Hüppchens Wunsch nachkam, lehnte der sich gegen das Pult, verschränkte die Arme über seinem Bauch und fixierte Zomrowski, der an seinem Tisch neben dem Fenster saß, auf die Steinbrinkstraße hinausschaute und seinen Schnurrbart zwirbelte.

»Anscheinend ist er doch noch nicht ganz da, der Herr Kriminalwachtmeister«, maulte Hüppchen.

Zomrowski machte sich unbeeindruckt von seinem nörgelnden Vorgesetzten ein paar Notizen.

»Wo waren Sie eigentlich den ganzen Vormittag?«, wollte Hüppchen wissen.

»Ich hab in der Postwegschule die beiden Jungen befragt, die den Kleinwüchsigen gefunden haben.«

»So, so. Und warum bestellen Sie die nicht ordnungsgemäß ein und holen sich zum Verhör ein Mädchen aus dem Schreibbüro dazu, das stenographiert und ein ordentliches, maschinengeschriebenes Protokoll erstellt?«

»Dafür gibt's mehrere Gründe, Herr Kommissar. Vor allem war mir daran gelegen, die Aussage der Jungen so schnell wie möglich zu bekommen. Was für die Ermittlungen von Bedeutung ist, halte ich natürlich auch schriftlich fest.« Zomrowski tippte auf den Block, der vor ihm lag. »Außerdem führe ich nicht gern Verhöre im Beisein wechselnder Damen des Schreibbüros. Wir brauchen wieder einen Kriminalsekretär, einen Mann der die Schreibarbeiten und Archivarbeiten fürs Kriminalamt ausführt, und zwar nur fürs Kriminalamt, damit man sich drauf verlassen kann, dass nichts, was hier verhandelt wird, morgen auf dem Markt erzählt wird.«

»Schon gut, Zomrowski. Sie haben ja recht. Aber zurzeit werden nun mal alle Kräfte im Rathaus ums Bürgermeisterbüro zusammengezogen. Der Antrag hat jetzt höchste Priorität.«

»Der Antrag auf Verleihung der Städteordnung, ja, ja. Der scheint für manchen hier im Haus so wichtig zu sein, als ging's um die ewige Seligkeit«, knurrte Kriminalsergeant Molsbeck vor sich hin, während er mit verschränkten Armen und gesenktem Kopf an seinem Tisch saß, beinahe so, als mache er gerade ein Nickerchen.

»Schluss jetzt, meine Herren«, sagte Kommissar Hüppchen entschieden. »Das haben wir nicht zu diskutieren.«

Pötter hatte ihm seinen schweren Schreibtischsessel herangeschoben, aber Hüppchen machte keine Anstalten, sich zu setzen. »Hat das Gespräch mit den Jungen denn wenigstens neue Erkenntnisse gebracht, oder war es genauso unergiebig wie das Verhör der Kirmesleute?«, fragte er, setzte seine Brille auf, stützte sich mit einer Hand aufs Pult und blätterte mit der anderen durch die Zeitungen, die er mitgebracht hatte.

»Wir können die Zeit für die Tötung des kleinwüchsigen Friedrich Kessler eingrenzen auf die viertel Stunde zwischen halb sieben und viertel vor sieben am Abend des dritten Juni 1912. Aufgrund der Beobachtung der Jungen ist sicher, dass der Direktor der Schaustellertruppe Nepomuk Marsilius, die Riesendame Josefa Wolter und der Kraftmensch Adam Drescher sich während dieser Zeit in einem der Wohnwagen auf dem Lagerplatz aufhielten, als Mörder also nicht in Frage kommen. Offensichtlich waren auch noch andere Artisten in den Wohnwagen. Die Jungen haben sie lachen gehört. Wer das war und vor allem, ob ein Mitglied der Truppe fehlte, konnten sie nicht sagen«, fasste Zomrowski zusammen. »Die wichtige Frage, ob am Montag gegen viertel vor sieben, als die Jungen in Panik vom Tatort wegrannten, der andere Tote, dieser Paul Juskowiak, auch schon dort lag, war leider nicht zu klären. Die Jungen waren so kopflos, dass sie nicht mal den Holzstapel wahrgenommen haben, neben dem Juskowiak am nächsten Morgen aufgefunden wurde.«

»Dann hoffen wir mal, dass die Obduktion uns in dieser Frage weiterbringt«, sagte Hüppchen.

»Ich war bei Hermine Juskowiak, der Mutter des Erschossenen, in der Grubenstraße«, berichtete Molsbeck.

»Das ist doch in der Kolonie Dunkelschlag«, stellte Hüppchen fest. »Also das versteh ich nicht, Zomrowski. Das ist doch gewissermaßen Ihr Revier. Da gibt's doch inzwischen mehr Polen als Deutsche. Und Juskowiak, das klingt doch verdammt polnisch. Warum schicken Sie Molsbeck dahin? Ihr Name erleichtert Ihnen doch gewiss den Zugang zu diesen Menschen.«

»Ja gewiss«, sagte Zomrowski verärgert. »Ich hab schon drüber nachgedacht, mir meinen Namen in die Stirn ritzen zu lassen oder zumindest eine Dienstmarke mit Namensgravur zu beantragen.«

»Nun werden Sie mal nicht pampig, Zomrowski. Ich war doch

in einer ganz ähnlichen Situation, als ich ins Revier kam, Ende der Siebziger. Damals hatten viele Eifeler hier Arbeit gefunden. Und natürlich war ich dafür zuständig, wenn einer von denen zu befragen war. Man kriegt nun mal mehr aus den Menschen raus, wenn man ihre Sprache spricht.«

»Ich dachte, in der Eifel würde auch deutsch gesprochen«, sagte Zomrowski immer noch ärgerlich.

Hüppchen lachte. »Das denken die Eifeler auch. Aber Sie können mich ja dort mal besuchen, demnächst. Dann gehen wir beide zusammen in ein Gasthaus und hören den Gesprächen der Leute zu. Ich wette, Sie werden nicht mal mitkriegen, worüber die eigentlich reden.«

»Aber ich spreche nun mal genauso wenig polnisch wie Molsbeck. Das sollten Sie inzwischen wissen«, murrte Zomrowski. »Außerdem hab ich durchaus die Absicht, die Mutter des Toten noch aufzusuchen. Wir waren davon ausgegangen, dass im Moment ohnehin nicht viel aus ihr rauszukriegen ist. Die hat gerade ihren Sohn durch einen Mord verloren, verstehen Sie? Und Molsbeck sollte zunächst nur die Familienverhältnisse der Juskowiaks in Augenschein nehmen und herausfinden, ob die Frau vielleicht irgendeine Ahnung davon hat, was hinter dem Tod ihres Sohnes stecken könnte.«

»Das hat sie angeblich nicht«, schaltete Molsbeck sich ein und blätterte in dem Notizblock herum, der vor ihm auf dem Tisch lag. »Wenn man der Frau glauben will, dann war Paul Juskowiak der bravste Kerl auf Gottes Erden, eine große Stütze für seine Mutter. Hat als Schlepper unter Tage gearbeitet. Natürlich nicht viel verdient, aber trotzdem ging's den beiden nicht schlecht. Vater Juskowiak ist vor ein paar Jahren nach einem Arbeitsunfall verstorben. Sie kriegt eine kleine Knappschaftsrente. Paul hat das dazugelegt, was er als Schlepper verdiente. Davon ließ es sich zu zweit gut leben. Sie haben sich nicht mal Kostgänger ins Haus nehmen müssen. Und für zwei Leute ist so eine Zechenhauswohnung der reinste Luxus, wenn man bedenkt, dass da manchmal mehr als zehn Menschen drin wohnen.«

Molsbeck blätterte durch seinen Block. »Ich hab sie auch nach dem Kleinwüchsigen gefragt, ob sie sich da irgendeinen Reim drauf machen könnte, ob der irgendwas mit ihrem Sohn zu tun gehabt hätte. Dazu hat sie nur den Kopf geschüttelt. Und sonst war auch nichts mehr aus ihr rauszukriegen. Sie war einfach völlig fertig, die Frau. Hat mehr geheult und geschluchzt als geredet. Zwei verheiratete Töchter gibt's noch irgendwo. Zu denen hat sie aber nur wenig Kontakt. Eine Nachbarin war bei ihr, die sich um sie gekümmert hat. Ich hab mich noch in der Kammer von Paul Juskowiak umgesehen. Ein Bett, eine Truhe, obendrauf zwei Bücher. Schundliteratur ohne Frage. In einem lag als Lesezeichen die Fotografie eines halbnackten Weibsbildes. Nichts Außergewöhnliches für einen sechsundzwanzigjährigen Kerl.«

»Nichts Außergewöhnliches?« Hüppchen warf Molsbeck über den Rand seiner Lesebrille hinweg einen tadelnden Blick zu. Er stand immer noch am Pult, schlug hin und wieder ein Zeitungsblatt um und schenkte seinem Sessel keine Beachtung.

»Was Kriminalsergeant Schmitz gemacht hat, das weiß ich ja schon«, sagte er. »Sehr informative fotografische Abbilder der beiden Leichenfundorte hat er im Labor fabriziert. Ganz beeindruckend in der Tat, aber auch die scheinen bei den Ermittlungen nicht sonderlich hilfreich zu sein.«

»Außerdem war ich noch mit Herrn Marsilius im Hospital«, fügte Schmitz hinzu. »Er hat diesen Friedrich Kessler als seinen Liliputaner identifiziert. Den Juskowiak hatte er angeblich noch nie gesehen.«

»Also, meine Herren«, fasste Hüppchen zusammen. »Es gibt keinen erkennbaren Zusammenhang zwischen den beiden Morden. Die Toten kannten sich anscheinend nicht. Der eine wurde erschossen, der andere erschlagen. In keinem der beiden Lebensumfelder ist auch nur ein einziges mögliches Mordmotiv erkennbar. Wie geht's jetzt weiter?«

»Die Leichenschau abwarten«, schlug Molsbeck vor.

»Weitersuchen«, sagte Zomrowski. »Weitersuchen. Die beiden waren keine Zufallsopfer. Sie wurden nicht einmal beraubt. Es muss etwas geben im Leben dieser Männer, das sie zu Mordopfern gemacht hat. Ich geh gleich mit Schmitz noch mal zu den Kirmesleuten. Kriminalsergeant Molsbeck könnte dann bei der Obduktion dabei sein.«

»Mach ich doch gerne«, knurrte Peter Molsbeck mürrisch.

»Jetzt tun Sie mal nicht so, als könnte eine Leichensektion Sie noch erschüttern. Nach allem, was wir alten Haudegen schon erlebt haben«, sagte Lambertus Hüppchen aufmunternd. »Erinnern Sie sich noch an den Jungen, den der Gerichtsmedikus auf dem Küchentisch seiner Eltern auseinandergeschnitten hat?«

»Eine Obduktion auf dem Küchentisch?« Anton Schmitz schüttelte sich. »Wo gibt es denn so was?«

»In Sterkrade«, sagte Hüppchen und rieb sich die Hände, sichtlich erfreut darüber, dass er den jungen Kriminalsergeanten mit seiner Erinnerung beeindrucken konnte.

»Wann war denn das?«, fragte Schmitz.

»Ist noch gar nicht so lange her«, antwortete Hüppchen.

»Beinahe zwanzig Jahre«, murmelte Molsbeck.

»Damals hatte ein dreizehnjähriger Junge beim Neujahrsschießen versehentlich eine Kugel abgekriegt. Oben auf dem Tackenberg«, erzählte Hüppchen. »Wie das so geht. Das neue Jahr soll begrüßt werden. Ein paar Männer holen ihre Gewehre raus. Tüchtig getrunken haben alle schon, und dann wird durch die Gegend geballert. Da hat's den armen Jungen eben erwischt. Es wurde eine Obduktion angeordnet, aber es war kein Raum zu finden, wo man sie hätte durchführen können. Eine Leichenhalle gab es damals noch nicht in Sterkrade. Im Sankt-Josefs-Hospital stand nur ein unbeheizter Leichenkeller zur Verfügung, und es war Anfang Januar, also eiskalt. Das Johanniterkrankenhaus war gerade erst im Bau. Die Sanitätsstube der Gutehoffnungshütte wäre noch in Frage gekommen, aber dagegen hat der Werksarzt sich energisch zur Wehr gesetzt.

Also ging's zum Elternhaus des Knaben, wo er aufgebahrt lag. Die Familie wurde aus dem Haus geschickt und der Leichnam auf den Küchentisch gelegt. Der damalige Kreisphysikus aus Ruhrort war nicht zimperlich. Eine verdammt blutige Schweinerei war das Ganze, und eine höchst überflüssige noch dazu. Dass die tödliche Kugel aus einem Gewehr stammte, mit dem mindestens ein halbes Dutzend Männer herumgeballert hatten, stellte sich heraus, und dass es keinen Hinweis auf eine absichtliche Tötung des Knaben gab.«

Anton Schmitz schaute Hüppchen skeptisch an. Dann sah er zu Molsbeck hinüber, als erwarte er eine Bestätigung für die unglaubliche Geschichte des Kommissars. Und Molsbeck gab sie ihm.

»Verurteilt worden ist damals niemand«, sagte er. »Aber ein paar Tage nach der Obduktion erschien der leidgeprüfte Vater des Knaben, ein Hüttenarbeiter, hier im Rathaus und hat eine Entschädigung eingefordert für seinen ramponierten Tisch, für ein paar irdene Gefäße, die er zur Verfügung gestellt hatte, und für einige blutdurchtränkte Fußbodendielen, die erneuert werden mussten. Neunundzwanzig Mark sind ihm bewilligt worden. Daran erinner ich mich noch genau.«

Zomrowski sah durchs Fenster hinaus auf die Steinbrinkstraße. Er hatte die Geschichte schon oft gehört, von Hüppchen und auch von Peter Molsbeck.

Früher hatte er einmal verächtlich den Kopf geschüttelt über diesen Hüttenarbeiter, der so begierig dem Geld hinterhergelaufen war, nachdem er gerade sein Kind unter die Erde gebracht hatte. Heute dachte er anders darüber. Ein Mann hatte nicht an den Gräbern der Toten zu weinen, er hatte für die Lebenden zu sorgen. Neunundzwanzig Mark waren viel Geld für eine Arbeiterfamilie. Diesem Mann war nichts vorzuwerfen. Er hatte das getan, was ein Vater tun musste.

Ob er, Johann Zomrowski, das auch einmal von sich behaupten könnte, war dagegen äußerst fraglich. Er hatte Michael schon fast eine Woche nicht mehr gesehen. Nur hin und wieder dachte er an ihn. Seine väterliche Zuwendung erschöpfte sich seit geraumer Zeit in der Zahlung eines großzügigen Kostgeldes an die Ingenbolds.

Vor dem Rathaus hielt eine Straßenbahn.

Kriminalsergeant Pötter erzählte vom neuen Gerichtsgebäude in Duisburg, von der pompösen Eingangshalle, die dem Saal eines königlichen Schlosses glich, und von der Frau aus der Kolonie Dunkelschlag, die behauptet hatte, arbeitswillige Bergleute müssten damit rechnen, dass ihnen die Hälse durchgeschnitten würden. Zu einer Geldstrafe von fünfzig Mark hatte das Gericht sie verurteilt.

Aus der Straßenbahn vorm Rathaus stieg eine Dame. Zomrowski betrachtete ihr fein gewebtes Sommerkleid und den eleganten Hut. Solche Damen ließen sich gewöhnlich in Kutschen herumfahren. In Straßenbahnwagen sah man sie selten.

Kriminalsergeant Grottkamp berichtete von seinem Besuch bei

den beiden Wirtinnen in Oberhausen. Er hatte ihnen eine Fotografie des vermissten Bergarbeiters Stratmann gezeigt. Sie hatten bestätigt, dass genau dieser junge Mann in ihrem Lokal gewesen war. Die Suche nach ihm wurde vorläufig eingestellt.

Die Frau, die aus der Bahn gestiegen war, ging die Treppe zur Rathaustür hinauf. Sie war jung und adrett. Mit der einen Hand hielt sie sich am Geländer fest, mit der anderen raffte sie ihr Kleid, um nicht auf den Saum zu treten. Sie erinnerte Zomrowski an Marie. Er dachte längst nicht mehr so oft an Marie wie noch vor ein paar Jahren. Manchmal machte es ihn wütend, dass die recht behalten hatten, die immer gesagt hatten, das Leben werde weitergehen, auch ohne Marie.

Hüppchen erläuterte den Dienstplan für die Kirmestage. Bis die Tanzsäle sich geleert hatten, wenn es sein musste bis zum frühen Morgen, sollten die Dienststunden dauern. Wer gerade nicht eingeteilt war, hatte sich in Bereitschaft zu halten. Dienstfrei hatte niemand an diesen beiden Tagen.

»Es werden turbulente Tage. Die Straßenbahnverwaltung setzt Sonderwagen ein. Im Sieben-Minuten-Takt kommen die Bahnen aus Oberhausen. Die Eisenbahnzüge, die am Sterkrader Bahnhof ankommen, werden überfüllt sein. Es werden tausende Fremde hier sein, besonders morgen. Sie wissen, was das bedeutet. Taschendiebstähle, Prostitution, Schlägereien in den Tanzsälen, verbotene Glücksspiele. Machen Sie sich auf einiges gefasst! Bei dem schönen Wetter werden noch mehr Leute kommen als in den Vorjahren, und natürlich auch mehr Gesindel.

Dass der Schweinemarkt diesmal ausfallen muss wegen der Schweineseuche, könnte für zusätzlichen Ärger sorgen. Das haben sicher nicht alle Bauern am Niederrhein mitgekriegt. Ich frag mich, ob die alle friedlich bleiben, wenn sie mit ihren Ferkeln hier ankommen und wieder weggeschickt werden. Aber das ist Angelegenheit der Ordnungspolizei, solange es nicht zu Übergriffen kommt.«

Die junge Dame hatte das Rathaus betreten. Als Zomrowski durch den Kopf ging, dass sie vielleicht gerade in diesem Augenblick an der Tür des Kriminalbüros vorbeilief, drängte sich Kommissar Hüppchens plötzlich laut gewordene Stimme zwischen seine Gedanken.

»Und das hier, meine Herren, das kann ich Ihnen nicht ersparen. Ich war entsetzt, als ich es heute Morgen lesen musste.« Erbost tippte er mit seinem dicken Zeigefinger auf den vor ihm aufgeschlagenen General-Anzeiger, rückte seine Brille zurecht und bemühte sich nicht, seine Wut zu verbergen, während er vorlas.

»In Kirchhellen wurde an zwei sechsjährigen Mädchen, welche sich auf dem Schulwege befanden, von einem fremden Manne ein schweres Sittlichkeitsverbrechen verübt. Der Täter wird beschrieben: Alter achtzehn bis zwanzig Jahre, dunkler Anzug. Es ist nicht ausgeschlossen, dass es sich um dieselbe Person handelt, die vor einiger Zeit in hiesigen Bezirken sich als Schularzt ausgab und an Schulkindern sittlich verging.«

Einen Moment lang herrschte betretenes Schweigen im Kriminalbüro, dann sagte Hüppchen: »Das ist nur ein paar Kilometer von unserer Gemeindegrenze entfernt passiert. Dass so ein Kerl versucht, im Kirmestrubel unterzutauchen, dass es ihn dahin zieht, wo auch Kinder allein unterwegs sind, das befürchte ich. Ich hab bei den Kollegen im Kreis Recklinghausen einen detaillierten Steckbrief angefordert. Der wird im Schreibbüro vervielfältigt. Für jeden von Ihnen und für jeden Uniformierten. Halten Sie die Augen offen! Ich will diesen Kerl vor Gericht sehen. Und so etwas«, Hüppchen schlug mit seiner Hand auf das Zeitungsblatt, »so etwas darf es hier nicht geben. Dafür sind wir da, meine Herren, dass so eine Schweinerei in Sterkrade nicht passiert.«

***

Am Mittwochnachmittag verwandelte Sterkrade sich in einen riesigen Rummelplatz. Immer mehr auswärtige Fuhrwerke trafen ein, bunte Kirmeswagen mit schrillen Aufschriften säumten die Plätze, mit allerlei Waren überladene Handkarren wurden durch die Straßen gezogen.

Auf dem großen Markt drehte eine russische Schaukel, noch gänzlich ohne Gondeln, ihre ersten Runden, angetrieben von einer gewaltigen Lokomobile. Verkaufsstände wurden aufgebaut, kräftige Mannsbilder fügten Bretter und Segeltuchplanen zu Menagerien zusammen, errichteten Panoptikum und Puppentheater. Ein kahlköpfiger Kerl versetzte seine gerade aufgehängten Schiffschaukeln mit kräftigen Stößen in Schwingung und begutachtete mit mürrischem Gesicht und verschränkten Armen die pendelnden Schiffe. Weiße Holzpferde mit erstarrten Mähnen und bunten Geschirren harrten sprungbereit der ersten Karussellrunden.

»Herrliches Kirmeswetter«, stellte Zomrowski fest, während er mit Anton Schmitz durch die Brandenburger Straße ging.

»Ärgert es Sie eigentlich nicht, dass der Kommissar ständig an Ihnen herumnörgelt?«, fragte Schmitz.

»Tut er das?«

»Dass Sie die beiden Jungen in der Schule befragt haben, hat ihm nicht gefallen, und dass Sie Molsbeck zu dieser Frau Juskowiak geschickt haben auch nicht.«

»Das meint der alte Hüppchen nicht so. Er muss eben hin und wieder zeigen, dass er noch der Chef im Kriminalbüro ist. Damit kann ich leben.«

»Die Kollegen sind schwer in Ordnung, auch Pötter und Grottkamp. Gehören die schon lange zur Kriminalabteilung?«

»So lang wie Molsbeck ist sonst keiner dabei, aber die beiden haben auch schon eine Menge Erfahrung. Grottkamps Vater war sogar schon Polizist, der erste, den es in Sterkrade überhaupt gab. Vor fünfzig Jahren hat der alte Grottkamp als Polizeidiener angefangen. Vorher hatte hier nur der Holtener Ordnungshüter ab und zu nach dem Rechten gesehen. Das kann man sich heute gar nicht mehr vorstellen.«

Auf der gegenüberliegenden Straßenseite überprüfte ein uniformierter Schutzpolizist die Papiere eines Mannes, der in seinem halbfertigen Verkaufsstand lautstark über die ständig steigenden Standgebühren auf der Sterkrader Fronleichnamskirmes lamentierte.

»Dass aus dem Kriminalbüro ein Sekretär abgezogen worden ist, weil sich im Rathaus alles um diesen Stadtantrag dreht, das ist wirklich ärgerlich«, sagte Schmitz.

Zomrowski nickte zustimmend.

»Dabei scheint die Leute auf der Straße dieser Antrag wenig zu interessieren. Für die ist Sterkrade doch sowieso schon eine Stadt.«

»Wie kommen Sie darauf?«

»Wer hier einkaufen geht, der sagt grundsätzlich, dass er in die Stadt geht, ist mir aufgefallen.«

Zomrowski lachte. »Hab ich noch nie drüber nachgedacht. Aber Sie haben recht. Der Bereich zwischen Bahnhof und Hütte, zwischen Rathaus und Hagelkreuz ist für die Sterkrader die Stadt. Nun ja, die Läden, die modernen Häuser, das geschäftige Treiben, der Verkehr, all das ist in der Ortsmitte ja auch wirklich städtisch.«

»Das stimmt schon«, bestätigte Schmitz. »Mehr als in Porz ist gewiss los in Sterkrade. Das neue Lichtspielhaus hab ich gestern entdeckt. Wirklich phantastisch. Waren Sie da schon mal drin?«

Zomrowski schüttelte den Kopf. »Hat ja erst vorige Woche eröffnet. Das fünfte Filmtheater in Sterkrade ist das jetzt. Vor ein paar Jahren, da waren die Kinematographen noch die große Attraktion jeder Kirmes. Bewegte Bilder. So etwas hatte noch kein Mensch gesehen. Das gab's nur einmal im Jahr zu Fronleichnam. Und jetzt kann man jeden Abend in ein Lichtspieltheater gehen. Da können die Schausteller einem nur leidtun. Für die ist kaum noch ein Geschäft zu machen. Ich glaube, in diesem Jahr ist gar kein Kinematograph mehr auf der Kirmes.«

Die Schaubude Marsilius am Ende der Brandenburger Straße war schon fertig aufgebaut. Zwischen dem Bühnenwagen als Rückwand und drei Zeltwänden war ein nahezu quadratischer Raum mit etwa zehn Meter langen Seiten entstanden. Eine hüfthohe, hölzerne Plattform vor dem Bühnenwagen wurde von einem blau gefärbten Leinenhimmel überwölbt. Lila und rote Stoffe verbargen die Bereiche links und rechts der Plattform, konnten aber auch als Vorhänge vor die kleine Bühne gezogen werden. Mit exotischen Motiven bemalte Leinwände dienten als auswechselbare Kulissen. Vor der Plattform standen zwei Bänke, bevorzugt von Damen genutzt, soweit sich welche unter den Zuschauern befanden. Andere Sitzgelegenheiten gab es nicht. Dicht gedrängt konnten mehr als hundert Zuschauer vor der kleinen Bühne stehen.

Überdacht war die Schaubude Marsilius nicht. Wer die Abnormitäten und Attraktionen aus aller Welt bewundern wollte, der war den Launen des Wetters ausgeliefert.

Als Nepomuk Marsilius die beiden Kriminalbeamten in seinem Zuschauerraum stehen sah, trat er ihnen überraschend freundlich entgegen.

»Ich hatte schon damit gerechnet, dass Sie noch die eine oder andere Frage an mich haben würden oder an meine Artisten. Und heute ist es mir lieber als morgen oder übermorgen. Da müssen wir Geld verdienen«, sagte er, während er sich mit Zomrowski und Schmitz auf eine der beiden Bänke vor der Bühne setzte.

»Wenn's morgen oder übermorgen neue Fragen gibt, werden Sie uns die auch beantworten müssen«, stellte Zomrowski klar, und Marsilius nickte ergeben.

»Und was kann ich heute für Sie tun?«

»Ich suche ein Mordmotiv«, sagte Zomrowski ohne Umschweife. »Derjenige, der Friedrich Kessler erschlagen hat, der hatte einen Grund dafür. Oder zumindest glaubte er, einen zu haben.«

»Ich hab's Ihnen doch schon gesagt. Hier suchen Sie vergeblich danach. Der Friedrich war nett zu allen, und für die anderen war er so etwas wie der kleine Bruder.«

»Was hat er eigentlich gemacht? Auf der Bühne, meine ich?«

»So einer braucht sich nur zu präsentieren, dann sind die Leute schon entzückt. Aber der Friedrich, der hatte noch ein ganz besonderes Talent. Er war ein Verwandlungskünstler. Er konnte sich in Sekundenschnelle vom feinen Herrn zum Schumacher, vom Schuster zum General, vom General zum Bettler und vom Bettler zum Fürsten verwandeln.«

»Vor den Augen der Zuschauer?«, fragte Schmitz.

Marsilius lächelte. »Beinahe. Der Bettler verschwand für ein paar Sekunden. Dann erschien der Fürst.«

»Ein paar Sekunden? Dann tauchte Kessler in anderen Kleidern wieder auf? Das ist unmöglich«, befand Schmitz.

»Natürlich ist es das. Sonst würde es die Leute ja nicht faszinieren«, sagte Marsilius. »Und selbst ich weiß nicht genau, wie er es gemacht hat, der Friedrich.«

»Ist es denkbar, dass er diesen Verwandlungstrick von jemandem abgeguckt hat, geklaut gewissermaßen?«, erkundigte Zomrowski sich. »Könnte sich da vielleicht ein Mordmotiv verbergen?«

Marsilius schüttelte den Kopf. »Seit vier Jahren tritt der Friedrich schon mit seiner Verwandlungsschau auf. Nein, das ist abwegig. Dann könnte ich mir eher vorstellen, dass sein Tod etwas mit seinen nächtlichen Streifzügen durch die Gasthäuser und Tanzsäle zu tun hat.«

»Das ist mir auch schon ist den Sinn gekommen«, sagte Zomrowski. »Aber Sie und Ihre Artisten waren ja gerade erst hier angekommen. Kessler ist erschlagen worden, als er das Lager zum ersten Mal verließ. Es ist also gar nicht möglich, dass er in Sterkrade irgendjemanden gegen sich aufgebracht hatte.«

»Vielleicht hat er ja irgendwo anders was Dummes angestellt, der Friedrich. Vielleicht auf dem vorigen Kirmesplatz oder schon davor«, überlegte Marsilius. »Es ist doch möglich, dass ihm jemand bis hierhin gefolgt ist.«

»Dieser Mensch müsste Ihnen ja tagelang nachgereist sein. Und warum sollte so einer bis Sterkrade warten, um hier endlich mit einem Knüppel zuzuschlagen? Nein, das erscheint mir wenig plausibel.«

Marsilius strich einige Male unwirsch durch seinen buschigen Bart. Zomrowski hatte den Eindruck, der Patron hätte gern möglichst weit weg von seiner Truppe ein Mordmotiv gefunden und es ihm schmackhaft gemacht.

Als die lilaroten Tücher neben der Bühne auseinandergeschoben wurden und ein über und über mit Haaren bedeckter Kopf zwischen ihnen zum Vorschein kam, sprang Anton Schmitz von der Bank auf.

»Entschuldigen Sie bitte, ich wollte Sie nicht erschrecken«, sagte der Wolfsmensch Franz Meyer artig.

»Verdammt noch mal, das haben Sie aber«, schimpfte Schmitz ärgerlich.

Meyer hob bedauernd die Schultern. »Hier ist dann alles soweit fertig«, sagte er zu Marsilius. »Ich geh rüber zum Lagerplatz. Die Frauen haben eine Suppe gemacht.«

Marsilius nickte.

»Seit vier Jahren war Friedrich Kessler bei Ihnen?«, fragte Zomrowski.

Marsilius nickte noch einmal.

»Was wissen Sie über sein Leben vor dieser Zeit?«

»Er hat hin und wieder davon erzählt. Den größten Teil seiner Kindheit und seiner Jugend hat er im Irrenhaus verbracht. Da gab's irgendjemanden, ich glaube einen Pfleger, der sich seiner besonders angenommen hat. Die letzten Jahre bevor er zu uns kam, hat er in dessen Familie gelebt. Als er während Pützchens Markt an meine Wohnwagentür klopfte und fragte, ob er mit uns reisen könnte, da war er einundzwanzig.«

»Wo, sagen Sie, hat er die meiste Zeit seiner Kindheit verbracht.«

»In der Provinzialirrenanstalt in Bonn.«

»War er denn geisteskrank?«

»Nein, das war er gewiss nicht.«

FÜNF

Schon auf der Dammstraße war Zomrowski das erste Mal abgestiegen. Max Langenbrink, der vor Jahren einen Sommer lang vergeblich um seine Schwester Therese geworben hatte, hatte ihn zu sich herangewinkt, das neue Fahrrad bestaunt und wissen wollen, ob es denn schon einen Hinweis auf Juskowiaks Mörder gäbe.

Über den Stand laufender kriminalpolizeilicher Untersuchungen dürfe er nicht sprechen, hatte Zomrowski geantwortet. Er hätte allerdings auch nichts zu sagen, wenn er es dürfte, hatte er achselzuckend hinzugefügt.

Langenbrink dachte kurz nach, dann hatte er offensichtlich begriffen, dass Zomrowski ihn gerade, wenn auch ein wenig verklausuliert, vom äußerst dürftigen Ergebnis der bisherigen Ermittlungen in Kenntnis gesetzt hatte.

Für die Vertraulichkeit des Kriminalwachtmeisters revanchierte er sich mit einem weitschweifigen Bericht über das, was seit gestern so alles über Paul Juskowiak in der Kolonie Dunkelschlag erzählt wurde.

Die Leute hätten es kommen gesehen, dass es mit so einem irgendwann ein schreckliches Ende nehmen würde. Ein Pole sei er gewesen, der nichts mit den Polen zu tun haben wollte, ein Katholik, den man nie in der Kirche sah, ein Bergmann, der sich von den Kameraden fernhielt, der in keiner Gewerkschaft mitmachte, weder im Alten Verband noch bei den Christlichen noch bei den Polnischen.

Nachdem Zomrowski in der Zechenstraße ein zweites Mal angehalten hatte, um seine neue Maschine bestaunen zu lassen und zu hören, was die Leute über den Mord an Paul Juskowiak dachten, war er nicht wieder aufgestiegen.

Er schob das Rad durch die Kolonie. Über die johlenden Kinder, die ihn umringten, lachte er ebenso wie über die anzüglichen Bemerkungen der Bergarbeiter. »Glück auf, Zomrowski!«, rief einer. »So ein Fahrrad ist doch kein Weib. Mit dem brauchst du nicht erst spazieren zu gehen. Da kannst du dich gleich draufschwingen!«

Bunt war es heute, ungewöhnlich bunt, das Treiben zwischen den gleichförmigen Backsteinbauten, deren einst rotbraune Ziegel schon jetzt, nicht einmal zehn Jahre nach dem Bau der Zechensiedlung, eine schmutzig braune Farbe angenommen hatten. Männer saßen vor den Häusern und ließen Flaschen oder Krüge kreisen, die Frauen standen dabei oder lagen in den Fenstern und unterhielten sich lachend. Junge Polinnen kicherten verschämt, als ein paar dreiste Burschen über die Farbenpracht ihrer Röcke und über ihre roten und blauen Tücher spotteten. Jungen rannten barfüßig hinter einem Stoffball her, Mädchen vergnügten sich mit einem Springseil. Deutsch und polnisch wurde gescherzt, wurde von Haus zu Haus gerufen. Ein schon in die Jahre gekommenes Paar tanzte ausgelassen über die Straße, begleitet vom Beifall seiner Zuschauer und einem quietschenden Akkordeon.

Zomrowski hatte die Menschen in der Kolonie Dunkelschlag selten so heiter erlebt wie an diesem sonnigen Frühlingstag, selten so weit entfernt vom sorgenvollen Alltag, von Fördertürmen und Schachtanlagen wie an diesem Abend vor dem Fronleichnamsfest.

Immer wieder war er bei alten Bekannten stehen geblieben, hatte ein Schwätzchen gehalten und hatte zugehört. Als er bei den Ingenbolds ankam, schien es ihm so, als hätte tatsächlich jeder in der Kolonie geahnt, dass es einmal ein schlimmes Ende mit Juskowiak nehmen würde. Nach den Gründen für diese Vorahnung gefragt, hatten die Leute allerdings mit den Schultern gezuckt, oder sie hatten geantwortet: »Der war seltsam, der Juskowiak, hat es irgendwie geschafft, jeden gegen sich aufzubringen.«

Ohne die geringste Spur von Entsetzen, ohne erkennbares Bedauern hatten die Menschen über den gewaltsamen Tod von Paul Juskowiak gesprochen.

Zomrowskis Schwager Ludwig Ingenbold saß allein vorm Haus auf einer alten Holzbank. »Die Katarina hat noch in der Küche zu schaffen«, sagte er, als Johann Zomrowski sich zu ihm setzte. »Die Kinder toben irgendwo herum. Wahrscheinlich sind sie im Wald am Bach, bei dem Wetter. Die Tenhagens lassen sich mal wieder nicht blicken, werden im Alter immer eigensinniger, die beiden. Die Szymaniaks sind rüber zu ihrem Polenverein. Und die Paula Leschinsky und ihre Kerle, wo die bleiben, weiß ich auch nicht. Die wollten eigentlich längst hier draußen sein.«

Drei Familien lebten mit den Ingenbolds in dem Siedlungshaus in der Zechenstraße. Jede hatte ihren separaten Eingang, die Ingenbolds an der Vorderfront, die Szymaniaks und Paula Leschinsky rechts und links, und die Tenhagens an der Rückseite des Hauses.

Vier Wohnungen unter einem Dach, jede mit Küche und Stube im Parterre und zwei Kammern darüber, das war nicht nur die bevorzugte Bauweise in der Kolonie Dunkelschlag, sondern überall im Ruhrgebiet, wo in den vergangenen Jahren neue Arbeitersiedlungen entstanden waren.

In den Ställen hinterm Haus war Platz fürs Vieh, für die Ziege, die Schweine, Karnickel und Hühner, und dort waren die Klosetts, eins für jede Familie. Ein Gartenstreifen gehörte zur Wohnung, ein nicht allzu großer freilich, so dass vor allem die vielen kinderreichen Familien außerhalb der Kolonie noch ein größeres Stück Land beackerten, wo sie Kartoffeln und Gemüse zogen, und wo, wenn der Platz reichte, auch Roggen angesät wurde.

Die Ingenbolds hatten Kaninchen und Hühner im Stall. Sie bearbeiteten außer dem Garten hinterm Haus ein kleines Feld am Rande der Siedlung.

»Wenn's nicht bald regnet«, sagte Ludwig Ingenbold, »müssen wir Wasser aus dem Bach aufs Land bringen. Die Regentonnen sind leer.«

»Es sieht so aus, als blieb's noch trocken in den nächsten Tagen«, meinte Zomrowski.

»Ach, der Johann ist da.« Seine Schwester Katarina schaute aus dem Küchenfenster. »Der Michael ist rüber zum Bach. Die Jungen stauen das Wasser, und dann planschen sie drin herum. Schon seit Tagen. Soll ich ihn holen?«

»Nein, lass nur! Er wird schon kommen.«

»Er ist helle, dein Michael«, sagte Ingenbold, »interessiert sich für alles. Aus dem wird mal was. Wir haben sein Bett jetzt runtergestellt in die Stube. Die Katarina wollte nicht mehr, dass er mit den Mädchen in der Kammer schläft. Der Junge kommt ja jetzt doch schon in das Alter, wo's nicht mehr egal ist. Und in der Stube kann er auch in Ruhe seine Schulaufgaben machen, wenigstens im Sommer, solange es ohne Ofen geht. Und er liest ja auch oft. In der Stube ist er ungestört. Nur die Katarina sitzt da hin und wieder, wenn sie näht oder stopft. Er würd sich gern schon mal ein Buch aus der Volksbücherei ausleihen. Sein Lehrer hat drüber gesprochen, deshalb ist der Michael drauf gekommen. Ich hab ihm gesagt, dass ich dich erst fragen müsste, ob du nichts dagegen hast.«

»Ich weiß nicht recht.« Zomrowski zwirbelte seine Bartspitzen. »Es wird so viel Mist geschrieben heutzutage.«

»In der Leihbücherei gibt es keine Schundliteratur«, sagte Ingenbold. »Und auch nichts Sozialdemokratisches. Da kannst du ganz beruhigt sein.«

Zomrowski nickte. Sicher hatte sein Schwager recht. Dass in den Volksbüchereien der Gemeinde Sterkrade kein jugendgefährdendes Schrifttum vorhanden war, davon konnte man wohl ausgehen.

Ludwig Ingenbold stand auf und ging zum offenen Küchenfenster. »Katarina!«, rief er ins Haus. »Gib mir mal das Buch, das braune, in dem der Michael liest. Es liegt in der Stube.«

Als er sich wieder auf die Bank setzte, hielt er seinem Schwager das »Hilfsbuch für den Geschichtsunterricht in Präparandenanstalten« unter die Nase und sagte. »Das hat er von dir, nicht wahr.«

»Vom Jakob Lengeling ist das. Dem hab ich gesagt, dass der Michael gern mal was über die früheren Zeiten lesen würde. Da hat er's mir gegeben. Es war sein Geschichtsbuch während der Ausbildungsjahre.«

»Dachte ich mir schon, dass das von deinem Freund Lengeling ist.« Ingenbold schüttelte den Kopf. »So also werden unsere Volksschullehrer ausgebildet. Zu Handlangern der Reichen und der Mächtigen werden sie gemacht. Hier geht's schon los: ›Die Gemeingefährlichkeit der Sozialdemokratie offenbarte sich 1878 in zwei von Angehörigen derselben gegen die geheiligte Person des Monarchen verübten Attentaten.‹ Unglaublich! Nach über dreißig Jahren wird immer noch diese Lüge verbreitet. Bismarck hat sie damals in die Welt gesetzt, damit er endlich die Sozialdemokratie verbieten konnte, und die Lehrer, die bläuen noch heute den Kindern ein, dass Männer wie wir eigentlich nichts anderes im Sinn haben, als den Kaiser ins Jenseits zu befördern.«

Ingenbold blätterte mit zunehmender Erregung durch das Geschichtsbuch. »Hier, das ist auch starker Tobak, dass die Sozialdemokraten die Grundpfeiler der altbewährten Gesellschaftsordnung bekämpfen: Familie, Religion, Königtum, Heerwesen und Vaterlandsliebe. Mit solchen Verleumdungen werden also schon die Schulkinder gegen uns aufgebracht.«

»Was erwartest du, Ludwig? Die Lehrer haben dafür zu sorgen, dass unsere Kinder mit Ehrfurcht vor Kaiser, Gott und Vaterland und vor der altbewährten Gesellschaftsordnung aufwachsen. Auf diese Aufgabe werden sie in den Präparandenanstalten vorbereitet. Und Sozialdemokratie und Gewerkschaften wollen nun mal genau diese alte Ordnung abschaffen, in der nach ihrer Meinung die Arbeiter unterdrückt und ausgebeutet werden.«

»Aber Johann«, sagte Ingenbold unwirsch, »wir leben im zwanzigsten Jahrhundert. Von der revolutionären Überwindung der Klassengesellschaft träumen doch heute nur noch die ewig Gestrigen in unserer Partei, und diese unbelehrbaren Klassenkämpfer, die sind doch längst von der politischen Entwicklung ins Abseits gestellt worden. Die SPD ist seit Januar die stärkste Kraft im Reichstag. Reformen durchzusetzen, um die Lebens- und Arbeitsbedingungen der Arbeiter allmählich zu verbessern, das ist jetzt ihr Auftrag.«

Ludwig Ingenbold schüttelte ärgerlich den Kopf. »Und was die Gewerkschaften angeht, Johann: Wir haben doch im März nicht für eine Abschaffung der bestehenden Gesellschaftsordnung gestreikt! Unsere Forderungen zielten auf bessere Arbeitsbedingungen und einen angemessenen Lohn.«

»Ludwich, du sachs et. Und wenn die Christlichen keine Sperenzkes gemacht hätten, die dusseligen Sausäcke, dann hätten wir dat, verdammt noch ma, auch geschafft«, sagte der Mann, der vom Nachbarhaus herübergeschlendert und vor Zomrowski und Ingenbold stehen geblieben war. Er hielt eine Schnapsflasche in der einen und eine Zigarette in der anderen Hand.

»Willi Krebber. Der ist in meiner Kameradschaft. Wohnt noch nicht lange in der Siedlung«, sagte Ludwig Ingenbold. »Und das ist Johann Zomrowski, Katarinas Bruder.«

»Ach, der Schwager von der kriminalen Polizei is dat. Glück auf, Herr Kommissar! Und ich hatt schon gedacht, jetzt kommt sogar der Steiger beim Ludwich. Wegen dem tollen Fahrrad.«

Ungefragt setzte Willi Krebber sich auf die Bank. »Ich hab gesehen, dat ihr am vertrocknen seid. Da hab ich gedacht, jetzt musse den beiden aber ma en Schlücksken rüberbringen. Wat ist los, Ludwich? Bis doch sonst kein Kostverächter.«

Er hielt Ingenbold die Flasche hin. Der nahm einen Schluck.

»Der Pawel und der Karol, die wollten was zu trinken mitbringen. Ich weiß auch nicht, wo die bleiben«, sagte er und gab die Flasche an Zomrowski weiter.

»Die müssen bestimmt beide noch ma ran bei ihre Paula, bevor se sich besaufen dürfen. Aber is ja en lecker Frauenzimmer, die Witwe Leschinsky. Bei der wär ich auch gerne Schlafbursche mit volle Kost voll.« Krebber grinste breit. »Wat ist los, Herr Kommissar? Wissen Se nich, wat volle Kost voll is? Dat is Verköstigung mit allem Drum und Dran, auch mitte Hausmutter.«

»Ich weiß«, sagte Zomrowski.

»Aber aus einem einfachen Bergmann seine Pulle trinken Se grundsätzlich nich, oder wat?«

Zomrowski setzte die Schnapsflasche an die Lippen und trank widerwillig einen Schluck von Krebbers Fusel.

»Ich kannte den Juskowiak«, sagte der. »Haben ma ne Zeitlang im selben Revier malocht. War en fiesen Schmierlapp, der Kerl. Wundert mich nich, dat den einer ume Ecke gebracht hat. Haben Se denn schon ne Ahnung, wer dat gewesen sein könnte?«

Zomrowski schüttelte den Kopf. »Sie denn?«, fragte er.

Krebber sah ihn entgeistert an. »Wie kommen Se denn da drauf?«

Er schüttelte den Kopf. »Nee, dat wird mir jetzt zu mulmich hier. Ich geh ma lieber widder. Sonst hab ich da nachher noch wat mit zu tun, mit dem Juskowiak sein Ableben. Glück auf, Kollegen!«

»Erklär mir das mal!«, sagte Zomrowski, als Krebber gegangen war. »Keiner, der den Juskowiak kannte, wundert sich darüber, dass er erschossen wurde. Aber keiner hat eine Ahnung, wer es getan haben könnte. Das passt doch irgendwie nicht zusammen.«

Ludwig Ingenbold dachte lange nach.

»Mir geht's eigentlich genauso«, sagte er dann. »Ich kannte den Juskowiak vom Pütt. Er war kein guter Bergmann. Wer den als Schlepper hatte, der hatte immer Palaver am Füllort. Bis der Juskowiak mit einem leeren Förderwagen vom Schacht zurück war, das konnte dauern. Er war eine richtige Tranfunzel, nie ganz bei der Sache. In der Butterbrotpause saß er mit seinen Dubbels immer ein Stück weit weg von den anderen. Es interessierte ihn einfach nicht, worüber die Kumpels redeten. Und wenn er mal was sagte, dann hat er nur rumgesponnen, von einer Kneipe, die er bald aufmachen würde, oder vom Auswandern. Von Amerika hat er schwadroniert und ein anderes Mal von Australien. Ich glaub, der wusste überhaupt nicht, was er eigentlich wollte. Auch unter Tage nicht. Jahrelang war der schon Schlepper. Hauer werden wollte er gar nicht, war ihm zu anstrengend die Maloche in der Kohle. Da verzichtet der Juskowiak lieber auf die höhere Löhnung und bringt die Knappschaftsrente von seiner Mutter durch, haben die Kumpels immer gesagt.

Hier in der Kolonie war er auch nicht beliebt. Hinter jedem Rock war er her. Besonders die Polenmädchen hatten es ihm angetan. Dabei hat er nur verächtlich über sie geredet. Die lassen doch jeden ran, sind mit fünfzehn schon schwanger, und mit sechzehn schieben sie ihr Malheurchen im Kinderwagen durch die Gegend. Solche Sprüche hat er über die Polinnen gemacht. Der Karol von der Paula Leschinsky, der hat ihm mal in der Waschkaue aufs Maul gehauen deswegen. Er sollte sich schämen, so zu reden, wo er doch selbst einen polnischen Namen hätt, hat er dem Juskowiak gesagt. Der hat nur drüber gelacht.«

Zomrowski lehnte seinen Rücken gegen die Hauswand und verschränkte die Arme vor der Brust. Nachdenklich sah er seinen Schwager an.

»Immer wieder hat er über die Katholischen hergezogen«, fuhr Ingenbold fort. »Ich hab mal gehört, wie er gesagt hat, sich im Wirtshaus volllaufen zu lassen wär besser fürs Seelenheil, als im Gotteshaus dem Geschwätz der Pfaffen zuzuhören. Dabei war er selbst katholisch. Seine Mutter jedenfalls geht jeden Sonntag in die Kirche.

Gewerkschaftlich organisiert war er nie. Hat mal so geredet wie die Christlichen, mal wie die Polen und mal, als wär er schon ewig Mitglied bei uns im Alten Verband. Beim Streik im März ist er nicht eingefahren. Wir waren überrascht deswegen. Schließlich konnte er nichts aus der Streikkasse erwarten, weil er nirgendwo Mitglied war. Und es sah ja auch von Anfang an nicht gut für uns aus, weil die Christlichen nicht mitgemacht haben. Als dann die

Gendarmerie an der Zeche auftauchte, um die Streikbrecher zu schützen, war eigentlich klar, dass wir am kürzeren Hebel saßen. Und trotzdem stand dieser Kerl, der immer sein Fähnchen nach dem Wind gehängt hatte, plötzlich auf unserer Seite.

Die Kumpels haben ihm die ganze Zeit misstraut, und irgendwann hat dann jemand gesehen, wie er aus dem Büro vom Obersteiger kam. Da haben wir uns gedacht, dass er ein Spitzel war, dass er die Zechenbeamten über die Streikkundgebungen informiert hatte. Ob's wirklich so gewesen ist, weiß niemand. Aber die Kumpels hatten einen Groll auf ihn, weil sie sich von ihm verraten fühlten.

Die Polen verabscheuten ihn, weil er verächtlich über ihre Mädchen sprach, und die Katholiken waren empört, dass er einer von ihnen war und trotzdem die Kirche schlechtredete. Da wundert es mich nicht, wenn die Leute meinen, dass es mit so einem ein schlimmes Ende nehmen musste. Aber wenn ich sagen soll, wer ihn so gehasst hat, dass er ihn umgebracht haben könnte, dann weiß ich auch keine Antwort.«

***

Der Junge hatte sich gefreut. Da war Johann Zomrowski sich ganz sicher. Er hatte es ihm angesehen. Gelächelt hatte sein Sohn, als er ihn zwischen den Bäumen stehen gesehen hatte.

Zomrowski hatte sein Fahrrad bei den Ingenbolds stehen gelassen, war zum nahen Dunkelschlag spaziert, hatte die Jungen schon auf der Emmerichstraße johlen gehört, sie am Bach entdeckt und ihnen eine Weile zugeschaut. Wohl zwanzig waren es, aus der Dammstraße, der Zechenstraße, der Schachtstraße, der Grubenstraße und der Erzstraße. Allesamt Bergmannskinder, soweit Zomrowski wusste. Und sein Sohn Michael gehörte zu ihnen. Das war unübersehbar.

Mit Steinen, Moos und Gestrüpp hatten sie gemeinsam das Wasser des Waldgrabens angestaut. Einen knietiefen See hatten sie geschaffen. Sie planschten darin herum, schubsten sich gegenseitig hinein, spritzten einander nass, lachten, schrien und balgten sich.

Als Michael ihn gesehen hatte, war er sofort zu ihm gekommen.

»Guten Tag, Vater«, hatte er gesagt und ihm die Hand entgegengestreckt.

Artig war diese Geste gewesen und freundlich, nicht innig oder zärtlich, und doch hatte Zomrowski gespürt, dass Michael ihm zugetan war, wie immer, wenn sie einander begegneten.

Die Jungen im Wasser waren stiller geworden. »Guten Tag, Herr Kriminalwachtmeister!«, hatte einer gerufen, und Zomrowski hatte ihnen zugewinkt.

Für die Kinder in der Kolonie war es nichts Besonderes, einen Vater zu haben, den man nur selten sah. Wenn die Männer von der Frühschicht kamen, ruhten sie eine Weile ihre geschundenen Knochen aus, dann gingen sie aufs Land. Hatten sie Spätschicht, dann waren sie im Pütt, wenn die Kinder aus der Schule kamen. Paula Leschinskys Sohn Leo konnte sich kaum noch an seinen Vater erinnern. Noch von vier anderen wusste Zomrowski, dass ihre Väter im Berg geblieben waren, von zweien, dass sie bei Tante und Onkel aufwuchsen, weil beide Eltern nicht mehr lebten.

Wie es in der Schule gehe, hatte Johann Zomrowski seinen Sohn gefragt, und dass es ihm recht sei, wenn er sich in der Volksbücherei anmelde, hatte er ihm gesagt.

Michael hatte sich gefreut und von der Schule erzählt und vom Ausflug mit den Kückelmanns am Sonntag, von Ruhrort, von den Dampfschiffen und von der Zugfahrt.

Als es wieder lauter wurde im aufgestauten Wasser des Waldgrabens, hatte der Junge zu seinen Kameraden hinübergesehen, und Zomrowski hatte geahnt, dass er zurückwollte.

Er solle aufpassen, die Abendsonne sei nicht mehr so kräftig, da könne man sich leicht erkälten, hatte Zomrowski gesagt, und Michael hatte es ihm versprochen und war zu den anderen gelaufen und lachend ins Wasser gesprungen.

Der Junge ist in seiner Welt, hatte Zomrowski gedacht, und er hatte das Gefühl gehabt, ohne schlechtes Gewissen zurückkehren zu können in seine Welt, in seine Wohnung in der Stadt, ins Kriminalbüro im Rathaus und zu seinen Fahrradtouren mit Lengeling.

Beschwingt war er zurück zur Kolonie gelaufen. In der Zechenstraße hatte er zunächst nicht bemerkt, dass in einer Menschentraube unweit vom Haus der Ingenbolds die ausgelassene Stimmung umgeschlagen war in rasende Wut. Erst als jemand rief:

»Da kommt der Zomrowski!«, und die Menschen auseinanderstoben, wurde er aufmerksam.

»Streikbrecher!«, schrie jemand. »Geh zu den Bonzen! Kannst dich mit denen besaufen.«

Da, wo die Menschentraube auseinandergeplatzt war, kniete ein Mann vornübergebeugt am Boden und presste seine Hände gegen den Unterleib. Zomrowski lief zu ihm. Der Mann sah ihn aus schmerzverzerrtem Gesicht an. Aus seiner Nase lief Blut. Seine Lippe war aufgeplatzt.

»Es geht schon«, sagte er.

Zomrowski half ihm auf die Beine.

»Geht schon«, sagte der Mann noch einmal und humpelte davon.

Zomrowski sah sich um.

Die Menschen, die vor ihren Häusern saßen oder beieinanderstanden, redeten und lachten. Eine Gruppe junger Leute hatte sich auf der gegenüberliegenden Straßenseite um einen bärtigen Mandolinenspieler gescharrt.

»Das war 'ne heiße Märzenzeit, trotz Regen, Schnee und alledem! Nun aber, da es Blüten schneit, nun ist es kalt, trotz alledem!«, sang der Mann mit der Mandoline.

Niemand reagierte auf Zomrowskis fragenden Blick, niemand beachtete mehr den humpelnden Mann, der in die Emmerichstraße einbog und verschwand.

Wer ihn verprügelt hatte, war nicht zu erkennen. Zomrowski war klar, dass er sich mit dem Versuch, es herauszufinden, nur lächerlich machen würde.

Wütend ging er zum Haus der Ingenbolds. Ludwig saß mit den beiden Kostgängern von Paula Leschinsky auf der Bank. Die Männer ließen eine Schnapsflasche kreisen.

»Ihr habt natürlich auch nichts gesehen von der Prügelei, nehme ich an«, sagte Zomrowski ärgerlich.

»Von welcher Prügelei?«, fragte Ingenbold.

Zomrowski winkte ab. »Ich geh mal rein zur Katarina«, sagte er.

»Die sitzt bei der Paula. Frauengespräche.«

Zomrowski ging ums Haus. Die Eingangstür von Paula Leschinsky stand offen.

»Da ist er ja, dein Bruder Johann«, sagte sie, als Zomrowski ihre Küche betrat.

Die beiden Frauen saßen am Tisch. Darauf stand ein halbvolles Glas.

»Haben die Männer uns abgegeben. Großzügig, was?« Paula lachte.

»Hast du den Michael gefunden?«, fragte Katarina.

Johann nickte und setzte sich auf die Holzbank neben seine Schwester.

»Und deinen Mörder, den suchst du auch hier bei uns in der Kolonie?«, wollte Paula wissen.

»Und ob ich den in der Kolonie suche«, sagte Zomrowski heftig. »Hier wird ein Mann auf der Straße zusammengeschlagen, nur weil er während des Streiks eingefahren ist. Wenn ich nicht zufällig vorbeigekommen wäre, hätten sie ihn vielleicht totgeschlagen, eure Nachbarn, Leute aus der Zechenstraße. Wer so voller Hass ist, der ist auch fähig, einen Menschen zu erschießen, einen wie den Juskowiak, den alle für einen Spitzel halten.«

Die beiden Frauen sahen Zomrowski schweigend an. Er spürte, dass die Heftigkeit seiner Worte sie erschreckt hatte, und er erzählte ihnen ausführlich, was sich auf der Straße zugetragen hatte.

So etwas sei bisher noch nie passiert in der Kolonie, sagte Paula Leschinsky. Dabei hätten viele Männer aus der Siedlung beim Streik nicht mitgemacht.

»Alle, die dem Gewerkverein christlicher Bergarbeiter angehören oder gar nicht organisiert sind«, erklärte Katarina.

»Wenn dieser Mann auf der Straße verprügelt worden ist, dann hat er vorher die Leute provoziert«, behauptete Paula.

»Vielleicht war es auch der Schnaps«, sagte Katarina. »Wenn die Männer was getrunken haben, dann lassen sie eben manches raus, was sie sonst unterdrücken. Und die Wut auf die Streikbrecher ist immer noch groß.«

»Natürlich ist sie das«, ereiferte sich Paula Leschinsky. »Wenn ich seh, wie die Frauen von denen ein Stück Wurst kaufen, dann würd ich's ihnen am liebsten irgendwo reinschieben. Die haben ja keine Lohneinbußen gehabt, die Streikbrecher. Zehn Millionen Mark sind den streikenden Bergleuten im Revier an Lohn verlorengegangen. Das stand jedenfalls in der Zeitung. Dass die Streikkassen das nicht ausgleichen konnten, ist doch klar. In den Familien, wo die Männer gestreikt haben, da gab's Wassersuppe. Die Kinder haben gehungert. Und am Ende war alles umsonst, weil die verdammten Streikbrecher dafür gesorgt haben, dass es immer weiterging mit der Kohleförderung.«

»Wir sind eigentlich ganz gut über die Runden gekommen«, beschwichtigte Katarina. »Wir hatten noch Kartoffeln im Keller und Kappes und Bohnen in den Fässern. Und dass wir voriges Jahr das Geld für Einweckgläser ausgegeben haben, das war ein Segen. Das hab ich der Paula zu verdanken. Die kocht schon seit ein paar Jahren ein und hat immer gesagt, dass es sich bezahlt machen würde. Und ihren Einkochtopf hat sie mir auch noch geliehen. Deshalb hatten wir Obst und Gemüse bis in den Mai hinein.«

Katarina legte einen Arm um Johanns Schulter und zog ihn zu sich heran. »Und meinem Bruder, dem haben wir zu verdanken, dass wir auch noch Brot und Schmalz kaufen konnten, als es gar kein Geld mehr gab, von der Zeche nicht mehr und aus der Streikkasse auch nicht mehr. Da hat er uns das Kostgeld für den Michael eben schon zwei Monate im Voraus gegeben.«

»Und wenn es nach mir ginge, dann wäre es kein Vorschuss, sondern ein zusätzliches Geld, weil ihr's eben nötig habt in der Situation, in der ihr seid, und weil du meine Schwester bist und weil mein Junge bei euch aufwächst.«

»Der Ludwig will's nun mal nicht. Und mir wär's auch nicht recht. Du bist schon großzügig genug mit dem Kostgeld für den Michael.«

Zomrowski zog seine Geldbörse aus der Tasche, entnahm ihr ein Dreimarkstück und legte es vor Katarina auf den Tisch.

»Ehe ich's vergesse«, sagte er. »Das ist Kirmesgeld. Für die Kinder vor allem, dass sie mal aufs Karussell können. Und damit ihr alle zusammen irgendwo ein Glas trinken könnt.«

»Ein Taler! Du bist ja verrückt. Nein, das will ich nicht«, sagte Katarina.

Paula reagierte weniger geziert auf das glänzende Geldstück auf ihrem Küchentisch. Sie griff danach und wog es in der Hand. »Lange nicht mehr gesehen, so ein schönes Ding«, sagte sie.

Das Dreimarkstück war zwar nicht die größte, aber die populärste Münze. Erst seit 1908 geprägt, hatte sie im Volksmund nie anders geheißen als ihr altehrwürdiger Vorgänger, der Taler.

»Für so ein Ding muss eine Frau eine ganze Woche die Waschkaue putzen«, sagte Paula.

»Das ist einfach zu viel als Kirmesgeld«, befand Katarina.

»Mit dem, was übrig bleibt, wirst du schon was anzufangen wissen. Und jetzt tu es weg. Der Ludwig braucht es ja nicht zu wissen.«

»Von mir wird er nichts erfahren«, sagte Paula verschwörerisch und legte das Dreimarkstück zurück auf den Tisch.

Katarina nahm es. »Danke«, sagte sie leise und drückte ihrem Bruder sanft den Arm.

»Du hast wirklich Glück«, stellte Paula fest. »Einen Bruder wie den Johann hätt ich auch gern. Oder einen Kavalier wie ihn.«

»Ist sie nicht unmöglich, die Paula Leschinsky?«, fragte Katarina lachend.

Johann lachte auch. Ihm gefiel es, wie Paula ihn ansah.

»Du hast doch schon zwei Kavaliere«, sagte er. »Jedenfalls wird das in der Siedlung erzählt.«

»Natürlich, wer mit wem ein Krösken hat, das wissen die Leute immer ganz genau«, entgegnete Paula schnippisch und stand auf. »Ich geh jetzt mal raus zu den Männern und hol einen Schnaps für dich.«

»Nein, lass nur! Ich muss ja noch zu unserer Schwester Therese. Und ich möchte nicht schon einen Schwips haben, wenn ich bei den Grotedicks ankomme.«

»Der Ludwig und ich, wir gehen nicht hin«, sagte Katarina.

»Warum nicht?«

»Sie will, dass ich allein komme, unsere feine Schwester. Einen sozialdemokratischen Bergarbeiter will sie ihren Gästen nicht zumuten. Sie hat wohl Angst, dass sie bei der feinen Sterkrader Gesellschaft unten durch ist, wenn so ein Verwandter bei der Feier zu ihrem zehnten Hochzeitstag auftaucht.«

»Hat sie das etwa gesagt, dass du ohne den Ludwig kommen sollst?«, fragte Johann empört.

»Nein, dafür ist sie zu geschickt, die Therese. Natürlich lädt sie ihre Geschwister und den Schwager zu so einem Fest ein. Das verlangt der gute Ton. Also hat sie uns von ihrem Dienstmädchen eine Einladung überbringen lassen. Und da stand drin, dass das Erscheinen der Herren im dunklen Anzug und der Damen im Sommerkleid erwünscht ist. Dabei weiß sie genau, dass der Ludwig keinen dunklen Anzug hat. Ich könnte ja das Voilekleid anziehen, ihr altes, das sie mir zu Weihnachten geschenkt hat, hat sie geschrieben.«

»Am liebsten hätte sie, wenn keiner von uns käme«, sagte Johann. »Wenn sie mich irgendwelchen Leuten vorstellen muss, dann druckst sie immer herum. Sie weiß genau, was dann kommt: ›Ist das wahr, der Herr Zomrowski ist Ihr Bruder? Das wusste ich ja gar nicht, dass Sie polnischer Abstammung sind, gnädige Frau.‹ Das bringt sie jedes Mal zur Weißglut. Allein schon deshalb geh ich hin. Sonst vergisst sie am Ende noch ganz, wer sie eigentlich ist.«

»Ach, der Johann ist hier, das ist ja mal eine Überraschung. Glück auf, Herr Kriminalwachtmeister!«

Der Mann mit dem kahlen Schädel und dem mächtigen grauen Bart, der in der offenen Küchentür stand, lächelte verschmitzt. Er lehnte sich gegen den Türrahmen und verschränkte die Arme vor der Brust. Die Ärmel seines blauen Arbeitskittels waren durchgewetzt. Niemand in der Kolonie hatte Heinrich Zirbel jemals ohne dieses Kleidungsstück gesehen. Er zog die buschigen, dunklen Augenbrauen hoch und sagte, immer noch schelmisch lächelnd: »Ich glaube, du bist im ganzen Deutschen Reich der einzige Vertreter der Obrigkeit, dessen Besuch in einem Zechenhaus gern gesehen wird.«

»Er ist ja auch der einzige, der Kirmesgeld verteilt«, meinte Paula lachend.

»Jetzt hört auf!« Zomrowski machte eine abwehrende Handbewegung. »Warten wir mal ab, ob eure Türen mir auch noch offen stehen, wenn ich demnächst einen aus der Kolonie als Juskowiaks Mörder festnehme.«

Heinrich Zirbel zog die Augenbrauen zusammen. »Was redest du denn da?«, fragte er bestürzt.

Angelockt von einer Gruppe Musikanten aus der Grubenstraße, die mit Quetschkommode, Mandoline und Mundharmonika durch die Siedlung zogen, liefen Katarina und Paula nach draußen. Zomrowski erzählte Zirbel von dem Überfall auf den Streikbrecher, den er gerade erlebt hatte, von der wütenden Stimmung auf der Straße und davon, dass die Menschen sich abgewandt hätten, als er sich nach den Tätern umgesehen hatte.

»So war das, Onkel Heinrich. Und es ist doch wohl klar, dass ich mich jetzt frage, ob die Männer, die mit so viel Hass auf einen Streikbrecher losgehen, nicht auch in der Lage sind, einen Kerl zu ermorden, den sie für einen Spitzel halten«, erklärte Zomrowski.

»Ach ja, den Juskowiak, den haben sie während des Streiks aus dem Büro des Obersteigers kommen sehen«, erinnerte Zirbel sich.

»Und die Katarina und die Paula versuchen auch noch, mir beizubringen, dass man das verstehen müsste mit dem Hass«, ereiferte Zomrowski sich. »Schließlich wär nur wegen der Streikbrecher alles umsonst gewesen, die Lohneinbußen und der Hunger der Kinder.«

»Es ist ja nicht nur das«, sagte Heinrich Zirbel. »Ich glaube, die Frauen wissen das gar nicht, aber die Kumpel machen sich Sorgen, weil gemunkelt wird, dass die Rädelsführer des Streiks ihren Abkehrschein kriegen. Was das für die betroffenen Bergleute und ihre Familien bedeuten würde, das weißt du?«

»Ich denke schon.«

»Für die Kumpel, die rausgeschmissen werden, ist nicht nur auf Zeche Sterkrade Schicht. Die kommen auf die Schwarze Liste des Zechenverbands. Für die gibt es nirgendwo mehr Arbeit im Bergbau. Und die, die hier in der Kolonie leben, die verlieren auch noch ihr Zuhause. Wenn das Arbeitsverhältnis endet, dann endet auch das Wohnrecht in den Zechenhäusern. So steht's in jedem Mietvertrag.«

Zomrowski schwieg nachdenklich.

»Ich weiß, wie es ist, wenn die Herren einen Knappen nicht mehr in den Pütt lassen. Sie können einen Mann zugrunde richten. Mit einem Federstrich. Bei mir haben sie es nicht geschafft. Ich hab keine Familie zu versorgen, und die Kumpel stehen zu mir, bis auf den heutigen Tag. Und das Honorar, das ich von der Arbeiterzeitung für meine Gedichte bekomme, das hilft mir zu überleben. Aber trotzdem war es schrecklich, mit Anfang vierzig alles zu verlieren.«

»Ich weiß, Onkel Heinrich«, sagte Zomrowski.

Er kannte Zirbels Geschichte. Beim großen Streik von 1889 war er einer der Wortführer auf Zeche Osterfeld gewesen. Johann Zomrowski hatte es als fünfzehnjähriger Pferdejunge miterlebt. Auch sein Vater war damals einer der Aktivisten beim Streik gewesen. Dass sie ihn nicht, wie Heinrich Zirbel, gefeuert hatten, hatte die Familie für ein großes Glück gehalten, doch nur zwei Jahre später war der Vater auf der Totenbahre aus dem Berg getragen worden.

Zirbel hatte nach dem Streik seinen Abkehrschein bekommen und auf keiner Zeche mehr Arbeit gefunden. Er war zum Berginvaliden erklärt und mit einer Rente ausgestattet worden, die ihn gerade am Verrecken hinderte, die aber zum Leben nicht reichte. Trotzdem hatte Heinrich Zirbel nicht aufgegeben. Obwohl er nie wieder einfahren durfte, war er nun erst recht zum Streiter für die Sache der Bergarbeiter geworden, hatte auf Versammlungen gesprochen und bei Streikkundgebungen, und er hatte Gedichte geschrieben, aufrüttelnde und kämpferische zumeist, aber auch wehmütige und empfindsame über das Leben der Bergarbeiter und ihrer Familien.

Den Behörden war er ein Dorn im Auge, der unerbittliche Gewerkschafter und Sozialdemokrat Zirbel. Die Bergleute hingegen verehrten ihn. Sie holten seinen Rat ein. Im Alten Verband hatte seine Stimme Gewicht.

»Sie begreifen es nicht, dass sie nur gemeinsam stark sind. Sie begreifen es einfach nicht«, sagte er leise. »Dass der ärgste Feind des Bergmanns in diesen Zeiten mal wieder der Bergmann ist, das macht mich traurig. Und die Zechenherren, die lachen sich ins Fäustchen.«

»Schwer ist der Kampf – und wollt ihr Sieger sein, ihr werdet es durch Einigkeit allein«, deklamierte Zomrowski.

»Du liest also meine Gedichte!« Zirbel schüttelte lächelnd den Kopf. »Ein seltsamer Mann bist du geworden, Johann. Hier fragen die Menschen sich, ob du noch einer von uns bist, einer, dem wir vertrauen können. Und irgendwann werden sie sich im Rathaus fragen, ob du einer von ihnen bist, ob du bedingungslos für die Erfordernisse der Staatsgewalt eintrittst, auch wenn's gegen die Arbeiterschaft geht. Eines Tages, Johann, wirst du entscheiden müssen, auf welcher Seite du stehst.«

Zomrowski zwirbelte seinen Schnurrbart. »Droht's dem Ludwig auch, dass sie ihn rauswerfen?«, fragte er.

»Er ist nicht aufs Maul gefallen, dein Schwager. Natürlich hat er bei den Streikversammlungen das Wort ergriffen, wie zwanzig oder dreißig andere auch.«

»Und wenn die jetzt Angst um ihre Zukunft haben, dann machen sie alle den Spitzel Juskowiak dafür verantwortlich«, überlegte Zomrowski.

Heinrich Zirbel lachte. »Nein, Herr Kriminalwachtmeister. So einfach ist das nicht. Die Streikkundgebungen wurden von Polizisten beobachtet, Gendarmen waren da, zum Schutz der Arbeitswilligen, und neugieriges Volk hat sich auch vor der Zeche herumgetrieben. Die Hüttenbeamten hatten also viele Möglichkeiten, zu erfahren, wer die Streikführer waren. Und noch eins: Wenn unsere Männer tatsächlich den Juskowiak auf den Tod gehasst hätten, dann hätte ihn doch niemand neben den Bahngleisen erschossen. Dann wäre er unter Tage in einen Blindschacht gestürzt, und alle Kumpel hätten bezeugt, dass es ein Unfall war.«

***

Im großen Wohnzimmer der Grotedicks, das Therese gern »Salon« nannte, standen in kleinen Grüppchen an die zwanzig Herren beieinander, allesamt in dunkle Anzüge gekleidet, aus denen steife Hemdkragen herausragten. Ihre Zigarren qualmten, während sie miteinander redeten.

Auf den beiden Plüschsofas und in den Sesseln, die um den Salontisch standen, saßen Damen in üppigen Kleidern aus feinem Gewebe. Ihr Kaffee dampfte aus geblümten Porzellantassen, während sie miteinander plauderten.

Neben den Kaffeetassen standen Likörgläser.

Das elektrische Licht des Kronleuchters fiel auf mächtige Möbel und schwere Teppiche, auf Gobelinvorhänge und Goldrahmen, auf Seide, Plüsch und Spitzendeckchen und auf das neue Klavier, das zwar niemand in der Familie Grotedick spielen konnte, das nach Thereses Überzeugung jedoch in einen gehobenen Haushalt gehörte.

»Johann, schön, dass du gekommen bist. Darf ich dir ein Glas

Moselwein bringen?«, fragte Marta Kückelmann, das Dienstmädchen der Grotedicks.

Zomrowski war unbemerkt von Gastgebern und Gästen durch das Speisezimmer in den Salon geschlüpft, hatte sich über die Helligkeit des elektrischen Lichtes ebenso gewundert wie über die Schamlosigkeit, mit der seine Schwester Therese inzwischen ihre Prunksucht zur Schau stellte, und er hatte an seine Schwester Katarina gedacht, die um ihr armseliges Heim in der Dunkelschlagsiedlung fürchten musste.

Martas Frage riss ihn aus seinen Gedanken. »Ein Glas Moselwein? Ja, das wäre nett. Wie geht's dir denn, Marta?«

»Nun ja, eigentlich recht gut. Aber heute Abend ist so viel zu tun, dass wir es kaum schaffen, in der Küche und beim Servieren. Und bis wir nachher alles aufgeräumt und weggespült haben, wird's wohl tiefe Nacht sein. Aber dafür hab ich morgen frei. Den ganzen Tag.«

»Ich war gestern noch bei euch zu Hause in der Reinersstraße«, sagte Zomrowski. »Da sind alle wohlauf.«

»Ich weiß«, entgegnete Marta lächelnd. »Dass ich vergangenen Sonntag nicht mit ihnen nach Ruhrort konnte, das war schade. Aber morgen gehe ich mit der Fronleichnamsprozession, zusammen mit der Bernhardine. Anschließend werden wir zu Mittag essen, wir beide mit dem Vater und dem Arnold, und am Nachmittag geht's zur Kirmes. Darauf freu ich mich schon.«

Therese Grotedick hatte die Frauen, die um das Salontischchen saßen, gerade mit ihrer Beschreibung der neuesten Kleider- und Hutmodelle, die sie auf der Düsseldorfer Rheinpromenade und in den Schaufenstern der Königsallee gesehen hatte, in Verzückung versetzt, als sie ihren Bruder Johann im Gespräch mit dem Dienstmädchen Marta entdeckte.

Sie entschuldigte sich bei den Damen und stand Augenblicke später neben Marta und Johann.

»Das kann doch wohl nicht sein, dass du Zeit zum Schwadronieren hast. Es ist wahrhaftig genug zu tun heute Abend«, herrschte sie Marta Kückelmann an.

»Ich wollte Ihrem Bruder gerade ein Glas Wein holen«, sagte Marta, deutete flüchtig einen Knicks an und verschwand.

»Und du? Was fällt dir ein? Du ignorierst alle meine Gäste und plauderst stattdessen angeregt mit dem Dienstmädchen? Willst du mich bloßstellen, oder was soll das?«, fuhr Therese ihren Bruder an.

»Guten Abend, liebe Schwester«, sagte Johann gelassen. »Ich bin gekommen, um dir herzlich zu deinem zehnten Hochzeitstag zu gratulieren. Und die Marta Kückelmann, die ist die jüngste Schwester meiner verstorbenen Frau, meine Schwägerin, falls du das vergessen haben solltest. Natürlich plaudere ich mit ihr, wenn ich sie treffe.«

»Dass du jetzt erst kommst, ist nicht besonders höflich, wo es doch nur ein paar Schritte für dich sind, von deiner Wohnung bis zu uns«, stellte Therese Grotedick missmutig fest. »Wir haben längst gegessen, und die Klavierdarbietung von der Edwina Hellweg hast du auch versäumt. Na ja, wenigstens deine Garderobe ist heute mal tadellos. Ich hatte schon befürchtet, du würdest wieder in deinem verknitterten Dienstanzug hier auftauchen.«

»Ich konnte nicht früher kommen«, sagte Johann Zomrowski. »Ich war noch bei unsrer Schwester in der Kolonie. Die brauchte Trost, die arme Katarina.«

»Trost? Ist was passiert bei denen?«

»Nichts Arges. Aber sie wären so gern zu eurem Fest gekommen, die Katarina und der Ludwig. Durch die ganze Kolonie sind sie heute gelaufen. Alle Bergmänner haben sie gefragt, ob einer dem Ludwig einen dunklen Festanzug leihen könnte. Und alle haben behauptet, so etwas hätten sie gar nicht. Ist das nicht unglaublich? Und allein wollte die Katarina natürlich auch nicht kommen, weil sie gedacht hat, sie würde euch enttäuschen, wenn sie ohne ihren Mann zum Gratulieren käme. Ganz bedrückt war sie, die arme Katarina. Und da musste ich ihr eben noch eine Weile Trost zusprechen.«

»Dass der Ludwig keinen guten Anzug besitzt, das hätt ich nicht gedacht«, sagte Therese scheinheilig. »Er sollte nicht so viel saufen, dann hätte er das Geld für anständige Garderobe übrig.«

Die Worte seiner Schwester empörten Zomrowski. Für ein paar Augenblicke verschlugen sie ihm die Sprache, dann entlud sich seine Entrüstung in dem wütend hervorgestoßenen Satz: »Wenn unsere Eltern dich reden hörten, würden sie sich für dich schämen.«

Er drehte sich um und ließ Therese stehen. Während er quer

durch den Salon auf die Herren zuging, die plaudernd beieinanderstanden, atmete er tief durch und versuchte, seinen Ärger beiseitezuschieben.

»Was ist los, Johann? Du siehst erschöpft aus.« Sein Schwager Wilhelm Grotedick hatte ihn entdeckt und war ihm mit ausgestreckter Hand entgegengekommen. Johann gratulierte ihm zum zehnten Hochzeitstag und vermied eine Antwort auf seine Frage.

Bürgermeistersekretär Adalbert Rüter, Vorsteher des Schulamtes, gesellte sich zu ihnen. »Ach, das wusste ich gar nicht, Herr Amtsvorsteher Grotedick, dass Sie auch mit untergeordneten Rathausbediensteten privat verkehren«, sagte er grinsend.

Grotedick lächelte säuerlich, und Zomrowski stand immer noch der Ärger über seine Schwester Therese ins Gesicht geschrieben.

Rüter, der schon mehr als einmal im Gasthaus »Zum grünen Klumpen« ein Gläschen mit Johann Zomrowski getrunken hatte, ganz privat, der überdies in dem Ruf stand, ein humorvoller Mensch zu sein, war sichtlich irritiert.

»Das war doch ein Scherz, meine Herren. Sie haben das hoffentlich nicht missverstanden«, entschuldigte er sich. »Ich weiß doch, dass Sie verschwägert sind, auch wenn man's nicht glauben will, Herr Grotedick, dass Ihrer Gattin polnisches Blut in den Adern fließt. Eine glühende Verehrerin unseres Kaisers ist sie, eine eifrige evangelische Christin, durch und durch deutsche Bürgersfrau und eine vorzügliche Gastgeberin noch dazu, wenn ich mir erlauben darf, das einmal zu bemerken.«

»Das sollten Sie der Gnädigsten selbst sagen«, empfahl Zomrowski. »Sie hört es gewiss gern.«

Therese saß hoch erhobenen Hauptes zwischen ihrer Nachbarin Margarete Hellweg und deren Tochter Edwina. Sie redete laut und gestenreich. In Margarete hatte sie augenscheinlich eine aufmerksame Zuhörerin gefunden, deren Tochter Edwina hingegen starrte lächelnd ins Leere und streichelte mechanisch den kleinen Hund, der auf ihrem Schoß lag. Das weiße Fell des Terriers war von ein paar dunklen Flecken durchzogen, deren größter das linke Auge umrandete und Zomrowski an die Augenklappe eines Kriegsveteranen erinnerte. Er betrachtete amüsiert das blaue Schleifchen um den Hals des Hundes und beobachtete fasziniert die unermüdlich streichelnde Hand der geistesabwesend lächelnden Edwina. Beeindruckt stellte er fest, dass sie sich zu einem recht aparten Fräulein gemausert hatte, die Tochter der Hellwegs.

Als Bürgermeistersekretär Rüter in einiger Entfernung versuchte, den Vorsteher des Sterkrader Armenamtes mit einem Witz zu erheitern, und als Johann Zomrowski vom Wein trank, den Marta ihm gebracht hatte, fragte Wilhelm Grotedick: »Ist es der neue Fall, der dich bedrückt, der Doppelmord an den Bahngleisen?«

»Mag schon sein«, sagte Zomrowski ausweichend. »Weit gekommen sind wir jedenfalls noch nicht in der Angelegenheit.«

»Gibt es denn einen Zusammenhang zwischen den beiden Todesfällen?«, wollte Grotedick wissen.

»Davon muss man wohl ausgehen. Dass in Sterkrade zwei getötete Männer rein zufällig nebeneinander herumliegen, das ist doch äußerst unwahrscheinlich. Denkst du nicht?«

»Aber welches Motiv könnte ein Mörder haben, zwei so verschiedenartige Menschen zu töten, einen Bergmann von Zeche Constanzia und den kleinwüchsigen Artisten von einer Schaustellertruppe?«

Zomrowski nahm einen kräftigen Schluck Wein, wischte über seinen Schnauzbart, drehte dessen Spitzen nach oben und sagte: »Wenn ich dir die Frage beantworten kann, Wilhelm, dann ist der Fall gelöst.«

Hermann Hellweg, Inhaber eines florierenden Nähmaschinen- und Fahrradgeschäftes in der Bahnhofstraße, und sein Sohn Hubert hatten mitbekommen, worüber die beiden Schwäger miteinander sprachen und sich neugierig zu ihnen gesellt.

»Kannten die sich denn, die beiden toten Männer?«, fragte Hermann Hellweg.

»Darauf gibt es keinen Hinweis«, antwortete Zomrowski.

»Aber möglich wär es«, wandte Grotedick ein. »Er kommt doch schon seit Jahren zur Fronleichnamskirmes nach Sterkrade, dieser Liliputaner.«

»Seit vier«, stellte Zomrowski klar. »Seit vier Jahren gehörte er zur Schaustellertruppe Marsilius.«

»Sehen Sie!«, sagte Hubert Hellweg. »Und er ging gerne in

Gaststätten und Tanzlokale, soweit ich weiß. Jedenfalls war er ein sehr kontaktfreudiger Mensch.«

Grotedick lachte auf. »Das kann man wohl so sagen. Sogar mit den Damen der Sterkrader Gesellschaft hat er verkehrt. Sie haben ihn zu ihren Kaffeekränzchen eingeladen, und er hat ihnen Geschichten erzählt.«

»Ach«, sagte Zomrowski erstaunt.

»Märchen hat er ihnen erzählt, von seinem Leben auf der Insel Liliput, alles nur Humbug«, erklärte der junge Hellweg schmunzelnd. »Die Damen wussten das natürlich. Trotzdem haben die Geschichten sie begeistert.«

»Der Mann selbst hat die Damen noch mehr entzückt als seine Erzählungen«, stellte Grotedick sachlich fest. »Wie ein kleiner Märchenprinz wäre er, hat die Therese mal gesagt.«

»Die Therese kannte ihn auch?« Zomrowski sah seinen Schwager verdutzt an.

»Ja, sie war mal bei diesen Kaffeekränzchen dabei.«

Zomrowski schüttelte ungläubig den Kopf.

»Ist das von Belang für dich?«, fragte Grotedick erstaunt.

»Mensch, Wilhelm, dieser kleinwüchsige Kirmesartist ist ermordet worden, mit einem Knüppel erschlagen, hier in Sterkrade. Da ist einfach alles von Belang, was er in den vergangenen Jahren hier getan hat.«

»Aber du willst doch wohl nicht behaupten, das könnte irgendwie zu seinem Tod geführt haben, dass er einigen gutsituierten Bürgersfrauen mal ein paar Märchen erzählt hat.«

»Natürlich will ich das nicht behaupten«, sagte Zomrowski ärgerlich, »aber wichtig ist es trotzdem.«

»Wie sind Sie eigentlich mit Ihrer neuen Excelsior-Maschine zufrieden?«, fragte Hermann Hellweg.

»Ja, Sie haben recht.« Grotedick nickte erleichtert. »Lassen Sie uns über was anderes reden als über diese unerfreuliche Angelegenheit.«

»Ich bin sehr zufrieden, wirklich sehr«, sagte Zomrowski.

»Ihre Acetylengas-Laterne ist leider noch nicht da.«

»Das macht nichts. Jetzt, an den langen Sommerabenden, brauche ich sie nicht unbedingt. Aber ich werde trotzdem in den nächsten Tagen noch mal bei Ihnen vorbeischauen.«

»Das ist nicht nötig. Wenn die Karbidlampe bei uns eingetroffen ist, wird unser Lehrjunge sie Ihnen bringen.«

»Es geht nicht um die Laterne. Wir haben am Tatort einen Gipsabdruck von einem Fahrradreifen gemacht. Vielleicht können Sie für uns herausfinden, um welches Fabrikat es sich handelt.«

»Jetzt bist du ja doch wieder bei dem unangenehmen Thema«, stellte Grotedick kopfschüttelnd fest.

»Ja, Wilhelm, entschuldige bitte! Ich werd jetzt nicht mehr darüber reden. Wenn ich mein Glas ausgetrunken habe, muss ich ohnehin gehen. Ich bin ziemlich erschöpft. Und morgen ist Kirmes, ein harter Tag für alle Sterkrader Polizeibeamten.«

SECHS

Noch drehte kein Karussell seine Runden, noch schonten die Rekommandeure von Völkerschau und Abnormitätenkabinett ihre Stimmen, noch sahen die Impresarios der großen Kirmesattraktionen und die Besitzer der kleinen Verkaufsstände für Kurioses und Kulinarisches hoffnungsvoll zum blauen Himmel über Sterkrade hinauf, an dem sich an diesem sechsten Juni des Jahres 1912 nur wenige, weiße Wölkchen zeigten.

Die Kirmes war noch nicht eröffnet, die Fronleichnamsprozessionen zogen noch durch die Pfarreien der Bürgermeisterei, da war im Polizeiamt des Rathauses schon die Hölle los.

Als die Sergeanten Bauland und Mömmeken gegen neun Uhr am frühen Vormittag durch die Marktstraße geschlendert waren, hatte ihr Augenmerk noch nicht den Kirmesbuden am Wegesrand gegolten.

Vor dem Prozessionsaltar am Hagelkreuz hatten Frauen einen prächtigen Blumenteppich ausgebreitet, dessen ochsenblutrote, purpurrote und weiße Blütenringe so harmonisch und anmutig umeinandergewunden waren, dass Fürchtegott Bauland und Mathias Mömmeken ihn eine Weile bewundernd betrachteten. Bald würde ein Priester mit der Monstranz in den Händen über die Pracht hinweg zum Altar schreiten, und obwohl es ihr Herrgott war, den der Priester über den Blütenteppich tragen würde, bedauerten die beiden Polizeisergeanten, dass das flüchtige Kunstwerk in wenigen Stunden zerstört sein würde.

Sie waren weitergegangen bis zur Herz-Jesu-Kirche auf dem Postweg und wieder zurück bis zum Marktplatz vor der Clemenskirche. An bunten Fähnchen und jungen Birken, mit denen die Prozessionswege gesäumt waren, waren sie vorbeigeschlendert, und sie hatten sich daran erinnert, dass man früher die Birkenbäumchen, nachdem der Herr Jesus selbst zwischen ihnen hindurchgewandelt war, zum Schutz gegen Blitzeinschläge in die Viehställe gebracht hatte. Bauland hatte bedauert, dass der alte Brauch immer mehr in Vergessenheit geriet, und Mömmeken hatte die

Vermutung geäußert, dass der moderne Mensch wohl eher dem Blitzableiter vertraue als einem welkenden Bäumchen.

Während ihres beschaulichen Rundgangs durch die festlich geschmückten Straßen hatten die beiden Schutzmänner noch nicht geahnt, dass ihr harmlos erscheinender dienstlicher Auftrag, die Fronleichnamsprozession polizeilich zu begleiten, sie kurze Zeit später in äußerst unangenehme Schwierigkeiten bringen würde.

Über das, was sich dann am Rande des Umzuges ereignete, sollten nachher die Meinungen weit auseinandergehen. Was Beteiligte und Zeugen über den Zwischenfall aussagten, war so vielschichtig, dass noch Wochen später die Zeitungen darüber berichten sollten und dass sich gleich zwei Gerichte um die Wahrheitsfindung mühen mussten: das Amtsgericht in Oberhausen und später auch noch das Landgericht Duisburg.

Kriminalwachtmeister Zomrowski hörte zum ersten Mal von der Angelegenheit, als er gegen Mittag ins Kriminalamt kam, um seinen Kirmesdienst anzutreten.

Molsbeck empfing ihn mit den Worten: »Bei den Uniformierten ist die Hölle los. Schlägerei während der Fronleichnamsprozession.«

»Erzähl!«, sagte Zomrowski.

»Da war ein Kerl, der anscheinend nicht wusste, dass die Sterkrader Kirmes erst nach der Prozession eröffnet wird. Holländischer Arbeiter, einer von denen, die den Rhein-Herne-Kanal bauen. Evangelisch. Weil er zu früh hier war, hat er sich die Prozession angeguckt. Stand am Straßenrand. Hände in den Taschen, Kippe im Maul, Hut auf dem Kopf. Auch als die Monstranz an ihm vorbeigetragen wurde, stand er so da. Noch nicht mal den Hut hat er abgenommen vor unserm Herrgott. Da ist einem der Männer vom Kirchenchor der Kragen geplatzt. Der hat dem Kerl mit seinem Stock den Hut vom Kopf gehauen.«

»Idioten«, sagte Zomrowski kopfschüttelnd. »Beide. Der dämliche Kerl, der sich so flegelhaft benimmt, und der Mann mit dem Stock, der sich zu so einem Unfug hinreißen lässt.«

»Das war Theodor Kückelmann, dein Herr Schwiegervater.«

»Ach du Scheiße«, entfuhr es Zomrowski.

»Jedenfalls wurde es nach dem ersten Stockschlag recht turbulent. Der Holländer hat lautstark geflucht und geschimpft. Daraufhin sind einige Sangesbrüder des Cäcilienchors auf ihn losgegangen. Er hat nach seinen Kollegen vom Kanalbau gerufen, die in der Nähe standen. Und es fehlte nicht viel, dann wäre es wohl zu einer wüsten Massenschlägerei zwischen katholischen Sterkradern und evangelischen Kanalbauarbeitern gekommen. Zum Glück waren Bauland und Mömmeken, die beiden Polizeisergeanten, in der Nähe. Sie haben die Streithähne auseinandergebracht. Und jetzt sitzt der Übeltäter unten in der Arrestzelle.«

»Sie haben den Kückelmann eingesperrt? War das denn nötig?«

»Nein, sie haben nicht deinen Schwiegervater mitgenommen. Der Bauland hat den Holländer ins Loch geworfen, den Evangelischen.«

»Warum denn das?«

»Ich glaube, das muss der Bauland gerade dem Polizeiinspektor Kerkhoff erklären und später wahrscheinlich auch noch Bürgermeister Zur Nieden. Kerkhoff ist vor zehn Minuten schnaufend hier angekommen und mit hochrotem Kopf im Polizeibüro verschwunden. Kurz darauf hab ich ihn brüllen gehört. Angeblich haben sich schon einige angesehene evangelische Geschäftsleute beim Bürgermeister persönlich über das Vorgehen seiner Polizeisergeanten beklagt.«

»Dabei ist er doch ein ganz vernünftiger Kerl, der Bauland«, sagte Zomrowski kopfschüttelnd.

»Aber katholisch«, entgegnete Molsbeck. »Und da sind ihm eben die Gäule durchgegangen. Ich kann's schon irgendwie verstehen, dass er nicht seinen Sangesbruder Kückelmann in die Zelle steckt, sondern diesen respektlosen Kerl. Für uns Katholiken ist das geweihte Brot nun mal der Herrgott persönlich.«

»Für uns Katholiken! Wie redest du denn daher? Ich bin auch katholisch. Aber es gibt nun mal Menschen, die vielleicht nicht wissen, was es mit der Hostie in der Monstranz auf sich hat. Für die ist sie eben nichts weiter als ein Stück Brot in einem prunkvollen Gefäß. So ist das nun mal. Juristisch gesehen hat er sich jedenfalls nichts zuschulden kommen lassen, dieser Holländer.«

»Schon klar«, entgegnete Molsbeck. »Wenn einer zu belangen ist, dann der Kückelmann. Wegen Körperverletzung, vermute ich mal, oder wegen Beleidigung. Ja, wahrscheinlich erfüllt es den Tatbestand der Beleidigung, wenn man einem Mann den Hut vom Kopf schlägt.«

»Na, warten wir's ab! Jedenfalls hat der Herr Polizeisergeant sich da einen schönen Schlamassel eingebrockt. Es gibt zu viele einflussreiche Leute in Sterkrade, die evangelisch sind und sich so ein Vorgehen der Polizei nicht bieten lassen werden. Bürgermeister Zur Nieden ist der Sohn eines evangelischen Pfarrers, soviel ich weiß. Da wird noch einiges an Ärger auf den armen Fürchtegott Bauland zukommen.«

Ein junger Mann, dessen lautes Schimpfen im Kriminalbüro deutlich zu hören war, verließ das Rathaus. Das war kein niederrheinisches Platt, was da an Zomrowskis Ohren drang. Er vermutete, dass es flämische Flüche waren, die der Unbekannte hervorstieß, der sich vor dem Fenster wütend den Hut auf den Kopf stülpte und eilig die Rathaustreppe hinunterstapfte.

Als der Mann im Gewimmel der Kirmesbesucher auf der Steinbrinkstraße verschwunden war, erklärte Peter Molsbeck, dass mit einem Obduktionsbericht frühestens am Freitag, wahrscheinlich jedoch erst am Montag zu rechnen sei. Die wichtigsten Ergebnisse der Leichenschau, der er tags zuvor bis in die frühen Abendstunden hinein beigewohnt hatte, hatte Molsbeck allerdings schon auf seinem Notizblock zusammengefasst.

Der Tod des kleinwüchsigen Friedrich Kessler war die unmittelbare Folge einer Zertrümmerung des Schädels durch mindestens sieben Schläge mit einem harten, stumpfen Gegenstand. Es gab keinen Zweifel daran, dass es sich dabei um den blutverschmierten Holzknüppel handelte, der auf dem Trampelpfad gelegen hatte.

Paul Juskowiak war durch einen Revolverschuss in den Rücken getötet worden. Die Kugel hatte die Aorta in unmittelbarer Nähe des Herzens zerfetzt. Sie stammte nach ersten Einschätzungen aus einer Revolverpatrone, Kaliber sieben Millimeter, wie sie in vielen handelsüblichen Handfeuerwaffen Verwendung fand. Die Kugel war im Knorpelfortsatz zwischen Brustbein und dritter Rippe stecken geblieben. Da sie nicht aus dem Körper ausgetreten war, musste man davon ausgehen, dass der Schuss aus einiger Entfernung abgegeben worden war.

»Nicht viel Neues«, sagte Zomrowski enttäuscht.

»Ein bisschen was kommt ja noch. Es betrifft den Zeitpunkt des Todes der beiden Opfer«, entgegnete Molsbeck. »Viel ist das allerdings auch nicht. Du weißt ja, wie sie sind, die Herren Doktoren. Festlegen tun die sich nun mal nicht gerne. Aber immerhin. Wahrscheinlich am Montagabend, nicht früher als am Mittag davor, nicht später als in der Nacht danach. Davon können wir ausgehen. Also könnten Kessler und Juskowiak tatsächlich gleichzeitig ins Jenseits befördert worden sein.«

»Wenn es so ist, dann sind sie am frühen Montagabend zwischen halb sieben und viertel vor sieben getötet worden. Das ist nach den Beobachtungen der beiden Jungen klar.«

»Na, das ist doch schon mal was«, befand Molsbeck.

»Das ist gar nichts«, sagte Zomrowski mürrisch. »Sie könnten in derselben Minute ermordet worden sein, na gut. Aber nach dem Obduktionsergebnis könnten auch Stunden zwischen Kesslers und Juskowiaks Tod liegen.«

Molsbeck schüttelte den Kopf. »Es war kein Zufall, dass da zwei Leichen im Abstand von zwanzig Schritten im Brachland lagen. So einen Zufall gibt es nicht. Die beiden Morde haben etwas miteinander zu tun. Wenn ich dich recht verstanden habe, dann siehst du das doch auch so.«

Zomrowski nickte.

»Aber sind dann nicht logischerweise auch beide Verbrechen zur selben Zeit verübt worden?«, fragte Molsbeck.

»Wahrscheinlich ist das schon«, gab Zomrowski nach einigem Nachdenken zu. »Aber wenn der zweite Mord etwas mit der Entdeckung des ersten Mordes zu tun hatte, dann könnten auch Stunden dazwischen gelegen haben.«

»Versteh ich nicht«, sagte Molsbeck.

»Vielleicht ist der Juskowiak am Nachmittag erschossen worden. Ein Kumpel von ihm hat Stunden später den Toten gefunden. Für ihn war klar, dass Friedrich Kessler der Mörder sein musste. Also hat er ihm auf dem Trampelpfad aufgelauert und ihn erschlagen.«

»Klingt an den Haaren herbeigezogen«, sagte Molsbeck kopfschüttelnd.

»Stimmt«, gab Zomrowski zu. »Zumal Paul Juskowiak keinen

Kumpel hatte. Ein Einzelgänger war er, den niemand mochte. Jedenfalls sagen das alle, mit denen ich in der Kolonie Dunkelschlag gesprochen habe.«

Eine Weile sahen die beiden Kriminalisten nachdenklich auf die Steinbrinkstraße hinaus, durch die sich immer mehr aufgeregt redende und lachende Menschen schoben, dann stellte Molsbeck fest: »Wenn Juskowiak und Kessler keine Zufallsopfer waren, wenn jemand genau diese beiden Männer töten wollte, dann hatten sie irgendetwas miteinander zu tun. Und was der Liliputaner einer Schaustellertruppe und ein Schlepper von Constanzia gemeinsam hatten, verdammt noch mal, das muss doch herauszufinden sein.«

»Ich glaube nicht, dass ein und derselbe Mann die beiden umgebracht hat«, sagte Zomrowski. »Dass ein Mörder ein Opfer erschießt und das andere erschlägt, obwohl er einen Revolver bei sich hat, das ist doch unsinnig.«

»Ist es nicht«, erwiderte Molsbeck. »Juskowiak saß auf einem Holzstapel und rauchte. Da konnte der Mörder warten, bis ein Zug über die Bahngleise rumpelte. Wenn er in dem Moment abgedrückt hat, konnte er ziemlich sicher sein, dass niemand in der Bergstraße und im Lager der Kirmesleute den Schuss hören würde. Als Kessler auf dem Trampelpfad an ihm vorbeilief, musste der Mörder sofort handeln. Er konnte nicht auf einen Zug warten. Also hat er mit dem Knüppel zugeschlagen.«

Zomrowski pfiff anerkennend durch die Zähne. »Hervorragend«, sagte er. »Auf die Idee bin ich noch nicht gekommen.«

»Also, warum wurden die beiden gemeinsam zu Mordopfern? Was hatten sie miteinander zu tun, der Zwerg und der Bergmann?«, fragte Molsbeck.

»Eine Gemeinsamkeit scheint es zu geben«, sagte Zomrowski. »Sie waren beide Schürzenjäger. Der kleine Friedrich Kessler zog an jedem Kirmesort durch die Gaststätten und Tanzsäle, und er hatte überraschend viel Erfolg beim weiblichen Geschlecht. Dass Juskowiak hinter jedem Rock her war, dass er mit besonderer Vorliebe den Polenmädchen nachstellte, weil er sie für leichte Beute hielt, das hab ich gestern in der Kolonie erfahren.«

»Gut möglich also, dass sie sich um ein Weibsbild gestritten haben«, sagte Molsbeck.

»Oder dass sie beide einem Dritten die Braut ausgespannt hatten«, fügte Zomrowski hinzu.

***

Er mochte das Kirmestreiben nicht mehr. In seinen Kindertagen war die Woche um das Fronleichnamsfest ohne Frage die aufregendste im Jahreslauf gewesen. Wenn die Schausteller in Sterkrade angekommen waren, mit Völkerschau und Panoptikum, mit Pferdchenkarussell und Schaukel, dann hatten Buntes und Schrilles für eine Weile alles Alltagsgrau im Schatten von Zeche und Hütte überstrahlt.

Das Fremde hatte den Knaben Johann Zomrowski angezogen, ihn aufgeregt, seiner Phantasie unbekannte, ferne Welten erschlossen. Zwischen Illusionsbude und Menagerie, zwischen Kuriositätenkabinett und Puppentheater war er hin und her gerannt, Akrobaten und Abnormitäten hatten ihn angezogen, vor jedem Varieté hatte er sich stundenlang herumgedrückt.

Um hineingelassen zu werden, in einen dieser Paläste des Exotischen, in eine dieser Kathedralen des Geheimnisvollen, war er noch zu jung gewesen. Und Geld, um eine der Schaubuden zu besuchen, hätte er ohnehin nicht gehabt.

Aber das hatte ihn nicht bekümmert. Er hatte den Impresarios, den Rekommandeuren und Varietédirektoren gelauscht, die vor den Buden ihre Attraktionen anpriesen und flüchtige Blicke auf absonderliche Gestalten und fremdartige Wesen zuließen, um den Zuschauern Geschmack auf mehr zu machen und sie als zahlende Gäste ins Innere ihrer Holzverschläge und Zeltgebäude zu locken.

So hatte Johann sie alle gesehen, die Krokodilsfrauen und die dreibeinigen Männer, Kolossalweiber und zierliche Seiltänzerinnen, feuerschluckende Fakire und verschleierte Haremsdamen und all die an Ketten gelegten oder in Käfige gesperrten Wilden, Kannibalen, Zulukaffern und Urwaldmenschen.

Er hatte sie mitgenommen von der Kirmes in seine nächtlichen Traumbilder und in seine Tagträumereien, war übers Jahr hinweg zum Bezwinger von Kolossalweibern, zum Schüler eines Fakirs, zum Retter abstürzender Seiltänzerinnen, zum Wächter eines Harems, zum Bändiger von Kannibalen und zum Blutsbruder der Zulukaffern geworden.

Als er endlich alt genug war, um eingelassen zu werden in die Innenwelt der Kirmesschauen, hatten die Grenzen seiner eigenen Welt sich so weit geöffnet, dass diese ihm plötzlich unbekannt und aufregend erschien. In seiner Welt waren jetzt Geheimnisse zu ergründen, gab es Menschen zu bewundern oder zu fürchten, hatte er Abenteuer zu bestehen.

Die Scheinwelt der Kirmesillusionen verlor ihre Anziehungskraft.

Als er ein junger Mann geworden war, waren es nicht mehr die Varietés, die Schaubuden und Menagerien, die ihn zur Kirmes lockten, sondern es war die ausgelassene Stimmung in den Gasthäusern und auf den Tanzböden, die ihn unwiderstehlich anzog.

Wenn Fronleichnamskirmes war, dann fiedelten die Musikanten, dann floss das Bier, dann tanzte er bis zum Umfallen, dann lachten die Mädchen, und ihr Lachen versprach alles. Wenn Fronleichnamskirmes war, dann war Frühling.

Auch Marie Kückelmann, die wundervolle Marie, seine Marie, hatte er beim Kirmestanz zum ersten Mal im Arm gehalten.

Heute mied Johann Zomrowski die viel zu vollen Gasthäuser an den Kirmestagen. Getanzt hatte er seit Jahren nicht mehr. Die Karussells drehten sich fürs junge Volk, die Attraktionen waren keine mehr.

Wenn der Dienst es zuließ, wenn die Kriminalwache von einem Kollegen besetzt war, dann schlenderte er einmal zwischen den Buden und Ständen umher, sah sich um und hörte den Verkäufern und Impresarios zu, ohne ihren Verlockungen zu erliegen.

Mit dem Gefühl, alles, was es hier zu entdecken gab, schon als Knabe entdeckt zu haben, und alles, was es hier zu erleben gab, schon als junger Mann erlebt zu haben, verließ er die Kirmes wieder.

Eine Ausnahme gab es, wie schon in den Jahren zuvor, auch an diesem Fronleichnamstag des Jahres 1912: Zomrowski sah sich nach einer kulinarischen Besonderheit um, nach einer Gaumenfreude, die er noch nicht kannte oder lange nicht mehr genossen hatte.

Es war der Geruch, der ihn zu einem ambulanten Verkaufsstand lockte, an dem ein Mann mit französischem Akzent seine in Schmalz gerösteten Kartoffelschnitzel anbot. Der Akzent klang echt, und das unbekannte Kartoffelgericht, das der Verkäufer »Pommes frites« nannte, duftete so verführerisch, dass Zomrowski sich für fünf Pfennige eine große Tüte dieser Delikatesse kaufte.

Er setzte sich damit an eines der Tischchen, die der Gastwirt Köper vor sein Lokal in der Brandenburger Straße gestellt hatte, und genehmigte sich ein kühles Bier zu den knusprigen Köstlichkeiten.

Als sich das behagliche Gefühl in ihm breitmachte, wahrhaftig gut gegessen zu haben und satt zu sein, überflog er noch einmal den Steckbrief des Kinderschänders, den Kommissar Hüppchen im Schreibbüro hatte vervielfältigen lassen. Mit der unübersehbaren Schar der Kirmesbesucher zogen hunderte junger Männer durch Sterkrade, auf die die vage Beschreibung passen konnte. Zomrowski hielt es für aussichtslos, in der Menschenmenge nach dem schändlichen Kerl Ausschau zu halten, schob das Papier zurück in die Innentasche seines Jacketts, lehnte sich auf seinem Stuhl zurück und wandte sein Gesicht der Sonne zu.

Er lauschte dem Klang einer Jahrmarktsorgel. Die Walzermelodie ließ ihn an Marie denken. Gern wäre er jetzt auf sein Fahrrad gestiegen und irgendwohin gefahren, wo keine Menschen waren.

Als die Orgel verstummte, hörte er einen Impresario seine Attraktionen anpreisen. Er erkannte die Stimme von Nepomuk Marsilius.

Zomrowski ließ sich Zeit damit, sein Bier auszutrinken. Dann schlenderte er hinüber zur Schaubude und gesellte sich zu den Leuten, die vor dem Zelt standen.

»Was Sie hier geboten bekommen, verehrtes Publikum, das übersteigt Ihr Fassungsvermögen!«, rief Direktor Marsilius, der einen schwarzen Zylinder über sein krauses Haar gestülpt hatte und vor dem Zelteingang auf einem hölzernen Podest stand. »Die ungewöhnlichsten Geschöpfe aus den fernsten Gegenden der Welt werden in wenigen Minuten in diesem Etablissement auftreten. Wotan, den Wolfsmenschen, der in den sibirischen Wäldern von einer Wölfin gesäugt wurde, kann ich Ihnen aus gutem Grunde hier draußen nicht zeigen. Er darf nur in schweren Ketten auf die Bühne geführt werden, wo er aufs Strengste bewacht wird von Adam, dem stärksten Mann des Kaukasus, den Sie gerade schon hier gesehen haben. Auch nur im Inneren des Zeltes zeigen kann ich Ihnen unseren Höhlenmenschen, einen weißhäutigen, rotäugigen Mann aus dem fernen Alaska. Würde ich ihn herausholen aus dem Zelt und ihn hier präsentieren, würde die glühende Sonne ihm Höllenqualen bereiten, und in kürzester Zeit würde er vor Ihren Augen einen elenden Verbrennungstod erleiden.«

»Hol ihn raus!«, brüllte ein junger Kerl, begleitet vom johlenden Gelächter seiner Kumpane.

Marsilius überging den Zwischenruf und pries Emmy an, die schwerste Frau der Welt, die er doch ach so gerne schon hier draußen vorgeführt hätte, wenn sie nur nicht so unglaublich schwer wäre, dass unter ihrem Gewicht das Holzpodest zusammenbrechen würde.

Und Kamala, die schwebende Inderin, vor das Zelt zu holen, sei leider auch unmöglich, erklärte Marsilius. Wenn sie hier im Freien in ihren Schwebezustand falle, könne es passieren, dass sie nicht mehr zu halten sei, dass sie davonschwebe bis in die fernsten Fernen des Universums.

Im Publikum wurde gefeixt und gelacht. Vereinzelte Buhrufe waren zu hören. Erst als Nepomuk Marsilius seinen Zylinder vom Kopf nahm, als sein schrilles Marktgeschrei urplötzlich verstummte und er kurz darauf mit der tonlosen Stimme eines Grabredners weitersprach, hingen alle Zuhörer gebannt an seinen Lippen.

»Vergeben Sie mir, dass ich jetzt hier allein vor Ihnen stehe und nicht mit den beiden wundersamsten Menschen an meiner Seite, die je gemeinsam in einem Elternhaus aufgewachsen sind. Josef, der Zwerg aus den Wäldern der Eifel, und Josefa seine Schwester, eine Riesin von beinahe zweieinhalb Metern Größe, begleiteten mich stets hinaus vor das Zelt, um Ihnen, verehrtes Publikum, einen Eindruck zu geben von den Wunderdingen, die Sie im Inneren unserer Schaubude erwarten. Doch Josef, dieser liebenswerte, kleine Kerl, ist hier in Sterkrade, kurz nach unserer Ankunft, von Mörderhand dahingemeuchelt worden.«

Die Menschen reagierten höchst unterschiedlich auf Marsilius'

Worte. Manche schwiegen betroffen, andere wandten sich ihren Nebenleuten zu und redeten auf sie ein, einige deuteten hinüber auf das Ödland neben den Bahngleisen. In Sterkrade kannten die Menschen längst die Geschichte vom unerklärlichen Doppelmord, der dort am Montag geschehen war.

»Ich hoffe, Sie wissen es zu schätzen, verehrte Damen und Herren, dass Josefa, die große Schwester, dieses bedauernswerte Wesen, trotz ihres schrecklichen Verlustes heute vor Ihnen auftreten wird. Hier ist sie, die unglücklichste Riesin dieser Welt.«

Und dann erschien Josefa, ganz in Schwarz gekleidet, mit einem pompösen Hut, von dem ein Schleier herabhing, der ihr Gesicht verdeckte.

Ein Raunen ging durchs Publikum. Ein Mann klatschte in die Hände, andere taten es ihm nach, bis endlich alles Volk, das vor der Schaubude Marsilius stand, der Riesin Josefa zuklatschte, um ihr seine Bewunderung und sein Mitgefühl zu bekunden.

Zweieinhalb Meter groß war Josefa ganz sicher nicht, aber sie überragte den nicht gerade klein geratenen Marsilius um beinahe zwei Kopfeslängen. Als wäre sie seit ihrer Begegnung auf dem Lagerplatz noch einmal gewachsen, so kam es Johann Zomrowski vor. Das hochhackige Schuhwerk und der gewaltige Hut trugen sicher dazu bei, aber mehr noch schien es ihre Haltung zu sein, die würdevolle Starrheit, in der sie dort oben stand, die der jungen Frau im schwarzen Trauerkleid Erhabenheit und Größe verlieh.

Als der Beifall des Publikums geendet hatte, deutete Josefa zaghaft einen Knicks an, drehte sich um und verschwand hinter der Zeltwand.

Die Menschen drängten zum Eingang, wo Nepomuk Marsilius, unterstützt von Adam Drescher, jedem Zuschauer zehn Pfennige abnahm, bevor er ihn in das Innere der Schaubude ließ.

Zomrowski übersah geflissentlich die großzügige Geste des Direktors, der dem Kriminalwachtmeister den kostenlosen Eintritt in sein Etablissement gewähren wollte, drückte ihm einen Groschen in die Hand und raunte ihm zu: »Nach der Vorstellung möchte ich Sie sprechen, für ein paar Minuten wenigstens.«

»Wenn es sein muss«, sagte Marsilius und sammelte weiter die Groschen der Zuschauer ein.

Das Zelt füllte sich schnell. Mehr als hundert Menschen drängten sich vor dem Podium, als die Vorstellung begann. Zomrowski stand in der Nähe des Eingangs vor der hinteren Zeltwand. Er verfolgte das Programm ohne Begeisterung. Vorne, auf der kleinen Bühne, geschah nichts Unerwartetes.

Adam Drescher, der stärkste Mann des Kaukasus, verbog Eisenstangen, die ohne Frage präpariert waren. Als eine Stange trotz seiner energischen Bemühungen nicht krumm werden wollte, kam Emmy ihm zur Hilfe und brach den Eisenstab mühelos in der Mitte durch.

Das Publikum brüllte vor Lachen. Zomrowski schmunzelte. Das war denn doch eine unerwartete Pointe, und ein witziger Einfall war es noch dazu. Wie man den Leuten etwas verkauft, darauf kommt's eben an, dachte er. Und davon schien Nepomuk Marsilius eine Menge zu verstehen.

Auch die Nummer mit der überdimensionalen Waage gefiel den Zuschauern. Dass sich die Waagschale, auf der die dicke Emmy saß, tiefer senkte als die andere, auf der drei junge Frauen aus dem Publikum kauerten, beeindruckte die Leute. Entweder trug die gute Emmy noch ein paar Metallgewichte an einem Gürtel unter ihrem weiten Kleid, oder die Waage war manipuliert.

Nach einem kurzen Bühnenumbau öffnete sich der Vorhang wieder, und Petronella Krabbich erschien, umhüllt von einem Tuchhimmel. Jetzt war sie Kamala, die schwebende Inderin, und sie war so betörend wie die schöne Frau auf dem Foto in ihrem Ausweispapier.

Als sie den Boden unter den Füßen verlor, langsam höherstieg, in den Tuchhimmel hineinschwebte und allmählich in ihm verschwand, ahnte Zomrowski, dass er und die anderen Zuschauer nicht Kamala selbst, sondern nur ihr Spiegelbild sahen, dass Petronella Krabbich in einer Öffnung des Bühnenbodens lag und ihr liegender Körper so gezogen oder verschoben wurde, dass im tuchumhüllten Spiegel die Illusion der davonschwebenden Jungfrau sichtbar wurde.

Der Auftritt des Wolfsmenschen Franz Meyer, der auf dem Lagerplatz so gebildet dahergeredet hatte, gefiel Zomrowski nicht. Dass Adam Drescher ihn in schweren Ketten auf die Bühne zerrte, musste wohl so sein. Doch dass Meyer sich dort schreiend und bellend gebärdete wie ein Wahnsinniger, dass er sich erst beruhigte, als er seine Zähne in ein rohes Stück Fleisch hauen konnte, welches Marsilius ihm hingeworfen hatte, stieß Zomrowski ab. Der über und über mit Haaren bedeckte Körper des Wolfsmenschen hätte auch ohne diesen widerlichen Firlefanz das Publikum bestürzt und erschüttert.

Bartholomäus Lange, der Albino, überraschte mit einer kunstvollen Jonglage. Was er mit Bällen und Keulen machte, faszinierte die Zuschauer so sehr, dass seine bleiche Haut, die weißen Haare und die roten Augen beinahe zur bedeutungslosen Zugabe seiner Schau wurden.

Nach ihm kam Josefa auf die Bühne. Starr, wie draußen auf dem Podest, stand sie da. Marsilius erzählte eine unsägliche Geschichte vom zu klein geratenen Sohn Eifeler Bauersleute, von deren inständigem Gebet um ein größeres Kind und von der riesenhaften Tochter, die ihnen daraufhin in die Wiege gelegt worden war.

Er entblödete sich nicht, mit tränenerstickter Stimme von der herzlichen Geschwisterliebe Josefs und Josefas zu berichten und vom unendlichen Schmerz, den der Tod ihres kleinen Bruders der jungen Frau bereitet habe.

Ein paar Damen im Publikum schluchzten, und selbst die rüpelhaften Kerle, die vor dem Zelt noch geschmacklose Witze gerissen hatten, schwiegen betreten. Als Josefa endlich ihren Schleier lüftete, liefen ihr Tränen über die Wangen, und das Publikum huldigte ihr mit einem nicht enden wollenden Applaus.

Die Tränen überraschten Zomrowski. Bedrückt war Josefa Wolter gewesen, als er der Schaustellertruppe die Nachricht vom Tod Friedrich Kesslers überbracht hatte, aber erschüttert hatte sie nicht gewirkt. Woher kamen jetzt die Tränen? Hatte Marsilius' schmalzige Geschichte sie so angerührt, oder war sie nur eine besonders gute Schauspielerin?

Wie es auch sein mochte, Josefa Wolter glänzte in der verlogenen Rolle der trauernden Schwester. Sie und Marsilius wussten anscheinend genau, wie anrührend eine in Tränen aufgelöste Riesin auf das Kirmespublikum wirkte.

Auf Johann Zomrowski allerdings wirkte es nur befremdlich, dass der Direktor und seine Riesendame ohne Skrupel den gewaltsamen Tod ihres kleinwüchsigen Kollegen benutzten, um die

Schaubude Marsilius in diesen Sterkrader Kirmestagen zu einer ganz einzigartigen Attraktion zu machen.

Als das Zelt sich geleert hatte, setzte Zomrowski sich auf eine der beiden Bänke vor der Bühne. Marsilius ließ nicht lange auf sich warten.

»Aber schnell, wenn es geht, Herr Kriminalwachtmeister. Ich muss wieder raus. Es stehen schon wieder zig Leute vor dem Zelt. Ich glaube, wir können heute gar nicht genug Vorstellungen geben.«

Ohne auf des Direktors Drängen einzugehen, sagte Zomrowski: »Die Josefa Wolter, stand die dem Friedrich Kessler eigentlich besonders nahe?«

»Die Josefa? Dem Friedrich? Nein, so ein Quatsch! Die Josefa ist doch erst seit ein paar Wochen bei uns. Nein, nein. Sie meinen wegen der Krokodilstränen?«

Marsilius lachte. »Erst haben Sie sich gewundert, Herr Kriminalwachtmeister, dass niemand in Tränen ausgebrochen ist, als Sie uns von Friedrichs Tod unterrichtet haben. Und jetzt wundern Sie sich, dass der Josefa die Tränen durchs Gesicht laufen. Dabei ist beides nicht von Bedeutung. Wir sind Kirmesleute, Herr Kriminalwachtmeister. Gaukler sind wir. Unsere wahren Gefühle zeigen wir nicht, sondern nur die, die das Publikum sehen soll.«

»Und die Kriminalpolizei«, fügte Zomrowski hinzu.

Marsilius widersprach ihm nicht.

»Wer hat eigentlich in der Nacht vom Montag zum Dienstag hier im Bühnenwagen geschlafen?«

»Lassen Sie mich überlegen«, antwortete Marsilius nachdenklich.

Genau das wollte Zomrowski nicht. Er hatte gehofft, den Direktor mit der Frage überrumpeln zu können. Aber Marsilius ließ sich Zeit mit seiner Antwort.

»Am Montag, nachdem der Friedrich weg war, da haben wir noch lange zusammengesessen und geredet übers neue Programm, und getrunken haben wir was«, sagte er dann. »Und der Adam hat Skat gespielt mit dem Franz Meyer und der Emmy. Da ist es recht spät geworden, und ich hab dem Adam gesagt, dass er nicht mehr zum Bühnenwagen rüber muss, dass er ruhig im Lager schlafen kann, im Männerwagen.«

»Sie wissen, warum ich Ihnen die Frage gestellt habe?«

»Nein«, behauptete Marsilius.

»Wenn Adam Drescher am Montagabend noch hierher zum Bühnenwagen gegangen wäre, dann hätte er auf dem Trampelpfad über den toten Friedrich Kessler stolpern müssen. Und Sie haben mir erzählt, dass Drescher jede Nacht hier schläft.«

»Normalerweise ist das ja auch so«, sagte Marsilius. »Aber es war eben ein langer, feuchtfröhlicher Abend im Lager. Hier war alles gut verschlossen. Das Zelt war noch nicht aufgebaut. Betrunkene Rabauken waren nicht zu befürchten, weil die Kirmes ja noch längst nicht angefangen hatte. Da war es eben nicht so wichtig, dass der Bühnenwagen bewacht wurde.«

»Und ich nehme an, alle Ihre Artisten können bezeugen, dass Adam Drescher in der fraglichen Nacht im Männerwagen geschlafen hat und dass bis zum nächsten Mittag, bis ich zu Ihnen gekommen bin, niemand das Lager verlassen hat.«

»Ja, selbstverständlich.«

Zomrowski schüttelte ärgerlich den Kopf und schwieg eine Weile. »Ich muss noch mal Ihren Wandergewerbeschein sehen«, sagte er dann.

»Wieso das denn? Den hab ich Ihnen doch schon gezeigt?«

»Haben Sie ihn bei sich?«

»Ja, immer«, sagte Marsilius, zog ein ledernes Etui aus der Innentasche seines Gehrocks, nahm ein Papier heraus und reichte es Zomrowski.

Der warf nur einen flüchtigen Blick darauf. »Ihr Reisegewerbeschein ist bis auf Weiteres beschlagnahmt. Solange die Todesumstände Ihres Artisten Friedrich Kessler nicht geklärt sind, werden Sie hier in Sterkrade bleiben«, sagte er kühl.

Marsilius lief rot an und schnappte nach Luft. »Das geht nicht. Wir müssen weiter. Es ist Saison. Sie ruinieren mich.«

»Es wird gehen müssen«, entgegnete Zomrowski achselzuckend. »Wahrscheinlich werden Sie in Sterkrade so viel verdienen, dass es sich verkraften lässt, wenn Sie mal ein Volksfest versäumen. Und wenn Sie unsere Ermittlungsarbeit unterstützen, dann werden wir den Fall sicher bald klären können.«

***

Peter Molsbeck hatte am Abend dieses Fronleichnamstages die Nase voll. Fünf Anzeigen wegen Taschendiebstahls hatte er aufnehmen müssen, zwei Fahrräder waren am Rande der Kirmes gestohlen worden, einen aufgeregten jungen Hüttenarbeiter, der seine Verlobte als vermisst melden wollte, hatte er nach langem Hin und Her dazu bringen können, am nächsten Tag wiederzukommen, falls die junge Dame bis dahin nicht wieder aufgetaucht sein sollte. Am späteren Nachmittag hatten die Uniformierten ihm einen steckbrieflich gesuchten Fahnenflüchtigen in die Wache geschleppt, der vor ein paar Tagen von seinem Regiment davongelaufen war, um daheim in Sterkrade Kirmes zu feiern. Molsbeck hatte die Kollegen gebeten, den jungen Mann einstweilen in einer der Arrestzellen unterzubringen, und fernmündlich die Militärbehörde informiert. Kurz darauf waren zwei andere Schutzleute mit einer Weibsperson aus Oberhausen und zwei masurischen Bergarbeitern aus Bottrop erschienen. Die Frau wäre am Rande der Kirmes der gewerbsmäßigen Unzucht nachgegangen, und die beiden Masuren könnten das bezeugen, hatten die Uniformierten erklärt. Als Molsbeck ein Protokoll aufnehmen wollte, hatte er festgestellt, dass die Masuren kein Wort Deutsch sprachen und nicht die geringste Ahnung hatten, worum es eigentlich ging. Er hatte die Personalien der drei Beteiligten festgestellt und sie weggeschickt. Und dann war auch noch ein Polizeisergeant zweiter Ordnung gekommen und hatte zwei betrunkene Schläger in der Kriminalwache abliefern wollen. Molsbeck hatte ihn angeschnauzt, er solle die Rabauken gefälligst mit ins Polizeibüro nehmen oder sie in eine Arrestzelle stecken oder sie einfach nach Hause schicken. Jedenfalls habe er Wichtigeres zu tun, als sich mit zwei Volltrunkenen abzugeben, die sich gegenseitig die Köpfe einhauen wollten.

»Jetzt möchte ich gerne ein Bier trinken. In aller Ruhe, möglichst weit weg von diesem Kirmestrubel«, sagte er zu Johann Zomrowski, als die Kriminalsergeanten Anton Schmitz und Emil Pötter sie abgelöst hatten.

»In ganz Sterkrade ist Kirmes und Trubel heute Abend«, entgegnete Zomrowski.

»Bei mir im Garten in der Holtenstraße nicht. Meine Henriette könnte uns noch einen Mettwurstpfannekuchen machen, und meinen Enkel schick ich, uns zwei Krüge Bier holen. Was hältst du davon?«

»Das gefällt mir.«

Als die beiden Männer in der Laube zwischen Peter Molsbecks Rosen saßen, in deren üppige Blütenkelche die Abendsonne ihre Strahlen goss, als sie gegessen und sich den Bierschaum vom Mund gewischt hatten, stellte Zomrowski fest: »Schön hast du es hier, wirklich schön.«

»Es ist noch ein bisschen früh im Jahr. Wenn die Chinarosen in voller Blüte stehen und meine Damaszener und die Strauchrose da drüben an der Mauer, dann musst du noch mal wiederkommen. So in einem Monat, dann ist er wirklich ein Paradies, mein Rosengarten.«

»Versteh ich schon, dass du hier lieber sitzt als im Kriminalbüro«, sagte Zomrowski.

Molsbeck nickte. »Es ist gut, dass es nächstes Jahr für mich vorbei ist. Ich bin immer gerne Kriminalbeamter gewesen, das weißt du. Aber mit dem ganzen modernen Kram, da komm ich einfach nicht mehr klar. Einen Verdächtigen verhören, bis er sich in Widersprüche verwickelt, eine Fährte aufnehmen, zwei und zwei zusammenzählen, schlüssig kombinieren, das kann ich immer noch ganz gut, denke ich. Aber dass sie jetzt aus der Kriminalistik eine Wissenschaft machen, das ist meine Sache nicht.«

»Mir gefällt es nicht, dass du uns bald verlässt. Du bist immer noch ein hervorragender Kriminalist.«

Peter Molsbeck zuckte mit den Achseln. »Es ist nicht leicht, ein Polizist zu sein in diesen Zeiten. Das hab ich heute wieder gedacht, bei der Sache mit dem Bauland. Jahrzehntelang hatten wir die Obrigkeit zu vertreten. Der Beamte dient allein dem Wohl des Staates, hieß es immer. Dem Volk auf die Finger schauen, dafür Sorge tragen, dass Gesetze, Erlasse und Verordnungen befolgt werden, energisch eingreifen, wenn jemand gegen die Regeln verstößt, das waren klare Vorgaben. Und heute, heute hört man immer öfter die Parole, dass der Polizeibeamte für das Publikum da zu sein hat. Und wenn der Sergeant Bauland einen sittenlosen, holländischen Bauarbeiter ins Loch steckt, dann bekommt er Ärger mit den höheren Herren. Das ist nicht einfach, das ist wirklich nicht einfach.«

»Es hat zu viele Übergriffe gegeben durch Uniformierte und Kriminale«, hielt Zomrowski ihm entgegen. »In der Nähe von Dortmund hat ein Polizeisergeant zwei polnische Arbeiter geprügelt und anschließend gefesselt in die Zelle geworfen, nur weil sie auf der Straße zusammengestanden und sich unterhalten hatten. Du erinnerst dich sicher. Die Sache stand in den Zeitungen. Und das war kein Einzelfall.«

»Das ist doch nur die halbe Wahrheit«, ereiferte Molsbeck sich. »Die beiden Polen hatten gegen eine örtliche Verordnung verstoßen, die jedes plan- und zwecklose Herumstehen oder Umhertreiben auf den Straßen untersagt. Das ist doch das Problem, dass jede Stadt ihre eigenen Polizeiverordnungen erlässt. Hunderte sind's mancherorts. Also gibt's auch immer mehr Übertretungsdelikte, und die armen Schutzleute sind gezwungen einzugreifen.«

»Aber mit Fingerspitzengefühl, Peter. Darum geht es! Dass ein Sergeant zwei Arbeiter auf der Straße prügelt, weil sie beieinanderstehen und reden, das lässt eine selbstbewusste Arbeiterschaft sich heutzutage einfach nicht mehr bieten. Da brüllt die sozialdemokratische Presse natürlich auf. Schützt uns vor den Schutzleuten! Auch die einfachen Volksschichten lassen sich heute nicht mehr wie unmündige Kinder behandeln. Solche Übergriffe bringen sie nur gegen die gesamte Obrigkeit auf, vor allem natürlich gegen uns Polizeibeamte.«

Peter Molsbeck zündete sich eine Zigarette an und schwieg.

»Eigentlich ist es schade, dass ich weg bin, wenn du Vorsteher des Kriminalamtes wirst«, sagte er dann. »Du machst das bestimmt gut. Der alte Hüppchen, der ist doch inzwischen froh, wenn er in Ruhe seine Zeitungen lesen kann. Wenn du Kommissar bist, dann weht noch mal ein frischer Wind durch den Laden. Da bin ich mir sicher.«

»Wieso glaubt eigentlich jeder, dass ich Hüppchens Nachfolger werden will?«

»Du bist der beste Mann für den Posten, das ist doch wohl klar.«

»Ich glaube, das sieht nicht jeder so. Mein Junge wächst im Haus eines Sozialdemokraten auf, und mein Name ist Zomrowski. Das sind zwei Gründe, die entschieden gegen mich sprechen.«

»Quatsch«, sagte Peter Molsbeck.

Die untergehende Sonne verfing sich im Geäst des mächtigen

Birnbaums, der in der äußersten Ecke des Gartens stand und einen langen Schatten über Rosenbeete und weiße Kieswege warf.

»Deine Theorie ist gut«, sagte Zomrowski nach einer Weile und einigen Schlucken aus dem Bierkrug. »Dass Juskowiak erschossen wurde, als gerade ein Zug über die Schienen rumpelte, und dass Kessler erschlagen wurde, weil eben kein Zug in der Nähe war, das ist plausibel. Aber wir dürfen darüber nicht außer Acht lassen, dass es auch anders gewesen sein könnte, dass sie vielleicht doch nicht beide von demselben Mörder getötet worden sind.«

»Ist schon klar«, sagte Molsbeck. »Kessler könnte Juskowiak erschossen haben und anschließend von einem Dritten erschlagen worden sein.«

»Wenn Kessler den Juskowiak erschossen hätte, dann hätte er einen Revolver bei sich gehabt«, entgegnete Zomrowski. »Ein Mann mit einem Revolver lässt sich aber nicht einfach so erschlagen.«

»Wenn der Kerl mit dem Knüppel völlig überraschend zuschlägt, ist es schon möglich«, überlegte Molsbeck.

Zomrowski schwieg nachdenklich, und Molsbeck fügte eine weitere Theorie hinzu: »Vielleicht hat der Juskowiak ja erst den Kessler erschlagen und wurde dann selbst von einem Dritten erschossen.«

Zomrowski schüttelte den Kopf. »Glaub ich nicht. Wer einen anderen Menschen erschlägt, macht sich nachher schleunigst aus dem Staub. Der setzt sich nicht ein paar Meter weiter auf einen Holzstapel und zündet sich erst mal eine Zigarette an.«

»Wie plausibel klingt denn folgende Geschichte?«, fragte Molsbeck nach einigem Grübeln. »Ein Mann versteckt sich neben dem Trampelpfad und wartet auf Kessler, ein Mann, der einen richtigen Hass auf den Artisten hatte. Mindestens siebenmal schlägt er mit dem Knüppel zu, obwohl ein einziger Schlag den Kleinwüchsigen wahrscheinlich schon getötet hätte. Der Mörder flieht auf seinem Fahrrad, das er an der Kreuzung des Trampelpfades mit dem Fußweg abgestellt hatte, da wo wir die Spur gefunden haben. Ein paar Minuten später entdecken die beiden Jungen, der Arnold Kückelmann und der Sohn vom Schuster, den toten Liliputaner und rennen weg.

Eine Weile später trifft sich Juskowiak mit einem Unbekannten am Holzstapel neben dem Fußweg. Vermutlich ging's um irgendwas Zwielichtiges. Deshalb hatte man den abgelegenen Treffpunkt im Ödland an den Bahngleisen gewählt. Die beiden Männer geraten in Streit, der Unbekannte erschießt Juskowiak und verschwindet, ohne den toten Kleinwüchsigen auf dem Trampelpfad bemerkt zu haben.«

Zomrowski dachte lange nach.

»Dann hätten beide Geschichten nichts miteinander zu tun, und es wäre also doch der reine Zufall, dass da zwei Männer im Abstand von zwanzig Metern am selben Abend ermordet wurden«, sagte er schließlich skeptisch.

»Stimmt«, entgegnete Molsbeck.

»Dann müssten wir nach zwei Mördern suchen.«

Molsbeck nickte.

»Dann brauchten wir nicht mehr nach Gemeinsamkeiten im Leben der beiden Opfer zu suchen.«

»So ist es«, bestätigte Molsbeck.

Zomrowski schüttelte den Kopf. »Nein, die Idee gefällt mir immer noch nicht, dass da zwei Morde rein zufällig am selben Ort am selben Abend geschehen sein könnten. Heute Morgen in der Wachstube hast du doch selbst noch gesagt, dass es solche Zufälle nicht gibt.«

Molsbeck schwieg.

»So oder so«, fügte Zomrowski hinzu, »wir müssen weiter die Lebensumstände der beiden Opfer unter die Lupe nehmen. Ganz gleich, ob wir nach einem Motiv für die beiden Morde suchen oder nach zwei Motiven, die nichts miteinander zu tun haben.«

»Das heißt also, dass wir weiter in der Kolonie Dunkelschlag, im Umfeld der Zeche und bei der Schaustellertruppe ermitteln müssen«, stellte Molsbeck fest.

»Kessler war seit vier Jahren bei Marsilius«, sagte Zomrowski. »Vorher hat er anscheinend eine sehr eigenartige Lebensgeschichte gehabt. Natürlich könnte auch da die Erklärung für seinen gewaltsamen Tod zu finden sein. Marsilius hat mir erzählt, dass er in einer Irrenanstalt gelebt hat, in der Heil- und Pflegeanstalt in Bonn.«

»Wie kam er denn da hin? War er etwa geisteskrank?«

»Weder geisteskrank noch schwachsinnig. Jedenfalls sagt Marsilius das. Er ist in der Nähe von Bonn geboren, in Rheinbach, und anscheinend haben seine Eltern ihn als Kind in die Anstalt abgeschoben.«

Molsbeck sah Zomrowski verblüfft an. »Wo ist Friedrich Kessler geboren?«, fragte er ungläubig.

»In Rheinbach bei Bonn. Warum überrascht dich das so?«

»Weil ich in Juskowiaks Zimmer in der Grubenstraße einen Pass gefunden habe. Paul Juskowiak wurde 1885 geboren, und zwar in Rheinbach im Kreis Bonn.«

SIEBEN

Schon als der zweite Kirmestag begann, stand für die Sterkrader fest, dass das Spektakel in den Straßen rings um die Clemenskirche in diesem Jahr grandioser war als je zuvor. Noch nie waren so viele Menschen mit Eisenbahnzügen und Straßenbahnen, zu Fuß oder mit dem Fahrrad zur Fronleichnamskirmes gekommen. Vom schönsten Volksfest des Ruhrgebietes und von der bedeutendsten Straßenkirmes in Rheinland und Westfalen hörte man die Menschen in Sterkrade an diesem Freitag reden. Was sie in den Zeitungen über den ersten Kirmestag lesen konnten, bestätigte sie in ihrer Auffassung. Der General-Anzeiger berichtete: »Die Kirmes übte wieder, zumal noch das günstige Wetter hinzukam, ihre alte Anziehungskraft aus. Tausende waren mit der Staatsbahn und der Straßenbahn hinausgefahren oder auch hingepilgert. In den mit unzähligen Kirmesbuden besetzten Straßen herrschte bis in die späten Abendstunden hinein ein reges Leben und Treiben, und sämtliche Gastwirtschaften waren überfüllt und machten glänzende Geschäfte.«

Inzwischen waren die Kirmesgäste zurückgefahren nach Styrum und Oberhausen, nach Borbeck und Bottrop, oder sie waren in nächtlichen Fußmärschen heimgekehrt nach Buschhausen und Holten, nach Osterfeld und Neumühl.

Am zweiten Kirmestag waren nur noch wenige Auswärtige in Sterkrade. In den Städten und Dörfern an Ruhr, Emscher und Niederrhein war dieser siebte Juni des Jahres 1912 ein Werktag wie jeder andere, hart und unerbittlich. Die Erinnerung an den gestrigen Fronleichnamsfeiertag auf der Kirmes in Sterkrade schmolz an glühendheißen Hochöfen dahin oder versank zwischen Schächten und Flözen in unterirdischer Finsternis.

In der Vergangenheit hatte der Schweinemarkt auch am zweiten Kirmestag noch zahlreiche Fremde angezogen. Sie blieben in diesem Jahr aus. Lediglich ein starrköpfiger Hiesfelder Bauer scherte sich nicht um Schweineseuche und Marktverbot.

In der Klostergasse, die von den Sterkradern schelmisch

»Schmalzgasse« genannt wurde, weil hier an den Markttagen vor allem die Schweinebauern und die Metzger ihre Waren feilboten, wollte er sich mit seinen Ferkeln niederlassen.

Vehement vertrat er die Auffassung, dass ein Bürger nur dann zur Einhaltung einer Verordnung verpflichtet wäre, wenn man ihm diese zuvor bekannt gemacht hätte. Dass zur Kirmes der Schweinemarkt behördlicherseits untersagt worden sei, so schimpfte der Bauer, habe ihm niemand mitgeteilt. Und deshalb werde er, wie in jedem Jahr, seinen angestammten Platz in der Schmalzgasse einnehmen.

Auch als Polizeisergeant Fürchtegott Bauland, den Finger unterm Kinnriemen seiner Pickelhaube, den Säbel am Bauchriemen baumelnd, begleitet vom Polizeisergeanten zweiter Ordnung Mathias Mömmeken, in der Klostergasse aufmarschiert war, blieb der Hiesfelder beharrlich bei seiner Rechtsauffassung.

Die Schweinepest oder Schweineseuche, oder wie immer diese verfluchte Viehkrankheit heiße, sei ihm völlig unbekannt und dem Hiesfelder Borstenvieh folglich auch. Die Sterkrader sollten also mal froh sein, dass sie von ihm gesunden Nachwuchs für ihre verseuchten Schweineställe einkaufen könnten, polterte er.

Bauland bemühte sich nach der gestrigen Standpauke durch Polizeiinspektor Kerkhoff ganz entschieden, diese Angelegenheit im Sinne seines Vorgesetzten zu regeln: effektiv und doch den Umständen angemessen. Dabei hatte er keinen Zweifel daran, dass hier Umstände vorlagen, die ein hartes polizeiliches Eingreifen notwendig machen würden, falls der Schweinebauer uneinsichtig bleiben sollte. Hier ging es nicht, wie gestern, um ein eher überirdisches Problem, sondern um eine handfeste Bedrohung der Gesundheit, wenn auch vordergründig nur die Gesundheit der Sterkrader Schweine auf dem Spiel stand.

Des Bauern Argumentation hielt Bauland für unsinnig. Er erklärte dem Hiesfelder grimmig, dass das Verbot des Schweinemarktes gewissermaßen Gesetz in Sterkrade sei und dass jedermann sich an ein Gesetz zu halten habe, ganz gleich ob es ihm bekannt sei oder nicht.

Wenn er nicht umgehend seine quiekende Handelsware wieder auf sein Fuhrwerk verfrachten und verschwinden würde, so wetterte Fürchtegott Bauland, dann sähe er sich zum Zwecke der Aufrechterhaltung von Recht und Ordnung gezwungen, dem Bauern den Hals durchzuschneiden und seine Ferkel in die Arrestzellen des Sterkrader Rathauses zu sperren.

Als ihm auffiel, dass er sich versprochen hatte, korrigierte er sich zwar umgehend und versicherte dem Bauern, dass sein Hals nicht gefährdet sei, sondern nur die Hälse seiner Ferkel, dass ihm lediglich die Arrestzelle drohe, aber der Hiesfelder hatte jetzt begriffen, dass seine Rechtsauffassung nicht haltbar war.

Er lud, ohne weiter zu murren, sein Borstenvieh aufs Fuhrwerk und machte sich schleunigst davon.

So fand dieser Kirmesfreitag gänzlich ohne Schweinebauern, Metzger und Ferkelhändler statt. Am Nachmittag und am Abend kamen zwar noch manche Gäste aus den umliegenden Orten, aber die Kirmes gehörte heute den Sterkradern, und sie genossen es, dass ihnen das Tor zur bunten Scheinwelt der Kirmesillusionen noch einen ganzen Tag lang weit offen stand.

Die Schulkinder hatten frei, und die Arbeiter, die es sich leisten konnten, legten eine Feierschicht ein. Wer jedoch als Hauer oder Schlepper einfahren musste, wer als Former in der Gießerei, als Kranführer im Brückenbau, als Nieter in der Kesselschmiede oder als Dreher im Maschinenbau seinen Mann stehen musste, wartete an diesem Freitag ungeduldiger auf den Feierabend als sonst. Wie anstrengend der Arbeitstag auf der Zeche oder in den Werkstätten der Gutehoffnungshütte auch war, die Kraft reichte heute noch für einen Kirmesbummel mit der Familie, für einen Wirtshausbesuch mit Freunden oder für einen ausgelassenen Abend im Tanzsaal mit der Braut.

Einige Ladengeschäfte in der Stadt öffneten heute erst gar nicht, andere nur für ein paar Stunden am Vormittag.

Johann Zomrowski stellte erleichtert fest, dass die Nähmaschinen- und Fahrradhandlung Hellweg in der Bahnhofstraße zu den Geschäften gehörte, die auch an diesem Sterkrader Feiertag geöffnet hatten.

Hermann Hellweg hockte auf einem Schemel und beugte sich über eine Handnähmaschine, die vor ihm auf der Werkbank stand. Vorsichtig drehte er das Schwungrad.

»Der Nadelhub klemmt. Ja, ja, natürlich klemmt der Nadelhub. Ist ja auch verbogen. Ich weiß nicht, wie die Leute das immer machen«, grummelte er vor sich hin.

Als Zomrowski die Tür hinter sich schloss und damit zum zweiten Mal das Glöckchen anschlug, das überm Eingang hing, sagte Hellweg, ohne von seiner Arbeit aufzusehen: »Einen Augenblick bitte, ich komme gleich.«

An die dreißig Nähmaschinen standen vor der linken Wand des Ladenlokals. Zomrowski wunderte sich darüber, dass es so viele verschiedenartige Modelle gab. Die meisten Maschinen hatten Untergestelle aus schwarz lackiertem Gusseisen. Daneben präsentierten die Hellwegs ein Dutzend Handnähmaschinen in einem Regal. Ihnen fehlte der eiserne Unterbau und damit auch das Fußpedal, mit dem das Schwungrad angetrieben wurde. Sie mussten von Hand angekurbelt werden.

Zomrowski wandte sich den Fahrrädern zu seiner Rechten zu. Etwa zwanzig waren es, Herrenräder, Jugendräder und ein Damenrad, Tourenräder und Sporträder, ein Fahrrad mit Seitenwagen und ein Transport-Dreirad.

Dahinter im Wandregal lag umfangreiches Radfahrzubehör: Laternen, Glocken und Signalhupen, Fuß- und Teleskopluftpumpen, Polstersättel und Satteldecken, Gepäcktaschen und Rucksäcke, Hundepeitschen und Verbandskästen für Radfahrer, Hosenstulpen, Radfahrergürtel und allerlei Reinigungs- und Reparaturutensilien.

Als Zomrowski nach einer Hundepeitsche griff und sie prüfend hin und her schwang, sah Hellweg auf.

»Ach, Sie sind es, Herr Kriminalwachtmeister. Prächtige Kirmes in diesem Jahr, nicht wahr. Und das Wetter spielt phantastisch mit.«

»Ich denk immer, dass die Kirmes früher noch großartiger war, zu Kinderzeiten. Aber wahrscheinlich kommt einem alles gewaltiger vor, wenn man jung ist. Und in der Erinnerung wächst es dann noch mal um ein gutes Stück.«

»So ist das, Herr Zomrowski. Genau so ist das. So, jetzt hab ich's beinahe. Ich bin Ihnen sofort zu Diensten, Herr Kriminalwachtmeister.«

»Lassen Sie sich nur Zeit«, sagte Zomrowski, ließ die Peitsche noch einmal durch die Luft zischen und fragte: »Ist das nicht äußerst lästig, bei einem Fahrradausflug so ein Ding mitzuführen?«

»Wird gern gekauft«, sagte Hellweg. »Es gibt ja auch Halterungen dafür. Sie brauchen so eine Radfahrerpeitsche natürlich nicht ständig in der Hand zu halten.«

»Und wenn dann ein Köter angekläfft kommt, krieg ich das Ding nicht schnell genug aus der Halterung. Also ich weiß wirklich nicht, ob das praktisch ist.«

Zomrowski legte die Peitsche zurück.

»Wir haben auch Hundebomben für Radfahrer.« Hellweg stand auf, ging zum Wandregal, nahm eine kleine Packung heraus und stellte sie vor Zomrowski auf den Sattel eines Fahrrades. »Das Kistchen mit fünfzig Stück für eine Mark und dreißig Pfennige. Ein wirklich guter Schutz gegen die Belästigung durch Hunde. Die Dinger explodieren schussähnlich, wenn Sie sie auf die Erde werfen, sind dabei völlig ungefährlich für Radfahrer und Hund. Soll ich es Ihnen mal demonstrieren?«

»Nein, nein, danke«, sagte Zomrowski eilig. »Ich glaube, ich brauche so etwas nicht. Ich bin noch nie ernsthaft von einem Vierbeiner attackiert worden, wenn ich mit dem Rad unterwegs war.«

»Schon recht. Was kann ich denn für Sie tun?«

Bevor Zomrowski antworten konnte, kläffte plötzlich hinter ihm ein Hund.

Erschrocken fuhr er herum.

»Mein Lieber, jetzt hast du aber Glück gehabt«, sagte er lachend, als er zu seinen Füßen den kleinen Terrier entdeckte, den er zuletzt vor zwei Tagen auf der Gesellschaft seiner Schwester Therese gesehen hatte. »Wenn ich noch die Hundepeitsche in der Hand hätte, dann hätte ich wohl zugeschlagen ohne nachzudenken. Du hast mich ganz schön erschreckt.«

Der Hund sah ihn aus seinem seltsamen, schwarz-weißen Augenpaar verständnislos an und wedelte hektisch mit dem kurzen Schwanz.

Als Edwina Hellweg im Durchgang hinter der Werkbank erschien, schimpfte ihr Vater: »Das Tier hat hier im Geschäft nichts verloren. Wie oft hab ich dir das schon gesagt?«

»Entschuldigung«, murmelte Edwina.

In ihrer schlichten, weißen Bluse und dem grauen Rock gefiel sie Johann Zomrowski noch besser als in dem ausgefallenen Kleid, in dem sie am Mittwochabend auf dem Plüschsofa neben Therese gesessen hatte.

»Guten Tag, Fräulein Hellweg. Schön, Sie zu sehen«, sagte er. »Es tut mir leid, dass ich vorgestern bei meiner Schwester Ihren

Klaviervortrag verpasst habe. Die Leute waren ja alle ganz entzückt von Ihrem Spiel.«

»Ach ja?«, sagte Edwina Hellweg, beugte sich zu ihrem Hund hinunter, nahm ihn auf den Arm, wiegte ihn wie ein Kleinkind und flüsterte ihm in die spitzen Ohren: »Du sollst doch nicht immer weglaufen. Immer läufst du weg. Das sollst du nicht. Hörst du?«

»Ist ja gut, Mädchen«, sagte ihr Vater.

»Was ist gut?«, fragte Edwina mit dünner Stimme.

»Alles. Alles ist in Ordnung«, sagte Hellweg.

Edwina drückte den Terrier an ihre Brust und verließ eilig den Geschäftsraum. Im Durchgang hinter der Werkbank blieb sie plötzlich stehen, drehte sich um und starrte Zomrowski gänzlich ungeniert an. Nach einer Weile murmelte sie leise vor sich hin: »Auf Wiedersehen.« Dann verschwand sie.

»Eine nette junge Frau ist sie geworden, Ihre Tochter«, sagte Zomrowski und zwirbelte verwirrt seine Schnurrbartspitzen.

Hermann Hellweg stellte stumm die Schachtel mit den Hundebomben zurück ins Regal und rückte ein paar Kistchen zurecht. Als er damit fertig war, sagte er: »Das war eine nette Gesellschaft vorgestern bei Ihrer Schwester, wirklich sehr nett. Patente Leute, die Grotedicks.«

Johann Zomrowski spürte, dass der alte Hellweg nicht mit ihm über seine Tochter reden wollte.

»Bringen Sie etwas zur Reparatur?«

Hellweg deutete auf den Pappkarton, den Zomrowski zwischen den Fahrrädern abgestellt hatte.

»Nein, das ist die Reifenspur vom Tatort. Ein Gipsabdruck davon. Ich dachte, Sie könnten ihn mit Ihrem Sortiment von Laufmänteln vergleichen und ihn vielleicht identifizieren. Hatte ich Ihnen nicht bei meiner Schwester davon erzählt?«

»Doch ja, ich erinnere mich.«

»Sie hatten doch sonst immer eine ganze Anzahl verschiedener Radmäntel hier.«

»Haben wir jetzt auch noch«, sagte Hellweg. »Aber Laufmäntel und Luftschläuche sind nach hinten in die Werkstatt ausgelagert. Der Verkaufsraum ist zu klein geworden. Wir können längst nicht mehr alles zeigen, was wir anzubieten haben.«

Er ging zum Durchgang hinter der Werkbank und rief: »Hubert! Kommst du mal? Du wirst gebraucht.«

»Mit den Fahrrädern kennt mein Sohn sich besser aus«, erklärte er. »Ein Fahrradnarr ist er. Im Radfahrverein ›Frohe Fahne‹ haben sie ihn jetzt zum Kassierer gewählt. Es ist gut fürs Geschäft, dass er da mitmacht. Wenn wir nur mehr Platz hätten! Wir suchen schon eine Weile nach einem zweiten Ladenlokal. Je mehr Maschinen man präsentieren kann, desto mehr werden verkauft. Und das Zubehör wird ja auch immer reichhaltiger. Wenn ich nur an die Radfahrerbekleidung denke. Es gibt inzwischen Gürtel, Sandalen, Kappen und Mützen, Hosenträger, Sporthemden und Sportstrümpfe, alles direkt auf die Bedürfnisse der Radfahrer zugeschnitten. Und dann natürlich die Schutzbekleidung: Stulpen, Gamaschen, Gummimäntel und Pelerinen. Wir müssen erweitern, unbedingt. Lohnen würde es sich auf jeden Fall. Das Fahrradgeschäft hat Zukunft.«

»Ich weiß nicht«, sagte Zomrowski, der seinen Pappkarton inzwischen auf die Werkbank gestellt hatte und den Gipsabdruck vorsichtig auspackte. »Solange der einfache Arbeiter sich kein Fahrrad leisten kann, sind die Absatzmöglichkeiten doch eher begrenzt, denke ich.«

»Das sehen Sie ganz richtig, Herr Kriminalwachtmeister. Genau da liegt die Zukunft des Fahrrades. Es wird zum wichtigsten Verkehrsmittel für den einfachen Mann werden. Glauben Sie mir! Ich kann Ihnen heute ein stabiles und leichtläufiges Herrenrad für weniger als fünfzig Mark anbieten. Da überlegt es sich mancher Arbeiter schon, ob er jeden Morgen von der Königshardt zur Hütte marschieren soll oder von Biefang zur Zeche. Eine halbe Stunde länger schlafen morgens, eine halbe Stunde Pause zwischen Schicht und Gartenarbeit, da wird das Leben sehr viel angenehmer. Die Leute fangen an, darüber nachzudenken. Vorige Tage habe ich ein Rad an einen jungen Kokereiarbeiter aus Kirchhellen verkauft. Der hatte zwei Jahre drauf gespart.«

»Auch das kann nicht jeder, fünfzig Pfennige in der Woche zur Seite legen«, stellte Zomrowski fest.

»Jeder nicht, das ist wahr. Aber es sind doch immer mehr Facharbeiter von der Hütte und tüchtige Bergleute, die es können. Und was meinen Sie, was los ist, wenn erst mal die Frauen merken, dass sie als Radfahrerinnen Geld sparen können. Wenn die nicht mehr alles im kleinen Laden an der Ecke kaufen müssen, sondern zum Hüttenkonsum fahren können, dann sparen sie bei jedem Einkauf und haben in einem Jahr das Geld fürs Fahrrad wieder raus. Und sonntags können sie mit ihren Männern ins Grüne fahren oder die Verwandtschaft in Mülheim besuchen.«

Zomrowski lachte vergnügt. »Hört sich gut an. Aber vorstellen kann ich's mir nicht so recht«, sagte er. »Ein Fahrrad kostet immer noch eine Menge Geld, und außerdem kann längst nicht jeder damit fahren. Vor allem bei den Frauen hab ich da Bedenken.«

»Zu Unrecht, Herr Kriminalwachtmeister, zu Unrecht«, sagte Hubert Hellweg, der gerade den Geschäftsraum betrat und den Geruch von Schmierfett und Gummischläuchen aus der Werkstatt mitbrachte. Mit einem fleckigen Lappen versuchte er vergeblich, seine ölverschmutzten Hände sauber zu wischen. »Ich werde Unterrichtsstunden anbieten und den Leuten das Radfahren beibringen, den Damen natürlich besonders gern.« Er grinste breit. »Und wer es lernen will, der lernt es schnell. Das ist gar kein Problem. Nein, der Vater hat recht. Das Fahrradgeschäft, das steckt noch in den Kinderschuhen. Das wird enorm wachsen in den nächsten Jahren. Und noch etwas Wichtiges kommt hinzu. Darüber spricht der Vater nicht gern, weil er's für Teufelswerk hält. Die motorisierten Zweiräder, die werden immer wichtiger für den Verkehr. Wenn der junge Bergmann demnächst mit seiner Braut an den Niederrhein radelt, dann machen die besseren Leute wie Sie, Herr Zomrowski, ihren Sonntagsausflug mit dem Motorrad ins Münstersche oder bis nach Holland. So wird es kommen. Und die Hellwegs, die werden mitmischen im Zweiradgeschäft.«

Während er redete, hatte Hubert Hellweg den Gipsabdruck betrachtet, der auf der Werkbank lag. Noch immer rieb er den schmierigen Lappen durch seine öligen Hände.

»Warten Sie mal gerade«, sagte er plötzlich, verließ ohne ein weiteres Wort den Geschäftsraum und kam schon wenige Augenblicke später mit einem Radmantel in der Hand zurück. Er hielt ihn neben den Abdruck vom Tatort.

»Ein Profil wie ein Korbgeflecht. Eindeutig. In unserem Sortiment gibt es nur einen einzigen Pneumatik-Laufmantel mit so einem Profil. Und der ist es. Passt jedenfalls genau. Sehen Sie?«

Zomrowski nickte.

»Ob Ihnen das weiterhilft, weiß ich allerdings nicht«, sagte Hubert Hellweg skeptisch. »Das Profil ist beliebt. Der sportliche Fahrer schätzt es zwar nicht so sehr, aber die Leute, die jeden Tag mit dem Rad zur Arbeit fahren, die schwören drauf. Es ist griffig, auch bei schlechten Wegeverhältnissen, bei Regen und Schnee sogar. Ich hab den Laufmantel schon oft montiert.«

»Und wie viele Maschinen fahren damit durch die Gegend?«, wollte Zomrowski wissen.

Hubert Hellweg wiegte lange unschlüssig den Kopf hin und her. Dann sagte er: »Hundert vielleicht in der Bürgermeisterei Sterkrade.«

***

In der unteren Etage des Rathauses an der Steinbrinkstraße ging es an diesem Freitagmittag geruhsam zu. Die Beamten, die entbehrlich waren, bummelten längst mit ihren Gattinnen und Kindern über die Kirmes, und entbehrlich waren die meisten, zumal an diesem Kirmestag kein Publikumsverkehr zu erwarten war.

In der Etage drüber, rings um das Amtszimmer von Bürgermeister Eugen Zur Nieden, ging es jedoch auch heute betriebsam zu. Der Antrag auf die Verleihung der Stadtrechte hielt selbst während der Kirmes einige Amtsvorsteher und Untersekretäre und etliche Damen aus dem Schreibbüro auf Trab.

»Der Bürgermeister hat mich schon wieder zu sich zitiert, heute Morgen«, sagte Lambertus Hüppchen mürrisch, während Kriminalwachtmeister Zomrowski sich einen Stuhl heranzog und vor dem Schreibtisch des Kommissars Platz nahm.

»Doktor Zur Nieden will, dass der Fall baldmöglichst aufgeklärt wird, damit die Angelegenheit aus den Schlagzeilen verschwindet. Ein ungeklärter Doppelmord, über den sogar die überregionale Presse berichtet, wirft kein gutes Licht auf Sterkrade.«

»Wir geben unser Bestes, Herr Kommissar. Tut mir leid, dass der Bürgermeister Ihnen Ärger macht.«

»Ach, Unsinn«, sagte Hüppchen, lehnte sich in seinem schweren Ledersessel zurück, verschränkte die Hände vor dem Bauch und ließ seine Daumen umeinanderkreisen. »Ich hab ein dickes

Fell. Mich stört's nur, wenn ich andauernd die Treppe hochsteigen muss in die erste Etage. Das wird mir allmählich zu anstrengend. Nein, nein, Zomrowski, von Ärger kann keine Rede sein. Der Bürgermeister weiß, dass Sie die Ermittlungen leiten, und er hält viel von Ihnen. Er versteht durchaus, dass es sich kriminalistisch gesehen um einen besonders schwierigen Fall handelt. Keine Zeugen, nur wenige Spuren, zwei Mordopfer, die anscheinend nichts miteinander zu tun hatten, kein erkennbares Motiv. Wenn er trotzdem ungeduldig ist, der Herr Zur Nieden, dann nur deshalb, weil er selbst unter Druck steht. Sterkrade zur Stadt zu machen, das ist sein Lebensziel, scheint mir. Da reagiert er natürlich äußerst empfindlich auf jedes Störfeuer.«

»Inzwischen sind wir ein paar kleine Schritte weitergekommen. Mit unserer wichtigsten Tatortspur war ich gerade im Laden bei den Hellwegs. Ein paar mögliche Mordmotive haben wir auch entdeckt, und es gibt sogar einen Hinweis darauf, dass die beiden Toten vielleicht doch etwas miteinander zu tun hatten«, sagte Zomrowski.

Er berichtete Hüppchen von Hubert Hellwegs Bewertung der Reifenspur, von Paul Juskowiaks Vorliebe für polnische Mädchen und von dessen dubioser Rolle beim Bergarbeiterstreik, von Friedrich Kesslers Schwäche für die Frauen und von dessen Aufenthalt im Irrenhaus und präsentierte zuletzt seinem Vorgesetzten das seiner Meinung nach bemerkenswerteste Ergebnis der bisherigen Ermittlungen: »Beim Vergleich der Identifikationspapiere der beiden Mordopfer haben wir dann festgestellt, dass sie beide in Rheinbach im Landkreis Bonn geboren sind.«

»Höchst interessant«, sagte Lambertus Hüppchen beeindruckt, fingerte eine Zigarre aus seinem Lederetui, zündete sie an und begann energisch zu paffen. »Das heißt aber doch«, fuhr er nach einer Weile fort, »dass ein Mordmotiv irgendwo zwischen der Bonner Provinzialirrenanstalt und dem Ort Rheinbach zu finden sein könnte. Dann wurde vielleicht durch die beiden Morde eine alte Rechnung beglichen, und Sterkrade war nur ganz zufällig der Tatort.«

Zomrowski nickte. »Ich würde gern nach Bonn fahren. Mich interessiert, wer Kessler ins Irrenhaus gesteckt hat und aus welcher Familie er gekommen ist. Ich möchte alles über seine Zeit in der Anstalt wissen, über seine Beziehungen zum Pflegepersonal und zu anderen Patienten, ob es besondere Vorkommnisse gegeben hat.«

»Nun mal langsam, Zomrowski. Zuerst tut's mal ein Besuch in der Grubenstraße, in der Dunkelschlagkolonie, bei der Mutter vom Juskowiak. Wenn ihr Sohn Paul in Rheinbach geboren ist, hat sie ja damals dort gelebt. Friedrich Kessler ist eineinhalb Jahre nach Paul Juskowiak im selben Ort geboren worden. Ein zwergenwüchsiges Kind! Darüber wurde doch gewiss geredet. Also ist es gut möglich, dass die Frau etwas darüber weiß, denke ich. Und wenn es irgendeine Verbindung gab zwischen ihrem Sohn und Kessler, dann müsste sie es erst recht wissen.«

»Das sehe ich auch so, Herr Kommissar. Ich hatte vor, Hermine Juskowiak gleich zu besuchen. Aber viel versprech ich mir davon nicht. Molsbeck hat sie ja auch schon gefragt, ob sie den Kleinwüchsigen kannte und ob der irgendwas mit ihrem Sohn zu tun hatte. Angeblich war beides nicht der Fall. Ich werde ihr noch mal auf den Zahn fühlen, aber ich geh davon aus, dass sie heute nichts anderes sagen wird als vorgestern. Und die Ärzte und Pfleger in der Irrenanstalt, die wissen vermutlich mehr über Kesslers Leben als sonst jemand. Glauben Sie nicht, dass der Bürgermeister mir eine Eisenbahnfahrt nach Bonn bewilligen würde?«

Eine dicke Wolke Zigarrenqualm hing zwischen Kommissar Hüppchen und Kriminalwachtmeister Zomrowski, der das dringende Bedürfnis verspürte, aus dem stickigen Zimmer zu fliehen.

»Zur Nieden bewilligt Ihnen sogar eine Dienstreise nach Sibirien, wenn das der Aufklärung des Falles dient«, brummte Hüppchen. »Das Problem ist nur, dass wir nicht wissen, ob ein Besuch in der Anstalt die Ermittlungen tatsächlich voranbringt.«

Er dachte nach, bis seine Zigarre ausgeglüht und der Qualm zur braunen Zimmerdecke hinaufgestiegen war.

»Also gut, dann werde ich mich heute noch mal die Treppe hinaufbemühen«, sagte er endlich. »Zur Nieden wird Ihre Dienstreise nach Bonn bewilligen. Das ist keine Frage. Und dann werde ich versuchen, ein Ferngespräch mit der Provinzialirrenanstalt herstellen zu lassen und Sie dort anzumelden.«

Als Zomrowski kurz darauf auf der Rathaustreppe erleichtert

die laue Frühlingsluft einatmete, kam Schulamtsvorsteher Adalbert Rüter hinter ihm hergestürmt.

»Hab ich's doch richtig gesehen. Der Kriminalwachtmeister Zomrowski. Sie gehen jetzt mit mir ein Bier trinken! Darauf bestehe ich. Die peinliche Sache vorgestern Abend bei Ihrer Schwester, also Herr Zomrowski, die muss ein für alle Mal aus der Welt. Dass Sie mir ganz offiziell den dummen Scherz vom untergeordneten Rathausbediensteten verzeihen, darauf lege ich Wert.«

»Aber Herr Sekretär, ich kenn Sie doch lange genug. Nicht einen Augenblick hab ich Ihnen Ihr Witzchen übelgenommen. Und ein Bier? Ich weiß nicht. Ich hab gestern Mittag auf der Kirmes eins getrunken, und anschließend hab ich mich ziemlich müde gefühlt. Liegt wohl am warmen Wetter.«

»Dann lade ich Sie auf einen Kaffee ein, in der Konditorei Oswald. Zu einem Versöhnungskaffee.«

»Es gibt keinen Grund dafür, wirklich nicht. Aber einen Kaffee können wir zusammen trinken.«

Vom Rathaus bis zu Friedrich Oswalds Kaffeehaus und Konditorei waren es nur ein paar Schritte.

»Angenehm. Hier drin kriegt man nicht viel mit vom Kirmestrubel«, sagte Zomrowski, als sie Platz genommen hatten.

An einem Tisch saßen ein paar adrett gekleidete Frauen mittleren Alters zusammen und tuschelten. Außer ihnen waren ein einzelner Herr, der in der Volkszeitung las, und ein älteres Ehepaar, das gemeinsam Kaffee schlürfte, die einzigen Gäste.

Friedrich Oswald kam persönlich an ihren Tisch. Offenbar hatte das Serviermädchen ihn über den Besuch der beiden Beamten informiert. »Der Herr Amtsvorsteher und der Herr Kriminalwachtmeister. Welche Ehre«, sagte er mit einer leichten Verbeugung. »Was darf ich Ihnen bringen lassen?«

Als sie ihre Bestellung aufgegeben hatten und auf zwei Portionen Kaffee warteten, nutzte Rüter die Gelegenheit, den neuesten Witz loszuwerden, den er in den Amtsstuben des Rathauses aufgeschnappt hatte.

»Die Tochter des Hauses hat ein Klavier geschenkt bekommen und ist ganz selig. ›Dass dieses schöne Piano jetzt mir gehört, lieber Papa, kann ich noch gar nicht glauben‹, sagt sie. ›Und ich darf es auch mitnehmen, wenn ich mal heirate?‹ Ihr Vater nickt. ›Natürlich darfst du das, mein Kind. Aber das solltest du lieber für dich behalten. Sonst könnte es nämlich sein, dass niemand dich heiraten will.‹«

Zomrowski grinste. »Ja, es kann schon gelegentlich zur Plage werden, das Klavierspiel unserer höheren Töchter«, sagte er.

Das Serviermädchen brachte den duftenden, schwarzen Kaffee, den beide Männer mit einer gehörigen Portion Zucker versüßten.

»Vorgestern, bei den Grotedicks, haben Sie da eigentlich den Klaviervortrag von Edwina Hellweg mitbekommen?«, fragte Zomrowski.

»Ja natürlich. Auf sie trifft das sicher nicht zu, was der Witz andeutet. Sie hat Talent, die kleine Hellweg. Haben Sie's denn nicht selbst gehört?«

»Ich bin erst nach Edwinas Vortrag bei den Grotedicks angekommen«, sagte Zomrowski. »Da saß sie auf dem Sofa neben meiner Schwester und schien vollkommen geistesabwesend zu sein. Und heute bin ich ihr im Laden ihres Vaters wieder begegnet. Sie machte einen recht verwirrten Eindruck auf mich.«

»Ihr Klavierspiel war jedenfalls brillant. Eine begabte junge Frau ist sie, ganz ohne Frage. Dass sie zerstreut und grüblerisch ist, wer will's ihr verdenken, wo doch ihre Verlobung in die Brüche gegangen ist.«

»Ach, davon weiß ich nichts«, sagte Zomrowski erstaunt.

Rüter lachte. »Sollten Sie aber. Als Kriminaler muss man doch wissen, welche Beziehungen in der Sterkrader Gesellschaft angebahnt werden und welche ein plötzliches Ende nehmen.«

Zomrowski zuckte mit den Achseln. »Meine Diebe, Räuber und Mörder, die kommen aus anderen Kreisen. Ich hab's mir wohl angewöhnt, eher dort meine Augen und Ohren offenzuhalten.«

»Nun, die Edwina Hellweg war mit dem Gotthold Terhufen verlobt«, sagte Adalbert Rüter. »Vor ein paar Monaten gaben die Hellwegs dann völlig überraschend die Auflösung der Verlobung bekannt. Seitdem rätselt die feine Gesellschaft über die Gründe für das plötzliche Ende. Aber niemand weiß etwas.«

»Gotthold Terhufen, der Lehrer von der Postwegschule, war Edwinas Bräutigam?«

Rüter grinste. »Was überrascht Sie daran so? Sie haben gut zusammengepasst, die beiden. Sie waren ein adrettes Paar.«

»Ich hab ihn vor ein paar Tagen noch gesehen, den Lehrer Terhufen, und einiges über ihn gehört. Da war ich in der Postwegschule, weil ich ein paar Schüler in der Mordsache befragen musste. Mein Eindruck von ihm war, nun ja, wie soll ich es mal sagen, der war nicht gerade der beste.«

Der Schulamtsvorsteher Adalbert Rüter seufzte.

»Unter uns, Zomrowski, er macht mir Kummer, der Gotthold Terhufen. Ich hab ihn zum Hauptlehrer Lengeling an die Postwegschule beordert, weil ich gehofft hatte, Lengeling würde einen mäßigenden Einfluss auf ihn haben.«

Rüter schüttelte den Kopf. »Natürlich brauchen die Kinder der unteren Schichten Zucht und Strenge, damit brave Leute aus ihnen werden. Aber Terhufen übertreibt es. Er ist hart und unduldsam. Das macht die Kinder störrisch und aufsässig und bringt sie und ihre Eltern nur gegen die Obrigkeit auf. Die jüngste Beschwerde über den Lehrer Terhufen liegt noch unbeantwortet auf meinem Schreibtisch im Schulamt. Ein Vater, Kokillenformer von der Köperstraße, beklagt sich über die schlimme Prügel, die sein Sohn bezogen hat.«

»Und was tun Sie in einem solchen Fall?«

»Den Lehrer befragen, mit dem Schulleiter reden, eventuell Schüler einvernehmen und am Ende dem Vater schreiben, dass die Bestrafung seines Sohnes nicht über den Rahmen des Züchtigungsrechtes hinausgegangen sei, dass aber trotzdem mäßigend auf die Lehrperson eingewirkt würde. Und dann werde ich dem Terhufen unmissverständlich klarmachen, dass ich es leid bin, mich dauernd seinetwegen um so einen Mist kümmern zu müssen.«

Zomrowski nickte. »Das wird ihn beeindrucken. So ein Rüffel vom Vorsteher des Schulamtes, der müsste ihn doch lammfromm machen.«

»Lammfromm?« Rüter lachte. »Ich glaub, das steckt nicht drin, in dem Terhufen. Außerdem bereiten die Lammfrommen auch nur Verdruss. Vom Fräulein Schulte von der Tackenbergschule liegt mir eine Beschwerde über einen Schüler vor, der durch ungenügendes Betragen und Widerspenstigkeit angeblich ständig ihre Klasse stört. Da alle Strafen und Mitteilungen an die Eltern nichts nutzten, bittet sie jetzt das Schulamt, die Polizei zu den Eltern des

Knaben zu schicken, um sie über dessen schlechtes Benehmen in Kenntnis zu setzen. Solche Eingaben sind mir auch lästig. Ich muss gleich noch ins Polizeibüro zu Kerkhoff deswegen. Wissen Sie, Herr Kriminalwachtmeister, am liebsten sind mir die Lehrer, von denen ich nichts höre, keine Beschwerden über sie und keine Beschwerden von ihnen.«

»Wenn ich am Kirmesfreitag wegen solcher Kinkerlitzchen ins Rathaus müsste, dann würd ich mich vermutlich auch ärgern«, sagte Zomrowski.

Rüter trank seinen Kaffee aus und winkte ab. »So ist es ja nicht. Die Beschwerde über Terhufen und die Beschwerde von Berta Schulte, die können warten, beide. Nein, der Herr Bürgermeister hat mir die Kirmes verdorben. Eine Anfrage vom Regierungspräsidenten hat's gegeben, ob an den Schulen in Sterkrade in irgendeiner Form die polnische Sprache gepflegt würde, will er wissen. Da sind sie wie verrückt hinterher, die Oberbehörden. Was dem Germanisierungsprozess entgegenwirkt, ist aufs Schärfste zu unterbinden. Doktor Zur Nieden war beunruhigt. Wenn's irgendwas Polnisches gäbe an unseren Schulen, dann wär das natürlich nicht vorteilhaft für Sterkrades Stadtantrag. Aber ich konnte ihn beruhigen, den Herrn Bürgermeister. Keiner unserer Lehrer spricht im Unterricht polnisch, und an keiner Schule wird Polnisch gelehrt, auch nicht außerhalb der offiziellen Unterrichtszeiten. Alles ist einwandfrei deutsch in Sterkrade.«

***

»Tauschst du?« Paula Leschinsky hielt die beinahe noch zur Hälfte gefüllte Flasche mit braunem Schnaps vor Katarina Ingenbolds geöffnetem Küchenfenster in die Höhe.

Katarina stand vorm Herd und rührte mit einem Holzlöffel in einem großen Topf herum. Sie wischte sich den Schweiß von der Stirn und lachte.

»Ich brauch Petroleum. Ein halbes Kännchen würd schon reichen«, sagte Paula.

»Komm rein!«, forderte Katarina sie auf.

»Das riecht aber nicht besonders, das Festmahl, das du da im Kochtopf hast«, stellte Paula fest, als sie durch die Küchentür trat.

Sie rümpfte die Nase, nahm zwei Becher aus dem Regal über der Wasserbank und setzte sich an den Tisch.

»Ist ja auch nicht der Kochtopf, ist der Schweinepott. Und das Festmahl ist für die Hühner. Runkeln, Kartoffelschalen, Schrot und Futterkalk«, entgegnete Katarina. »Und wofür brauchst du Petroleum, wo es jetzt bis in die Nacht hinein hell ist?«

»Für die Nacht eben«, sagte Paula grinsend und goss Schnaps in die Becher. »Ich will doch nicht die Augen zumachen, sobald es dunkel wird. Und der Karol und der Pawel auch nicht, wenn sie keine Frühschicht haben am nächsten Morgen. Und der Onkel Heinrich, der dichtet manchmal die halbe Nacht.«

Katarina schob den großen Topf an den Rand des Herdes, schaute, während sie ihre Hände an der Schürze abrieb, in die Schüsseln und Eimer auf der Wasserbank und sagte: »Die Jungen müssen mir gleich noch frisches Wasser holen.«

Sie setzte sich Paula gegenüber an den Tisch. Die beiden Frauen prosteten einander zu. Katarina schüttelte sich. Paula stellte fest: »Das tut gut.«

Die Sonne schien durchs offene Fenster.

»Feuer im Herd zu haben, bei dem Wetter, das ist schrecklich. Aber man muss ja was kochen. Bohnensuppe hatten wir heute. Und weil der Ofen einmal heiß war, hab ich dann gleich noch das Hühnerfutter aufgesetzt«, sagte Katarina.

»Es wird ein Gewitter geben. Das bringt Abkühlung. Hoffentlich kommt genug Regen runter. Sonst vertrocknet alles. Nur hageln darf es nicht.«

Katarina nickte und schob ihren Becher zu Paula hinüber. Die lachte und goss nach.

»Das hat der Ludwig auch gesagt, dass es regnen wird. Deshalb bringt er heute ein paar Fässer Jauche aufs Land. Dann wird sie gleich gut eingeschwemmt, wenn der Regen kommt. Und unsre Jauchegrube war fast voll. Unser Karl und der Michael, die helfen dem Ludwig. Und die Mädchen sind auch mit, Unkraut hacken zwischen den Kartoffeln.

»Ich hab den Aalschepper hinterm Haus stehen sehen«, sagte Paula und lachte. »Weißt du noch im letzten Herbst. Als dem Pawel die Schubkarre mit dem Jauchefass umgekippt ist. Und der Leo, der dumme Junge, hat versucht, das Fass festzuhalten. Anschließend kam er heulend durch die Kolonie gerannt. Gestunken wie ein Misthaufen hat er. Stundenlang haben wir ihn im Waschzuber abgeschrubbt. Und das Hemd und die Hose, die hat der Karol nachher im Wald vergraben.«

»Natürlich erinner ich mich an die Schweinerei.« Katarina rümpfte die Nase. »Hoffentlich machen unsere Blagen sich nicht so schmutzig. Wir wollen noch eine Runde über die Kirmes drehen. Der Ludwig hat's den Kindern versprochen, wenn sie ihm gut helfen.«

»Warum sagst du das so mürrisch?«

»Ich wär so gern noch mal mit dem Ludwig allein ausgegangen. Später am Abend, zum Tanzen. Aber das ist ihm zu anstrengend, sagt er, nach dem Pütt und der Landarbeit.«

»Warum muss der auch am Kirmesfreitag Jauche fahren?«

Katarina zuckte mit den Achseln. »Na, weil die Grube voll war und weil's regnen wird in den nächsten Tagen.«

Paula seufzte. »Ich geh heut Abend noch raus. Mit dem Pawel und dem Karol. Die waren beide auf Frühschicht und schlafen jetzt noch ein Stündchen. Komm doch mit uns!«

»Quatsch«, sagte Katarina. »Du weißt genau, dass das nicht geht.«

»Eine Witwe mit ihren beiden Kostgängern im Tanzsaal, das geht auch nicht. Da werden die Leute sich nachher wieder die Mäuler zerreißen«, entgegnete Paula fröhlich und lachte. »Aber ich lass mir meinen Spaß nicht nehmen, auf dem Tanzboden nicht und im Bett auch nicht.«

»Du versündigst dich«, sagte Katarina kopfschüttelnd.

Paulas Lachen erstarb. Sie schwieg.

»Gelten Gottes Gebote für dich denn gar nicht mehr?«

»Doch«, sagte Paula ungehalten. »Aber ich geb nichts mehr auf Pfaffengeschwätz. Das ist was anderes, auch wenn du das nicht begreifen willst.«

Katarina war aufgestanden und hatte hinter einer Blechdose im Regal über der Wasserbank ein schmales Buch hervorgezogen.

»Und das hier?« Sie warf das Büchlein auf den Tisch. »Ich weiß, dass du es auch hast. Bei deiner Hochzeit mit Leschinsky hat der Pastor es euch geschenkt.«

»Die Ehe«, las Paula auf dem Buchdeckel und schüttelte unwillig den Kopf.

Katarina griff nach dem Büchlein, blätterte hastig darin herum, fand schnell die Stelle, die sie suchte, und las vor:

»Der Sünde des Ehebruchs kommt es gleich, wenn verwitwete Personen sich Dinge gestatten, die nur den Verheirateten erlaubt sind. Glaubt man, ohne ehelichen Verkehr nicht auszukommen, so schließe man lieber eine zweite Ehe, als dass man sich sträflichem Wandel hingebe.«

»Pfaffengeschwätz«, sagte Paula. Dann blätterte auch sie eine Weile in dem Büchlein herum.

»Jetzt les ich dir mal vor, was mir gut gefällt«, sagte sie endlich. »Der Geschlechtsverkehr ist nur insoweit naturgemäß, als er die Fortpflanzung bezweckt. Im ehelichen Verkehr ist also das an Handlungen und Maßnahmen erlaubt, was dem Zwecke der Ehe, der Kindererzeugung, entspricht, dazu notwendig oder nützlich ist.«

Paula warf das Büchlein auf den Tisch. Katarina sah sie erstaunt an. »Und du glaubst nicht, dass das der Wille Gottes ist?«

»Nein«, sagte Paula kopfschüttelnd, »das ist Blödsinn. Es ist nicht Gottes Wille, dass wir uns besteigen lassen, um Kinder zu kriegen. Bei den Tieren, bei denen ist das so. Da geht es um den Fortpflanzungstrieb, um sonst nichts. Wir Menschen, wir können uns lieben, wir können Nähe und Zärtlichkeit spüren, Lust empfinden und Freude schenken. Und das alles soll Sünde sein, wenn's nicht der Fortpflanzung dient? Rammeln wie die Karnickel sollen wir? Nachwuchs erzeugen und werfen wie die Tiere? Mensch, Katarina, die Pfaffen drehen es doch immer grad so, wie es ihnen in den Kram passt, das Wort Gottes.«

Katarina schwieg lange. Paula verteilte den Rest des braunen Schnapses in die beiden Becher. Auf der Straße vor dem Küchenfenster heulte ein Kind.

»Und du meinst, was dagegen zu tun, dass man schwanger wird, das ist auch keine Sünde?«

»Nein, ist es nicht«, sagte Paula entschieden.

»Auch nicht, was die Männer Vorortgeschäft nennen? In dem Buch steht, dass es eine Todsünde ist, auch von der Frau, wenn sie es zulässt.«

Paula lachte bitter. »Und dass die Nahrungssorgen, die durch großen Kindersegen entstehen, ihr Gutes haben, steht auch da drin«, sagte sie böse. »Dass man in der Not lernt, sparsam mit den Gütern der Erde umzugehen, und dass die Kinder aus großen Familien später meist umso zufriedener werden, wenn schon in der Jugend bei ihnen Schmalhans Küchenmeister war. Mensch, Katarina. Die verhöhnen uns doch, die geistlichen Herren, die nach dem Sonntagsbraten bei einem Gläschen Wein sitzen und so etwas schreiben.«

Katarina trank einen Schluck Schnaps.

»Aber das Vorortgeschäft ist nicht schön«, sagte Paula. »Es gibt Pariser Artikel. Aus dünnem Gummi. Die zieht der Mann sich drüber, und es passiert nichts.«

»Wo gibt es so etwas denn?«

»Na, im Hüttenkonsum nicht. Aber die Kerle, die wissen schon, wie sie drankommen können, wenn du sie sonst nicht ranlässt. Das garantiere ich dir.«

Die beiden Frauen tranken ihre Becher leer. Eine Weile schwiegen sie. Katarina stand auf, ging zum Herd und rührte durchs Hühnerfutter. Als sie sich wieder gesetzt hatte, sagte sie: »Dass du überhaupt deinen Spaß dran hast, das versteh ich nicht. Wenn ich morgens um fünf aufstehe und am Abend um zehn endlich ins Bett komme, dann bin ich froh, wenn der Ludwig mich in Ruhe lässt.«

»Ich weiß«, entgegnete Paula ihr. »Jede Frau sagt das, mit der ich drüber spreche. Und bei mir war's ja auch lange so. Aber dann hab ich den Kerlen gesagt: Wenn ihr nicht wollt, dass die Paula abends müde und mit einem krummen Buckel ins Bett kriecht, dann müsst ihr das Unkraut jäten, dann müsst ihr den schweren Korb mit der nassen Wäsche schleppen, dann müsst ihr die Hühner- und Karnickelställe ausmisten. Ich weiß auch, wie es ist, wenn die Männer am Samstag ihr dreckiges Arbeitszeug vom Pütt mit nach Hause bringen und es Montagmorgen sauber wieder anziehen wollen. Dann muss die Frau eben Samstag und Sonntag die Wäsche machen und stopfen. Also hab ich irgendwann gesagt: Wenn ihr am Wochenende eine fröhliche Paula haben wollt, dann müsst ihr euch eine zweite Garnitur Arbeitsklamotten besorgen. Dann schmeißt ihr das Dreckszeug Samstag in die Bütt, am Sonntag wechselt ihr das Wasser, und das Zeug kann bis Montag oder Dienstag einweichen. Danach kümmre ich mich drum, in aller Ruhe. Und so läuft es jetzt bei mir. Ich mach mich nicht mehr kaputt. Und abends spiel ich Karten mit den Männern, oder der Onkel Heinrich liest uns Gedichte vor oder erzählt was. Und manchmal hab ich eben auch Lust, mit einem Mann zusammen zu sein.«

Katarina schüttelte einige Male den Kopf. Dann sagte sie: »Der Ludwig arbeitet schon verdammt viel. Und für die Gewerkschaft braucht er auch noch seine Zeit und für die Partei. Er kann mir nicht noch mehr Arbeit abnehmen. Und ich hab fünf Kinder, mit dem Michael sechs. Die wollen versorgt sein und mit sauberen Kleidern in die Schule. Und dabei hab ich es noch gut. Andre Frauen hier in der Kolonie, die haben zehn Kinder und wissen nicht, wie sie die satt kriegen sollen, weil ihre Kerle den Lohn versaufen und weil sie keinen Neffen im Haus haben, für den es ein gutes Kostgeld gibt. Die malochen bis zum Umfallen und kommen trotzdem aus den Sorgen nicht raus. Für die ist es eine Strafe, wenn sie abends noch für ihre Männer da sein müssen, fürs Geschlechtliche mein ich. Und die Angst, dass sie wieder schwanger werden, die haben sie auch noch dabei.

Nein, Paula, was du erzählst, das hört sich schön an, aber für die meisten Frauen kann es so nicht gehen. Die arbeiten sich eben doch kaputt und haben niemanden, auf den sie irgendwas abwälzen können. Und zu ihren Männern sagen, dass sie sich eine zweite Arbeitskleidung beschaffen sollen, können sie auch nicht, weil jeder Pfennig gebraucht wird, um die Kinder satt zu kriegen.«

»Das weiß ich doch alles«, sagte Paula. »Und es macht mich wütend, dass nicht jede Frau ihre Freude im Leben haben kann, ein bisschen davon wenigstens. Aber wenn sie es mir vorwerfen, dass ich mir meinen Teil davon nehme, von der Freude im Leben, dann ärgert es mich trotzdem. Verstehst du?«

Katarina nickte.

»Glück auf, die Damen! An so einem schönen Kirmestag sollte man sich nicht ärgern!«

Aufgeschreckt schauten die beiden Frauen sich um. Dann lachten sie. Johann Zomrowski streckte seinen Kopf durchs offene Küchenfenster herein und zwirbelte seinen Schnurrbart.

»Was machst du denn hier?«, fragte Katarina.

»Bist du mit dem Fahrrad unterwegs?«, wollte Paula wissen.

»Ja, bin ich. Ich sitz drauf«, antwortete Zomrowski. »Ich hatte in der Kolonie zu tun. Und da wollte ich gerade mal reingucken und einen guten Tag wünschen. Wo sind die anderen? Ist der Michael wieder am Bach?«

»Nein, der Ludwig ist mit den Kindern auf dem Land. Die müssten aber bald wiederkommen. Wir wollen noch zur Kirmes.«

»Suchst du deinen Mörder immer noch bei uns in der Siedlung?«, fragte Paula.

»Warum sollte ich nicht?«, fragte Zomrowski zurück. »Hier leben nun mal die Kumpels, die den Juskowiak für einen Spitzel hielten.«

Katarina schüttelte den Kopf. »Ich glaub nicht, dass es ein Bergmann war.«

»Vielleicht war's ja einer, dem der Juskowiak die Tochter geschwängert oder die Schwester entehrt hat«, sagte Paula.

»Einer von den Polen, meinst du?«

»Er hat den Polenmädchen nachgestellt. Das weiß jeder in der Kolonie.«

»Und?«, fragte Zomrowski. »Ist eins von denen schwanger? Die Leute würden doch drüber reden, wenn ein unverheiratetes Mädchen in anderen Umständen wär.«

»Nichts gehört.« Paula schüttelte den Kopf, und Katarina zuckte mit den Schultern.

»Ich werd mal den Pawel und den Karol fragen«, sagte Paula. »Die sind in letzter Zeit öfter im Polenverein gewesen. Vielleicht ist da ja was gemunkelt worden.«

Zomrowski nickte. »Mach das!«

»Jetzt hast du uns immer noch nicht gesagt, was du in der Siedlung zu tun hattest«, stellte Katarina fest.

»Ich komm aus der Grubenstraße. Die Mutter vom Paul Juskowiak wollt ich befragen, die Hermine. Aber die war nicht zu Hause. Ich hab mit den Leuten gesprochen. Eine Nachbarsfrau hatte einen Schlüssel. Mit der war ich in der Wohnung. Da gab es nichts Auffälliges. Nur das Schultertuch von der Juskowiak hing nicht am Kleiderhaken, hat die Nachbarin festgestellt. Es war, als wär sie gerade mal einkaufen gegangen. Aber die Leute in der Grubenstraße haben seit gestern Abend nichts mehr von ihr gehört und gesehen.«

»Sie hat irgendwo eine Tochter wohnen, oder sogar zwei, soviel ich weiß. Wahrscheinlich ist sie zu einer von denen, jetzt wo ihr Junge nicht mehr lebt«, vermutete Katarina.

»Ohne ihren Nachbarn etwas zu sagen? Und am Abend vor dem Begräbnis ihres Sohnes?« Zomrowski schüttelte den Kopf. »Paul Juskowiak ist heute Morgen beigesetzt worden. Nur ein paar Nachbarsfrauen waren auf dem Friedhof. Keine seiner Schwestern, und Hermine Juskowiak auch nicht.«

»Dann hat sie sich was angetan«, sagte Paula Leschinsky.

ACHT

Der Hilfspförtner, der Zomrowski durch den weiten Innenhof der Irrenanstalt zum Männertrakt führte, machte aus seiner Enttäuschung keinen Hehl.

»Sie nehmen den Herrn Wachtmeister von der Kriminalpolizei in Empfang, damit er sich nicht verläuft, hat der Doktor Boom zu mir gesagt. Und da hab ich dann den ganzen Morgen auf einen Uniformierten gewartet und war überrascht, als nur ein Ziviler vor mir stand.«

Zomrowski amüsierte sich. Der Mann an seiner Seite hatte eine Schirmmütze auf dem Kopf und abgewetzte Militärstiefel an den Füßen. Seine grüne Pförtnerjoppe mit den goldglänzenden Messingknöpfen trug er mit offensichtlichem Stolz. Sie wies ihn als Bediensteten der Anstalt aus und unterschied ihn augenfällig von deren Insassen.

»Hat sich viel geändert hier in den letzten Jahren.« Der Hilfspförtner blieb stehen und deutete mit einer ausladenden Geste auf die zwei- bis dreigeschossigen Gebäude, die im weiten Viereck den Innenhof umstanden.

Zomrowski bemerkte, dass ihre schmucken Fassaden aus Ziegeln gefertigt waren, ebenso wie die düsteren Mauern der Zechenhäuser in der Dunkelschlagsiedlung. Hier allerdings hatten die Backsteine Farben, vom kräftigen Rotbraun bis zum hellen Ocker. Vorsprünge und Einschnitte im Mauerwerk, Ecken und Nischen hier und da, Rundbögen und Säulen fügten sich zu einem Bild sorgfältig entworfener Zwanglosigkeit, das Zomrowski angesichts der vergitterten Fenster jedoch wie ein Trugbild erschien.

»Könnte ein königliches Schloss sein, denk ich immer, wenn ich mich so umguck«, sagte der Hilfspförtner. »Oder ein Gefängnis. Aber was will man machen? Ein paar Gitter vor den Fenstern, die müssen nun mal sein, für die Gefährlichen. Aber sonst ist alles offener geworden in letzter Zeit. Sind ja mehr oder weniger auch nur Kranke, die Irren. Manche werden sogar wieder gesund. Darum sagt man ja auch heute eigentlich nicht mehr Irrenhaus, sondern

Heil- und Pflegeanstalt. Aber den Bonnern ist das egal. Für die bleibt das hier die Jecken- und Dullenanstalt. Bin lange schief angeguckt worden, weil ich hier Pförtner bin.«

Er nahm seine Schirmmütze ab und kratzte seinen kärglich behaarten Schädel.

Ein paar Männer zupften die verblühten Dolden aus einem mächtigen Rhododendron, andre hackten Unkraut.

»Die Leute da vorn, sind das«, Zomrowski zögerte einen Augenblick, »sind das Anstaltsinsassen?«

Der Hilfspförtner nickte. »Und einer von ihnen ist unser Gärtnermeister. Raten Sie mal wer?«

Zomrowski zuckte mit den Achseln.

»Da haben Sie's. Man sieht's den Menschen nicht an, wenn sie irre sind, den meisten jedenfalls nicht. Sind eben unsichtbare Krankheiten, die Geisteskrankheiten.«

Zomrowski zwirbelte nachdenklich seinen Schnurrbart.

Während sie das dreigeschossige Hauptgebäude des Männerflügels betraten, erzählte der Hilfspförtner, dass der Turm am Ende des Geländes zum Kesselhaus gehöre, dass dort auch das Schwimmbad sei, mit dessen Bademeister er freundschaftlichen Kontakt pflege, dass man in der Anstalt Landwirtschaft betreibe und Gas erzeuge, dass es ein Waschhaus und eine Schuhmacherwerkstatt gebe, dass Bäcker und Schreiner hier tätig seien und dass sich unter der Kirche neben dem Leichenkeller ein Sezierraum befinde.

»So riesig hatte ich mir eine Irrenanstalt nicht vorgestellt«, sagte Zomrowski. »Dass sie so wäre wie ein Krankenhaus, hatte ich gedacht. Aber das Ganze hier, das ist ja mindestens doppelt so groß wie unsere beiden Krankenhäuser in Sterkrade zusammen.«

»Da sehen Sie mal, wie viele Irre es auf der Welt gibt«, sagte der Hilfspförtner, ohne dabei zu lachen.

Als Zomrowski im Besprechungszimmer in der ersten Etage des Männerhauses auf einem bequemen Kanapee saß und auf Dr. Boom wartete, gähnte er einige Male.

Gestern Abend hatte es spät noch an seiner Tür geklopft, und er hatte gehofft, es wäre Lise Kleinrogge. Aber es war Kriminalsergeant Anton Schmitz, der ihn schon seit Stunden gesucht hatte.

»Sie fahren morgen nach Bonn«, hatte er gesagt. »Kommissar

Hüppchen hat alles klargemacht. Hier ist das Fahrgeld für die zweite Wagenklasse. Sie haben um elf Uhr einen Termin mit einem Doktor Boom in der Provinzialanstalt. Das hat Hüppchen geregelt. Um kurz nach sechs müssen Sie los. Hier sind die Fahrzeiten der Eisenbahn. Und das hier ist ein Stadtplan von Bonn.«

Gut drei Stunden hatte die morgendliche Zugreise gedauert. Zweimal, in Oberhausen und in Köln, hatte Zomrowski umsteigen müssen. Während des ermüdenden Gerumpels über die Schienen der preußischen Staatseisenbahn hatte er im Stillen Bürgermeister Zur Nieden dafür gedankt, dass der ihm einen Platz in der zweiten Wagenklasse bewilligt und ihm die harten Bänke der dritten Klasse erspart hatte. Es war ein schwülwarmer Tag, und kurz hinter Düsseldorf war er in der stickigen Wärme des Abteils eingeschlafen.

Als er in Bonn dem Zug entstiegen war, hatte er sich eine Weile beeindruckt im stattlichen Empfangsgebäude umgeschaut. Sollte ein solcher Bahnhof zu einer Stadt dazugehören, dann hatte Sterkrade wahrhaftig einen guten Grund, ganz schnell die Stadtrechte zu beantragen. Der armselige Fachwerkschuppen, den die Eisenbahngesellschaft den Sterkradern neben die Gleise gestellt hatte, war schlichtweg eine Zumutung.

Wenn die anderen Bonner Sehenswürdigkeiten, auf die der Stadtplan hinwies, auch so beeindruckend waren wie das Bahnhofsgebäude, dann lohnte sich ein kleiner Rundgang ganz zweifellos. So hatte Zomrowski nicht den kürzesten Weg zur Provinzialanstalt genommen, sondern war vom Bahnhof aus zum Münster gelaufen und zur Universität, hatte das schmucke Rathaus am Marktplatz bewundert und das Sterntor, ein von zwei Türmen, einem runden und einem eckigen, gesäumtes Stadttor, das die Bonner erst vor zehn Jahren aus Teilen der mittelalterlichen Stadtbefestigung neu zusammengebaut hatten.

Durch die Vivatsgasse waren zwei betrunkene Studenten auf Zomrowski zugewankt und hatten ihn aufgefordert, einen Schluck aus ihrem Bierkrug zu nehmen. Er hatte dankend abgelehnt. Sie wären sonst nur selten schon so früh am Tag betrunken, hatten die Studenten ihm erklärt, aber an diesem Samstagmorgen hätten sie eine Prüfung mit Bravour bestanden, und das müsse nun mal gefeiert werden. Als sie erfuhren, dass er aus dem Ruhrrevier gekommen war, reagierten sie enthusiastisch. Genau dahin wollten sie demnächst, der Kohle wegen, erzählten sie. »Wir suchen da für euch das schwarze Gold«, lallte der eine, »aber rausholen aus der Erde müsst ihr es selbst.«

»Mente et malleo!«, rief der andere lauthals. Dann torkelten beide singend davon.

Nach dieser Begegnung hatte Zomrowski den kürzesten Weg zur Provinzialanstalt gesucht. An der Stiftskirche und am Wilhelmsplatz war er vorbeigegangen und über die Kölnstraße stadtauswärts gelaufen. Der Weg hatte sich länger hingezogen, als er gedacht hatte, und kurz vor der Anstalt hatte Zomrowski sich fest vorgenommen, für den Rückweg zum Bahnhof eine Pferdedroschke zu mieten.

Als Dr. Boom das Besprechungszimmer betrat, erhob Zomrowski sich erstaunt vom Kanapee. Der Mann im weißen Kittel war in seinem Alter, hatte etwa seine Größe und Statur, hatte, wie er, seine kurzen dunklen Haare sorgfältig gescheitelt und nicht pomadisiert. Als er Zomrowski erblickte, blieb der Doktor verblüfft in der Tür stehen und zwirbelte die Spitzen seines Schnurrbartes. Dann lachte er.

»Bartbinde?«, fragte er.

»Was meinen Sie?«

»Na, ob Sie nachts eine Bartbinde anlegen? Die Spitzen Ihres Schnauzbartes stehen so unwiderstehlich aufrecht.«

»Nein, nein, das ist mir zu lästig«, entgegnete Zomrowski, »ich zwirbele sie häufig mit den Fingern.«

Boom lächelte. »Spielen Sie Schach?«, fragte er.

Zomrowski schüttelte den Kopf.

»Na, Gott sei Dank«, sagte Dr. Boom, legte die Unterlagen, die er mitgebracht hatte, auf den runden Tisch in der Mitte des Zimmers, setzte sich und forderte Zomrowski auf, doch auch wieder Platz zu nehmen.

Dass er seit gestern Abend schon eine Weile in der Akte Friedrich Kesslers geblättert habe, sagte er, und ein wenig irritiert sei von dieser eigenartigen Krankengeschichte. Er habe den Patienten persönlich nicht gekannt, aber die Aufzeichnungen seiner Kollegen seien so ausführlich, dass sich ein sehr klares Bild ergebe.

Seit frühester Kindheit sei Friedrich Kessler in nahezu vollkommener Isolation aufgewachsen, berichtete der Arzt. Offenbar aus Scham hätten die Eltern den zwergenwüchsigen Sohn vor anderen Menschen versteckt gehalten. Die meiste Zeit habe er in einer Dachkammer gehaust, wohin ihm auch sein Essen gebracht worden sei.

Kontakt zu den Eltern, einem älteren Bruder und einer jüngeren Schwester, hatte er so gut wie nicht. Dass es noch andere Menschen auf der Welt gab als diese vier, wusste er nicht bis zu seinem siebten Lebensjahr. Wenn Verwandte oder Bekannte der Familie zu Besuch ins Haus kamen, wurde er zum Vieh in den Stall gesperrt. Die Tage im Viehstall waren die glücklichsten seiner frühen Kindheit, denn dort war er nicht völlig allein, sondern in der Gesellschaft von Schweinen und Ziegen.

Das alles wussten die Ärzte freilich nicht, als Friedrich im Sommer 1894, gerade sieben Jahre alt, in die Heil- und Pflegeanstalt gebracht wurde. Die Eltern hatten ihn kurz vor Eintritt seiner Schulpflicht einem Landarzt in Rheinbach vorgestellt, der attestieren sollte, dass der Knabe nicht schulfähig sei. Als der Arzt den Jungen sah, diesen Gnom mit seinen viehisch anmutenden Verhaltensweisen, der, anstatt zu sprechen, Grunzlaute von sich gab und offenbar die meisten Worte nicht verstand, die man zu ihm sprach, war für ihn klar, einen Schwachsinnigen vor sich zu haben, der in eine Irrenanstalt gehörte.

Die Eltern gaben sofort ihre uneingeschränkte Zustimmung, und der zuständige Amtsarzt im Landkreis Bonn zeichnete die Angelegenheit ab, ohne den Patienten eingehend untersucht zu haben.

»So einfach wäre es heute nicht mehr, einen Menschen einweisen zu lassen«, sagte Dr. Boom. »Aber in den letzten beiden Jahrzehnten hat sich eben vieles geändert in der Psychiatrie. Auch die Zustände, in die Friedrich hier hineinkam, sind heute kaum noch vorstellbar.«

Zwischen fünfhundert und sechshundert Insassen hatte die Anstalt schon in den neunziger Jahren des neunzehnten Jahrhunderts. Die Pfleger, die keine Ausbildung hatten, täglich von morgens sechs bis abends um zehn für einen Hungerlohn arbeiteten und mit den Patienten in deren Schlafsälen untergebracht waren, waren häufig gescheiterte Existenzen, die ihre Arbeit in der Anstalt als letzten Ausweg sahen.

In dieser Konstellation veränderte sich Friedrichs Zustand zunächst nicht. Er wurde als ruhiger Kranker eingestuft, was dem Jungen einen freien Umgang auf dem Anstaltsgelände ermöglichte.

Mit Vorliebe hielt er sich in der Schuhmacherwerkstatt auf, hockte sich zu den Männern und sah ihnen bei der Arbeit zu. Der Schustergeselle Lorenz Reinartz war dem kleinwüchsigen Knaben besonders zugetan. Er erzählte ihm Geschichten, sprach über seine Familie und hatte von Anfang an das Gefühl, dass der Junge manches verstand. Dass Friedrich irgendwann anfing, Laute nachzubilden und Wörter nachzusprechen, dass er immer mehr von dem begriff, was in seiner Umgebung geredet wurde, bemerkten dann auch Ärzte und Pfleger.

Friedrich wurde besonders gefördert und unterrichtet, und es wurde schnell klar, dass er über eine ganz normale Intelligenz verfügte.

Es gab also keinen Grund, ihn länger in der Provinzialanstalt zu behalten. Die Eltern wurden schriftlich darüber informiert, doch sie reagierten nicht. Also wurde die zuständige Ortspolizeibehörde eingeschaltet, und die teilte der Anstaltsleitung mit, die Familie Kessler sei bereits vor einiger Zeit von Rheinbach ins Ruhrgebiet verzogen, wo das Familienoberhaupt Arbeit in der Industrie suchen wollte.

»Vermutlich hätte man damals den neuen Wohnort der Kesslers ausfindig machen können, aber die Herren Kollegen unterließen mit Bedacht diesbezügliche Nachforschungen«, erklärte Boom, der während seines Berichtes ständig in den Unterlagen herumblätterte, die vor ihm auf dem Tisch lagen. »Friedrich war ohnehin schon todunglücklich, weil er in die Familie zurück sollte, die ihn wie ein Tier gehalten hatte. Und die Kesslers hatten mit ihrem spurlosen Verschwinden allzu deutlich gemacht, dass sie mit dem Jungen nichts mehr zu tun haben wollten. Nicht ein einziges Mal übrigens hat Friedrich hier Besuch von einem Familienmitglied bekommen. Das vermerken die Aufzeichnungen ausdrücklich.«

Also behielt man den Zehnjährigen damals in der Anstalt. In den folgenden Jahren begann Friedrich, sich nützlich zu machen, wo er nur konnte, half morgens in der Backstube und am Nachmittag in der Schusterwerkstatt, ging den Waschfrauen und den

Pferdeknechten zur Hand und war bald jedermanns kleiner Liebling. Er war wissbegierig, las, was er an Büchern und Zeitungen in die Finger bekam, und entwickelte sich zu einem angenehmen und gescheiten jungen Mann.

Dabei war sein Verbleib in der Heil- und Pflegeanstalt medizinisch nicht gerechtfertigt und juristisch äußerst bedenklich, bis die verantwortlichen Ärzte im Jahre 1902, Friedrich war inzwischen fünfzehn, einen Weg fanden, seinen Aufenthalt in Bonn zu legalisieren. Der Schuster Reinartz nahm ihn als Pflegekind in seine Familie auf, und Friedrich bekam ganz offiziell eine Anstellung als Botenjunge der Anstaltsverwaltung.

»Damit enden die Aufzeichnungen über Kessler«, erklärte Dr. Boom. »Ein letztes Dokument besagt, dass er im Frühjahr 1908, bei Eintritt seiner Volljährigkeit, die Stelle als Verwaltungsbote kündigte.«

»Das war also vor vier Jahren«, stellte Zomrowski fest. »Damals schloss er sich der Schaustellertruppe von Nepomuk Marsilius an.«

»Ich versichere es Ihnen noch einmal ausdrücklich, Herr Kriminalwachtmeister: Eine solche Krankengeschichte könnte es in der heutigen Zeit nicht mehr geben. Die Umstände der Einweisung, das lange Festhalten an der völlig falschen Ausgangsdiagnose und der Verbleib des gesunden Kindes in der Anstalt, all das wäre heute so nicht mehr möglich.

Dabei will ich den psychiatrischen Ärzten der damaligen Zeit keineswegs Vorwürfe machen. Die Bonner Provinzialanstalt galt schon Ende des vorigen Jahrhunderts als absolut fortschrittlich, als Wiege der Reform des rheinischen Irrenwesens.

Aber erst die enge Verbindung mit der königlichen Universitätsklinik für Psyche- und Nervenkranke hat ihr den hervorragenden Ruf eingebracht, den sie heute hat. Vor vier Jahren wurde die neue Klinik hier auf dem Anstaltsgelände bezogen. Jetzt behandeln Professoren und Ärzte der Universität auch die Insassen der Heil- und Pflegeanstalt.«

»Ja, ja«, sagte Zomrowski nachdenklich.

Boom legte die Akten, die er vor sich ausgebreitet hatte, sorgfältig zusammen. »Sie machen nicht den Eindruck, als hätte mein Bericht Ihnen weitergeholfen«, stellte er fest.

Zomrowski zuckte mit den Achseln. »Einen möglichen Grund für den Mord an Friedrich Kessler habe ich jedenfalls in der Lebensgeschichte nicht entdecken können.«

»Nein, ein Mordmotiv erschließt sich mir da auch nicht«, bekannte Dr. Boom.

»Ein Juskowiak, Paul Juskowiak, wird der irgendwo in den Aufzeichnungen erwähnt? Oder ist Ihnen der Name bekannt?«

Boom schüttelte den Kopf. »Weder noch«, sagte er. »Aber wenn Sie wollen, dann reden Sie doch noch mit Lorenz Reinartz. Er ist nach wie vor einer unserer Schuster. Wir haben ihn schon von Friedrich Kesslers Ableben in Kenntnis gesetzt und von Ihrem Besuch in der Anstalt auch.«

Ein paar Minuten später stand Zomrowski in der behaglich engen Schusterwerkstatt der Heil- und Pflegeanstalt, in der es angenehm nach Leder und Klebstoff roch. Vier Männer waren bei der Arbeit. Jeder werkelte vor sich hin, mit Schusterhammer oder Ahle, mit Zuschneidemesser und Falzzange. Die Schuhmacher unterhielten sich. Es wurde gelacht. Kein Wunder, dachte Johann Zomrowski, dass der kleine Friedrich sich hier wohlgefühlt hat.

Der Hilfspförtner, der ihn hierher geführt hatte, sprach auf einen bärtigen, grauhaarigen Mann ein, der gerade einen Lederschuh begutachtete, den er von einem dreifüßigen Amboss gezogen hatte.

Der Schuster nickte und winkte Zomrowski zur hinteren Tür der Werkstatt.

»Ich bin Lorenz Reinartz«, sagte er, während sie sich draußen auf eine Bank setzten. »Hier ist es ruhig. Und die Sonne kommt erst am späten Nachmittag hierhin. Das ist angenehm an einem Tag wie diesem.«

Zomrowski stellte sich vor.

»Ich weiß, Herr Kriminalwachtmeister«, sagte Reinartz. »Es ist unfassbar, dass der Friedrich umgebracht worden ist. So ein liebenswerter Mensch. Als er zu uns kam, damals, da waren die meisten unserer Kinder schon aus dem Haus. Wie ein Sohn ist er für uns geworden, für meine Frau und mich. Es ist unfassbar, dass er so ums Leben gekommen ist. Bringen Sie den aufs Schafott, der das getan hat!«

»Dafür müsste ich den Mörder erst mal finden«, sagte Zomrowski. »Ich hatte gehofft, ihm hier auf die Spur zu kommen. Aber in Doktor Booms Bericht gab es keinen Hinweis auf irgendjemanden, der Friedrich Kessler nicht mochte oder einen Grund gehabt haben könnte, ihn zu töten.«

»Einen solchen Hinweis werden Sie hier in der Anstalt auch nicht finden, weil's niemanden gab, der den Friedrich nicht gern hatte«, sagte Lorenz Reinartz.

Er erzählte Zomrowski dies und das über die fünf Jahre, die Friedrich Kessler bei ihm und seiner Frau verbracht hatte. Anfangs war der damals Fünfzehnjährige noch hin und wieder nachts in der Anstalt geblieben und hatte im Schlafsaal übernachtet, wo er das Gefühl hatte, unter Freunden zu sein. Erst mit der Zeit gelang es ihm, sich auf das Leben in der Familie einzulassen und sich in der Betriebsamkeit der Stadt zurechtzufinden. Die Bonner hatten sich zunächst über den Zwerg aus dem Jeckes lustig gemacht, irgendwann aber hatten die Leute sich an Friedrich gewöhnt und nahmen kaum noch Notiz vom Schuster Reinartz und seinem kleinwüchsigen Pflegesohn, die jeden Morgen gemeinsam zu ihrer Arbeit in die Irrenanstalt gingen.

»Je erwachsener er wurde, desto größer wurde sein Wunsch, die Welt außerhalb der Heilanstalt zu entdecken. Als er siebzehn war, haben wir ihn zum ersten Mal mitgenommen zu unserer großen Kirmes, zum Markt in Pützchen auf der anderen Rheinseite. Da hat er die kleinwüchsigen Artisten einer Schaustellertruppe gesehen. Er war fasziniert. Im nächsten Jahr ist er zu ihnen gegangen und hat lange mit ihnen geredet. Danach hatte er das Gefühl, sein Zuhause gefunden zu haben. So wie diese Menschen wollte er auch leben. Und er wollte so sein wie sie. Diese Kirmesleute, die schämten sich ihrer abnormen Körper nicht. Die stellten sich auf die Bühne und ließen sich bewundern. Und dabei führten sie ein freieres Leben als alle Menschen, die der Friedrich bis dahin kennengelernt hatte.«

»Wie hielt er es denn in der damaligen Zeit mit den Mädchen?«, fragte Zomrowski.

Lorenz Reinartz sah ihn verständnislos an.

»Friedrich Kessler hatte in den letzten Jahren offenbar eine besondere Vorliebe für alles Weibliche«, erklärte Zomrowski.

Reinartz lachte kurz auf. »Der Friedrich? Das kann ich nicht glauben. Sehr zurückhaltend war er gegenüber den Frauen. Ich hatte immer das Gefühl, dass er geglaubt hat, so einer wie er, der bekäme sowieso niemals eine ab. Jedenfalls hat er nie versucht, mit einem Mädchen anzubändeln.«

»Nun, es verändert einen Mann gewiss, wenn er tagein tagaus auf der Bühne steht und von einem Publikum bewundert wird. Das macht ihn couragierter, gerade den Frauen gegenüber, könnt ich mir denken«, sagte Zomrowski.

Reinartz zuckte mit den Achseln. »Ich weiß es nicht. Damals hatte er jedenfalls nur einen Traum, den vom Kirmesleben. Als er volljährig war, gab's nichts mehr, was ihn noch zurückhielt, und er hat sich der Schaustellertruppe Marsilius angeschlossen. 1908 war das. Aber jedes Jahr, wenn er zum Pützchens Markt kam, hat er uns besucht, meine Frau und mich.«

***

In Sterkrade hatte es heftig geregnet. Die Wasserpfützen dampften, als Zomrowski aus dem Zug stieg.

Den ganzen Tag über hatte er auf eine Abkühlung gehofft. Ein Gewitter hatte schon in der Luft gelegen, als er am frühen Morgen zum Bahnhof gelaufen war. Am Mittag in Bonn hatte es nach Regen ausgesehen, und am Nachmittag, als er durch Köln gefahren war, hatte ein heftiges Donnergrollen die Eisenbahnreisenden erschreckt.

Aber er hatte keinen Tropfen abbekommen, nicht mal die Eisenbahnzüge, in denen er gesessen hatte, waren nass geworden. Es war Zomrowski, als hätte der Himmel sich geweigert, sein Versprechen einzulösen, solange er in der Nähe war.

Als er auf dem Bahnsteig stand, atmete er tief. Die Luft schmeckte frisch gereinigt, aber sie war schwer und feucht. Der Regen hatte keine Abkühlung gebracht. Dampfend verließ der Personenzug der preußischen Staatsbahn den Sterkrader Bahnhof in Richtung Arnheim. Zomrowski schlenderte am Empfangsgebäude vorbei, ohne es eines Blickes zu würdigen, als plötzlich die beiden Kriminalsergeanten Peter Molsbeck und Anton Schmitz vor ihm standen.

»Was macht ihr denn hier?«, fragte er erstaunt.

»Wir haben auf dich gewartet«, sagte Molsbeck.

»Es war klar, dass Sie mit diesem Zug kommen würden«, erklärte Schmitz.

»Und? Was ist los? Ihr habt doch wohl keine Sehnsucht nach mir gehabt?«

»Es gibt dies und das zu erzählen«, sagte Molsbeck.

»Und wir dachten, Sie würden vielleicht auch Neuigkeiten mitbringen«, fügte Schmitz hinzu.

»Ein paar interessante Dinge aus Kesslers Leben hab ich schon erfahren in Bonn«, sagte Zomrowski, während die drei Männer das Bahnhofsgelände verließen, »aber wer einen Grund gehabt haben könnte, ihn zu erschlagen, das konnte mir da auch niemand sagen.«

»Wir haben einen weiteren Todesfall«, sagte Molsbeck.

»Was habt ihr?«

»Hermine Juskowiak hat sich das Leben genommen.«

Bestürzt blieb Zomrowski stehen. Ein paar Augenblicke sah er seine beiden Sergeanten entgeistert an, dann schüttelte er den Kopf. »Hat sie also recht gehabt, die Paula«, sagte er leise.

»Was meinst du?«, fragte Molsbeck.

»Die Paula Leschinsky, die Nachbarin von den Ingenbolds, die hat's geahnt. Als sie gestern hörte, dass die Juskowiak nicht beim Begräbnis ihres Sohnes war, da hat sie's gleich vermutet, dass sie sich was angetan hat.«

»Auf die Schienen hat sie sich gelegt. Ein Güterzug hat sie überrollt.«

»Wann?«

»Heute am frühen Morgen. Du warst gerade weg, als wir benachrichtigt wurden. Anscheinend ist sie vor ihrem Selbstmord mindestens einen Tag lang umhergeirrt. Ein Waldarbeiter hat gestern in aller Herrgottsfrühe im Hiesfelder Wald eine alte Frau gesehen, die einen verwirrten Eindruck auf ihn machte. Er hat's später einem Schutzpolizisten erzählt, dem er auf der Straße begegnet ist. Als wir heute davon hörten, hat Schmitz den Waldarbeiter aufgesucht und ihn befragt.«

»Er konnte die Frau, die er gestern früh gesehen hatte, sehr genau beschreiben«, warf Schmitz ein. »Es war eindeutig Hermine Juskowiak.«

»Heute Morgen um kurz vor sechs hat sie es dann getan«, sagte Molsbeck.

»Erstaunlich, dass ich überhaupt noch weggekommen bin aus Sterkrade«, befand Zomrowski, »Wenn so etwas passiert, dann kommt doch sonst immer der gesamte Eisenbahnverkehr zum Erliegen.«

»Sie war so rücksichtsvoll, sich ein Gleis der Hüttenbahn auszusuchen, unmittelbar neben Zeche Hugo. Der Güterzug war unterwegs nach Walsum zum Hafen«, erklärte Molsbeck.

»Das ist ja ganz in der Nähe der Kolonie, nur ein paar hundert Meter von ihrem Haus in der Grubenstraße entfernt«, sagte Zomrowski.

Die drei Männer schlenderten über die Bahnhofstraße. Hier, wo gestern noch Kirmesbuden und Verkaufsstände das Bild geprägt hatten, war es an diesem frühen Samstagabend ungewöhnlich ruhig. Eine Straßenbahn fuhr an ihnen vorbei in Richtung Bahnhof. Sie war beinahe menschenleer.

»Es sah jedenfalls scheußlich aus, das, was von der Juskowiak übrig war«, berichtete Molsbeck. »Ihr Schädel war beinahe unverletzt geblieben. Ich hab sie sofort erkannt. Aber sonst.«

»Lass mal gut sein, Peter. Ich kann's mir vorstellen. Hab schon ein paar Leichen auf den Schienen zusammensuchen müssen.«

»Für mich war's die erste«, sagte Anton Schmitz mit dünner Stimme.

»Du hast dich tapfer gehalten.« Molsbeck schlug Schmitz anerkennend auf die Schulter.

»Ach, die Kollegen sind schon zum vertraulichen Du übergegangen«, stellte Zomrowski überrascht fest. »Und ich dachte, unser alter Haudegen hätte gewisse Vorbehalte gegenüber unserem jungen Kriminalisten mit seinen modernen Auffassungen.«

Anton Schmitz lächelte. Peter Molsbeck grinste verlegen.

»Darauf gebe ich einen aus, und zwar jetzt und hier.« Zomrowski deutete auf das Wirtshausschild vor ihnen.

»Ausgezeichnete Idee«, sagte Molsbeck.

Der Wirt des Gasthauses »Zum grünen Klumpen« begrüßte sie erfreut: »Ah, die Herren von der Kriminalpolizei. Welche Ehre!« Dabei musterte er eingehend Anton Schmitz, den er bisher noch nie gesehen hatte.

»Wir würden gerne hier diesen Mordverdächtigen verhören«, sagte Molsbeck mit ernster Miene.

Der Wirt schluckte und trat einen Schritt zurück.

»Der Kollege Molsbeck ist ein Scherzbold«, stellte Zomrowski klar. »Das ist Kriminalsergeant Schmitz. Er ist seit einer Woche bei uns.«

Dem Wirt war die Erleichterung anzusehen. »Wenn die Herren Wichtiges zu besprechen haben, können sie gern ins Kabüffchen gehen«, sagte er eifrig. »Da ist heute niemand. Oder ins Billardzimmer. Das ist auch frei.«

»Nicht nötig«, befand Zomrowski. »Hier ist es ja auch ziemlich leer. Wenn wir uns da in die Ecke an den Tisch setzen, dann sind wir doch ganz ungestört.«

»Ist mir recht«, entgegnete der Wirt. »Heute ist wirklich nicht viel los. Die Sterkrader haben anscheinend ihr ganzes Geld an den Kirmestagen ausgegeben. Gestern Abend war's noch brechend voll, vor allem hinten im Konzertsaal.«

»Drei frisch vom Fass gezapfte Bier hätten wir gern. Und ich möchte was essen«, sagte Zomrowski, während sie sich an dem runden Tisch in der Ecke des Schankraums niederließen.

»Hab nicht viel da heute Abend«, erwiderte der Wirt. »Eine Portion Bratkartoffeln mit Speck vielleicht?«

Zomrowski nickte.

»Gab's in Bonn nichts zu essen?«, wollte Molsbeck wissen.

»Etwas Gebäck hab ich mir gekauft, am Bahnhof«, sagte Zomrowski. »Für mehr war keine Zeit.«

»In der Irrenanstalt gab's nichts?«, fragte Molsbeck grinsend.

»Da haben sie mir nicht mal einen Kaffee angeboten.«

Als der Wirt das Bier gebracht hatte und die drei Kriminalbeamten einander zugeprostet hatten, erzählte Molsbeck: »Der Marsilius war heute im Kriminalbüro, wollte unbedingt den Kommissar persönlich sprechen. Er hat seinen Wandergewerbeschein zurückgefordert. Da hättest du mal den Alten sehen sollen. Mächtig in Fahrt gekommen ist er. Als er mit dem Herrn Direktor fertig war, war der ganz klein mit Zylinderhut. Einen unverschämten Menschen hat Hüppchen ihn genannt. Und gebrüllt hat er: Einer von Ihren Artisten ist ermordet worden! Der war doch in finstre Machenschaften verwickelt! Ja, glauben Sie denn ernsthaft, da könnten Sie weiterhin Ihr Gewerbe ausüben? Sie können froh sein, dass Ihre ganze abnorme Bande nicht im Gefängnis sitzt. Natürlich sind Sie alle verdächtig! Und wenn Sie sich nicht bis zur Klärung des Falles äußerst kooperativ zeigen und jede polizeiliche Anweisung befolgen, dann können Sie Ihren Wandergewerbeschein vergessen, ein für alle Mal.«

»Ich fand es übertrieben, wie er dem Marsilius zugesetzt hat«, sagte Schmitz. »Als wären sie alle ein Lumpenpack, die Leute von der Kirmes, so hat der Kommissar geredet.«

»Ist eben so«, stellte Molsbeck fest. »Fahrendes Volk ist für die braven Bürger schon immer Gesindel gewesen. Man begafft sie, die Gaukler und Schausteller, und rümpft die Nase über sie. Ob's zu Recht ist, weiß ich nicht. Mir sind sie jedenfalls auch nicht geheuer, diese seltsamen Geschöpfe.«

Dass Schmitz und Molsbeck am Nachmittag noch einmal auf dem Lagerplatz der Schaustellertruppe Marsilius waren, erfuhr Zomrowski, während er seine Bratkartoffeln mit Speck aß. Kommissar Hüppchen hatte sie hingeschickt, um seinem Ausbruch gegen Marsilius noch mehr Nachdruck zu verleihen.

Die beiden Kriminalsergeanten hatten den beleidigten Direktor ignoriert und einzelne Mitglieder der Truppe eingehend verhört. »Das hatten Sie uns ja schon für heute Morgen aufgetragen, aber da ist uns die Hermine Juskowiak dazwischengekommen«, sagte Schmitz zu Zomrowski.

Bei den Verhören war erwartungsgemäß wenig herausgekommen. Alle Artisten hatten ein wenig aus ihrem Leben außerhalb der Kirmeswelt erzählt und von ihrer Rolle in der Truppe. Anhaltspunkte dafür, dass es irgendwelche Konflikte mit Friedrich Kessler gegeben hatte, hatten die beiden Beamten nicht entdeckt.

Auffällig war für Schmitz und Molsbeck, dass die Artisten auf jede Frage eine plausible Antwort hatten, dass es für alles Erklärungen und Entschuldigungen gab.

Adam Drescher, der stärkste Mann des Kaukasus, war nur deshalb einmal wegen Körperverletzung im Gefängnis gelandet, weil er sich bei einer Wirtshausschlägerei verteidigen musste. Die schwebende Inderin Petronella Krabbich hatte angeblich nie Geld für ihre Liebesdienste genommen und fühlte sich völlig zu Unrecht wegen gewerbsmäßiger Unzucht verurteilt. Und Bartholomäus

Lange, der Albino, war nur deshalb wegen eines Verstoßes gegen den Paragraphen hundertfünfundsiebzig angeklagt worden, weil ein älterer Herr ihn einmal gegen seinen Willen unsittlich angefasst hatte.

»Alle sind unschuldig wie die Lämmer. Niemand hat jemals was Unrechtes getan in seinem Leben. Keiner weiß irgendetwas, was auf Friedrichs Mörder hinweisen könnte. Niemand hat irgendwelche Beobachtungen gemacht. Das ist mir alles zu glatt, zu eingeübt, was man von denen zu hören kriegt. Mir kommt das überaus verdächtig vor«, fasste Molsbeck zusammen.

Zomrowski nickte. »Ich weiß genau, was du meinst. Den Eindruck habe ich jedes Mal, wenn ich mit Marsilius rede«, sagte er. »Dass am Abend der Morde niemand mehr aus dem Lager gegangen ist, auch Adam Drescher nicht, das haben auch alle bestätigt?«

»Ach ja. Natürlich. Danach haben wir jeden gefragt. Und jeder hat dieselbe Geschichte erzählt: Lange zusammengesessen, Karten gespielt, getrunken, und dann hat Drescher ausnahmsweise im Männerwagen übernachtet. Und am nächsten Morgen hat selbstverständlich auch niemand den Lagerplatz verlassen«, erzählte Molsbeck.

»Die Einzige, die sich nicht ganz so verhalten hat wie die anderen, war die Riesendame, diese Josefa Wolter. Als wär sie sich ihrer Sache nicht ganz sicher, so kam's mir vor, als wäre sie bedrückt«, erklärte Anton Schmitz. »Wenn wir der noch mal auf den Zahn fühlen, sie vielleicht mal vorladen ins Kriminalbüro, dann würd ich mich nicht wundern, wenn wir was anderes zu hören bekämen als diese eingeübten Antworten.«

Molsbeck nickte.

»Sollten wir machen«, sagte Zomrowski und schob seinen leeren Teller an den Rand des Tisches. »Hat gut getan«, stellte er fest.

Als die drei Kriminalisten beim dritten Bier saßen, hatte Zomrowski den beiden Sergeanten erzählt, was er in der Bonner Heil- und Pflegeanstalt erfahren hatte.

»Unglaublich«, sagte Schmitz, »dass Eltern ein Kind in einen Stall sperren können, als wär's ein Stück Vieh.«

»Vielleicht haben sie's ja so empfunden«, versuchte Molsbeck zu erklären, »weil's eben kein normales Kind war, sondern ein Zwerg und eine Strafe Gottes, und weil sie sich geschämt haben seinetwegen.«

»Unglaublich«, sagte Schmitz noch einmal. Dann schwiegen die drei Männer eine Weile und tranken, ihren Gedanken nachhängend, von ihrem Bier.

»Dass Hermine Juskowiak die Mutter von dem Kleinwüchsigen war und der Paul Juskowiak sein älterer Bruder, bist du da noch nicht drauf gekommen?«, fragte Molsbeck plötzlich.

»Als der Doktor in Bonn gesagt hat, dass die Kesslers ins Ruhrgebiet gegangen sind, da hab ich kurz dran gedacht, aber dann hab ich es doch für Blödsinn gehalten. Erst als ihr mir von dem Selbstmord erzählt habt, ist es mir wieder in den Kopf gekommen. Dass eine Frau ihren Mann oder einen Sohn verliert, durch ein Unglück im Pütt zum Beispiel, das kommt, verdammt noch mal, jeden Tag vor. Aber dass eine Frau deshalb in den Tod geht, eine Katholikin auch noch, das hab ich noch nie erlebt. Und die Hermine Juskowiak, die hätt ja sogar ganz ordentlich weiterleben können. Die hatte ihre Knappschaftsrente, und die hat noch irgendwo zwei Töchter gehabt.«

Kriminalsergeant Schmitz pfiff durch die Zähne. »Aber wenn sie gleich zwei Söhne verloren hätte, dann könnt man's eher begreifen, dass sie nicht mehr weiterleben wollte«, sagte er nachdenklich. »Oder wenn sie eine Schuld mit sich herumgetragen hätte, die sie einfach nicht mehr aushalten konnte.«

»Aber es passt nicht«, wandte Zomrowski ein. »Die Hermine und der Paul, die hießen Juskowiak und nicht Kessler.«

»Es gibt aber auch vieles, was passt«, stellte Molsbeck fest. »Paul könnte der ältere Bruder sein, von dem der Irrenarzt gesprochen hat. Und die Schwester, die er erwähnt hat, die gibt es auch.«

»Hermine Juskowiak hat doch zwei Töchter«, wandte Schmitz ein.

»Na, dann ist die zweite eben geboren, als Friedrich schon in der Irrenanstalt war«, sagte Molsbeck. »Und dass Hermine und ihr Sohn Paul hier in Sterkrade unter einem anderen Namen gelebt haben, dafür kann es Gründe geben, die wir noch nicht kennen.«

»Und wenn es tatsächlich so wäre, warum sollte dann jemand die beiden Brüder umbringen? Nein, das ist Blödsinn! Da verrennen wir uns in was«, sagte Zomrowski.

»Vielleicht können wir ja am Montag beim Meldeamt etwas über die Juskowiaks erfahren, wo sie hergekommen sind und so«, sagte Schmitz.

***

Johann Zomrowski war hundemüde. Zehn Stunden hatte seine Reise gedauert, das Wetter hatte ihm zugesetzt, und das Bier im Gasthaus »Zum grünen Klumpen« hatte ihm den Rest gegeben.

Die beiden Kriminalsergeanten hatten ihn noch über die Bahnhofstraße begleitet und sich vor dem Schaufenster von Berta Horstkamps Laden für Kurz-, Weiß- und Wollwaren von ihm verabschiedet. Molsbeck hatte ihm einen erholsamen Schlaf und einen schönen Sonntag gewünscht, und Schmitz hatte gesagt: »Na denn, bis Montagfrüh. Wenn nichts dazwischenkommt.«

In den beiden Wohnräumen in der zweiten Etage stand die Luft. Zomrowski öffnete die Zwischentür weit und anschließend alle Fenster, die des Schlafraumes nach hinten raus und die beiden Wohnzimmerfenster über der Bahnhofstraße. Ein kaum spürbarer Lufthauch zog behäbig durch die Wohnung. Die erhoffte Kühlung brachte er nicht.

Ein Bad täte jetzt gut, überlegte Johann Zomrowski. Der Gedanke, die Wanne im Baderaum mit kühlem Wasser zu füllen und sich hineinzusetzen, behagte ihm zwar, aber er war zu müde, ihn an diesem Samstagabend noch in die Tat umzusetzen.

Eine Waschung musste reichen für heute. Der Krug neben der Waschschüssel war gefüllt. Auf Lise Kleinrogge war eben Verlass.

Gerade als er sich entkleiden wollte, klopfte jemand an die Tür. Er nahm an, dass es Lise war und gähnte. Er würde ihr sagen, dass er schrecklich müde sei nach dem langen Tag und dass er schlafen müsse und dass er sich an jedem anderen Abend über ihren Besuch freuen würde. Lise würde enttäuscht sein, aber sie würde es verstehen.

Er öffnete die Tür. Davor stand Therese.

»Was tust du denn hier, um diese Zeit?«, fragte er verblüfft.

»Guten Abend, Johann. Willst du mich nicht erst mal hereinbitten?«

»Entschuldige. Ich bin sehr müde, hab einen anstrengenden Tag hinter mir«, sagte Zomrowski und ließ seine Schwester eintreten.

»Du stinkst nach Bier«, stellte sie fest.

»Was willst du?«, fragte Zomrowski, als Therese sich ohne Umschweife auf sein Sofa gesetzt hatte. »Du besuchst mich doch sonst nie, obwohl es nur ein paar Schritte sind, von euch zu mir.«

»Du bist ja auch selten zu Hause«, entgegnete sie. »Entweder ist er im Rathaus oder auf Verbrecherjagd, der Herr Bruder. Oder er treibt sich bei der feinen Verwandtschaft in der Kolonie Dunkelschlag herum.«

»Nein, Therese. Für solche törichten Gespräche bin ich wirklich zu müde heute Abend. Hast du irgendwas auf dem Herzen? Dann sag es bitte.«

»Ich war gerade unten bei Berta Horstkamp, hab mir ein paar Stoffe ausgesucht. Wir haben gehört, wie du heimgekommen und die Treppe hochgegangen bist. Und da hab ich mir gedacht, es wäre vielleicht nett, dir noch kurz einen guten Abend zu wünschen.«

»Das ist freundlich von dir, Therese. Aber es ist wirklich der falsche Abend für ein Plauderstündchen.« Zomrowski gähnte. »Wartet denn der Wilhelm nicht auf dich?«, fragte er.

»Der hat seine Vorstandssitzung vom Sängerbund heute.«

»Und die Mädchen sind allein?«

»Die Marta ist bei ihnen. Aber ich lass sie gar nicht mehr gern allein mit den Kindern. Wer weiß denn, ob so einer zu trauen ist? Wo ihr Vater alles Evangelische hasst und sogar mit dem Stock nach unsereinem schlägt. Da muss man doch fürchten, dass eine solche Gesinnung auf das Mädchen abfärbt. Ich glaube nicht, dass so eine noch recht am Platz ist in unserem Haushalt.«

»Was redest du denn da für einen Unsinn? Der Theodor Kückelmann, der hasst doch nicht alles Evangelische. Und nach dir geschlagen hat er auch nicht. Der hat eine Wut gehabt auf einen evangelischen Kanalbauarbeiter aus Holland, der sich respektlos gegenüber der Monstranz benommen hat. Drum hasst er doch auch nicht alle Holländer und alle Kanalbauarbeiter.«

»Jetzt dreh es mal nicht so, wie du es haben möchtest, Johann! Natürlich war es ein Affront gegen die Evangelischen, was bei der Fronleichnamsprozession passiert ist, und viele wichtige Leute in Sterkrade sind empört. Und dass die Polizei dann auch noch den

Kückelmann laufen lässt und den Mann einsperrt, den er verprügelt hat, das ist eine Ungeheuerlichkeit.«

»Das war nicht in Ordnung, ganz ohne Frage. Und der Polizeisergeant Bauland, der hat jetzt auch seine Scherereien deswegen. Aber der Kückelmann hat niemanden verprügelt. Er hat dem Mann den Hut vom Kopf geschlagen. Das ist doch wohl ein Unterschied. Und wenn du deinen Ärger jetzt an der Marta auslässt, dann ist das unchristlicher als so ein Schlag gegen eine Kopfbedeckung. Das sag ich dir. Und wenn du dem Mädchen kündigst deswegen, dann bist du bei den Sterkradern unten durch. Nicht mal deine wichtigen evangelischen Leute werden dafür Verständnis haben. Glaub mir das!«

»Meinst du?«

Therese nestelte aus ihrem Damentäschchen ein spitzenbesetztes, weißes Taschentuch hervor und tupfte sich damit Stirn und Wangen ab.

Johann Zomrowski ahnte, dass er gerade seine Schwägerin Marta Kückelmann vor der drohenden Kündigung bewahrt hatte. Therese hatte offenbar bisher nicht darüber nachgedacht, dass sie sich in der vornehmen Sterkrader Gesellschaft mit dem ungerechtfertigten Hinauswurf ihres Hausmädchens unbeliebt machen könnte. Das war das Letzte, was sie wollte.

Zomrowski saß auf einem der beiden Stühle am Salontisch in der Mitte seines Wohnzimmers und betrachtete seine jüngere Schwester nachdenklich. Es schien ihm, als hätte sie etwas angesetzt in letzter Zeit, die Therese. Vielleicht kam es ihm aber auch nur so vor, weil sie bei der schwülen Hitze dieses Tages ausnahmsweise auf die Korsage unter ihrem Sommerkleid verzichtet hatte.

»Na ja, ich werd mit dem Wilhelm drüber reden, was wir machen mit der Marta. Vielleicht hast du ja recht mit deiner Einschätzung«, sagte sie nach einer Weile.

Zomrowski gähnte.

»Obwohl es mich wundert, dass du zu wissen glaubst, was die Leute denken könnten«, fügte Therese schnippisch hinzu. »Du weißt doch sonst nichts über die Sterkrader Gesellschaft. Nicht mal, dass die Edwina von den Hellwegs und der Lehrer Terhufen ein Paar waren. Schulamtsvorsteher Rüter hat's dem Wilhelm erzählt, was du für ein ahnungsloser Mensch bist.«

»Ach ja«, sagte Zomrowski müde. »Und? Weißt du was drüber, warum sie auseinander sind, die beiden?«

Therese schüttelte den Kopf. »Eigentlich bin ich ja ganz vertraulich mit der Margarete Hellweg. Aber in dieser Sache ist sie schweigsam wie ein Grab. Niemand weiß irgendwas. Weil die Edwina in letzter Zeit so seltsam ist, so zerstreut, hat Berta Horstkamp schon gemeint, dass es vielleicht eine Geisteskrankheit ist und dass der Gotthold Terhufen deshalb die Verbindung beendet hat.«

Johann Zomrowski gähnte wieder.

»Ich werd dann mal gehen«, sagte Therese. »Es sieht ja nicht so aus, als würdest du deiner Schwester irgendwas zu trinken anbieten wollen.«

»Tut mir leid, ich hab nichts im Haus. Ein Glas Wasser könnt ich dir beschaffen.«

Therese verzog das Gesicht und schüttelte den Kopf.

»Bevor du gehst, könntest du mir noch einen Gefallen tun.«

»Warum sollte ich wohl?«, fragte Therese bissig.

»Weil ich dich sonst ins Kriminalbüro vorladen müsste«, antwortete Johann Zomrowski schroff.

Seine Schwester sah ihn pikiert an.

»Dass du den Friedrich Kessler kanntest, hat der Wilhelm erzählt, den ermordeten Kleinwüchsigen von der Kirmestruppe. Es hat Kaffeekränzchen gegeben, bei denen er die Sterkrader Damenwelt entzückt hat. Darüber wüsste ich gern mehr.«

»Ach, darum geht's. Natürlich. Danach musst du ja fragen, jetzt wo der Kleine tot ist«, sagte Therese versöhnlich. »Aber viel zu erzählen gibt's da nicht.«

Sie holte tief Luft. Und dann sprudelte es aus ihr heraus: »Also ich hab ihn nur einmal erlebt, diesen jungen Mann. Ich fand ihn entzückend. Ja, er war ein wirklich possierlicher Kerl, so charmant, und erzählen konnte er, dass es einem richtig warm ums Herz wurde. Von seiner Kindheit in Liliput und so. Als die Margarete Hellweg uns einlud damals, da war ich zuerst empört. Einer von den Kirmesleuten als Gesellschafter der Sterkrader Damen, das erschien mir ungehörig. Da wusste ich aber noch nicht, dass es ein Zwerg war, den wir bei den Hellwegs treffen sollten. Hingegangen bin ich, weil ich neugierig war, wie die anderen Damen auch.

Als wir ihn dann kennenlernten, den Liliputaner von der Schaubude Marsilius, da waren wir alle ganz betört. Wirklich alle. Mit so einem Geschöpf zusammen zu sein, das hat eben nichts Anstößiges. Als wär er aus einem Märchen gekommen, so war das. Prinz Ottokar hieß er damals. Aber er hat selbst gesagt, dass sich das jedes Jahr ändern würde. So wär das eben in seiner Welt. Wirklich amüsant! Das ist jetzt zwei Jahre her.«

Johann Zomrowski rieb sich gähnend die Augen.

»Die Kinder von den Hellwegs, der Hubert und die Edwina, die waren im Jahr zuvor auf der Kirmes mit ihm ins Gespräch gekommen. Und sie waren so begeistert von dem kleinen Kerl, dass sie ihn nach Hause einluden. Ihre Mutter, die Margarete, die war zuerst außer sich. Ihr kämen keine Kirmesleute ins Haus, hat sie gesagt. Aber ihre Kinder konnten sie schließlich überreden, und als sie ihn dann kennengelernt hatte, den Prinz Ottokar, da war sie auch ganz bezaubert.

Deshalb hat sie im Jahr drauf für ihre Freundinnen das Kaffeekränzchen mit dem Liliputaner veranstaltet. Und vergangenes Jahr, da gab es auch wieder ein Treffen bei den Hellwegs. Am Mittwoch vor Fronleichnam war das. Ich war natürlich auch eingeladen. Aber der Wilhelm, der hatte für den Tag einen Tisch für uns zwei im Kaiserhof reservieren lassen, als nachträgliches Geschenk für mich zu unserem neunten Hochzeitstag. Deshalb konnte ich voriges Jahr nicht dabei sein.

Aber ich hab mir nachher von den Damen erzählen lassen, wie es war. Und alle haben gesagt, es wäre genauso nett und so amüsant gewesen wie im Jahr davor.«

NEUN

»Ein reinigendes Gewitter muss her! Frankreich, England und Russland rücken uns immer mehr auf die Pelle. Sie kreisen uns ein. Dass sie uns gezwungen haben, Marokko den Franzosen zu überlassen, und uns mit einem Stückchen Kamerun abgespeist haben, das ist eine Demütigung. Das darf eine Weltmacht sich nicht bieten lassen. Die Franzmänner müssen endlich in die Schranken gewiesen werden, so energisch wie 70/71. Die Welt muss wieder sehen, wer wir sind, militärisch, wirtschaftlich und kulturell.«

»Du meinst, es sollte einen Krieg geben?«

»Es wird einen Krieg geben, über kurz oder lang. Die dunklen Wolken ballen sich immer dichter zusammen. Das Gewitter liegt in der Luft.«

»Vielleicht ziehen sie ja doch noch vorüber, die dunklen Wolken«, sagte Johann Zomrowski grüblerisch. »Im Zeitalter der Luftfahrzeuge und Giftgase wird ein Krieg anders aussehen als 70/71. Er wird grausamer werden, viel grausamer.«

Jakob Lengeling ließ seine Luftpumpe sinken. »Jetzt redest du schon wieder daher wie ein Sozialdemokrat. Manchmal frag ich mich, Johann, was eigentlich aus dir geworden ist. Wie ein deutscher Beamter mit einer anständigen patriotischen Gesinnung hörst du dich jedenfalls nicht an.«

Zomrowski schüttelte missmutig den Kopf. »Dafür hörst du dich an wie Heinrich Zirbel«, sagte er verdrießlich. »Der Onkel Heinrich fragt sich auch, was eigentlich aus mir geworden ist, ob ich noch der Sohn eines polnischen Bergmanns bin oder ein Büttel der preußischen Obrigkeit. Heutzutage muss anscheinend jeder eine Gesinnung wie eine Fahne vor sich hertragen, wenn er etwas gelten will. Also singt der brave Bürger patriotische Lieder, der preußische Staatsbeamte stimmt ein Kriegsgebrüll an und verdammt alles Sozialdemokratische, der fromme Katholik lehrt die Lutherischen mit dem Stock in der Hand, was gute Sitten sind, und wer als Kumpel was auf sich hält, der will nicht nur die Bergwerksbesitzer ausrotten, sondern ihre Steiger gleich mit und am liebsten auch noch die Pfaffen und das Beamtentum. Nein, Köbes, so eine Gesinnung hab ich nicht. Ich hab eine Vernunft.

Die lässt mich manchmal denken wie ein polnischer Bergmannssohn und manchmal wie ein preußischer Kriminalbeamter. Die lässt mich manches richtig finden, was der Arbeiterdichter Zirbel schreibt, aber auch manches, was der Lehrer Lengeling sagt. Die lässt mich hin und wieder gerne so sein wie meine Schwester Therese, zum Beispiel wenn ich die Lise Kleinrogge beauftrage, mir ein Bad zu richten. Die lässt mich aber auch oft so sein, wie meine Schwester Katarina, die arbeitsam und genügsam ist und jeden Dünkel verabscheut. Und die lässt mich gelegentlich nachdenklich die Spitzen meines Schnurrbarts zwirbeln, weil ich eben nicht über die ausgetretenen Pfade einer Gesinnung laufe, sondern mir meinen Weg immer wieder suche.«

Jakob Lengeling prüfte mit einem Daumendruck die Luft im Vorderreifen seines Rades und sagte: »Auch die Vernunft braucht eine Gesinnung, als Fundament gewissermaßen. Sonst verliert sie sich im Zweifelhaften. Gegen einen Krieg zu sein, Johann, das ist doch grotesk.«

»Was ist denn mit Menschlichkeit oder mit Gerechtigkeit? Sind das keine ganz beachtlichen Fundamente für ein vernünftiges Denken und Handeln?«, fragte Zomrowski ungehalten. »Ein Krieg ist unmenschlich. Wir kennen ihn doch nur aus der Erinnerung alter Männer, die von Sedan erzählen, als wär's ein schöner Ausflug gewesen. Verhängnisvoll ist das.«

Johann Zomrowski saß auf seiner Gummipelerine im feuchten Grasstreifen, der ein weites Roggenfeld zwischen Biefang und Buschhausen umsäumte. Sein neues Fahrrad lag vor ihm am Wegrand. Jakob Lengeling pumpte zum wiederholten Mal mit kräftigen Stößen Luft in den Vorderreifen seiner alten Teutonia-Maschine.

Zierliche Roggenähren, die bis gestern kümmerlich auf ihren Halmen gehangen hatten, hoben sich der Sonne entgegen, vom Regen erquickt, der am Samstag und in der Nacht zum Sonntag gefallen war. Zwischen ihnen öffneten die ersten Kornblumen zaghaft ihre Knospen und tupften zartblaue Punkte ins frische Grün des jungen Roggens. Ein Krähenschwarm flatterte krächzend übers Feld hinweg, vom Rhein zogen graue Wolken heran, eine Windmühle reckte ihre unbespannten Flügel vergeblich in den Himmel.

»Bist du etwa auch fürs Frauenwahlrecht?«, fragte Lengeling.

Zomrowski lachte. »Wie kommst du jetzt darauf?«

»Ich hab gelesen, dass vorigen Monat in Berlin tausende Frauen dafür demonstriert haben. In dem Zeitungsbericht war auch die Rede von Menschlichkeit und Gerechtigkeit, glaube ich.«

»Ich weiß nicht«, sagte Zomrowski. »Sie würden doch sowieso ihre Männer fragen, was sie wählen sollen. Deshalb wär's mir egal.«

»Mir wär es zu heikel«, entgegnete Lengeling. »Wer weiß schon, wovon die Frauen sich beeinflussen lassen. Meine Grete, die liest jetzt nicht mal mehr das, was ich ihr gebe. Den neuen Roman von der Hedwig Courths-Mahler, den hab ich ihr schon vor Wochen mitgebracht. Sie hat noch nicht mal reingeguckt. Die Weibspersonen, die wären ihr immer zu duckmäuserisch bei der Courths-Mahler, sagt sie. Jetzt liest sie ›Das Weiberdorf‹, eine seltsame Geschichte über ein Eifeldörfchen, wo nur Frauen leben, weil ihre Männer im Ruhrgebiet arbeiten. Und die Frauen, die schaffen natürlich alles ohne die Männer. Das gefällt der Grete. Und vor ein paar Tagen hat sie ganz ernsthaft davon gesprochen, dass sie gerne ein Fahrrad hätte.«

Johann Zomrowski lachte erheitert.

»Ich find es unerhört«, sagte Lengeling ärgerlich. »Wo sie gerade erst ihre Waschmaschine hat. Und ich weiß gar nicht, wie sie sich das vorstellt. Ich soll's ihr dann vermutlich auch noch beibringen, das Radfahren. Und am Ende will sie die Mädchen sonntags bei den Großeltern lassen und mit uns beiden rausfahren. Unglaublich, auf welche Ideen die Frauen heutzutage kommen.«

»Der junge Hellweg, der bringt ihr das Radfahren schon bei«, sagte Zomrowski, immer noch lachend. »Der glaubt fest dran, dass er demnächst unzählige Damenfahrräder verkaufen wird. Und die Frauen können dann jede Menge Geld sparen, sagt er, weil sie zum Einkaufen dahin fahren, wo's die Waren am günstigsten gibt, zum Konsum oder zum Markt.«

»Das ist natürlich ein interessanter Gedanke«, befand Lengeling und prüfte noch einmal mit dem Daumen den Luftdruck seines Reifens. »Von mir aus können wir weiter.«

»Du meinst, das wird jetzt halten?«

»Der Hellweg hat mir das Zeug empfohlen«, antwortete Lengeling und hob die Tube auf, die neben seinem Rad im Gras lag. »Gummizement zum Auskitten von Defekten an Laufmänteln und Gummireifen. Soll absolut zuverlässig jedes weitere Entweichen der Luft verhindern.«

»Na gut«, sagte Zomrowski. »Aber bis nach Alstaden und dann noch an der Ruhr entlang möchte ich jetzt nicht mehr. Eine halbe Stunde hat uns deine Panne gekostet. Mindestens. Und zum Mittag muss ich bei den Kückelmanns sein. Das weißt du.«

»Weil heute der Geburtstag von der Marie ist, und ihr euch bisher noch in jedem Jahr am neunten Juni bei den Kückelmanns getroffen habt. Ja, ja, ich weiß.«

»Außerdem ziehen Wolken auf. Und der Gegenwind wird immer heftiger«, stellte Zomrowski fest. »Der Müller da drüben, der Baumeister, der müsste nicht mal die Dampfmaschine in seiner Mühle anwerfen. Mit kostenloser Windkraft könnte der heute mahlen, wenn nicht gerade Sonntag wär.«

»Wer bei der Ausfahrt Gegenwind hat, der hat bei der Heimfahrt Rückenwind«, sagte Lengeling.

»Wenn der Wind sich nicht dreht«, entgegnete Zomrowski, stieg auf sein Rad und trat in die Pedale.

Erst ein paar Minuten waren sie gefahren, als Lengeling am Gasthaus Zahn, unmittelbar vor der Grenze zur Stadtgemeinde Hamborn, stoppte.

»Ist der Reifen schon wieder platt?«, fragte Zomrowski besorgt.

Lengeling schüttelte den Kopf. »Ich wollte vorschlagen, dass wir einen Abstecher rüber nach Neumühl machen, uns den neuen Förderturm angucken.«

»Quatsch«, sagte Zomrowski. »Fördergerüste haben wir doch wohl genug in Sterkrade.«

»Die setzen über Schacht vier eben kein Gerüst, sondern mauern da einen Turm in die Höhe. Hab ich in der Zeitung gelesen.«

»Lieber Jakob. Ich bin heute schon an Hugo und Zeche Sterkrade vorbeigefahren. An Concordia werde ich gleich vorbeikommen, und Zeche Oberhausen und Osterfeld werd ich aus einiger Entfernung auch sehen. Und jetzt soll ich noch einen Umweg machen, damit ich Zeche Neumühl bewundern kann. Das ist mir zu dumm. Wirklich.«

»Muss ja nicht sein«, knurrte Lengeling und bog nach links in die Verbindungsstraße ein.

Ein paar hundert Meter weiter blieb Zomrowski stehen und betrachtete kopfschüttelnd die Kloake, die sie gerade überquert hatten. »Unglaublich, was aus der schönen Emscher geworden ist«, sagte er kopfschüttelnd. »Ein Abwasserkanal, nichts weiter. Sie hätten dem Ding wenigstens einen anderen Namen geben sollen. Das hat die Emscher nicht verdient. So ein schöner Fluss war das, mit endlosen Windungen und herrlich weiten Auen.«

»Ein Seuchenherd war's seit Jahrzehnten. Als wir noch Kinder waren, hieß er für uns doch schon Köttelbach. Und andauernd gab's Überschwemmungen, zuletzt vor zweieinhalb Jahren. Und was die Emscher dann in deinen herrlich weiten Auen zurückgelassen hat, das war pures Gift. Immer wieder gab's Typhus und Cholera, und das Vieh verendete auf den Weiden. Nein, Johann, deine schöne Emscher, die ist schon vor einem halben Jahrhundert ruiniert worden. Der Fluss war nicht mehr zu retten. Ihn in dieses Betonbett zu legen und ihn mit einem guten Gefälle bis zum Rhein zu leiten, mit sicheren Deichen und modernen Kläranlagen, das war vernünftig.«

»Hässlich ist er, dieser Schmutzwasserkanal, und er stinkt erbärmlich«, sagte Zomrowski.

Nach ein paar kräftigen Tritten in die Pedale rief Lengeling: »Der neue Buschhausener Bahnhof! Soll noch in diesem Jahr eingeweiht werden.«

»Immerhin schöner als unser Schuppen in Sterkrade!«, rief Zomrowski zurück. »Aber den Bonner Bahnhof, den solltest du mal sehen. Eine Pracht ist das.«

Kurz nachdem sie in die Lindnerstraße eingebogen waren, deutete Lengeling nach links: »Die Lindnerschule. Hervorragender Mann, der Rektor Teupe. Hat hier alles im Griff.«

Ein paar Radumdrehungen weiter hielt er vor der Kirche Sankt Josef an. »Gutes Beispiel für gelungene Neugotik«, sagte er. »Und da gehen wir zwei jetzt rein. Die Buschhausener haben nämlich einen großartigen Flügelaltar, auch neugotisch. Schon seit über einem Jahr, und ich hab ihn noch nicht gesehen.«

Zwei Knaben rannten an ihnen vorbei auf die Kirchentür zu. »So ein Mist. Wir kommen zu spät«, schnaubte einer von ihnen.

»Hört mal, Jungs!«, rief Zomrowski. »Was wollt ihr denn um diese Zeit in der Kirche?«

»Christenlehre!«, riefen beide und verschwanden hinterm Kirchenportal.

»Na, dann eben ein andermal«, sagte Lengeling.

Sie fuhren über die Lindnerstraße in Richtung Grafenbusch. In Höhe der Schnapsbrennerei Schulte-Ostrop türmten sich zu ihrer Rechten die Erdhügel des Kanalbaus. Sie lehnten ihre Fahrräder gegen einen Strauch und kletterten gemeinsam auf einen Hügel.

»Beeindruckend«, sagte Zomrowski, als sie vor sich das tiefe Bett des künftigen Rhein-Herne-Kanals sahen.

»Wahnsinn«, sagte Lengeling und setzte sich auf einen zerborstenen Holzstamm. »Vom Rhein bis Herne achtunddreißig Kilometer, bis zum Dortmund-Ems-Kanal fünfundvierzig. Sieben Schleusen. Hier in Lirich eine, und die nächste schon in Dellwig.«

»Jetzt hör mal auf, Hauptlehrer Lengeling! Lass uns einfach das Wunderwerk bestaunen«, sagte Zomrowski.

Jenseits des Kanalbettes ragten die Fördertürme der Schächte vier und fünf von Zeche Concordia und die Schlote der Kokerei in den Himmel.

»Die Wolken ziehen weiter. Es scheint trocken zu bleiben heute«, sagte Zomrowski.

»Für Concordia wird ein eigener Hafen gebaut. In zwei Jahren soll das Ganze fertig sein. Ich bin gespannt, ob der Kaiser zur Einweihung des Kanals kommt. Stell dir das mal vor, Johann. Dann sitzen wir vielleicht wieder hier, und da unten durch die Grube, da fährt Kaiser Wilhelm auf einem Schiff und winkt uns zu.«

Zomrowski dachte an die Wanderarbeiter, die zu Tausenden beim Kanalbau im Einsatz waren, an Holländer, Italiener, Polen, die fern der Heimat schufteten, in Barackenlagern entlang des künftigen Kanalbetts untergebracht waren und hin und wieder in den angrenzenden Orten ihr Mütchen kühlen mussten. Dass es während der Sterkrader Kirmes, abgesehen von der Auseinandersetzung am Rande der Prozession, keinen Zwischenfall gegeben hatte, an dem ein Kanalbauarbeiter beteiligt war, betrachtete er als Glücksfall.

Er setzte sich neben Lengeling auf den Baumstamm und packte seine Trinkflasche aus dem Rucksack.

»Weißt du eigentlich, dass der Lehrer Terhufen im Krankenhaus ist?«, fragte Lengeling.

»Nein, weiß ich nicht«, sagte Zomrowski und trank einen Schluck Wasser.

»Zwei Brüche. Nase und linker Arm. Ein blaues Auge und Prellungen am ganzen Körper. Ich hab ihm gestern einen Höflichkeitsbesuch abgestattet, im Josefs-Hospital. Er sagt, dass er am Freitagabend betrunken von der Kirmes nach Hause gegangen und mehrmals hingefallen ist. Beim letzten Mal ist er nicht mehr allein auf die Beine gekommen. Ein paar Leute haben ihn gefunden und ihm aufgeholfen, und weil's in der Nähe vom Krankenhaus war, haben sie ihn gleich dahin geschleppt.«

»Nase und Arm gebrochen? Ein Auge blau und überall Prellungen? Kann man denn so besoffen sein?«, fragte Zomrowski.

»Ich glaub es nicht«, antwortete Lengeling. »Für mich sah das so aus, als wäre der Kerl ganz fürchterlich verprügelt worden.«

»Ach«, sagte Zomrowski. »Und warum leugnet er das? Warum erstattet er keine Anzeige?«

»Das frag ich mich auch.«

»Es könnten Angehörige von einem Schüler gewesen sein, den er mal mit der Rute verdroschen hat«, überlegte Zomrowski. »Und wenn er's angezeigt hätte, dann käme sein Umgang mit den Schülern auch öffentlich zur Sprache. Das will er vielleicht vermeiden.«

»Gut möglich. Schulamtsvorsteher Rüter hat ohnehin eine Wut auf ihn, weil schon wieder eine Beschwerde von einem Vater wegen seiner Prügelei eingegangen ist.«

Zomrowski nickte.

»Es gibt aber noch eine andere Geschichte, um die es gehen könnte«, fügte Lengeling hinzu. »Du erinnerst dich an die Sonnenfinsternis vor zwei Monaten?«

»Natürlich. Am 17. April war das. Es war ja gegen Mittag fast stockdunkel. Und überall standen die Menschen auf den Straßen und haben gestaunt.«

»Gotthold Terhufen ist mit seinen Schülern hinausgegangen in die Felder. Er hatte einige Glasplatten präpariert, sie mit Ruß eingeschwärzt. Die Kinder haben abwechselnd durchgeguckt und zugesehen, wie der Mond sich allmählich vor die Sonne schob. Das ist einigen Schülern nicht gut bekommen, sie haben Augenschäden davongetragen.«

»Da waren sie wohl nicht die Einzigen«, erinnerte Zomrowski sich. »Ich hab irgendwo gelesen, dass sich über dreitausend Menschen in ärztliche Behandlung begeben mussten, nachdem sie die Finsternis beobachtet hatten.«

Lengeling nickte. »Bei vielen erholt die Netzhaut des Auges sich wieder, zumindest teilweise, bei einigen aber auch nicht. Eine elfjährige Schülerin von Terhufen, Tochter eines Weichenstellers bei der Staatsbahn, wird voraussichtlich mit einer hochgradigen Sehbehinderung leben müssen, weil sie ihrem Lehrer vertraut hat und die verrußte Scheibe für sicher hielt. Ich hab selbst gehört, wie ihr Vater den Terhufen angebrüllt hat, dass er ihn am liebsten umbringen würde.«

»Tragisch so etwas«, sagte Zomrowski, reichte Lengeling seine Trinkflasche und fügte nach einer Weile hinzu: »Vielleicht waren es ja auch der alte Hellweg und sein Sohn, weil der Terhufen die Edwina sitzengelassen hat.«

Lengeling trank einen Schluck Wasser und schraubte bedächtig den Verschluss auf die Flasche. »Kann ich mir nicht vorstellen«, sagte er dann. »Es weiß ja auch niemand, was da eigentlich los war und wer die Verlobung gelöst hat.«

Er gab Zomrowski die Flasche zurück und fragte: »Fahren wir noch nach Dellwig rüber?«

»Was willst du denn da?«

»Da sind bei den Ausschachtungsarbeiten im Kanalbett Reste vorsintflutlicher Tiere gefunden worden, unter anderem Knochen von einem Mammut. Die sind in einem Gasthaus ausgestellt.«

Zomrowski schüttelte den Kopf. »Das ist mir jetzt zu weit«, sagte er.

»Können wir denn noch einen kleinen Abstecher zum Schloss Oberhausen und in den Kaisergarten machen?«, fragte Lengeling.

»Hier kommen wir nicht über den Kanal«, stellte Zomrowski fest. »Wir müssen auf dieser Seite bis zur Provinzialstraße. Und da sollten wir lieber gleich in Richtung Sterkrade weiterfahren. Sonst komm ich zu spät zu den Kückelmanns.«

»Dann lass uns aber wenigstens noch die neue Kanalbrücke angucken. Soll ein imposantes Bauwerk werden, hab ich gehört.«

***

»Wir hatten schon Sorge, das Wetter würde nicht mitspielen. Aber jetzt strahlt der Himmel ja wieder. Und das Land hat den Regen dringend gebraucht«, sagte Theodor Kückelmann zufrieden.

»Eine gute Idee war das, den Tisch rauszustellen und im Garten zu essen«, entgegnete Johann Zomrowski und zwirbelte behaglich die Spitzen seines Schnurrbartes. »Schöner Platz, hier hinterm Haus. Windgeschützt, nah beim Küchenfenster und völlig ungestört. Wieso haben wir das eigentlich nicht schon öfter gemacht in den vergangenen Jahren?«

Kückelmann versuchte, sich zu erinnern. »Erst sind wir nicht drauf gekommen, glaub ich. Und dann war das Wetter wohl nicht immer gut genug.«

»Das Wetter, ja das wird's gewesen sein. Ich hab's jedenfalls so in Erinnerung, als hätt es gerade am Geburtstag von der Marie oft geregnet und gewittert.«

»Vierunddreißig würde sie heute«, sagte Theodor Kückelmann, der am Kopf des Tisches saß. »Es ist schön, dass wir das beibehalten haben all die Jahre, uns an ihrem Geburtstag zu treffen. Und dass es ein Sonntag ist dieses Mal, das trifft sich gut.«

Kückelmann lehnte sich auf seinem Stuhl zurück, schob die Daumen hinter die Hosenträger und ließ die Augen durch den Garten wandern. Er sah das Kappesfeld und die langen Kartoffelreihen, ließ seinen Blick an Stangenbohnen, Buschbohnen und dicken Bohnen entlanggleiten und über das beinahe abgeerntete Meldefeld hinweg. Hinter Porreestangen, Zwiebellauch und Salatköpfen sah er Beete mit Schwarzwurzeln, Möhren, Rettich, Spinat und Endivien. Er schaute hinunter bis zu den Beerensträuchern und Obstbäumen, die den schmalen Fußpfad säumten, der sein Grundstück von der Uferböschung des Reinersbachs trennte.

»Deine Marie und mein Dorchen, oft denk ich, dass sie da oben manches gute Wort für uns einlegen. Es tut zwar immer noch weh, hin und wieder, dass sie nicht mehr bei uns sind, aber es geht uns besser als vielen anderen. Wir haben keinen Grund zu klagen. Und ich glaub fest dran, dass sie ihre Hände über uns halten, die Marie und die Theodora.«

Johann Zomrowski saß am anderen Ende des Tisches, seinem Schwiegervater gegenüber, und zwirbelte seinen Schnurrbart.

»Das Haus ist abbezahlt. Den Kindern geht es gut. Die ältesten sind ordentlich verheiratet, der Willi kann nach der Militärzeit zurück zur Ludwigshütte, und die Marta ist bei den Grotedicks in einem vornehmen Haushalt. An anständigen Freiern wird es ihr gewiss nicht fehlen. Unser Jüngster, der Arnold, der ist tüchtig und kommt gut mit in der Postwegschule. Auf seinen Lehrer, deinen Freund Lengeling, hält er große Stücke. Nur um die Bernhardine, um die sorg ich mich. Was aus der wird, wenn ich mal nicht mehr bin, frag ich mich oft. So ein passables Weibsbild ist sie, und Verehrer hat's genug gegeben. Aber sie hat keinen gewollt.«

»Sei doch froh, dass sie euch den Haushalt führt. Und wenn du mal nicht mehr bist, dann hat sie das Haus. Aber bis dahin wird's noch Jahrzehnte dauern, Theodor.«

Kückelmann schüttelte ernst den Kopf. »Ich bin achtundfünfzig, Johann. In dem Alter muss man damit rechnen, dass es jederzeit zu Ende gehen kann.«

»Was redest du denn da? Dass die Menschen siebzig oder sogar achtzig werden, ist heute keine Seltenheit mehr.«

Theodor Kückelmann seufzte und trank einen Schluck Bier aus dem Krug, der vor ihm auf dem Tisch stand. »Wir werden sehen«, sagte er. »Aber um die Bernhardine sorg ich mich so oder so. Und dass sie alle Verehrer ablehnt, nur weil sie an einen ihr Herz verloren hat, der sie nicht will, das ist ein Jammer.«

Johann Zomrowski hatte gehofft, dass sein Schwiegervater das leidige Thema nicht ansprechen würde. Er hatte sie ja gern, die Bernhardine, aber er mochte Maries kleine Schwester so, als wäre es seine eigene, und Bernhardine hatte sich ihm gegenüber nie anders verhalten als eine jüngere Schwester. Sanft war sie und brav, eine tüchtige Haushälterin und eine gute Köchin, aber dass sie jemals voller Lust und Begierde sein könnte, dass sie ihn jemals so ansehen könnte, wie Paula ihn angesehen hatte, dass sie jemals ihr Haar lösen und lustvoll ihren Kopf hin und her werfen könnte, so wie die Lise es in seinen Armen tat, das konnte er sich nicht vorstellen.

»Weiß der Arnold denn schon, was er tun will, nächstes Frühjahr, wenn er aus der Schule ist?«, fragte er.

Kückelmann ließ sich mit der Antwort Zeit. Erst nachdem er einige Male den Kopf geschüttelt hatte, sagte er: »Former werden will er, auf der Gutehoffnungshütte, und ich glaube, er hat das Zeug dazu. Er hat unserem Willi öfter seinen Henkelmann zur Ludwigshütte gebracht, und da hat er schon mal was mitgekriegt von der Formerei. Er denkt, dass sie ihm Spaß machen würde. Dreher werden wie sein Vater will er jedenfalls nicht, wegen der Wechselschichten. Ich kann's ihm nicht verdenken. Da haben die Former es besser. In der Gießerei gibt's nur die Frühschicht.«

»Und der Willi? Hört ihr hin und wieder etwas von ihm?«

»Er schreibt dann und wann. Noch ein gutes halbes Jahr, dann hat er seine Militärzeit hinter sich. In der Ludwigshütte sind sie froh, wenn er zurückkommt. Er ist ein guter Former.«

Bernhardine, Arnold und Michael kamen aus dem Haus. Bernhardine trug eine Schüssel. Die Jungen hatten Dessertteller und Löffel in den Händen.

»Was gibt's denn jetzt noch?«, fragte Zomrowski überrascht.

»Ein wenig Pflaumenkompott«, antwortete Bernhardine fröhlich.

»Ich weiß nicht, ob ich dafür noch Platz habe«, sagte Zomrowski lachend. »Deine Schnibbelbohnen und der Nackenbraten waren so köstlich, dass ich mich daran schon reichlich satt gegessen hab. Und woher habt ihr überhaupt Pflaumen um diese Jahreszeit?«

»Eingekocht«, sagte Bernhardine stolz. »Hab's im Jungfrauenverein gelernt. Da hatten wir einen Haushaltskursus. Und voriges Jahr haben wir einen Einkochkessel angeschafft. Es lohnt sich wirklich. Jetzt haben die Kückelmanns das ganze Jahr hindurch Obst und Gemüse.«

»Pflaumenkompott im Juni. Was es nicht alles gibt heutzutage. Da wird man ja am Ende noch dick und fett.«

»Als würdest du jemals dick«, sagte Bernhardine und sah Zomrowski abschätzend an. »Dein Radfahrerhemd, das steht dir übrigens wirklich gut. Fesch ist das.«

Das Pflaumenkompott schmeckte köstlich. Als Michael und Arnold sich die letzten Pflaumen geteilt und den Saft aus ihren Tellern geschlürft hatten, leckte Michael sich die Lippen.

»So etwas Gutes bekommst du bei den Ingenbolds bestimmt nicht«, sagte Theodor Kückelmann.

Michael zuckte mit den Schultern. »Was die Tante Katarina kocht, das schmeckt mir auch immer gut.«

»Bei uns hättest du es besser als in der Kolonie«, entgegnete Kückelmann seinem Enkel.

»Sie haben ihm sein Bett jetzt in die Stube gestellt, damit er ungestört lesen und für die Schule lernen kann«, sagte Zomrowski. »Der Kleine, der schläft noch im Zimmer bei der Katarina und beim Ludwig. Und die anderen vier, die teilen sich die zweite Schlafkammer oben.«

»Wenn sie ihn behandeln, als wär er ein Prinz, nur weil sein Vater ein üppiges Kostgeld für ihn bezahlt, dann ist das auch nicht gut für den Jungen. Da muss er ja denken, er wär was Besseres als seine Vettern und Basen, wenn die sich zu viert eine Kammer teilen müssen, damit er ungestört sein kann«, nörgelte Kückelmann. »Hier hätte er ein Zimmer mit dem Arnold zusammen, und seine Ruhe zum Lernen hätte er gewiss. Der Bernhardine wär es eine Freude, uns drei Männer zu versorgen. Und wenn die Ingenbolds das Kostgeld brauchen, das du ihnen für den Jungen gibst, dann sollen sie es in Gottes Namen auch weiter bekommen. Uns brauchst du nichts zu zahlen. Wir hätten den Michael gern bei uns, weil er der Sohn von unserer Marie ist und weil er zu uns gehört.«

Johann Zomrowski sah seinen Sohn an. Dem schien es durchaus zu gefallen, wie sein Großvater ihn umwarb.

»Das muss der Michael selbst wissen. Der Junge ist bei den Ingenbolds aufgewachsen. Ich werd ihn nicht aus der Kolonie rausholen, wenn er's nicht will.«

»Komm doch zu uns!«, sagte Arnold.

»Ich bin doch oft hier«, entgegnete Michael. »Fast jedes Wochenende und auch zwischendurch. So weit ist es ja nicht vom Dunkelschlag bis zur Reinersstraße.«

»Darum geht's nicht. Hier würdest du anders erzogen«, polterte Kückelmann.

Michael schwieg.

»Ihr macht den Jungen ganz konfus«, sagte Bernhardine kopfschüttelnd. »Ihm sind doch alle ans Herz gewachsen. Und jetzt soll er entscheiden, ob er lieber mit dem Arnold zusammen ist als mit den Jungen in der Kolonie, ob er den Großvater mehr schätzt als den Onkel, und ob er die Tante Bernhardine lieber mag als die Tante Katarina. Das kann man einem Kind nicht zumuten. Ich versteh's schon, wenn er sich wünscht, dass alles so bleibt, wie es ist.«

Theodor Kückelmann stopfte seine Pfeife. »Jetzt geht mal spielen, ihr beiden!«, sagte er zu den Jungen.

»Komm, wir gehen Stelzen laufen«, schlug Arnold vor.

»Der Großvater hat für den Arnold und für mich Stelzen gebaut«, erklärte Michael seinem Vater. Dann senkte er den Kopf, sah verlegen vor sich hin und fügte leise hinzu: »Weil ich gerne hier bin, aber aus der Kolonie nicht weg will, deshalb ist es so schwierig.«

Als die Jungen mit den Stelzen unterm Arm zur Straße liefen, Theodor Kückelmann seinen Bierkrug leerte und Bernhardine mit dem Abräumen begann, sagte Johann Zomrowski zu ihr: »Es war sehr lecker. Du bist eine wunderbare Köchin.«

»Das weiß ich«, erwiderte Bernhardine und lächelte traurig.

»Alles steht gut. Den Regen hat uns der Himmel geschickt«, sagte Kückelmann, als er kurz darauf mit seinem Schwiegersohn durch den Garten schlenderte.

Zomrowski betrachtete nachdenklich die wenigen Stockrosen vorm Zaun, den schmalen Streifen mit Tausendschön und Storchenschnabel und das blaue Primelkissen am Boden. Hier blühte nichts so prächtig wie Molsbecks Rosen, hier duftete nichts betörend. Im großen Garten der Kückelmanns war das nutzlose Schöne eine bedeutungslose Randerscheinung.

Als die beiden Männer sich auf die alte Holzbank am Ende des Gartens gesetzt und eine Weile in das ruhelose Wasser des Reinersbachs geschaut hatten, zündete Theodor Kückelmann seine Pfeife an.

»Der Jakob Lengeling und ich, wir haben heute Morgen mit den Fahrrädern die Emscher überquert«, erzählte Zomrowski. »Das ist kein Fluss mehr, das ist eine stinkende Kloake.«

»Danke, dass du vor den Kindern nicht über die Sache bei der Fronleichnamsprozession gesprochen hast. Das wär mir unangenehm gewesen«, sagte Kückelmann.

»Ich wüsste nicht, was es darüber noch zu reden gibt.«

Kückelmann nickte. »Dass es eine Dummheit war und eine Unbeherrschtheit, das hab ich seit Donnerstag oft genug gehört, auch von meiner Tochter Bernhardine.«

»Recht hat sie.«

»Ich würd es noch einmal tun«, sagte Kückelmann trotzig. »Dass jemand unseren Herrgott beleidigt, das werd ich nicht zulassen.«

»Du hättest den Mann auffordern können, seinen Hut vom Kopf zu nehmen.«

»Für so einen Kerl hab ich nur Verachtung übrig. Mit so einem rede ich nicht«, sagte Kückelmann stur.

Zomrowski schüttelte den Kopf und starrte lange Zeit schweigend ins Wasser. Als er wieder das Wort ergriff, sprach er leiser als zuvor, beinahe so, als läge ihm nichts daran, das Murmeln des Reinersbachs zu übertönen und von seinem Schwiegervater gehört zu werden.

»Die Bergmänner sind sich selbst zu Feinden geworden, die vom Alten Verband und die Christlichen bekämpfen einander erbittert, Streikbrecher werden von ihren Kumpels zusammengeschlagen, und die Polen werden von allen anderen herablassend behandelt. Die Hüttenarbeiter misstrauen dem ganzen Volk in den Zechensiedlungen, sie wittern in der Dunkelschlagkolonie Umsturz und Sittenverfall. Die feinen Bürgersleute aus der Bahnhofstraße, die wollen mit all denen nichts zu tun haben, die nach Schmutz und Arbeit riechen. Meine Schwester Therese, die setzt keinen Fuß über die Türschwelle meiner Schwester Katarina. Die Evangelischen verspotten die Katholischen, und mein Schwiegervater haut mit dem Stock nach einem Lutherischen.«

Theodor Kückelmann verschränkte seine Arme vor der Brust und schwieg.

»Beide Kirchen verfluchen die Sozialdemokraten«, fuhr Zomrowski fort, »und die beschimpfen die Industriellen als Ausbeuter und die kirchlichen Würdenträger als ihre Handlanger. Lehrer dreschen blindwütig auf ihre Schüler ein und werden selbst verprügelt. Die Kirmesleute, die zu Fronleichnam in die Stadt kommen, werden von allen Sterkradern verachtet, weil sie fahrendes Volk sind, Abschaum ohne Anstand und Moral. Wenn schließlich zwei Männer getötet werden und ich nach Motiven für die abscheuliche Tat suchen muss, dann finde ich so viel Misstrauen, Hass und

Verachtung, dass ich mich entsetzt frage, ob in dieser Gesellschaft nicht beinahe jeder zum Mörder werden könnte.«

Lange war außer dem Rauschen des Wassers nichts zu hören. Stumm saßen Johann Zomrowski und sein Schwiegervater auf der verwitterten Holzbank unter der stechenden Junisonne. Irgendwann schlug Kückelmann seine Pfeife gegen das Holz. Zu Asche verbrannter Tabak rieselte ins Gras, als er sagte: »Du siehst das zu schwarz, Johann. Das macht dein Beruf. Die meisten Menschen in Sterkrade sind gute Menschen. Wenn einer mal abfällig über den anderen redet, weil er ihn nicht versteht, dann hasst er ihn deshalb doch nicht gleich. Und wenn einem Mann mal die Hutschnur platzt, dann bringt er noch lange niemanden um.«

Wieder war es eine Weile still auf der Bank am Reinersbach. Dann fragte Kückelmann: »Gibt es immer noch keine Spur vom Mörder?«

»Noch keine heiße«, antwortete Zomrowski.

»Diesen Juskowiak aus der Kolonie, den hab ich nicht gekannt«, sagte Kückelmann. »Den Liliputaner von der Schaubude, den hab ich mal auf der Bühne gesehen. Im vorigen Jahr war das.«

Zomrowski lachte auf. »Du warst in der Schaubude Marsilius? Ich dachte, so ein sittenloses Spektakel würdest du dir nie anschauen.«

»Nicht so laut! Die Kinder brauchen das nicht zu wissen.« Obwohl weder vor ihnen am Bach noch hinter ihnen im Garten jemand zu sehen war, fuhr Kückelmann verschwörerisch leise fort: »Du hast ja recht. Ich wollte auch nie hinein in so eine Schaubude. Es gehört sich nicht für einen Christenmenschen. Aber voriges Jahr, da hab ich mit dem Bernhard Lehmkuhl, dem Schuster von nebenan, einen Frühschoppen gemacht, und da hat er gemeint, wenn man es verdammen wollte, das Treiben auf den Kirmesbühnen, dann müsste man es wenigstens ein Mal gesehen haben. Ich hab's ihm erst abgestritten, dann haben wir lang drüber diskutiert, und zuletzt bin ich mit ihm hineingegangen in die Schaubude Marsilius. Sündhaft war's, wie ich es mir gedacht hatte. Die dicke Emmy und die schwebende Inderin waren schamlos, und der Wolfsmensch, der war widerlich.«

»Und Friedrich Kessler? Der Kleinwüchsige?«

»Das war etwas anderes. Einen Jongleur gab es, einen weißhaarigen, der war ein richtiger Künstler. Und wie der Liliputaner sich verwandeln konnte, das hat mich auch beeindruckt. Als wär es wirklich Zauberei. Wir haben uns lange den Kopf drüber zerbrochen, wie er es gemacht haben könnte, der Schuster Lehmkuhl und ich, aber wir sind nicht drauf gekommen. Er ist durch eine Tür gegangen, als Bettler rein und als Fürst wieder raus. Unglaublich.«

»Jetzt mal ganz langsam und immer schön der Reihe nach. Das möchte ich gerne genau wissen«, forderte Zomrowski seinen Schwiegervater auf. »Also, auf der Bühne stand ein Türrahmen mit einer Tür, wenn ich's richtig verstanden habe.«

Kückelmann nickte.

»Stand das Türgestell längs auf der Bühne, so dass die Zuschauer auf den geschlossenen Türflügel schauten? Oder stand es quer?«

»Quer«, antwortete Kückelmann. »Das Publikum sah von der Seite auf den Türrahmen.«

Zomrowski versuchte, sich die Situation auf der Bühne vorzustellen. »Es gibt immer zwei Möglichkeiten, durch eine Tür zu gehen«, sagte er. »Entweder man stößt sie auf und geht zuerst durch den Rahmen und danach am Türflügel vorbei, oder man zieht sie auf.«

»Der Liliputaner hat sie aufgezogen, und zwar so, dass er kurz hinter dem offen stehenden Türflügel verschwand, bevor er durch den Rahmen ging und dahinter wieder zum Vorschein kam«, berichtete Kückelmann.

»Aber erklärt das denn nicht alles?«, fragte Zomrowski. »Wahrscheinlich hat er sich hinter dem Türflügel blitzschnell umgekleidet.«

»Unmöglich«, sagte Kückelmann. »Er hat die Tür aufgezogen, sich einige Male vorm Publikum verbeugt, dann ist er auf das Türgestell zugegangen, hinter dem Türflügel verschwunden und drei Sekunden später auf der anderen Seite des Türrahmens wieder aufgetaucht. In einem völlig neuen Kostüm.«

»Nach drei Sekunden?«, fragte Zomrowski zweifelnd.

»Glaub's mir, Johann. Es war so, als wäre er auf seinen kurzen Beinen einfach gemächlich immer weitergegangen. Er war höchstens für zwei oder drei Sekunden hinter dem Türflügel verschwunden.«

»Und dann, wie ging die Vorstellung weiter?«

»Das Publikum hat gejohlt. Der Zwerg hat sich verbeugt. Dann hat er die Tür geschlossen und noch irgendwas auf der Bühne gemacht, was zu seinem Kostüm passte, ist herumstolziert wie ein Fürst zum Beispiel. Und danach wiederholte sich das ganze Spiel, bis aus dem Fürst ein Schuhmacher geworden war oder sonst irgendwer. Ich weiß es nicht mehr so genau.«

»Hat er auch irgendwas erzählt während seiner Vorführung, der Friedrich Kessler?«

»Ja, ich glaube, er hat mal was gesagt zwischendurch. Aber meistens hat der Impresario gesprochen, ein Mann mit grauem Bart und Zylinderhut. Viel Unsinn hat der geredet, dass in jedem Bettler auch ein Edelmann steckt zum Beispiel, lauter so törichtes Zeug.«

***

Johann Zomrowski hatte sein Fahrrad den Postweg hinunterrollen lassen. Er hatte die Holtenstraße überquert und fuhr durch die Friedhofstraße aufs Hagelkreuz zu, als er den Menschenauflauf am Friedhofszaun sah.

Sonntagsspaziergänger, Männer mit kreisrunden Strohhüten und Frauen in weißen Voileblusen drängten sich vorm Zaun, Kinder in Matrosenanzügen und Sommerkleidchen hielten sich an den Händen ihrer Mütter fest oder rannten aufgeregt umher.

Zomrowski stieg verdutzt von seinem Fahrrad ab und versuchte vergeblich, einen Grund für die Menschenansammlung zu entdecken. Noch bevor er jemanden fragen konnte, kam Polizeisergeant Fürchtegott Bauland sichtlich erregt durch das Friedhofstor gestürmt und eilte, eine Hand am Kinnriemen seiner Pickelhaube, die andere am baumelnden Säbel, in Richtung Marktstraße. Zomrowski schwang sich auf sein Rad, und schon nach wenigen Tritten in die Pedale hatte er vorm Hagelkreuz den Polizeisergeanten eingeholt.

»Nun warten Sie doch mal, Bauland!«, rief er. »Wo rennen Sie denn hin? Was ist hier eigentlich los?«

Bauland blieb schnaufend stehen. »Unglaublich ist das, Herr Kriminalwachtmeister, einfach unglaublich!«

Zomrowski ließ ihm Zeit, sich auf die Bank am Hagelkreuz zu setzen, sich mit seinem Schnupftuch den Schweiß aus dem hochroten Gesicht zu wischen und sich ein wenig zu beruhigen.

»Dieser Marsilius und seine Truppe!«, stieß er schließlich hervor und schüttelte den Kopf. »Provokation ist das, Provokation. Und die wissen genau, was sie tun. Geplante Provokation, Herr Kriminalwachtmeister.«

Zomrowski lehnte sein Rad gegen die Rückenlehne der Bank und setzte sich neben Bauland.

»Gestern Morgen haben sie ihren Liliputaner hier begraben lassen, von unserem Herrn Pastor, in aller Herrgottsfrühe, weil es kein Schauspiel für die Leute werden sollte, das Begräbnis. Und jetzt kommen sie am schönen Sonntagnachmittag durch die Stadt gelaufen, heulend und klagend, dann singend und musizierend, dann wieder laut jammernd. Über die Bahnhofstraße und die Marktstraße, wo immer das meiste Volk unterwegs ist, sind sie zum Friedhof gezogen. Die Leute sind hinter ihnen hergelaufen. Ist doch klar. Wann ziehen schon solche Gestalten durch die Stadt und lassen sich kostenlos begaffen? Polizeisergeant Mömmeken und ich standen auf dem großen Markt neben der Clemenskirche, als die verrückte Prozession da vorbeikam. Ich hab den Direktor Marsilius sofort zur Rede gestellt. Man darf doch wohl am Sonntagnachmittag zum Friedhof gehen, zum Grab eines lieben Freundes, hat er gesagt. Nun ja, was sollten wir machen? Wir sind hinterhermarschiert. Den Mathias Mömmeken hab ich am Friedhofstor postiert, um die Schaulustigen zurückzuhalten. Und ich bin mitgegangen zum Grab von diesem Kessler, weil ich die Angelegenheit im Auge behalten wollte.«

»Gut gemacht, Bauland«, sagte Zomrowski beruhigend. »Ein durchaus angemessenes polizeiliches Vorgehen, würde ich sagen.«

Bauland tupfte sich den Schweiß von der Stirn. Das Volk am Friedhofszaun lachte vergnügt. Bauland sah sich nach der Menschenansammlung um und schüttelte verdrießlich den Kopf.

»Sie verhöhnen die Obrigkeit, Herr Zomrowski. Sie führen uns an der Nase herum. Und die Leute haben ihren Spaß daran. Mit Bällen jongliert hat einer, ein Weißhaariger mit roten Augen, vor dem frischen Grabhügel. Als ich die Bälle konfiszieren wollte, hat Marsilius mich angefaucht, es stehe nicht in der Friedhofsordnung, dass das Jonglieren zu Ehren eines toten Artisten verboten sei. Ich wollte die Bälle trotzdem einziehen. Da hat dieser Herr Direktor sich die Hände gerieben und gesagt, der Zeitungsschreiber würd's sicher aufmerksam notieren, wie die Sterkrader Polizei mit ein paar harmlosen, trauernden Artisten umspringe. Und da stand tatsächlich ein Redakteur vom General-Anzeiger mit einem Notizblock am Zaun. Weiß der Himmel, wo der herkam. Und dann haben sie ein Lied gesummt, die Melodie von ›Alleweil ein wenig lustig, alleweil ein wenig durstig‹. Das wäre Kesslers Lieblingslied gewesen, sagt Marsilius, und sie würden es summen, weil die Friedhofsordnung das Singen weltlicher Lieder ausdrücklich verbiete. Aber das Publikum am Zaun, das hat mitgesungen. Was sollten wir tun, Herr Zomrowski? Die Leute standen ja außerhalb des Friedhofs!

Mit solchen Verrücktheiten ging's noch eine Weile weiter. Ein Muskelmann hat vorm Grab ein paar Eisenstangen verbogen, ein Wolfsmensch hat ein herzzerreißendes Geheul angestimmt, und die Riesin und diese Inderin, die stolzieren durch die Grabreihen wie zwei Lohnhuren, die nach Freiern suchen. Und immer wenn sie an Kesslers Grabhügel vorbeikommen, dann machen sie einen Hofknicks wie vor einem König. Ich hab daneben gestanden wie ein Trottel, und das Publikum am Zaun hat sich köstlich amüsiert. Wenn ich diese verrückten Kirmesleute weiter gewähren lasse, dann steht demnächst in der Zeitung, dass man in Sterkrade den Behörden ungestraft auf der Nase rumtanzen kann, und wenn ich einschreite, dann heißt es nachher, dass ich kein Recht dazu hatte. Ich hol Polizeiinspektor Kerkhoff. Das soll der selbst regeln. Ich hab schon Ärger genug gehabt seit Fronleichnam.«

»Jetzt bleiben Sie mal ganz in Ruhe hier sitzen, Bauland! Entspannen Sie sich und geben Sie auf mein Fahrrad acht! Ich werde mit Marsilius reden.«

Bauland hatte das Szenario auf dem Friedhof treffend beschrieben. Die Mitglieder der Schaustellertruppe hatten den Gottesacker zu ihrer Bühne gemacht. Das Publikum hatte seinen Spaß an der kuriosen Versammlung vorm frisch aufgeschütteten Grabhügel von Friedrich Kessler.

Alle Artisten und ihr Impresario hatten sich in schwarze Kleider gehüllt. Wie eine Trauergesellschaft wirkte die groteske Versammlung dennoch nicht auf Zomrowski. Ihm kam es eher so vor, als hätten die Abnormitäten und Kuriositäten aus aller Welt lediglich ihre Kostüme passend zur bizarren Kulisse ihres absurden Auftritts gewählt.

Die Gesichter von Josefa Wolter und Petronella Krabbich waren verschleiert, der Wolfsmensch Franz Meyer und Nepomuk Marsilius trugen steife Zylinderhüte, und der Albino Bartholomäus Lange hatte seine empfindliche Haut mit einem breitkrempigen, schwarzen Hut vor der Sonne geschützt.

Der Impresario grinste Zomrowski angriffslustig entgegen, als er durch die Grabreihen auf ihn zuging, und schaute verdutzt, als der Kriminalwachtmeister ihn nicht wütend bestürmte, sondern ihm freundlich die Hand anbot.

»Also gut, Herr Direktor. Ihre Botschaft ist angekommen. Sie können die Sterkrader Polizei in Verlegenheit bringen. Was nun?«

»Lassen Sie uns weiterziehen! Wir sind mitten in der Kirmessaison. Wenn Sie uns noch lange hier festhalten, sind wir ruiniert.«

»Aber Marsilius, seien Sie doch vernünftig. Selbst wenn ich das wollte, könnte ich Sie nicht weglassen. Einer Ihrer Artisten ist ermordet worden. Solange ich nicht weiß, was Sie und die Mitglieder Ihrer Truppe damit zu tun haben, muss ich Sie hierbehalten.«

»Ihr Verdacht gegen uns ist aus der Luft gegriffen.«

»Dann zerstreuen Sie ihn, Marsilius! Seien Sie endlich kooperativ! Kommen Sie uns nicht ständig mit zurechtgelegten Antworten daher! Meine beiden Kriminalsergeanten und ich, wir sind überzeugt davon, dass Sie und Ihre Artisten uns nicht die Wahrheit sagen, dass Sie uns etwas verschweigen.«

»Unsinn!«, fauchte Marsilius.

Der Direktor und der Kriminalwachtmeister standen sich auf einem Weg zwischen zwei Grabreihen gegenüber. Ringsum, zwischen den Gräbern, hörten die schwarz gekleideten Artisten aufmerksam dem Gespräch zu. Auch das Publikum jenseits des Zauns schien angestrengt zu lauschen.

»Wir ermitteln intensiv, Herr Marsilius. Ich war gestern in Bonn und habe einiges über Kesslers Kindheit und Jugend erfahren. Es haben sich Verdachtsmomente ergeben, die Sie und Ihre Leute möglicherweise entlasten. Aber wir brauchen noch Zeit. Ich kann Ihnen jetzt nur zusagen, dass Sie weiterziehen können, sobald keinerlei Verdacht mehr gegen Sie besteht, und dass Sie bis dahin unbehelligt auf Ihrem Lagerplatz bleiben können. Aber wenn Sie nicht vernünftig sind, Marsilius, dann werden Sie da keine ruhige Minute mehr haben, und wir werden Gründe finden, Sie und Ihre Artisten vorübergehend in unsere Arrestzellen zu sperren. Verlassen Sie sich darauf!«

Unter den buschigen Brauen des Direktors blitzten seine Augen bedrohlich. Zomrowski spürte, dass Marsilius ihm jetzt gern an die Gurgel gegangen wäre, aber er hielt seinem zürnenden Blick stand.

»Ihr Kommissar, der hat mich abgekanzelt wie einen Herumtreiber. Als wären wir Kirmesleute Abschaum, so hat er mich behandelt«, stieß Marsilius voller Wut hervor.

»Das tut mir leid«, sagte Zomrowski.

Der Wolfsmensch schaute traurig über die Gräber hinweg, der stärkste Mann des Kaukasus senkte den Kopf, der Höhlenmensch aus Alaska zog seine Hutkrempe tiefer ins Gesicht, die Riesendame und die schwebende Inderin verbargen sich hinter ihren Schleiern. Marsilius im schwarzen Frack und Zomrowski im weißen Radfahrerhemd standen einander gegenüber wie die beiden Könige in einer Schachpartie, die von keiner Seite mehr zu gewinnen ist.

»Dann gehen wir jetzt«, sagte Marsilius schließlich.

Zomrowski nickte. »Aber nicht wieder über die Marktstraße und die Bahnhofstraße, sondern auf dem kürzesten Weg!«

Zusammen mit Polizeisergeant Mömmeken, der erleichtert seinen Posten am Friedhofstor aufgab, schlenderte Zomrowski zum Hagelkreuz hinüber und setzte sich zu Bauland auf die Bank. Die drei Polizeibeamten beobachteten, wie Marsilius und seine Leute die Marktstraße überquerten und sich über einen Feldweg entfernten, in respektvollem Abstand begleitet von einer Horde johlender Knaben.

Die Menschenansammlung am Friedhofszaun löste sich auf. Zomrowski wechselte noch ein paar Worte mit den beiden Sergeanten, verabschiedete sich von ihnen und bestieg sein Fahrrad. Da stand plötzlich Lise Kleinrogge neben ihm. Zomrowski erkannte sie erst auf den zweiten Blick. Ohne Schürze, mit der feinen Tüllbluse, dem blauen Rock und dem feschen Hütchen auf dem Kopf sah sie beinahe aus wie eine Dame.

»Lise, wo kommst du denn her?«, fragte er überrascht.

»Ich hab alles gesehen«, antwortete sie. »Der Schutzmann, der hat sich nur lächerlich gemacht. Aber als Sie dann kamen, da hatten die Leute von der Kirmes Respekt. Das hat man sofort gespürt.«

»So, hat man das?« Zomrowski gefiel Lises Bewunderung.

»Ich hab einen Spaziergang gemacht. Heute habe ich meinen freien Nachmittag. Und Sie, Sie sind den ganzen Tag Rad gefahren. Das sieht man«, plapperte Lise. »Ich geh jetzt nach Hause. Und wenn Sie wollen, dann richte ich Ihnen ein Bad.«

»An deinem freien Nachmittag?«, fragte Zomrowski verblüfft.

»Ja, ich würd es gern machen. Ich hab ja heute sonst nichts mehr vor. Auch nachher nicht«, sagte Lise und sah verlegen an Zomrowski vorbei. Ihr Blick traf die gebrochenen Augen des leidenden Herrn Jesus am Hagelkreuz. Sie errötete und schaute zu Boden, als fühle sie sich ertappt.

Johann Zomrowski lachte. »Du meinst, wir könnten ein Gläschen Wein zusammen trinken, wenn ich gebadet habe?«, fragte er.

»Wein? Ja, das wäre schön. Haben Sie denn Wein im Haus?«

Zomrowski nickte. »In meinem Kleiderschrank versteckt, für besondere Anlässe.«

ZEHN

»Ich hab noch mal die Geburtsdaten der beiden Opfer verglichen. Danach könnten sie durchaus Brüder gewesen sein«, sagte Kriminalsergeant Molsbeck. »Paul Juskowiak ist im Herbst 1885 in Rheinbach geboren worden, Friedrich Kessler im Frühjahr 1887, etwa eineinhalb Jahre später.«

Er betrachtete die Fotografien, die Zomrowski auf seinem Schreibpult in der Kriminalwache ausgebreitet hatte. »Gut sind die«, sagte er. »Hat der Schmitz wirklich hervorragend gemacht.«

Kriminalsergeant Pötter gesellte sich zu ihnen. »Scheint eine Bereicherung für die Kriminalabteilung zu sein, der junge Kollege«, sagte er mit einem Blick auf die Tatortfotos.

»Womit sind Sie eigentlich beschäftigt, Pötter?«, fragte Zomrowski.

Emil Pötter machte eine wegwerfende Handbewegung. »Nur Kleinkram. Eine Anzeige wegen Beleidigung und eine wegen Forstdiebstahl liegen auf meinem Tisch. Und auf der Bachstraße in Buschhausen hat man letzte Nacht einem Bergmann zwei schwere Karnickel und vier Hühner aus dem Stall geklaut. Das wollte ich mir mal angucken. Aber das eilt alles nicht. Wenn Sie Verstärkung in der Mordsache brauchen, bin ich gern dabei.«

»Ich wollte Sie bitten, einen Krankenbesuch zu machen.«

»Ach so«, sagte Pötter enttäuscht.

»Der Lehrer Gotthold Terhufen von der Postwegschule liegt im Josefs-Hospital mit Brüchen und Blutergüssen am ganzen Körper. Er behauptet, er wäre im betrunkenen Zustand hingefallen. Aber das kann nicht stimmen, bei den Verletzungen. Er ist verprügelt worden. Versuchen Sie herauszufinden, warum er das abstreitet und was da wirklich vorgefallen ist. Sagen Sie ihm, wir hätten einen Hinweis aus dem Krankenhaus bekommen, dass er einer Straftat zum Opfer gefallen wäre, und müssten deshalb der Sache nachgehen.«

»Das hört sich ja ganz interessant an«, stellte Pötter erfreut fest.

»Vielleicht ist die Angelegenheit noch interessanter, als wir uns das im Augenblick vorstellen«, sagte Zomrowski. »Am Montag, dem dritten Juni, wurde Friedrich Kessler erschlagen, ein Bekannter der Familie Hellweg, wie wir inzwischen wissen. Er war hin und wieder bei den Hellwegs im Haus und hat die Damen mit seinen Geschichten entzückt. Am Freitag, dem siebten Juni, wurde Gotthold Terhufen zusammengeschlagen, der frühere Verlobte von Edwina Hellweg. Vielleicht wollte ihn ja auch jemand totschlagen und ist dabei gestört worden.«

Pötter pfiff durch die Zähne. »Das ist ja eine überaus spannende Verbindung zum Mordfall. Ich werde dem Herrn Lehrer gründlich auf den Zahn fühlen. Darauf können Sie sich verlassen. Einer solchen Spur gehe ich doch gerne nach.«

»Also, eine Spur in der Mordsache ist der Fall Terhufen zunächst mal nicht«, brummte Molsbeck und fügte, an Pötter gewandt, hinzu: »Versuch erst mal, aus ihm herauszukriegen, was da überhaupt los war. Dann sehen wir weiter.«

»Muss nicht sofort sein«, sagte Zomrowski. »Heute Nachmittag vielleicht.«

Pötter nickte und ging zu seinem Schreibtisch hinüber.

Molsbeck deutete auf die Fotografien vom Tatort. »Warum guckst du dir die an?«, fragte er. »Suchst du was Bestimmtes?«

Zomrowski schüttelte den Kopf. »Manchmal findet man gerade dann etwas, wenn man nichts Bestimmtes sucht«, sagte er nachdenklich, deutete auf ein Foto, das den erschlagenen Friedrich Kessler auf dem Trampelpfad liegend zeigte, und fragte Molsbeck: »In welche Richtung lief Kessler, als er erschlagen wurde? Kam er vom Lagerplatz oder war er unterwegs zum Lagerplatz?«

»Er kam vom Lagerplatz«, antwortete Molsbeck ohne zu zögern.

»Denk ich auch«, sagte Zomrowski. »Also hatte er keinesfalls gerade Juskowiak erschossen oder den toten Juskowiak gefunden. Kessler war noch gar nicht dort angekommen, wo Paul Juskowiak lag. Er wurde auf dem Trampelpfad erschlagen, bevor er den Fußweg erreicht hatte.«

»Jedenfalls sieht es ganz danach aus«, bestätigte Molsbeck. »Und was bedeutet das?«

»Weiß ich auch noch nicht«, sagte Zomrowski.

Anton Schmitz kam in die Wachstube gestürmt, schlug ein wenig zu laut die Tür zum Rathausflur hinter sich zu, murmelte eine Entschuldigung, zog seine Anzugsjacke aus, warf sie über den Kleiderständer, öffnete seinen Kragen, begann seine Hemdsärmel hochzukrempeln und sagte laut: »Guten Morgen zusammen.«

Pötter nickte ihm freundlich zu.

Molsbeck murmelte: »Guten Morgen, Anton.«

Zomrowski fragte: »Was ist los, Kriminalsergeant Schmitz? Was sind Sie denn so aufgedreht?«

»Das Wetter«, schimpfte Schmitz. »Viel zu warm ist es, und unangenehm schwül. Na ja, hier geht es. Hier kann man wenigstens im Hemd sitzen. Aber fast zwei Stunden hab ich jetzt im Meldeamt geschwitzt. Und rausgekommen ist nicht viel dabei.«

»Warum hat das so lange gedauert? Waren sie nicht kooperativ, die Herren Kollegen vom Melde- und Militäramt?«, wollte Molsbeck wissen.

»Doch, doch.« Schmitz setzte sich an seinen Schreibtisch und legte einige Zettel mit Notizen vor sich hin. »Bürgermeistersekretär Grotedick hat mich gleich in seine Amtsstube gebeten und war sehr zuvorkommend. Dass er der Gatte Ihrer Schwester ist, wusste ich ja gar nicht, Herr Zomrowski. Er schätzt übrigens Ihre kriminalistischen Fähigkeiten ganz außerordentlich.«

»Ja, Wilhelm Grotedick ist ein Mann mit guten Manieren«, stellte Zomrowski schmunzelnd fest. »Schade, dass er es bisher nicht geschafft hat, sie seiner Frau Gemahlin beizubringen.«

Schmitz sah ihn verdutzt an. Molsbeck grinste breit.

»Vergessen Sie es, Schmitz!«, sagte Zomrowski und zwirbelte die Spitzen seines Schnurrbartes. »Das war nur ein dummer Witz. Fahren Sie doch fort, bitte!«

»Also, dass die Herren im Meldeamt sich vor Arbeit kaum retten können, wegen der ständig wachsenden Zahl von Meldeangelegenheiten, hat Grotedick erzählt. Gerade als ich kam, war die Meldestatistik für den Monat Mai fertiggestellt worden. Grotedick muss sie heute noch zum Bürgermeister hochbringen. Irgendwann meinte er dann, sie seien gewiss auch aus kriminalpolizeilicher Sicht sehr interessant, die aktuellen Zahlen, und dann hat er sie mir aufgeschrieben. Dass wir sie im Kriminalbüro jetzt vor dem Bürgermeister haben, das müsste aber unter uns bleiben, hat er gemeint. Ich fand das sehr großzügig von ihm.«

»Aber unnütz«, knurrte Molsbeck dazwischen.

»Das will ich nicht sagen.« Schmitz nahm einen Zettel von seinem Schreibtisch in die Hand. »Hier, das sind die Zahlen von Grotedick. Neunhundertachtundzwanzig Personen sind im Mai innerhalb der Bürgermeisterei umgezogen, hunderteinundvierzig Geburten und achtundfünfzig Todesfälle kamen zur Anzeige. Aber am interessantesten sind diese beiden Zahlen: achthundertneunundzwanzig Personen sind neu zugezogen, sechshundertsechzehn sind weggezogen. Die Bevölkerung der Bürgermeisterei Sterkrade wuchs somit im Mai 1912 auf zweiundvierzigtausendeinhundertzwei.«

»Und was soll daran aus kriminalpolizeilicher Sicht interessant sein?«, fragte Pötter aus dem Hintergrund.

»Diese Bevölkerungsbewegung! Ein Wahnsinn ist das doch«, ereiferte Schmitz sich. »Bei uns in Porz, da ist alle paar Jahre mal jemand verzogen, und dass irgendwann mal neue, völlig unbekannte Leute in unsere Nachbarschaft gekommen wären, also daran kann ich mich überhaupt nicht erinnern. Hier im Industriegebiet, da kennt doch kein Mensch mehr seine Nachbarn. Der ideale Platz, um unterzutauchen, um etwas anzustellen und schnell wieder zu verschwinden, ist das. Dieses ständige Kommen und Gehen macht das Ruhrrevier doch geradezu zu einer Brutstätte für das Verbrechen.«

»Da ist was dran«, sagte Molsbeck.

»Ein Beleg dafür ist auch der ständige Anstieg von Meldevergehen, die zur Anzeige kommen«, fuhr Schmitz fort. »Dabei ist die Dunkelziffer vermutlich noch viel größer. Grotedick nimmt an, dass sich auch in der Bürgermeisterei eine wachsende Zahl von Menschen aufhält, die gar nicht gemeldet sind und irgendwann wieder verschwinden, ohne jemals behördlich erfasst worden zu sein.«

Zomrowski winkte ab. »Die meisten Menschen, die hierherkommen, sind brave Leute auf der Suche nach Arbeit. Vergesst das nicht! Dass die Verhältnisse hier auch das Gesindel anziehen, weil's eben anonymer zugeht als im Bauerndorf, das ist wohl der Fall. Aber die Erkenntnis hilft uns nicht weiter. Schließlich können wir nicht jeden Neubürger erst mal kriminalpolizeilich überprüfen.«

»Nein, natürlich nicht«, sagte Schmitz schmollend.

»Also, dann kommen Sie mal zur Sache!«, forderte Zomrowski den Kriminalsergeanten auf. »Was haben Sie im Meldeamt über die Juskowiaks erfahren?«

»Das hier. Das ist alles«, sagte Schmitz und hob einen nicht mal zur Hälfte beschriebenen Zettel in die Höhe. Seine drei Kollegen sahen ihn erwartungsvoll an. Er legte das Papier wieder auf den Schreibtisch, strich es mit der Hand glatt und las vor: »Juskowiak, Johann, geboren 1852 in Schrotz, Kreis Deutsch Krone, Provinz Westpreußen, Bergarbeiter, nebst Hermine Juskowiak, gebürtige Kötting, Hausfrau, geboren 1858 in Rheinbach, Landkreis Bonn, Rheinprovinz, nebst Paul Juskowiak, Sohn, geboren 1885 in Rheinbach. Sie kamen zur Anmeldung in Sterkrade im Frühjahr 1906, zugezogen von Bochum, Provinz Westfalen.«

»Das ist alles?«, fragte Zomrowski enttäuscht.

»Die genauen Geburtsdaten und ein paar Straßennamen hab ich der Einfachheit halber weggelassen.«

»Kein Hinweis auf eine frühere Verheiratung der Ehefrau? Oder auf eine Adoption des Sohnes?«

Schmitz schüttelte den Kopf. »Kein Hinweis.«

»Dann müssen wir in Bochum nachfragen«, sagte Zomrowski.

»Ist schon geschehen. Fernmündlich. Grotedick hat in meinem Beisein mit dem Amtsvorsteher des dortigen Meldeamtes gesprochen. Da liegen keine Angaben über die Juskowiaks mehr vor. Die Bochumer haben zwar versprochen, noch in ihrem Aktenkeller nachzusuchen, aber ich glaube nicht, dass wir da noch irgendwas zu erwarten haben.«

Zomrowski schob die Fotos auf dem Stehpult zusammen, Molsbeck sah durchs Fenster auf die Steinbrinkstraße hinaus und zündete sich eine Zigarette an, und Pötter vertiefte sich in die Papiere auf seinem Schreibtisch.

»Verdammt noch mal, das gibt es nicht!«, schimpfte Molsbeck. »Es muss doch herauszufinden sein, ob Hermine und Paul Juskowiak früher mal Kessler hießen.«

»Am ehesten in Rheinbach«, sagte Schmitz.

Zomrowski steckte die Fotografien in eine Aktenmappe und legte sie in die oberste Schublade seines Schreibtischs. »Denkt da ruhig noch ein bisschen drüber nach!«, forderte er die Kollegen auf. »Ich muss noch mal zum Hüppchen rein.«

»Hält der Alte es denn ohne dich gar nicht mehr aus?«, frotzelte Molsbeck.

»Ich weiß auch nicht, was er noch will«, entgegnete Zomrowski achselzuckend. »Bei der Dienstbesprechung hat er wenigstens keine Zigarre geraucht. Inzwischen ist sein Kabuff bestimmt wieder völlig verqualmt.«

***

Erstaunt atmete Kriminalwachtmeister Zomrowski die ungewöhnlich qualmfreie Luft des Kommissariatszimmers ein. Der Aschenbecher auf dem Schreibtisch von Lambertus Hüppchen war leer, ein Fensterflügel stand offen, und der beharrliche Zigarrenmief, der in den Wänden hing und aus Mobiliar und Akten aufstieg, verflüchtigte sich in der hereinströmenden Sommerluft zu einem bedeutungslosen Hauch.

»Die Bronchien. Ich muss für eine Weile aufs Rauchen verzichten«, sagte Hüppchen, dem Zomrowskis Erstaunen nicht entgangen war, und räusperte sich nachhaltig. »Mir fehlt die frische Eifelluft. Sie können sich gar nicht vorstellen, Wachtmeister, wie ich mich darauf freue. Setzen Sie sich doch!«

Während Zomrowski einen Stuhl vor Hüppchens Schreibtisch zog, setzte der seine Lesebrille auf und blätterte durch die Zeitungen, die vor ihm lagen.

»Die Welt gerät aus den Fugen, Zomrowski. Das steht heute in der Zeitung, das stand gestern drin, das muss man jeden Tag aufs Neue lesen.«

Missmutig rückte er seine Brille zurecht.

»Die königliche Eisenbahndirektion in Essen beklagt, dass die Übergriffe auf weibliche Fahrgäste zunehmen. Insbesondere alleinreisende junge Frauen und Mädchen in den Frauenabteilen der vierten Wagenklasse werden belästigt. In Mönchengladbach haben sie einen Tagelöhner zum Tode verurteilt, der einen zweiundachtzigjährigen Ackerer erwürgt und seine Sparkassenbücher entwendet hatte. In Oberhausen hat ein Metzger aus lauter Geldgier von der Schweinepest verseuchtes Fleisch verkauft. In Köln hat ein Schneider zwei brave Passanten durch Messerstiche lebensgefährlich verletzt. Er hatte gerade einem Kellner die Uhr geraubt. Als die beiden zufällig vorbeikommenden Männer ihn stellen wollten, hat er sofort zugestochen.« Hüppchen schüttelte verständnislos den Kopf. »Das ist nicht mehr meine Welt«, stellte er fest. »So viel Bosheit und Grausamkeit wie heutzutage hat es noch nie gegeben.«

»Ich weiß es nicht, Herr Kommissar«, sagte Zomrowski nachdenklich. »Gestern hab ich selbst noch in einem Gespräch mit meinem Schwiegervater die Schlechtigkeit der Welt bejammert. Aber vielleicht hat er ja auch recht, wenn er sagt, dass wir Kriminalen zum Schwarzsehen neigen, dass wir womöglich von Berufs wegen den Blick für das Gute im Menschen verloren haben.«

»Das sagt dieser Kückelmann? Erstaunlich, nach dem, was er gerade erlebt hat. Und jetzt soll's ihm auch noch an den Kragen gehen. Der rüpelhafte Kanalbauarbeiter hat ihn angezeigt. Eine Unverfrorenheit ist das. Nein, Zomrowski, wenn ein alter Kriminalkommissar den Sittenverfall und die Verderbtheit in unserer Welt beklagt, dann tut er das nicht, weil er ein Schwarzseher ist, sondern weil er die Augen nicht vor der Realität verschließen kann. Hören Sie sich das hier mal an!«

Hüppchen blätterte eine Zeitungsseite weiter.

»Da ist doch wahrhaftig in Kirchhellen ein uraltes Heiligenhäuschen demoliert worden, und die Heiligenfiguren sind zerschlagen worden. Als Täter, so steht's hier, kommen drei Personen, vermutlich Bergleute, in Frage, die sich in Richtung Gladbeck entfernten. So weit ist es gekommen, dass die Leute nicht mal mehr Respekt vor dem haben, was ihren Mitmenschen heilig ist.«

»Wie kommen die denn darauf, dass das Bergleute waren?«, fragte Zomrowski kopfschüttelnd.

»Na, wahrscheinlich haben's unsere dortigen Kollegen ermittelt. Sonst würde die Zeitung es wohl nicht schreiben.«

»Ich weiß nicht«, sagte Zomrowski skeptisch. »Wenn's hier in Sterkrade passiert wäre, dann hätt man's vermutlich den Kirmesleuten angehängt.«

Hüppchen sah seinen Wachtmeister über den Brillenrand hinweg streng an. »Sie haben was übrig für die einfachen Leute, nicht wahr Zomrowski? Das hängt vermutlich mit Ihrer Herkunft zusammen.«

»Wenn man mit Vorurteilen an die Beweisaufnahme geht, dann

übersieht man leicht etwas, Herr Kommissar. Deshalb mag ich es nicht, wenn man jemanden verdächtigt, weil er Bergmann ist oder Sozialdemokrat, weil er Schausteller oder Pole ist. Das hat mit meiner Herkunft nichts zu tun, sondern damit, dass ich versuche, ein guter Kriminalist zu sein.«

»Hervorragende Replik, mein lieber Zomrowski, wirklich gut, eines künftigen Amtsvorstehers würdig. Eine solche Aussage würde gewiss auch dem Herrn Bürgermeister gefallen, wenn Sie ihm in einem Bewerbungsgespräch gegenübersäßen«, sagte Hüppchen, blätterte weiter durch die Zeitung und seufzte.

»Das hier«, sagte er und tippte mit seinen klobigen Fingern auf eine kleine Meldung, »das passt auch ins Bild dieser Tage. In einem Hospital in London ist der gute Wilhelm Voigt verstorben, eine Symbolfigur unserer alten Ordnung, deren Grundpfeiler einmal Respekt, Disziplin und Gehorsam waren.«

»Der Hauptmann von Köpenick ist tot? Oh, das ist allerdings bedauerlich.«

»Der hatte Schneid der Mann. Kauft sich eine Hauptmannsuniform beim Trödler, nimmt zwei Trupps Wachsoldaten unter sein Kommando, besetzt das Rathaus von Köpenick und lässt sich die Stadtkasse aushändigen. ›Da kann man sehen, was Disziplin heißt. Kein Volk der Erde macht uns das nach‹, soll der Kaiser gesagt haben, als er von der Sache erfuhr. Dass seine Majestät später den Voigt begnadigt hat, das war gut.«

»Ich habe seine Biografie gelesen. Die Lebensgeschichte dieses Schusters hat mich sehr beeindruckt«, sagte Zomrowski. »Und einen Film über seinen Schelmenstreich in Köpenick hab ich vor ein paar Jahren im Kinematographen gesehen. Aber dass Sie ihn so hochschätzen, das erstaunt mich, Herr Kommissar.«

»Wieso? Der Mann hatte Courage. Und sogar dem Kaiser hat's gefallen, sein Husarenstück als Gardehauptmann.«

»Er ist dafür zu vier Jahren Gefängnis verurteilt worden, wegen unbefugten Tragens einer Uniform, Vergehens gegen die öffentliche Ordnung, Freiheitsberaubung, Betruges und schwerer Urkundenfälschung. Und schon vorher hatte er den Großteil seines Lebens hinter Gittern verbracht.«

»Ach, deshalb schätzen Sie ihn wohl«, sagte Hüppchen schnippisch.

»Nein«, erwiderte Zomrowski gelassen. »Ich hab für meine Arbeit als Kriminalist etwas Wichtiges von ihm gelernt. Es sind manchmal nur die Umstände, die einen Menschen zum Verbrecher machen. Dieser Voigt hatte sich nach seinen Gefängnisaufenthalten redlich bemüht, wieder ein anständiges Leben zu führen. Er hatte Arbeit als Schuster gefunden. Aber aufgrund seiner Vorstrafen haben die Behörden ihm die Aufenthaltsgenehmigung entzogen, erst für Mecklenburg-Schwerin und dann auch für Berlin. Das hat den Mann in die Illegalität getrieben. Hätte man ihm eine Chance gegeben, hätte er nie das Ding in Köpenick gedreht.«

»Das ist ja nun mal äußerst umstritten, was Sie da behaupten, Zomrowski. Er soll seinen Coup schon lange geplant haben, bevor man ihm die Aufenthaltsgenehmigung und den Pass entzogen hatte. Das hab ich jedenfalls gelesen. Aber so oder so. Ich schätze an dem Mann seine Courage, und er hat uns Preußen einen Spiegel vorgehalten, in den ich gern hineingeschaut habe. Mir war es immer wohl dabei, ein Beamter in einem Staat zu sein, in dem Disziplin und Respekt vor der Uniform etwas gelten.«

»So viel, dass die Uniform am Ende mehr wert ist als der Mensch, der drinsteckt?« Zomrowski sah den Kommissar fragend an.

Hüppchen zog die Schublade seines Schreibtischs auf, holte sein Zigarrenetui heraus und legte es vor sich auf die Zeitung.

»Was 1906 in Köpenick passiert ist, das konnte doch nur geschehen, weil die Ehrfurcht vor der Uniform zu groß geworden ist in Preußen«, sagte Zomrowski, zwirbelte seinen Schnurrbart und fügte hinzu: »Ich hab mich damals gefragt, ob so etwas im Rheinland auch möglich gewesen wäre.«

»Aber selbstverständlich«, sagte Hüppchen entschieden. »An die alte Mär, dass die Rheinländer weniger gute Preußen sind, glaube ich schon lange nicht mehr. Schauen Sie sich doch mal an, was los ist, wenn der Voigt irgendwo hier in der Gegend aus seiner Biografie vorliest oder von seinem Husarenstreich erzählt und seine signierten Fotografien verkauft. Die Rheinländer, die mögen den Hauptmann von Köpenick. Die drängen sich in seine Veranstaltungen. Das weiß ich aus den Zeitungen.«

»Anschauen kann ich es mir ja jetzt nicht mehr«, entgegnete Zomrowski, »aber es stimmt wohl, was Sie da gelesen haben. Einen Riesenandrang um den Voigt hat es überall gegeben, in allen Provinzen, in denen er aufgetreten ist. Die einfachen Menschen in ganz Preußen haben ihn wie einen Volkshelden verehrt. Für sie war er einer von ihnen, ein kleiner Mann, dem der Staat übel mitgespielt hatte. Aber er hat sich gewehrt. Er hat mit Witz und mit Courage die Obrigkeit lächerlich gemacht. Dafür hat das Volk ihn geliebt. Und deshalb ist er den Behörden immer ein Dorn im Auge geblieben. So viele Steine haben sie ihm in den Weg gelegt in den letzten Jahren, dass er seinen Wohnsitz nach Luxemburg verlegt hat.«

»Vielleicht haben ja alle ein bisschen recht mit ihren Ansichten über diesen Schuster Voigt«, sagte Hüppchen, nachdem er eine Weile nachgedacht hatte. »Möge er in unserem Herrgott einen gnädigen Richter finden!«

Er nahm sein Zigarrenetui vom Schreibtisch, legte es zurück in die Schublade und schloss sie energisch, lehnte sich in seinem Sessel zurück, legte seine Hände über dem Bauch zusammen, ließ seine Daumen umeinander kreisen und fuhr fort: »Gewiss ist er nicht nur ein Held gewesen, der Wilhelm Voigt. Aber ebenso gewiss ist, dass er nicht nur irgendein Ganove war. Vielleicht steckt es ja überhaupt drin im Menschen, dass er nicht nur das eine oder das andere ist. Sie sind ja auch nicht nur ein polnischer Bergmannssohn, und nur ein preußischer Kriminalbeamter sind Sie gewiss auch nicht.«

Zomrowski lachte. »Der Vergleich gefällt mir, Herr Kommissar«, sagte er erheitert.

Es klopfte verhalten an der Tür.

»Was soll das denn jetzt?«, brummte Lambertus Hüppchen, nahm seine Lesebrille ab, verstaute die Zeitungen in einer Lade des Schreibtischs und rief laut und griesgrämig: »Was gibt es denn?«

Die Tür öffnete sich. Im Türrahmen stand Polizeisergeant Mathias Mömmeken in seiner strahlend blauen Uniform. Er legte eine Hand salutierend an seine Pickelhaube, schlug die Hacken zusammen und sagte zackig: »Verzeihen Sie bitte vielmals die Störung, meine Herren Kriminalkommissäre.«

»Lassen Sie mal gut sein, Mömmeken, wir sind doch hier nicht beim Militär«, erwiderte Zomrowski schmunzelnd. »Und außerdem bin ich Wachtmeister.«

»Jawohl, Herr Wachtmeister.«

Hüppchen hatte sich wieder zurückgelehnt und die Hände auf den Bauch gelegt. »Also, was gibt es?«, fragte er.

Mömmeken nahm Haltung an. »Der Herr Polizeiinspektor Kerkhoff bittet den Herrn Kommissar um eine kurze Visitation in seiner Amtsstube, in einer für die öffentliche Ordnung wichtigen Angelegenheit.«

»Jetzt? Es ist gleich Mittag«, sagte Hüppchen ungehalten, zog seine Uhr aus der Brusttasche seiner Jacke, ließ sie aufschnappen, warf einen Blick auf Ziffernblatt und Zeiger und schüttelte unwillig den Kopf.

»Wenn es dem Herrn Kommissar gefallen würde, noch vor dem Mittagstisch, dann wäre das dem Herrn Inspektor angenehm, soll ich ausrichten.«

Hüppchen beugte sich vor, legte seine Unterarme auf den Schreibtisch und trommelte eine Weile mit den Fingern darauf herum. Sein Mund war noch schmaler als gewöhnlich, die Spitzen seines mächtigen Schnurrbartes schienen zu vibrieren. Er nahm die Hände von der Tischplatte, stützte sein fleischiges, vom weißen Backenbart umrahmtes Kinn auf seine Fäuste und sah Mömmeken aus zusammengekniffenen Augen an.

Zomrowski war beeindruckt. So furchteinflößend hatte er den alten Hüppchen lange nicht mehr erlebt. Mömmeken stand stramm wie ein Rekrut auf dem Kasernenhof.

Es war unübersehbar, dass der Kommissar am liebsten den Polizeisergeanten zweiter Ordnung mit ein paar schroffen Worten seines Büros verwiesen hätte. Aber ebenso offensichtlich war es für Zomrowski, dass Hüppchen sich in einer Zwickmühle befand. Es gefiel ihm keineswegs, jetzt zum Polizeibüro hinüberzugehen und mit Kerkhoff zu reden, aber er scheute sich auch, dem ranghöheren Polizeiinspektor einen Korb zu geben.

»Na gut«, sagte er schließlich mürrisch. »In fünf Minuten komme ich rüber. So lange muss Kerkhoff sich gedulden.«

»Ich werd es dem Herrn Inspektor ausrichten, Herr Kommissar«, entgegnete Mömmeken erleichtert, grüßte zackig und verschwand.

Hüppchen ließ sich gegen die lederbezogene Lehne seines Stuhls zurückfallen und seufzte.

»Dann werden wir unser Gespräch wohl später fortsetzen müssen«, sagte er missvergnügt.

»Gibt es denn noch etwas Wichtiges zu besprechen?«, wollte Zomrowski wissen.

»Ja natürlich. Haben Sie gedacht, ich hätte Sie zu mir bestellt, um gemeinsam mit Ihnen durch die Zeitungen zu blättern?«

Zomrowski zuckte mit den Achseln.

Hüppchen zog eine Aktenmappe in die Mitte des Schreibtisches. »Hierüber muss ich mit Ihnen sprechen«, sagte er. »Das ist Ihre Personalakte.«

»Ach.« Zomrowski war überrascht.

»Am Samstag, als Sie in Bonn waren, hab ich lange mit Doktor Zur Nieden zusammengesessen. Über die Zukunft der Kriminalabteilung haben wir geredet, also vor allem über Sie. Wir sind uns einig, der Bürgermeister und ich, dass Sie der beste Mann für die Leitung der Abteilung sind, wenn ich nicht mehr hier bin. Grundsätzlich jedenfalls. Aber das eine oder andere ist da noch zu klären. Zur Nieden hat mich um Ihre Personalakte gebeten.«

Johann Zomrowski verschränkte die Arme vor der Brust und schwieg.

»Was halten Sie denn davon, wenn wir gleich zusammen zu Mittag essen? Bei den Vorsehungsschwestern? Dabei ließe sich in Ruhe über einige Unklarheiten reden?«

»Ich weiß nicht«, antwortete Zomrowski zögernd. »Ich hab noch eine Menge zu tun.«

»Wir werden heute noch über die Angelegenheit sprechen«, sagte Kommissar Hüppchen energisch. »Entweder beim Mittagessen, oder Sie kommen am Nachmittag noch mal zu mir herein!«

***

Als Zomrowski mit seinem Fahrrad von der Brandenburger Straße in den Fußweg einbog, rutschte auf dem sandigen Untergrund sein Hinterrad weg.

Schon in Schräglage, bekam er gerade noch ein Bein auf die Erde. Es gelang ihm, sich abzustützen und einen Sturz zu vermeiden.

Ein Pedal schlug gegen seine Wade, verursachte einen stechenden Schmerz und hinterließ einen Schmutzfleck auf seiner Hose.

Zomrowski stieg ab, lehnte das Rad gegen eine junge Birke, zog den Stulpen vom rechten Fußgelenk ab, rieb eine Weile seine Wade, betrachtete missmutig den Schmutzfleck und ärgerte sich über seine Unachtsamkeit.

Als er aus Hüppchens Zimmer gekommen war, war Molsbeck auf ihn zugestürmt und hatte ihm aufgeregt mitgeteilt, er habe gerade von Anton Schmitz erfahren, dass der junge Kollege Skat spielen könne. Damit seien sie nun endlich drei Skatspieler im Kriminalbüro, und das bedeute ohne Frage, dass sie noch heute zu einem ersten Skatabend in Molsbecks Gartenlaube zusammenkommen müssten.

Zomrowski hatte nicht mit dem erhofften Entzücken auf die Botschaft reagiert, und Molsbeck hatte aufmunternd hinzugefügt: »Zu essen wird's natürlich auch etwas geben. Die Henriette macht uns eine Pfanne Bratkartoffeln mit Zwiebeln und Speck. Ihr beiden, der Schmitz und du, ihr seid fürs Bier zuständig.«

Zugestimmt hatte Zomrowski allerdings erst, als Molsbeck auch noch beiläufig die zweite Neuigkeit erwähnt hatte: »Der Marsilius war hier mit seiner Riesendame. Die wollten dich unbedingt sprechen. Schmitz hat ihnen gesagt, das ginge im Moment nicht. Da sind sie wieder weg.«

Wenn er jetzt sofort zum Lagerplatz der Kirmesleute führe, hätte er einen guten Grund, sich um das Mittagessen mit Hüppchen zu drücken, hatte Zomrowski überlegt. Obwohl der Mittagstisch bei den Schwestern von der göttlichen Vorsehung nicht zu verachten und äußerst günstig für die Bediensteten der Bürgermeisterei und die Angestellten der Gutehoffnungshütte war, mied Zomrowski die »Quasselbude«, wie er den Speisesaal im alten Klostergebäude nannte. Rathaustratsch, boshafter Klatsch und Ungares aus der Sterkrader Gerüchteküche bekam man dort mit den Speisen der braven Schwestern serviert. Das schmeckte Zomrowski nicht.

»Ich muss wissen, was der Marsilius von mir wollte. Das kann wichtig für unsere Ermittlungen sein. Am besten, ich fahr sofort mal dahin«, hatte er zu Molsbeck gesagt, und dann hatte er die Einladung zum Skatspiel und zum Essen angenommen. Molsbecks Frau Henriette verstand sich auf eine herzhafte Küche. Das hatte er schon ein ums andere Mal feststellen dürfen. Als Gegenleistung ein paar Krüge Bier zu spendieren, war da zweifellos ein ausgesprochen günstiges Geschäft, und er hatte sich vorgenommen, im Laufe des Tages noch einen Blumenstrauß für Henriette Molsbeck zu besorgen.

Er hatte seine Stulpen angelegt, seine Excelsior-Maschine aus dem Fahrradständer hinterm Rathaus geholt, war über die Steinbrinkstraße und die Marktstraße geradelt, hatte sich bei Oswald ein Roggenbrötchen gekauft, bei Reuschenbach an der Ecke Brandenburger Straße ein Stück Fleischwurst und sich an einen Tisch vor Köpers Gasthaus gesetzt. Dort hatte er sich ein Glas Limonade bringen lassen und es genüsslich zu Brot und Wurst getrunken.

Als er wieder aufs Rad gestiegen war, hatte ihn plötzlich die Frage bedrängt, was es denn hinsichtlich seiner Personalakte wohl so dringend zu klären gab, dass Hüppchen unbedingt noch heute mit ihm darüber sprechen musste.

Und dann war er, in Gedanken versunken, am Rande des Ödlands mit dem Hinterreifen weggerutscht.

Inzwischen saß er wieder auf seiner Maschine und radelte gemächlich über den Fußweg. Als er in einiger Entfernung am Wegrand den Holzstapel erblickte, hinter dem der tote Juskowiak gelegen hatte, glaubte er plötzlich, links im Gestrüpp, etwa da, wo der Trampelpfad in den Fußweg mündete, eine Gestalt davonhuschen zu sehen.

Wenige Sekunden später bog er in den Trampelpfad ein.

Als ihm Zweige ins Gesicht schlugen, stieg er von seinem Rad und schob es bis zum Lagerplatz.

Marsilius stand auf der Holztreppe des Direktionswagens und winkte ihn freundlich heran.

»Josefa!«, brüllte er zum Frauenwagen hinüber, und ein paar Minuten später saß Zomrowski mit Marsilius und seiner Riesendame Josefa Wolter an dem langen, schmalen Holztisch im mobilen Heim des Impresarios. Hinter dem farbenprächtigen Vorhang am Kopfende des Wagens vermutete er die Schlafstatt von Nepomuk Marsilius. Über einer reich verzierten Truhe hing eine Kuckucksuhr. Dem Tisch gegenüber umrahmte eine bis zum Wagendach reichende Regalwand das Fenster.

Neben Weinkaraffe und Würfelbecher, Tischwaage und einem Kistchen mit Gewichten, einer Laterna magica, einem Trupp Zinnsoldaten und einem Kölner Dom aus Porzellan standen auf den Regalbrettern zahlreiche Bücher.

»Haben Sie die alle gelesen?«, fragte Zomrowski erstaunt.

Marsilius nickte.

Auch auf dem Tisch lagen zwei Bücher.

»Paul Göhre, Drei Monate Fabrikarbeiter und Handwerksbursche«, las Zomrowski.

»Ein ungewöhnliches Buch ist das«, sagte Marsilius. »Da hat ein gebildeter Mensch aus dem Bürgertum, evangelischer Theologe, sich als schlichter Arbeitsmann ausgegeben und eine Weile unterm einfachen Volk gelebt. Wie es ihm ergangen ist, und wie er die Lage der Arbeiterschaft einschätzt, das ist recht interessant.«

Zomrowski nahm das andere Buch vom Tisch und las auf dem Einband: »Wie ich Hauptmann von Köpenick wurde. Mein Lebensbild. Von Wilhelm Voigt, genannt Hauptmann von Köpenick.«

»Das hab ich mir gerade noch mal aus dem Regal geholt, weil in der Zeitung stand, dass der Wilhelm Voigt in London verstorben ist«, erklärte Marsilius. »Er war ein bemerkenswerter Mann mit einer tiefen Einsicht in die menschliche Natur. Dass ein Publikum immer das sieht, was es zu sehen gewohnt ist, das hatte dieser Voigt begriffen. Ein schmächtiger Schuster in einer Hauptmannsuniform ist für die Menschen ein stattlicher Hauptmann. Wenn man das verstanden hat, dann ist es einfach, dem Publikum etwas vorzumachen. Alle Gaukler können einiges lernen von diesem Wilhelm Voigt. Ich kann Ihnen die Biografie nur empfehlen. Sie ist sicher auch für einen Kriminalwachtmeister sehr aufschlussreich.«

»Ja, das ist sie«, bestätigte Zomrowski. »Ich hab das Buch gelesen.«

»Ach«, sagte Marsilius überrascht.

»Könnten Sie es mir borgen?«, fragte Josefa Wolter, die sich auf die Bank zwischen Tisch und Holzwand gezwängt und ihre langen Beine weit von sich gestreckt hatte.

Ihr Impresario schob Wilhelm Voigts Lebensgeschichte zu ihr hinüber.

»Was wollten Sie denn von mir?«, fragte Zomrowski. »Warum waren Sie vorhin im Kriminalbüro?«

»Wegen unsrer gestrigen Begegnung auf dem Friedhof«, antwortete Marsilius. »Ich hab noch mal drüber nachgedacht, über das, was Sie gesagt haben.«

Zomrowski sah ihn fragend an.

»Es gibt da etwas, das hätten wir Ihnen eigentlich schon lange sagen sollen«, erklärte Marsilius. »Es lässt die Mordsache in einem anderen Licht erscheinen, gewissermaßen. Es ist nämlich so, dass wir annehmen, dass die beiden Mordopfer Brüder waren. Wir wissen es zwar nicht genau, weil der Friedrich nie einen Namen genannt hat, aber es deutet alles darauf hin.«

Dass Zomrowski die Nachricht ohne großes Erstaunen entgegennahm, verwirrte Marsilius ganz offensichtlich.

»Nun ja, eigentlich ist das ja gut für uns, für meine Artisten und mich, dass es sich bei dieser Sache um ein Familiendrama handelt«, fuhr er nervös fort. »Aber gerade deshalb hatten wir gedacht, es wäre besser, es Ihnen nicht zu sagen. Sie hätten ja denken müssen, wir hätten uns irgendwas ausgedacht, um uns aus der Affäre zu ziehen. Außerdem müsste es Hinweise darauf geben, dass sie Brüder waren, der Friedrich und dieser Juskowiak. Briefe und Dokumente. Und wir hielten es für besser, wenn Sie selbst herausfinden würden, dass es um etwas Familiäres ging bei den Morden, dass wir damit nichts zu tun haben. Die Herren Kriminalen werden uns weiterziehen lassen, wenn sie es entdeckt haben, aber sie werden es uns nicht glauben, wenn wir es ihnen erzählen. Das war unsere Überlegung.«

Zomrowski zwirbelte eingehend seine Bartspitzen, betrachtete das Buch, das vor Josefa Wolter lag, und fragte sich, ob Marsilius ihm gerade etwas vormachte.

»Nach unserem Gespräch auf dem Friedhof hatten wir dann den Eindruck, dass Sie es ohne unsere Hilfe vielleicht doch nicht herausbekommen, und dass Sie ärgerlich sind, weil wir nicht mit Ihnen kooperieren. Und deshalb erzählen wir es Ihnen jetzt«, sagte Marsilius.

Zomrowski entschied sich nach kurzem Nachdenken dafür, mit offenen Karten zu spielen. »Als ich in Bonn Kesslers Lebensgeschichte gehört hatte, da kam mir zum ersten Mal die Idee, dass Juskowiak sein Bruder gewesen sein könnte«, erklärte er. »Seitdem suchen wir nach einer Bestätigung dafür. Bisher vergeblich.«

»Ach, so ist das«, sagte Marsilius.

»Und Sie? Wie kommen Sie darauf, dass die beiden Brüder waren?«, fragte Zomrowski.

»Der Friedrich hat davon gesprochen, dass er seine Mutter und seinen Bruder in Sterkrade wiedergefunden hatte«, antwortete Marsilius. »Mir gegenüber hat er nur Andeutungen gemacht. Aber der Josefa, der hat er alles haarklein erzählt.«

Zomrowski sah die junge Frau zweifelnd an. »Obwohl Sie erst seit ein paar Wochen zur Schautruppe gehören, hat er das alles ausgerechnet mit Ihnen besprochen?«

Josefa Wolter nickte. »Der Friedrich und ich, wir haben uns besonders gut verstanden, vom ersten Tag an. Ich hab mit ihm über alles reden können, was mir wichtig war. Wie es mir ergangen ist, als ich noch in der Eifel bei meinen Eltern war, hab ich ihm erzählt. Wie schrecklich es mir damals war, anders zu sein als alle anderen, und wie wohl ich mich gefühlt hab hier unter meinesgleichen. Und der Friedrich, der hat mir seine Geschichte anvertraut. Kurz bevor wir nach Sterkrade kamen, hat er mir erzählt, wie er hier seine Mutter und seinen Bruder wiedergefunden hat.«

Während der Fronleichnamskirmes im Jahre 1910, so erfuhr Johann Zomrowski, hatte Friedrich Kessler eines Abends vor einem Tanzlokal eine Frau entdeckt, in der er sofort seine Mutter erkannte. Es war schon spät, die letzte Vorstellung in der Schaubude war vorüber, und er folgte im Schutz der Dunkelheit der Mutter und dem jungen Mann an ihrer Seite. Die beiden gingen in die Kolonie Dunkelschlag, und Friedrich konnte sich das Haus merken, in dem sie verschwanden.

Er war damals überaus verwirrt und wusste nicht, was er tun sollte. Bevor die Schautruppe Marsilius weiterzog, schlich er noch einmal an einem späten Abend in die Kolonie und beobachtete die Mutter und den jungen Mann, der niemand anderes sein konnte als sein Bruder Paul, durch das Küchenfenster.

Im Jahr darauf fand er heraus, dass die beiden nicht mehr Kessler hießen, sondern unter einem anderen Namen in der Zechensiedlung lebten. Sich ihnen zu offenbaren, wagte er nicht. Er fürchtete, dass die Menschen, die ihn als Kind verstoßen und sich von ihm abgewendet hatten, nicht erfreut sein würden, wenn er wieder in ihr Leben träte.

Um Weihnachten herum, also vor knapp einem halben Jahr,

schrieb er dann seinem Bruder einen Brief aus dem Winterquartier. Schon kurz darauf bekam er eine Antwort. Paul hatte sich angeblich über Friedrichs Nachricht sehr gefreut. In den nächsten Monaten gingen weitere Briefe zwischen den Brüdern hin und her, und schließlich verabredeten sie sich zu einem Treffen während der Fronleichnamskirmes. Paul wünschte, dass vorläufig niemand sonst davon erfahren sollte. Er schrieb, er wolle den verlorenen Bruder erst einmal kennenlernen, in aller Ruhe ein erstes Gespräch unter vier Augen mit ihm führen. Also sollte die Begegnung am Abend nach der Ankunft der Schautruppe in Sterkrade im Ödland in der Nähe des Lagers stattfinden, wo die Brüder damit rechnen konnten, ungestört und unbeobachtet miteinander reden zu können.

»So hat der Friedrich mir die Geschichte erzählt«, sagte Josefa Wolter. »Als wir auf dem Weg nach Sterkrade waren, war er sehr aufgeregt, und seine Zweifel an den freundlichen Absichten seines Bruders waren groß. Immerhin hatte seine Familie ja schon einmal versucht, ihn loszuwerden. Je näher wir dem Ruhrgebiet und der Fronleichnamskirmes kamen, desto größer wurde sein Misstrauen.«

»Und wieso haben Sie keinen Verdacht geschöpft, als Friedrich Kessler nach dem Treffen mit Paul nicht zurück ins Lager kam?«, fragte Zomrowski.

»Warum sollten wir?«, entgegnete Marsilius. »Dass dem Friedrich etwas zugestoßen sein könnte, war trotz seiner Zweifel an der Redlichkeit seines Bruders ein abwegiger Gedanke für uns. Da lag es doch viel näher, dass er allein oder zusammen mit Paul einen Zug durch die Kneipen machte, wie er es gewöhnlich tat, dass er vielleicht wieder mal ein Liebchen für eine Nacht gefunden hatte. Nein, Sorgen gemacht hat sich keiner von uns.«

»Was wussten denn Sie und die anderen Artisten von dieser Familienangelegenheit?«, fragte Zomrowski den Impresario.

»Nicht viel«, antwortete Marsilius. »Als der Friedrich damals seine Mutter und seinen Bruder hier in Sterkrade entdeckt hatte, hat er mir ein paar Wochen später davon erzählt. Im vorigen Jahr hab ich ihn gefragt, ob er sie denn nicht mal besuchen wolle. Da hat er nur den Kopf geschüttelt. Und im Winter hat er mir dann irgendwann gesagt, er habe brieflichen Kontakt mit seinem Bruder aufgenommen. Einzelheiten hat er mir nie erzählt und den anderen auch nicht, soviel ich weiß. Die hat er anscheinend nur der Josefa anvertraut.«

»Und den Namen Juskowiak, den hat er Ihnen beiden gegenüber nie erwähnt?«

Marsilius schüttelte den Kopf.

»Er hat immer nur von seiner Mutter und von seinem Bruder Paul gesprochen«, sagte Josefa.

Zomrowski dachte nach. Er fand keinen Grund, das anzuzweifeln, was er gerade vom Impresario und seiner Riesendame gehört hatte.

»Hatte Friedrich Kessler einen Revolver?«, fragte er.

»Das weiß ich nicht«, antwortete Marsilius.

»Ich auch nicht«, sagte Josefa.

Noch einmal dachte Zomrowski nach, eine ganze Weile, dann sagte er: »Ich glaube Ihnen ja die Geschichte, die Sie da erzählt haben. Aber sie löst den Fall nicht. Es muss eine dritte Person im Spiel gewesen sein. Die beiden können sich nicht gegenseitig umgebracht haben.«

»Aber dass dieser Doppelmord die Folge eines Familiendramas ist, das liegt doch jetzt auf der Hand«, befand Marsilius.

»Nicht unbedingt«, entgegnete Zomrowski.

»Also lassen Sie uns immer noch nicht weiterziehen?«

»Wenn der Fall geklärt ist. Vorher nicht.«

Marsilius seufzte. »Und wenn Sie es nie herausfinden?«, fragte er. »Dann sind wir ruiniert.«

»Warten wir es ab«, sagte Zomrowski.

Marsilius zog ein Zeitungsblatt zu sich heran, das, klein gefaltet, am Rand des Tisches gelegen hatte.

»Könnten Sie uns denn für die Zwischenzeit eventuell eine örtlich begrenzte Gewerbeerlaubnis für die Bürgermeisterei Sterkrade ausstellen?«, fragte er. »Dann könnten wir hier wenigstens ein bisschen Geld verdienen.«

»Wie stellen Sie sich das denn vor?«, fragte Zomrowski zurück.

»So«, sagte der Impresario und tippte auf das Blatt der Volkszeitung, das er auseinandergefaltet hatte. »Darf ich Ihnen das vorlesen?«

Zomrowski nickte.

»Hohen Besuch hatten wir gestern auf unserer Redaktion. Tom Willson, der sich wohl mit Recht der größte Mensch der Erde nennt, machte uns seine Aufwartung. Der Riese ist geborener Thüringer, wanderte jedoch mit seinen Eltern nach Amerika aus. Im vierzehnten Lebensjahre war Tom bereits zwei Meter groß und hatte die Kraft, einen Stier an den Hörnern zu Boden zu drücken. Heute erreicht der Riese, komplett mit Stiefeln und Zylinderhut ausgerüstet, zwei Meter und fünfundsiebzig und benötigt zu seinem Lebensunterhalt das Dreifache eines normalen Menschen. Der Riese ist in dieser Woche im Restaurant ›Zur guten Quelle‹, Königsstraße Ecke Industriestraße, zu sehen.«

»Sie wollen mit Ihren Artisten in Gasthäusern auftreten?«, fragte Zomrowski skeptisch.

»Außerhalb der Kirmessaison tun wir das schon seit Jahren. Wir geben Vorstellungen in Wirtshäusern in der Umgebung unseres Winterquartiers, vor allem in Köln. Es hilft uns über die schlechte Jahreszeit hinweg.«

»Denken Sie denn, dass sich das lohnt, hier in Sterkrade? So kurz nach der Fronleichnamskirmes?«

»Ich weiß es nicht«, sagte Marsilius. »Aber besser als herumzusitzen und nichts zu tun, ist es allemal.«

Jenseits der Bahngleise ertönte ein schriller Pfeifton.

Johann Zomrowski wurde blass.

»Was ist das?«, fragte ihn Marsilius, und Josefa sah ihn verstört an.

»Da ist etwas passiert«, sagte Zomrowski leise. »Irgendwas ist passiert, auf der Zeche.«

ELF

Über eine Stunde war er bei Hüppchen im Kriminalbüro gewesen. Jetzt saß Zomrowski allein in der Wachstube an seinem Schreibtisch, schaute auf die Steinbrinkstraße hinaus und fragte sich, was der Alte denn nun eigentlich von ihm gewollt hatte.

Zunächst hatte der Kommissar sich über Inspektor Kerkhoff amüsiert. »Wenn der Druck vom Bürgermeister bekommt, dann wird er immer noch ganz hektisch«, hatte er gesagt. »Er sollte besser auf seine Gesundheit achtgeben, der Nikolaus Kerkhoff.«

Zwei Beschwerden waren es, die Dr. Zur Nieden dem Polizeiinspektor Kerkhoff ärgerlich auf den Schreibtisch geworfen hatte.

Die königliche Post beklagte sich über die Demolierung von Telegraphen- und Fernsprechanlagen in der Bürgermeisterei Sterkrade, über Unholde, die mit Steinen Isolatoren zertrümmerten und Drahtstücke in Leitungen warfen, was zu erheblichen Störungen geführt hatte.

Außerdem empörte der Verband der Männervereine sich darüber, dass Jugendliche und Erwachsene dermaßen ungescheut öffentliche Straßen zur Verrichtung ihrer Notdurft missbrauchten, dass dadurch die guten Sitten gefährdet seien.

So ein Unfug müsse doch polizeilich in den Griff zu kriegen sein, hatte Zur Nieden seinem Inspektor vorgehalten, und Nikolaus Kerkhoff hatte daraufhin Lambertus Hüppchens Unterstützung eingefordert: Auch die zivilen Kriminalbeamten sollten die Augen offenhalten, wenn sie in der Gemeinde unterwegs waren.

»Erinnern Sie mich daran, Zomrowski, dass wir morgen in der Dienstbesprechung darüber reden«, hatte Hüppchen gesagt, und dann hatte er ganz unvermittelt angefangen über seine Laufbahn zu schwadronieren, über seine Zeit als Vizefeldwebel in der preußischen Armee, den Eintritt in den Polizeidienst, die Jahre als junger Wachtmeister, seinen Wechsel nach Sterkrade, den Aufbau der Kriminalabteilung, seine Beförderung zum Kommissar.

»So einfach ist es heutzutage nicht mehr, mein lieber Zomrowski«, hatte er gesagt. »Das Militärische ist nicht mehr ausschlaggebend. Heute gibt es Polizeischulen, das Einjährige wird gern gesehen, und in den großen Städten haben immer mehr Oberbeamte das Abitur.«

Er hatte durch Zomrowskis Personalakte geblättert. »Volksschule, ein gutes Abschlusszeugnis, mit vierzehn auf die Zeche, Pferdejunge, Schlepper, Lehrhauer und noch vor dem Militärdienst die Bergvorschule. Sie hatten das Zeug zum Steiger.«

Hüppchen hatte hin und her geblättert und immer weiter vor sich hin geredet, ohne Zomrowski eine einzige Frage zu stellen.

»Nach der Militärzeit wollten Sie nicht zurück in den Pütt. Der Tod Ihres Vaters hing Ihnen immer noch nach. Erfolgreiche Bewerbung bei der Polizei. 1902 kommunale Polizeischule in Düsseldorf, anschließend Wechsel ins Kriminalbüro, Beförderung zum Wachtmeister und etliche Bescheinigungen über Fortbildungslehrgänge. Gut sieht das alles aus, Zomrowski. Wirklich gut. Und Bürgermeister Zur Nieden hat gesagt, die Bergvorschule, die sei ja in gewisser Weise auch eine weiterführende Schule. Da brauche man über das fehlende Einjährige nicht zu diskutieren. Dass Ihre exzellente berufliche Qualifikation Sie zum Oberbeamten und zur Leitung der Kriminalabteilung befähigt, steht für den Bürgermeister außer Frage.«

Dann hatte Hüppchen die Personalakte zur Seite geschoben, sich zurückgelehnt, seine Hände auf den Bauch gelegt, eine Weile seine Daumen umeinandergedreht und gesagt: »Dass Sie nicht verheiratet sind, Zomrowski, das ist bedauerlich.«

Sittlich und moralisch habe ein Oberbeamter Vorbild zu sein, hatte der Alte erklärt, und ein Mann in der Blüte seines Lebens, der habe nun mal seine Bedürfnisse.

Für einen Augenblick hatte Zomrowski befürchtet, der Kommissar wüsste über sein unzüchtiges Verhältnis mit Lise Kleinrogge Bescheid. Aber er hatte noch nie mit einem Menschen über die Affäre gesprochen, und auf Lises Diskretion konnte er sich verlassen. Da war er sich ganz sicher!

Also hatte er forsch gefragt: »Gibt es irgendwelche Klagen über meinen Lebenswandel?«

»Nein«, hatte Hüppchen geantwortet. »Aber wenn Sie sich wieder verheiraten würden, Zomrowski, dann brauchte der Bürgermeister auch nicht zu befürchten, dass es irgendwann Klagen geben wird. Und außerdem könnten Sie dann Ihren Sohn zu sich nehmen und brauchten ihn nicht in der Kolonie Dunkelschlag aufwachsen zu lassen.«

»Ich wäre nicht abgeneigt, mich wieder zu verheiraten«, hatte Zomrowski entgegnet, und über diesen Satz ärgerte er sich jetzt, da er allein in der Kriminalwache saß, über die Maßen. Hüppchen musste ja denken, er sei geradezu versessen darauf, Vorsteher der Kriminalabteilung im Sterkrader Rathaus zu werden.

Und das war er, verdammt noch mal, nicht!

Der Satz war ihm einfach so über die Lippen gekommen. Vielleicht, weil ihm in letzter Zeit immer öfter die Frage durch den Kopf ging, wie das Leben wohl wäre mit einer Frau an seiner Seite, mit einer, die sich freute, wenn er vom Dienst nach Hause kam, die ihm das Badewasser zubereitete und die gern mit ihm das Bett teilte.

»Und noch was, Zomrowski«, hatte Hüppchen gesagt. »Sie wissen, dass die Behörden Anträge auf Eindeutschung polnischer Namen sehr großzügig behandeln, nehme ich an.«

Dass es ein erklärtes Ziel preußischer Politik sei, die Verschmelzung des polnischen Elementes mit dem Germanischen zu fördern, hatte Hüppchen ausgeführt, als wäre dieser Umstand nicht allgemein bekannt, und dass schon tausende zugewanderter Polen und Masuren von diesem Angebot der Integration Gebrauch gemacht hätten. Von Pesczolkas, die jetzt Petzold hießen, von Pawlowskis, die sich heute Pauls nannten, von Prusinowskis und Frydeckis, aus denen Preußmanns und Friedrichs geworden waren, hatte er erzählt, und dann hatte er Zomrowski gefragt, ob er denn noch nie über eine Eindeutschung seines Namens nachgedacht hätte.

»Nein«, hatte der geantwortet.

Aber einem Amtsvorsteher im Sterkrader Rathaus stehe ein deutscher Name nun mal gut zu Gesicht, hatte Hüppchen gesagt. Und es gäbe doch etliche wohlklingende Möglichkeiten, falls Johann Zomrowski, wie es viele taten, die Anfangssilbe seines Familiennamens beibehalten würde. Zobel oder Zottel, Zorn oder Zossen wären ihm in den Sinn gekommen.

»Ein zotteliger, zorniger alter Zossen, ja, das würde gewiss zu mir passen«, hatte Zomrowski voller Ironie entgegnet.

»Eine andere Möglichkeit wäre der Mädchenname Ihrer Mutter. Die war doch von hier«, hatte Hüppchen vorgeschlagen.

»Mein Mutter war eine geborene Piepenkötter«, hatte Zomrowski gesagt, und dann hatten Hüppchen und er eine Weile geschwiegen. Schließlich hatte der Kommissar festgestellt, dass ja nun alles Wichtige besprochen sei, und er hatte Zomrowski entlassen.

Der saß inzwischen seit fast einer halben Stunde allein an seinem Schreibtisch in der Kriminalwache und ließ seine Blicke durch die Steinbrinkstraße und seine Gedanken durch das Gespräch mit Hüppchen schweifen.

Irgendwann schlug er mit der flachen Hand auf die Tischplatte, sah zum Bild des Kaisers hinauf und sagte laut: »Dem Sterkrader Rathaus würde ein Amtsvorsteher mit einem polnischen Namen verdammt gut zu Gesicht stehen.«

Er ärgerte sich darüber, dass ihm dieser treffliche Satz nicht eingefallen war, als er dem Kommissar gegenübergesessen hatte.

Dann sah er Molsbeck und Schmitz auf der Rathaustreppe.

»Wir haben nachgedacht!«, rief Anton Schmitz, als er die Wachstube betrat und Zomrowski am Schreibtisch sitzen sah.

»Wie du es uns aufgetragen hast«, fügte Molsbeck hinzu.

»Ihr habt eine sehr ausgedehnte Mittagspause gemacht«, stellte Zomrowski fest.

Molsbeck winkte ab. »Wir waren zum Essen bei den Vorsehungsschwestern, und dann haben wir beim Oswald einen Kaffee getrunken und uns die Köpfe zerbrochen, wie wir's rausfinden können, ob die Juskowiaks früher die Kesslers waren. Und wir glauben, dass es ganz einfach ist, dass wir nicht auf die Hilfe des Bochumer Meldeamtes angewiesen sind und dass wir auch nicht nach Rheinbach müssen, um Hinweise zu finden. Es muss Familiendokumente geben, Heirats- oder Geburtsurkunden, Rentenbescheide, Totenzettel und so weiter, und zwar im Haus der Juskowiaks. Da müssen wir alles gründlich durchsuchen, Schränke, Truhen, einfach alles. Wenn Hermine und Paul Juskowiak die Kesslers aus Rheinbach sind, dann werden wir in der Wohnung in der Grubenstraße einen Hinweis finden. Das kann gar nicht anders sein.«

Zomrowski nickte anerkennend. »Naheliegend«, sagte er, »so naheliegend, dass wir bisher darüber hinweggesehen haben.«

Er erzählte Molsbeck und Schmitz von seinem Besuch im Lager der Kirmesleute und von seinem Gespräch mit Nepomuk Marsilius und Josefa Wolter.

Molsbeck hatte sich, Zomrowski gegenüber, an seinen Schreibtisch gesetzt, Schmitz stand unterm Bild des Kaisers, mit dem Rücken gegen die Wand gelehnt. Beide Kriminalsergeanten hörten aufmerksam zu.

»Dass diese Leute uns das nicht sofort erzählt haben, das versteh ich nicht ganz«, sagte Anton Schmitz, als Zomrowski am Ende seiner Geschichte die Kollegen fragend ansah.

»Mir leuchtet das schon ein«, erklärte Molsbeck. »Wir hätten ihnen doch wirklich nicht geglaubt, wenn sie behauptet hätten, dass die beiden Mordopfer Brüder waren. Also haben sie sich überlegt, dass es besser für sie wäre, wenn wir es herausfinden würden.«

Eine Weile schwiegen die drei Männer. Dann sagte Anton Schmitz: »Also steht es nun wohl fest, dass das Mordopfer Paul Juskowiak der ältere Bruder des Mordopfers Friedrich Kessler ist.«

»Trotzdem sehen wir uns noch in der Wohnung in der Grubenstraße um«, entschied Zomrowski. »Eine hundertprozentige Gewissheit ist besser als eine neunundneunzigprozentige. Und wenn wir wirklich die erwarteten Familiendokumente finden, dann entdecken wir darin ja vielleicht auch noch irgendeinen Hinweis, der uns weiterhilft.«

Molsbeck nickte.

»Gibt es eigentlich einen Anhaltspunkt dafür, dass Friedrich Kessler eine Schusswaffe besaß?«, fragte Schmitz.

»Ich hab Marsilius und die Josefa darauf angesprochen. Sie haben angeblich nie eine Waffe bei Kessler gesehen«, sagte Zomrowski.

»Das heißt gar nichts«, stellte Molsbeck fest. »Die Tatwaffe war ein Revolver, Kaliber sieben Millimeter. Das sind handliche Dinger, die man in der Jackentasche bei sich trägt. So eine Schusswaffe lässt sich leicht verstecken, sogar wenn man zu viert in einem Wohnwagen lebt.«

Zomrowski wandte sich Anton Schmitz zu. »Und wie weit sind Sie inzwischen mit dem Holzknüppel gekommen, mit dem Kessler erschlagen worden ist?«, wollte er wissen. »Überhaupt keine verwertbaren Spuren?«

»Oh doch«, entgegnete Schmitz. »Ich hab den Ast unten im Labor unter die Lupe genommen. Der Täter hat uns den Gefallen getan, einmal mitten in das frische Blut des Opfers hineinzugreifen und dabei eine schöne Reihe Fingerabdrücke zu hinterlassen.«

»Na, das ist doch was«, sagte Zomrowski.

»Wann fahren wir in die Kolonie?«, fragte Molsbeck.

»Am besten sofort«, schlug Zomrowski vor.

»Und wie kommen wir bei den Juskowiaks rein? Tür aufbrechen?«

»Unsinn! Eine Nachbarin hat einen Schlüssel.«

»Du fährst mit dem Fahrrad?«

Zomrowski nickte.

»Dann nehmen Schmitz und ich das Scharettchen. Wir treffen uns in der Grubenstraße.«

»Was nehmen wir?«

»Na, die Straßenbahn. Wir können vorm Rathaus einsteigen und bis Zeche Hugo oder bis zur Jägerstraße fahren. Zum Marschieren ist es mir jedenfalls zu warm.«

»Ich möchte zuerst noch bei den Ingenbolds vorbei«, sagte Zomrowski. »Die haben bestimmt schon gehört, was heute Mittag passiert ist. Als ich bei den Kirmesleuten war, ging auf der Zeche die Sirene.«

»Strebbruch«, wusste Molsbeck. »Einige Männer sind eingeschlossen. Das wurde vorhin beim Oswald erzählt.«

»Scheiße!«, entfuhr es Zomrowski. »Ich hatte schon so etwas befürchtet.«

»Lass dir ruhig Zeit bei deiner Schwester«, sagte Molsbeck. »Der Anton und ich, wir machen das schon. So viele Verstecke gibt's ja nicht in einer Zechenwohnung.«

Als die drei Kriminalbeamten kurz darauf durch den Rathausflur gingen, begegneten sie ihrem Kollegen Emil Pötter. Er kam aus dem Krankenhaus.

»Wo wollt ihr denn hin?«

»In die Kolonie, zu den Juskowiaks«

»Ich denke, die sind alle tot.«

»Ihre Wohnung durchsuchen wollen wir«, sagte Molsbeck.

»Soll ich euch vorher noch erzählen, wie es beim Terhufen war?«

Zomrowski nickte.

»Hier auf dem Flur?«

Zomrowski nickte wieder. »Oder wird das ein langer Bericht?«

»Nein, gar nicht«, sagte Pötter. »Ein sturer Hund ist das, der Lehrer Terhufen. Ich hab ihm klipp und klar gesagt, dass wir ihm nicht glauben, dass seine Geschichte Kokolores ist. Solche Verletzungen kriegt man nicht, wenn man im Suff auf die Schnauze fällt, sondern nur von einer verdammten Tracht Prügel, hab ich ihm gesagt, und dass wir der Sache nachgehen müssten. Das wäre dann wohl unser Problem, hat der Terhufen gemeint. Er wäre hingefallen, und etwas anderes könnte er nicht erzählen. Ich hab ihn gefragt, ob er vor jemandem Angst hätte. Das hat er heftig bestritten.

Also, ich hab den Eindruck, dass Gotthold Terhufen genau weiß, wer ihn so zugerichtet hat, und dass ihm die ganze Angelegenheit furchtbar unangenehm ist. Ich hab ihm dann noch unter die Nase gerieben, dass ich es unmöglich fände, jemanden zu decken, von dem man so brutal zusammengeschlagen worden ist. Da hat er völlig abgeschaltet und gar nichts mehr gesagt.«

***

Der Menschenauflauf am Haus der Ingenbolds in der Zechenstraße ließ Johann Zomrowski nichts Gutes ahnen. Er stieg vom Fahrrad und sah, dass ein paar Frauen weinten. Die Menschen schwatzten aufgeregt, eine Schnapsflasche kreiste, zwei Männer lagen sich lachend in den Armen.

Zomrowski blieb verwirrt am Rande der Menschenansammlung stehen. Die Erste, die von ihm Notiz nahm, war Paula Leschinsky. Tränen liefen ihr über die Wangen, als sie ihm um den Hals fiel.

»Hast du es auch schon gehört?«, fragte sie aufgelöst, schluchzend und lachend zugleich. »Wir haben gedacht, sie wären tot, und da kommen sie plötzlich munter die Dammstraße runter!«

Zomrowski entdeckte inmitten der Menschentraube die beiden Männer in den Regentonnen. Jeder hockte in einer. Er sah weiße Oberkörper, Schultern und Arme und schwarze Gesichter, die eingeseift wurden, bis aus Kohlendreck schmierig graue Masken geworden waren. Seine Schwester Katarina drückte lachend einen Kopf ins Wasser. Prustend tauchte nach ein paar Augenblicken sein Schwager Ludwig Ingenbold auf. Ein Nachbar reichte ihm eine Schnapsflasche. Er trank gierig und reichte die Flasche weiter an Karol, der in der anderen Tonne von Pawel und zwei kichernden Nachbarinnen abgeschrubbt wurde.

Als sein Sohn Michael ihn sah, stürmte er auf Zomrowski zu, drückte sein Gesicht gegen seine Brust, schlang seine Arme um ihn und sagte: »Gut, dass du da bist, Vater.«

Die plötzliche Nähe überraschte Johann Zomrowski. Unangenehm war sie ihm nicht. Er strich seinem Sohn besänftigend über den Kopf. Mit der anderen Hand hielt er sein Fahrrad.

»Sie leben alle«, sagte Michael, und es klang so, als könnte er es nicht glauben.

Wenn ich den Jungen einmal zu mir nehme, dann suche ich uns eine Wohnung hier in der Nähe, in der Emmerichstraße vielleicht oder in der Weselstraße, dachte Zomrowski, damit er zur Katarina und zum Ludwig laufen kann, wann immer er will, und damit er weiter mit den Jungen aus der Kolonie zusammen sein kann.

»Ich werde kein Bergmann, niemals!«, sagte Michael.

Zomrowski lehnte sein Fahrrad an die schmutzige Ziegelwand des Zechenhauses und ließ sich erzählen, was passiert war.

Kurz vor Mittag hatte es auf der ersten Sohle einen Strebbruch gegeben. Fünf Bergleute, die zur Frühschicht eingefahren waren, wurden vermisst. Die Länge des Bruchs war nicht bekannt, ebenso wenig, ob die Männer verschüttet oder nur abgeschnitten worden waren.

Kumpel und Grubenwehr drangen von einer Förderstrecke aus zum Unglücksort vor und begannen, ihr eigenes Leben aufs Spiel setzend, das eingestürzte Gebirge abzutragen.

Ludwig Ingenbold, Karol und drei weitere Männer aus ihrer Kameradschaft, zwei aus der Dammstraße, einer aus der Schachtstraße, hatten sich alle vor dem herabstürzenden Gestein in Sicherheit bringen können. Sie erreichten über einen Querschlag und einen Blindschacht eine Strecke, die Ludwig Ingenbold bekannt vorkam. Er vermutete, dass sie unweit eines Durchstichs zu Zeche Hugo sein müssten. Die Männer fanden tatsächlich die Verbindung, die erst vor ein paar Wochen zur Verbesserung der Wetterführung gebrochen worden war, und erreichten über eine Wetterstrecke die erste Sohle von Zeche Hugo.

Nachdem sie auf Hugo ausgefahren waren, verbreitete sich die Kunde von ihrer wundersamen Rettung so rasch bis zur Zeche Sterkrade und in die Kolonie Dunkelschlag, dass den fünf Männern schon johlende Kinder, weinende Frauen und lachende Kumpel entgegengelaufen kamen, als sie über die Dammstraße in die Kolonie einmarschierten, schwarz, wie sie aus der Erde gekommen waren, die Arschleder noch zwischen den Beinen.

Als Johann Zomrowski hinter einem Fenster Heinrich Zirbel entdeckte, umarmte er Katarina, drückte Ludwig und Karol wortlos die Hand und ging ins Haus.

Zirbel ging es nicht gut. Er hustete. »Glück auf, Johann! Schön, dass du zu mir reinschaust«, sagte er. In seinem Zimmer roch es stickig.

»Warum machst du kein Fenster auf?«, fragte Zomrowski.

»Mich friert es immer in letzter Zeit«, antwortete Zirbel.

»Aber Onkel Heinrich, draußen ist es wärmer als hier in der Stube. Und die frische Luft wird dir gut tun.«

»Dann lass sie herein«, sagte Zirbel.

Als Johann Zomrowski ein Fenster geöffnet hatte, drang die Freude der Menschen, die vorm Haus standen, ins Zimmer.

Heinrich Zirbel saß auf der Kante seines Bettes und hustete wieder. Er spie seinen Auswurf in ein Schnupftuch und stopfte es in die Tasche seiner zerschlissenen blauen Arbeitsjacke.

Überall lagen Bücher, auf dem Tisch und auf der Truhe. Ein selbstgezimmertes Regal war damit vollgestopft.

»Sie freuen sich, als hätten sie den Tod besiegt«, sagte Zirbel. »Wie die Kinder. Als wüssten sie nicht, dass morgen wieder einer im Berg bleiben wird und übermorgen der nächste.«

»Siehst du die Dinge nicht zu schwarz?«, fragte Zomrowski zaghaft.

»Nein«, antwortete Zirbel und blätterte die Zeitung auf, die neben ihm auf dem Bett lag.

»Daraus hat Kommissar Hüppchen mir heute auch schon vorgelesen«, sagte Zomrowski.

»Der Bergmann Heinrich Sobatzki geriet gestern Mittag in Ausübung seines Berufes auf seiner Arbeitsstelle zwischen zwei Förderwagen und wurde schwer gequetscht«, las Zirbel. »Das war in Gladbeck. Und hier eine Meldung aus Bottrop.« Er kniff die Augen zusammen und hielt den General-Anzeiger in das Licht, das durchs Fenster hereinfiel. »Auf den Rheinbabenschächten ist der achtzehnjährige Schlepper Franz Klein durch Herunterfallen im Aufbruch tödlich verunglückt.«

»Das hat Hüppchen mir nicht vorgelesen.«

»Das waren ja auch nur zwei belanglose Sätze«, sagte Zirbel müde, »kurze Meldungen, wie sie jeden Tag irgendwo in den Zeitungen stehen, über zwei Männer, die weniger Glück hatten als die da draußen. Kaum einer nimmt Notiz davon. Im November 1908, als auf Zeche Rambod in Hamm die dreihundertachtundvierzig Kumpel bei der Schlagwetterexplosion ums Leben gekommen sind, da hat die Menschheit einmal kurz aufgeschrien, da haben sich plötzlich alle gefragt, wie es denn steht um die Sicherheit der Männer unter Tage. Aber es sind immer nur die großen Katastrophen, die die Menschen nachdenklich machen. Über das alltägliche Sterben unter Tage liest man eine kurze Zeitungsnotiz, seufzt einmal tief und ist froh, dass es mal wieder in einem anderen Pütt passiert ist und mal wieder einen anderen getroffen hat.

Und über den schleichenden Tod und die Krankheiten, darüber denkt man am besten gar nicht nach. Niemand, der sein halbes Leben lang in engen Flözen gehockt und sich geschunden hat, ist noch gesund. Rheuma. Die Gelenke sind kaputt. Es gibt kaum einen Hauer, der kein Ischias hat, kaum einen Schlepper, der noch keinen Hexenschuss hatte. Und die Lunge, die ist bei fast allen hinüber. Eingequetscht wird sie ständig bei der krummen Arbeitshaltung, und dazu die Temperaturunterschiede, Nässe, Zugwind, und der ganze Mist, den man ständig einatmet, Kohlenstaub und die scharfen Gase, wenn geschossen wird. Lungenentzündungen, Asthma, Staublungen, wohin du guckst. Und immer wieder Augenentzündungen und Darmerkrankungen. Sieh dich doch mal um in der Kolonie, wie viele Männer du findest, die die Siebzig erreicht haben. Das sind verdammt wenige. Verdammt wenige.«

Zomrowski nickte und schwieg. Nach einer Weile fragte er: »Dir geht es auch nicht gut, oder? Spuckst du wieder Blut?«

»Ich bin ein alter Mann. Ich hab für niemanden zu sorgen. Mich wird man nicht vermissen«, antwortete Zirbel.

»Du bist fünfundsechzig. Und es gibt viele, die dich brauchen, deinen Rat, deine Aufmunterung, deine Gedichte.«

»Ich schreibe schneller als früher.« Zirbel versuchte zu lächeln. »Vor dir auf dem Tisch, das ist von gestern. Liest du es vor? Ich würd gern hören, wie es klingt, wenn du es liest.«

Johann Zomrowski griff nach dem Blatt Papier, das vor ihm lag. Darauf waren mit einem Bleistift Verse geschrieben worden.

»Die Mordmaschine, auch Auto genannt,
hat wieder viel Menschen zu Tode gerannt,
und vielen andren zermürbt und gebrochen
die vordem guten und graden Knochen.
Wann endlich wird Einhalt getan dem Verderben?
Wie viele müssen zuvor noch sterben?«

»Nein, das meine ich nicht«, sagte Zirbel, »das ist schon älter. Da muss noch ein Zettel liegen.«

»Was die Kraftwagen angeht, da irrst du«, sagte Zomrowski. »Vor ein paar Wochen hat's noch einen schweren Unfall in der Marktstraße gegeben. Da hatte ein Fuhrwerk angehalten, als das Pferd plötzlich scheute und durchging. Der Wagen hat ein Mädchen erfasst und es in eine Schaufensterscheibe gedrückt. Das Kind ist lebensbedrohlich verletzt worden. Solche Unfälle kann es mit Automobilen nicht geben.«

»Wenn immer mehr von diesen Vehikeln über die Straßen rasen, mit immer höheren Geschwindigkeiten, dann werden eines Tages so viele Menschen durch Kraftwagen ums Leben kommen, dass wir uns nach den guten alten Pferdefuhrwerken zurücksehnen werden. Das fürchte ich, Johann. Hast du das andere Blatt gefunden?«

Zomrowski nickte.

»Tief unten in den Nächten, da ist es traurig bang,
tief unten in den Schächten, da tönt's wie Grabgesang.
Da ist der Winde Pfeifen, da ist der Tropfen Fall,
ein Tasten und ein Greifen gespenstig überall.
Da sind die finstren Klüfte, hohläugig wie die Gruft,

da sind die Moderlüfte, da ist der Grabesduft.
Und hier in dieser Hölle, wo's jedem Wesen graust,
in Staub und in Gerölle der arme Bergmann haust.
In diesen öden Klüften, weltfern von Kind und Weib,
in diesen Todeslüften stirbt Seele ihm und Leib.«

Zomrowski legte den Zettel zurück auf den Tisch.

Zirbel sah zum offenen Fenster hinüber. Draußen war es ruhiger geworden. Nur hin und wieder war noch ein Lachen zu hören.

»Du bist einer von ihnen, und du findest Worte für das, was sie sprachlos macht, für ihre Angst, für ihre Verzweiflung und ihre Wut«, sagte Johann Zomrowski. »Du bist die Stimme der Bergleute, der Menschen in den Zechensiedlungen. Ich lese deine Gedichte, damit ich nicht vergesse, was die Menschen hier fühlen und denken. Wenn du einmal nicht mehr da bist, Onkel Heinrich, dann werden dich viele Menschen vermissen.«

»Du etwa auch?«

»Ja, ich auch.«

Zirbel seufzte. »Was tust du überhaupt hier am frühen Nachmittag. Hast du nicht zu arbeiten? Oder bist du wieder auf Mördersuche in der Kolonie?«

»Ich bin mit Molsbeck und meinem neuen Kollegen Schmitz in der Wohnung der Juskowiaks verabredet. Wir wollen nach Unterlagen suchen, die uns über die Herkunft von Hermine und Paul Juskowiak Aufschluss geben könnten.«

Heinrich Zirbel nickte. »Schön, dass du reingeschaut hast«, sagte er.

Als Zomrowski ein paar Minuten später die Küche der Juskowiaks in der Grubenstraße betrat, saßen die Kriminalsergeanten Molsbeck und Schmitz am Küchentisch. Sie hatten Dokumente, Briefe und ein Gebetbuch vor sich liegen und strahlten.

»Alles gefunden«, sagte Molsbeck.

»In einem Kistchen, das unten im Schrank stand«, fügte Schmitz hinzu. Er nahm eine Handvoll Briefe vom Tisch und hielt sie Zomrowski entgegen. »Die hier, die hat Friedrich Kessler im letzten halben Jahr an seinen Bruder Paul geschrieben. Auf den ersten Blick steht da nichts Überraschendes drin, aber wir haben nur mal flüchtig drübergelesen. Im Kriminalbüro wollen wir sie noch einmal in Ruhe studieren.«

»Das hier gehörte Hermine Juskowiak.« Molsbeck griff nach dem Gebetbuch und schlug es auf, während Zomrowski sich zu den beiden Sergeanten an den Tisch setzte. »Ein Andachtsbüchlein. Und vorne sind mit akkurater Handschrift die Geburten von fünf Kindern der Eheleute Blasius und Hermine Kessler, geborene Kötting, eingetragen. 1885 und 1887 die Söhne Paul und Friedrich, 1891 Tochter Hermine, alle in Rheinbach geboren. Eine zweite Tochter wurde 1896 in Bochum geboren, Maria. 1898 dann noch ein Mädchen, das starb aber schon wenige Wochen nach der Geburt. Und hier, das ist aufschlussreich. Unter Friedrichs Geburtseintrag hat irgendjemand, das ist eindeutig eine andere Handschrift, gekritzelt: Eine Strafe Gottes.«

»1894 kam Friedrich in die Irrenanstalt. Da lebten die Kesslers noch in Rheinbach«, überlegte Zomrowski. »Die Tochter Maria wurde 1896 in Bochum geboren. Also sind die Kesslers wohl 1895 ins Ruhrgebiet verzogen.«

»Das hier ist interessant«, sagte Schmitz. »Ein Bescheid der Knappschaft über Witwen- und Waisenrente. Daraus geht hervor, dass Blasius Kessler im Alter von zweiundvierzig Jahren im Februar 1898 auf der Zeche Carolinenglück tödlich verunglückt ist.«

»Carolinenglück in Bochum.« Zomrowski nickte. »Da gab's damals eine Schlagwetterexplosion, bei der mehr als hundert Männer ums Leben gekommen sind.«

»Die Rente reichte kaum zum Überleben für Hermine und ihre drei Kinder, Paul und die beiden Mädchen«, fuhr Schmitz fort. »Also hat Hermine schon im Frühjahr 1899, ein gutes Jahr nach dem Tod von Blasius Kessler, wieder geheiratet, nämlich den Bergmann Johann Juskowiak. In diesem Zusammenhang gibt es einige interessante Dokumente. Aus denen geht hervor, dass Juskowiak, der bis zu dieser Heirat offenbar Junggeselle gewesen ist, 1899 nicht nur Hermine geheiratet hat, sondern zugleich auch ihre leiblichen Kinder adoptiert hat. Alle fünf, Johann, Hermine, Paul und die beiden Mädchen führten von da ab den Familiennamen Juskowiak.«

»Na, dann haben wir ja alles, was wir wollten«, stellte Zomrowski zufrieden fest.

Molsbeck tippte mit dem Finger auf einige Unterlagen, die er vor sich ausgebreitet hatte. »1906 ist die Familie nach Sterkrade gekommen. Johann Juskowiak und der inzwischen zwanzigjährige Paul haben gemeinsam auf der Zeche angefangen. 1909 ist Johann dann verstorben.« Er nahm ein Papier vom Tisch. »Infolge eines Arbeitsunfalls. So steht es hier.«

Anton Schmitz schob nachdenklich die Dokumente auf dem Tisch zusammen. »Das ist mir schon heute Morgen im Kriminalbüro durch den Kopf gegangen«, sagte er nach einer Weile, »als wir über die Bevölkerungsbewegungen im Ruhrgebiet gesprochen haben, über dieses ständige Hin und Her. Warum ziehen Leute wie die Juskowiaks von Bochum nach Sterkrade? Ich versteh nicht, warum sie nicht da bleiben, wo sie einmal Arbeit gefunden haben. Ein Pütt ist doch wie der andere.«

»Nein, das stimmt nicht«, entgegnete Zomrowski. »Es gibt Zechen, wo die Steiger noch größere Sauhunde sind als anderswo, wo man noch fahrlässiger mit der Sicherheit der Kumpel umgeht, wo es Geldstrafen für jede Kleinigkeit gibt. Das Nullen ganzer Wagen ist zwar nach dem großen Streik von 1905 abgeschafft worden, aber wenn die Zechenbeamten der Meinung sind, dass ein paar Steine zu viel zwischen den Kohlen liegen, dann gibt es Abzüge, unerträglich hohe auf manchen Zechen. Also Schmitz, es gibt viele Gründe dafür, dass die Bergleute von einem Pütt zum anderen wechseln. Häufig sind auch die Wohnverhältnisse der Grund dafür. Und 1906, da war ein Großteil der Dunkelschlagsiedlung schon gebaut worden. Das hat viele Kumpel nach Sterkrade gezogen.«

***

Johann Zomrowski stand vor der Gärtnerei Peters in der Bahnhofstraße und dachte an den wundervollen Rosengarten der Molsbecks. Würde er nicht Eulen nach Athen tragen, wenn er Henriette Molsbeck einen Blumenstrauß mitbrächte?

Die Weinhandlung Westhoff in der Marktstraße kam ihm in den Sinn. Wenn er Josef Westhoff nach einem lieblichen Weißen für eine Dame im gesetzten Alter fragen würde, hätte der sicher ein passendes Tröpfchen.

Natürlich könnte er auch noch eben zum Kaffeegeschäft Schäfer am kleinen Markt gehen. Ja, ein Päckchen frisch gerösteter, duftender Kaffeebohnen war vielleicht das angemessene Mitbringsel für Henriette Molsbeck. Und es hätte den Vorteil, dass er nicht mit einem Blumenstrauß oder einer Flasche Wein unterm Arm durch die Stadt laufen müsste.

»Mein Bruder schaut nach Blumen. Sieh mal, Wilhelm! Da wird gewiss irgendeine junge Dame heute Abend ganz entzückt sein. Wer ist denn die Glückliche?«

Hinter Zomrowski standen Arm in Arm Wilhelm Grotedick und Therese.

»Ich bin auf dem Weg zu den Molsbecks und wollte der Henriette eine Kleinigkeit mitbringen. Aber gerade denk ich, dass die gewiss Blumen genug im Garten haben«, erklärte Zomrowski. »Und ihr, ihr macht noch einen Bummel durchs Städtchen?«

»Wir waren beim Schneider, beim Nattermann«, sagte Therese. »Der hat Maß genommen beim Wilhelm für einen neuen Anzug.«

»Habt ihr denn schon gehört, was heute auf der Zeche passiert ist, dass es unseren Schwager Ludwig beinahe erwischt hätte?«

»Ja. Aber es ist doch mal wieder alles gut gegangen«, plapperte Therese.

Zomrowski zuckte mit den Schultern.

»Deine Schwester meint, dass ich unbedingt einen neuen Anzug brauche«, sagte Grotedick.

»Weil der Wilhelm vielleicht bald in die Gesellschaft Erholung aufgenommen wird«, erklärte Therese.

»Ins Klübchen? Donnerwetter«, sagte Zomrowski. »Ich dachte, da wären die hohen Herren von der Hütte unter sich.«

»Was du so alles denkst«, sagte Therese schnippisch.

»Na, immerhin sind die geheiligten Hallen der feinen Gesellschaft direkt neben dem Rathaus. Da sieht man eben schon mal, wer da ein und aus geht.«

»Ist ja nicht ganz verkehrt, was der Johann denkt«, sagte Grotedick. »In der Mehrheit sind's schon Betriebsleiter, Ingenieure und hohe Hüttenbeamte, die in der Gesellschaft Erholung sind.«

»Wichtige Leute aus der Sterkrader Gesellschaft gehören genauso dazu«, beharrte Therese. »Zum Beispiel der Herr Bürgermeister, der Rechtsanwalt Fabry, der Meininghaus von der Brauerei, der Duesberg, dem die Ludwigshütte gehört, der Apotheker Bolza ...«

»Und wie kommt man da rein, in das Klübchen?«, unterbrach Zomrowski seine Schwester.

»Man muss sich schriftlich zur Ballotage an den Vorstand wenden«, erklärte Therese.

»Zur was?«

»Zur Ballotage«, wiederholte Wilhelm, »zur Kugelung. Die Mitglieder stimmen ab, indem sie entweder eine weiße oder eine schwarze Kugel in ein Gefäß fallen lassen. Nur wenn mindestens drei Viertel der Anwesenden durch weiße Kugeln ihre Zustimmung geben, wird man aufgenommen.«

»Und dem Wilhelm, dem ist eben signalisiert worden, dass nichts gegen seine Aufnahme spricht, jetzt, wo er Amtsvorsteher ist.«

»Die Therese, die tut so, als gehörte ich schon dazu«, wiegelte Grotedick ab. »Dabei habe ich bisher noch nicht mal einen Aufnahmeantrag gestellt.«

»Hauptsache, du hast schon mal einen neuen Anzug«, sagte Zomrowski.

Weit kam er nicht, nachdem er sich von seinem Schwager und seiner Schwester verabschiedet hatte. Vor Hellwegs Handlung für Fahrräder und Nähmaschinen ließ ihn ein auf den Pflastersteinen quietschender Reifen zusammenzucken.

»Entschuldigen Sie, Herr Zomrowski, ich wollte Sie nicht erschrecken«, sagte Hubert Hellweg und stieg neben ihm vom Rad. »Ich wollte Ihnen nur sagen, dass Ihre Karbidlampe heute angekommen ist. Wollen Sie noch mit reinkommen? Sie können Sie mitnehmen. Oder soll ich sie Ihnen lieber montieren?«

»Ich komm in den nächsten Tagen mal vorbei«, sagte Zomrowski. »Jetzt möchte ich sie nicht gern mitschleppen. Ich bin gerade unterwegs zu einem Treffen mit meinen Kollegen.«

»Immer im Dienst, der Herr Kriminalwachtmeister. Sie sollten sich und den Gaunern im Städtchen hin und wieder mal einen ruhigen Abend gönnen«, scherzte Hellweg.

»Wir treffen uns zum Skat. Aber behalten Sie es für sich«, sagte Zomrowski, »sonst nutzen die Gauner es womöglich aus, wenn sie hören, dass die halbe Sterkrader Kriminalpolizei mit Kartenspielen und Biertrinken beschäftigt ist.«

Hellweg lachte.

»Wo haben Sie denn Ihr schmuckes Sportrad?«, fragte Zomrowski. »Mit so einer alten Maschine hab ich Sie ja noch nie durch Sterkrade radeln gesehen.«

»Oh, das tu ich aber öfter«, entgegnete Hellweg. »Das ist unser Geschäftsrad. Das benutzen der Vater und ich und ab und zu auch der Lehrjunge für Besorgungen in der Stadt. Man kann was drauf transportieren, weil's den Gepäckträger hat, und es ist unverwüstlich. Ein gutes Fahrrad, sehr solide, auch wenn es recht schwer ist und schon einige Jahre auf dem Buckel hat.«

»Aber nagelneue Reifen hat es«, stellte Zomrowski fest.

Hubert Hellweg lachte. »So ist das nun mal«, sagte er. »Wenn man viel unterwegs ist mit einem Rad, sind irgendwann die Laufmäntel hinüber. Dann gibt es eben neue.«

»Haben Sie die aufgezogen?«, fragte Zomrowski.

»Ja«, sagte Hellweg. »Ich hab die Dinger vor ein paar Tagen gewechselt. Ich glaub, der Vater hatte es mir aufgetragen. Oder hatte der Lehrjunge sich beklagt über die abgefahrenen, alten Mäntel? Ich weiß es nicht mehr genau.«

Die Tür zu Hellwegs Handlung für Fahrräder und Nähmaschinen wurde geöffnet, das Glöckchen schlug an. Grete Lengeling verließ den Laden, gefolgt von ihrem Mann Jakob.

»Guten Tag, gnädige Frau«, sagte Hubert Hellweg. »Guten Tag, Herr Hauptlehrer.«

Die Lengelings erwiderten den Gruß, Grete fröhlich, Jakob ein wenig verlegen.

»Na, ihr beiden. Habt ihr nach einer Nähmaschine geschaut?«, fragte Zomrowski grinsend.

»Nein, nach einem Damenfahrrad, für mich«, antwortete Grete aufgekratzt.

»Ach ja.« Zomrowski zwirbelte seinen Schnurrbart. »Das hat der Köbes ja am Sonntag erzählt, dass er dir gern ein Fahrrad kaufen möchte. Dann könntest du demnächst für deine Einkäufe zum Hüttenkonsum und auf den Markt fahren. Das wäre gut für euer Haushaltsbudget, hat er gesagt.«

Grete Lengeling war baff. Jakob Lengeling holte tief Luft. Zomrowskis Flunkerei verschlug beiden die Sprache.

»Das sieht der Herr Hauptlehrer ganz richtig«, sagte Hubert

Hellweg eifrig. »Die Mobilität der Hausfrau kann man gar nicht hoch genug einschätzen. Was man bei den täglichen Besorgungen einspart, wenn man sich in ganz Sterkrade umsehen kann, das ist erheblich. Da amortisiert so ein Fahrrad sich schneller, als man glaubt. Und wenn's anfangs an den Fahrkünsten hapert, dann helfe ich gern ein wenig. Für eine sportliche junge Dame ist die Beherrschung eines Zweirades gar kein Problem. Wirklich eine gute Idee, die Anschaffung eines Damenrades.«

Zomrowski lachte lautlos.

»Hat der Jakob das wirklich so gesagt?«, fragte Grete ihn.

»Nein, da hat der Johann irgendwas nicht richtig verstanden«, fuhr Lengeling dazwischen. »Und von der Anschaffung eines Damenrades zu reden, Herr Hellweg, ist absolut verfrüht. Meine Gattin und ich, wir haben uns nur mal in Ihrem Geschäft umgesehen, weil wir zufällig hier vorbeigekommen sind.«

Eine Minute später ging Johann Zomrowski eilig am alten Friedhof vorbei, überquerte in der Stadtmitte die Straße im Laufschritt vor einer herannahenden Straßenbahn und sah vor dem Portal des stattlichen, neuen Verwaltungsgebäudes der Gutehoffnungshütte ein elegantes Automobil stehen, umringt von ein paar staunenden Burschen.

»Ein Simplex Tourenwagen von Mercedes ist das. Der hat achtundzwanzig Pferdestärken und fährt sechzig Kilometer in einer Stunde«, erklärte einer.

Unter den Jungen, die beeindruckt zuhörten und andächtig den Kraftwagen umrundeten, erkannte Zomrowski Arnold Kückelmann und Ferdinand Lehmkuhl, den Sohn des Schusters.

Zomrowski winkte ihnen zu. Sie hatten nur Augen für das chromglänzende Automobil. Erst als er kurz darauf mit einem Beutel wohlriechender, frisch gerösteter Kaffeebohnen in der Hand über den kleinen Markt am Kriegerdenkmal vorbeimarschierte, sahen die beiden Burschen ihn und kamen zu ihm gelaufen.

»Hast du das Mercedes-Auto gesehen, da drüben?«, fragte Arnold.

Zomrowski nickte. »Ich bin gerade schon an euch und dem Kraftwagen vorbeigegangen, aber ihr habt mich nicht bemerkt. So hingerissen wart ihr von dem Automobil.«

»Na ja, ist ja auch ein großartiger Wagen«, sagte Ferdinand Lehmkuhl versonnen.

»Und was treibt ihr hier in der Stadt?«, fragte Zomrowski, während er, flankiert von den beiden Jungen, durch die Klostergasse ging.

»Wir sollen für mich ein paar neue Klotschen kaufen, hat der Vater gesagt.«

»Neue Holzschuhe? Gibt es die denn nicht auch bei euch in der Reinersstraße?«

»Doch schon, aber da haben sie nur die holländischen Klumpen. Die sind vorne so spitz«, erklärte Arnold. »Bei Lantermann, da gibt's die Kirchhellener Klotschen, die flachen. Die sind besser zum Fußballspielen.«

»Na, dann lauft mal rüber zu Lantermann«, sagte Zomrowski, als er mit den Jungen auf dem großen Markt neben der Clemenskirche stand. »Ich muss zu dem jungen Mann da drüben an der Plakatsäule. Das ist mein Kollege Schmitz. Mit dem bin ich verabredet.«

Die Jungen verabschiedeten sich.

»Und grüß den Vater, Arnold! Und die Bernhardine!«, rief Zomrowski hinter ihnen her.

Anton Schmitz kam ihm entgegen. »Da sind Sie ja endlich«, sagte er.

»Haben Sie schon lange gewartet?«

Schmitz winkte ab.

»Ich hab noch eine Kleinigkeit für Molsbecks Frau gekauft, und alle paar Meter hab ich jemanden getroffen, der mich aufgehalten hat«, erklärte Zomrowski. »Manchmal ist es in Sterkrade eben doch noch so wie in einem Dorf.«

Ein junger Mann, der mit der einen Hand seine Kappe festhielt und mit der anderen an den Knöpfen seines Hosenschlitzes herumfingerte, rannte an ihnen vorbei.

Die beiden Kriminalbeamten sahen ihm nach. Als er im Pissoir neben der Clemenskirche verschwand, sagte Zomrowski: »Na also. Dafür ist das Café Wellblech schließlich da. Ich weiß gar nicht, warum es Kerle gibt, die auf die Straße pinkeln.«

»Gibt es die?«, fragte Schmitz.

»Jedenfalls gibt es eine Beschwerde darüber, dass Leute ihre

Notdurft in der Öffentlichkeit verrichten und damit die guten Sitten gefährden. Hüppchen will uns dazu morgen in der Dienstbesprechung noch einiges erzählen.«

»Soll er mal«, sagte Schmitz. »Erzählen scheint ja das zu sein, was er am besten kann, außer Zeitung lesen natürlich.«

»Reden Sie nicht so despektierlich über Ihren Vorgesetzten, Kriminalsergeant Schmitz! Der Alte hat immer noch einen klaren Kopf, und er sorgt dafür, dass jeder Beamte das in die kriminalistische Arbeit einbringt, was er kann. Wenn jüngere Kollegen mehr wissen als er selbst, dann deckelt er sie nicht, sondern fördert sie. Das ist nicht selbstverständlich, Schmitz. Die Effektivität der Kriminalabteilung ist sein Verdienst.«

»Wie er mit den Kirmesleuten umgesprungen ist, das hat mir nicht gefallen.«

»Mir auch nicht.«

»Und als er vorige Tage die Geschichte von dieser Leichensezierung auf dem Küchentisch erzählt hat, hat er behauptet, der Kreisphysikus wäre aus Ruhrort gekommen. Da hab ich gedacht, dass er vielleicht doch schon ein bisschen durcheinander ist, der Herr Kommissar.«

»Sie sind ein sehr aufmerksamer Beobachter und Zuhörer, Schmitz«, sagte Zomrowski anerkennend. »Aber in diesem Fall ist Ihre Schlussfolgerung falsch. Sterkrade gehörte bis vor drei Jahren noch zum Kreis Ruhrort, vorher zum Kreis Mülheim und davor zum Kreis Duisburg. So ist das nun mal in diesem Ruhrgebiet. Die Bevölkerung wächst so rasant, dass die Verwaltungsgrenzen sich immer wieder verschieben. Aus beschaulichen Kreisstädtchen werden innerhalb weniger Jahre kreisfreie Großstädte. Landkreise werden auseinandergerupft und neu zusammengesetzt. Die alte Kreisstadt Ruhrort ist vor ein paar Jahren zu einem Stadtteil von Duisburg geworden. Deshalb ist die Kreisverwaltung 1909 nach Dinslaken verlegt worden, und jetzt gehören wir eben mal eine Weile zum Kreis Dinslaken.«

»Danke«, sagte Schmitz, während sie über die Marktstraße aufs Hagelkreuz zugingen.

»Wofür?«

»Na, für die kleine Unterweisung in Sterkrader Geschichte.«

»Gern geschehen.«

»Wirklich?«

»Ja, sicher.«

»Dann könnten Sie mir vielleicht auch noch erklären, warum manche Leute von der Zeche Sterkrade reden, andere von Constanzia. Die meinen doch dasselbe, oder?«

Zomrowski nickte. »Eigentlich sollte hier nur ein Wetterschacht für Zeche Osterfeld angelegt werden. Der bekam Ende der Neunziger den Namen Constanzia. Als man auf gut erschließbare Lagerstätten stieß, wurde dann aus dem Wetterschacht eine eigenständige Förderanlage. 1902 war das. Da wurde aus Constanzia der Schacht eins von Zeche Sterkrade. Und in den Jahren darauf wurde auf demselben Gelände Schacht zwei abgeteuft.«

»Und genauso ist Ludwigshütte ein alter Name für die Gutehoffnungshütte?«, fragte Schmitz.

»Nein, nein. Die Ludwigshütte liegt zwischen Weselstraße und Mathildestraße in der Nähe vom Alsbach. Sie sind heute Nachmittag auf dem Weg zur Dunkelschlagsiedlung mit der Straßenbahn dran vorbeigefahren. Die gießen da Kleinteile für Maschinen und solche Sachen. Mit der großen Gutehoffnungshütte haben die nichts zu tun.«

»Aber die Zechen, die sind irgendwie mit der Hütte verbandelt, wenn ich das richtig verstanden habe«, erkundigte Schmitz sich.

»Das stimmt. Zeche Sterkrade und Zeche Hugo gehören beide zum Gutehoffnungshütte Aktienverein.«

»Und warum gehen wir jetzt links am Hagelkreuz vorbei? Als ich vorige Tage mit Molsbeck zu ihm nach Hause spaziert bin, da sind wir da rechts weitergegangen, am Friedhof entlang.«

»Friedhofstraße und dann links rein in die Holtener oder hier weiter bis zum Ende der Marktstraße und dann rechts rum, das bleibt sich ungefähr gleich. Aber wenn wir hier hergehen, dann kommen wir am Wirtshaus Graßhoff vorbei, an der Ecke Marktstraße, Holtener Straße. Da zeig ich Ihnen, wo Sie während unseres Skatabends immer mal wieder die Krüge nachfüllen lassen können.«

»Ich? Wieso das denn?«

»Na, das hatten wir doch so ausgemacht. Sie gehen das Bier holen, und ich bezahle es.«

»Davon weiß ich nichts«, sagte Schmitz schmollend.

Zomrowski lachte. »Na gut, Herr Kriminalsergeant. Wenn Sie keinen Spaß dran haben, Ihre Kollegen zu bewirten, dann sprechen wir mal mit Peter Molsbecks Enkelsohn. Der macht bestimmt gern heute Abend den Laufburschen für uns, wenn wir ihm jeder einen Groschen geben.«

ZWÖLF

Johann Zomrowski schaute müde in den Spiegel, der über der Kommode in seinem Schlafzimmer hing, beugte seinen Kopf zur Waschschüssel hinunter und schleuderte mit beiden Händen einen Schwall Wasser in sein Gesicht.

Spät war es geworden gestern Abend, und Peter Molsbecks Enkel hatte sich die beiden Groschen, die Schmitz und Zomrowski ihm gegeben hatten, aufrichtig verdienen müssen. Wohl ein Dutzend Mal war der Junge mit einem leeren Bierkrug zum Wirtshaus Graßhoff gelaufen.

»Beim nächsten Mal lassen wir uns eine Kiste mit Flaschenbier bringen«, hatte Schmitz vorgeschlagen.

Molsbeck hatte das Gesicht verzogen. »Schmeckt nicht«, hatte er gesagt, »und der Junge freut sich über die Groschen.«

Ein amüsanter Skatabend war's gewesen zwischen den Rosen in Molsbecks Garten, auch wenn Zomrowski sich ein ums andere Mal über seine schlechten Karten geärgert und die meisten Miesen angeschrieben bekommen hatte. Als Schmitz, während er die Karten mischte, einmal auf den Mordfall zu sprechen gekommen war, hatte Zomrowski ihn nur stirnrunzelnd angesehen, und Molsbeck hatte gesagt: »Bier ist Bier, und Schnaps ist Schnaps, und jetzt wird Skat gespielt.«

Anton Schmitz hatte verstanden und sich im weiteren Verlauf des Abends zur Überraschung seiner Kollegen als rheinischer Spaßvogel entpuppt.

Während Zomrowski sein Rasiermesser am Lederstreifen abzog, der neben dem Kommodenspiegel hing, erinnerte er sich grinsend an einen der zahlreichen Witze, die Kriminalsergeant Schmitz erzählt hatte.

Eine junge Frau setzt sich beim sonntäglichen Frühstück auf den Schoß ihres Gatten und haucht ihm ins Ohr: »Was hältst du denn davon, Liebster, wenn wir uns heute mal einen besonders schönen Sonntag machen?« Der Gemahl ist begeistert: »Das wäre wunderbar, mein Sonnenschein«, sagt er. Daraufhin steht sie auf, setzt ihr Hütchen auf den Kopf, geht zur Wohnungstür und säuselt: »Dann bis heute Abend, mein Liebling.«

Zomrowski kratzte seine Bartstoppeln ab, wischte sich den Rest des Rasierschaums aus dem Gesicht, zwirbelte die Schnurrbartspitzen, wischte mit nassen Händen über sein Haar und brachte es anschließend mit dem Kamm in Form.

Er hörte, dass Lise im vorderen Zimmer den Kaffee auf den Tisch stellte, und spielte für ein paar Augenblicke mit dem Gedanken, nach ihr zu rufen.

Dann zog er sich gemächlich an, erfreute sich am belebenden Aroma des Frühstückskaffees und blinzelte, als er auf die Bahnhofstraße hinaustrat, zuversichtlich der Lichtflut des noch jungen Tages entgegen.

In der Steinbrinkstraße blieb er vor dem Schaufenster der Eisen- und Haushaltswarenhandlung von Arnold Wiebus stehen und fand Gefallen an einer Toilettegarnitur aus weißem Porzellan, bestehend aus Flakon, Seifenschale, Puderdöschen, Zahnpulverdose und Kammschale. Sie würde der Lise sicher gefallen, dachte er. Ihr hin und wieder ein nettes Geschenk zu machen, anstatt ihr jeden Monat ein paar Mark extra zu geben, wäre vielleicht angemessener, wäre ihr gewiss weniger unangenehm.

Als er die Straße überquerte, nahm er sich vor, in den nächsten Tagen zum Friseur Willems zu gehen. Es wurde höchste Zeit. Seine Haarspitzen kitzelten an den Ohrmuscheln.

Auf der Rathaustreppe traf er den gähnenden Peter Molsbeck, der ihn fragte: »Wie oft bist du denn letzte Nacht wach geworden?«

»Einmal«, antwortete Zomrowski, »einmal musste ich zum Klo.«

Molsbeck seufzte. »Viermal«, sagte er. »Ungefähr alle zwei Stunden musste ich pinkeln, hab kaum geschlafen. Es ist nicht einfach, ein alter Mann zu werden.«

Anton Schmitz stand in der Kriminalwache an einem Stehpult und begrüßte seine beiden Kollegen lachend. Er hatte sich schon eine Weile in die Briefe vertieft, die Friedrich Kessler an Paul Juskowiak geschrieben hatte.

Während Zomrowski und Molsbeck sich an ihre Bürotische setzten und die Füße von sich streckten, referierte er: »Also, da gibt es keinerlei Anhaltspunkte für irgendeinen Arg zwischen den beiden Brüdern. Sentimental könnte man sie nennen, die Briefe vom Friedrich. Dass er sich danach sehnt, die Mutter und den Bruder wieder an sein Herz zu drücken, das geht aus allem hervor, was er geschrieben hat. Er sagt das zwar nie direkt, aber zwischen den Zeilen kann man es deutlich lesen. Zuerst gibt er es noch eher zurückhaltend zu verstehen, in den letzten Briefen allerdings recht deutlich. Offenbar haben die Antworten, die er von Paul bekommen hat, ihn dazu ermutigt. In keinem Brief macht Friedrich seiner Familie Vorwürfe. Es scheint, dass er es ganz bewusst vermieden hat, in der Vergangenheit herumzurühren.«

»Aus Friedrichs Briefen geht also hervor, dass er Antworten von Paul bekommen hat?«, fragte Molsbeck.

»Ja, ganz eindeutig«, antwortete Schmitz.

»Und warum hab ich die Briefe von Paul an Friedrich nicht gefunden, als ich im Wohnwagen seinen Schlafplatz und seine Kiste durchsucht habe? Ich war gründlich, das könnt ihr mir glauben, sogar unter seiner Strohmatratze habe ich nachgeguckt.«

»Vielleicht hatte er sie weggeworfen, oder er hatte sie im Winterquartier der Schautruppe gelassen«, mutmaßte Schmitz.

»Unwahrscheinlich«, sagte Zomrowski. »Er hatte sich für den Tag seiner Ankunft in Sterkrade mit dem Bruder verabredet. Da nimmt man doch die Briefe mit, in denen man die Verabredung getroffen hat. Schließlich will man noch mal nachsehen, sich vergewissern.«

»Also hat jemand die Briefe zur Seite geschafft, damit wir sie nicht finden«, kombinierte Molsbeck.

Zomrowski schüttelte den Kopf. »Marsilius und seine Leute hatten sich doch überlegt, dass sie aus dem Schneider wären, wenn wir die Morde für eine Familienangelegenheit halten würden. Sie wollten, dass wir herausfinden, dass Friedrich Kessler und Paul Juskowiak Brüder waren. Da wäre es doch blödsinnig gewesen, die Briefe vor uns zu verstecken.«

Die Kriminalsergeanten Emil Pötter und Dietrich Grottkamp betraten, miteinander scherzend, die Wachstube, und erkundigten sich gut gelaunt nach dem Verlauf des Skatabends.

»Der Peter hat gewonnen«, sagte Schmitz.

»Und der Herr Kriminalwachtmeister ist sang- und klanglos untergegangen«, fügte Molsbeck schmunzelnd hinzu.

»Jedenfalls hatten wir unseren Spaß«, sagte Zomrowski.

Pötter setzte sich an seinen Schreibtisch.

Grottkamp zog einen Ordner aus dem Aktenschrank, legte ihn auf das Stehpult neben der Tür zu Hüppchens Zimmer und begann herumzublättern.

Schmitz sagte: »Ich hab nicht gut geschlafen letzte Nacht.«

Molsbeck grinste. »Du auch nicht? In deinem Alter hab ich immer gepennt wie ein Stein, wenn ich zu viel getrunken hatte.«

»Die halbe Nacht gegrübelt hab ich«, sagte Schmitz. »Mich macht verrückt, dass wir immer noch nicht wirklich weitergekommen sind. Seit gestern ist klar, dass Kessler und Juskowiak Brüder waren. Zuerst hab ich gedacht, das würde uns der Lösung des Falls einen gewaltigen Schritt näherbringen, aber je öfter ich mir alles durch den Kopf gehen lasse, desto weniger kann ich mir einen Reim drauf machen.«

»Juskowiak hat das Interesse an seinem Bruder nur vorgetäuscht. In Wirklichkeit waren er und seine Mutter entsetzt darüber, dass diese Strafe Gottes wieder in ihrem Leben aufgetaucht war. Sie wollten nie mehr etwas mit Friedrich zu tun haben«, spekulierte Molsbeck. »Also hat Paul sich neben dem Trampelpfad versteckt. Als Friedrich vorbeikam, hat er ihn erschlagen. Das ist meine Theorie.«

»Und wer hat den Juskowiak dann erschossen?«, fragte Schmitz.

»Jemand, der Friedrich Kessler rächen wollte, einer von den Kirmesleuten wahrscheinlich.«

Zomrowski zog zweifelnd die Augenbrauen hoch und wiegte den Kopf hin und her. »Das haut nicht hin«, sagte er. »Der Juskowiak, der erschlägt doch nicht seinen Bruder und setzt sich anschließend ein paar Meter weiter auf einen Holzstapel, um erst mal in aller Seelenruhe eine Zigarette zu rauchen und zu warten, bis jemand den Toten entdeckt hat. Und die Fahrradspur, die passt auch nicht in deine Geschichte.«

»Und was ist deiner Meinung nach da abgelaufen?«, fragte Molsbeck ungehalten.

»Ich weiß es nicht«, sagte Zomrowski.

Lambertus Hüppchen kam schnaufend aus dem Kommissarzimmer gestapft und vertrieb mit einer Handbewegung Dietrich Grottkamp vom Pult vor seiner Tür. »Einen Stuhl brauch ich heute nicht. Wenn ich im Stehen zu Ihnen spreche, verstehen Sie mich gewiss besser«, sagte er mürrisch, stützte sich mit beiden Händen auf das Pult und ließ sogleich eine heftige Tirade gegen die Kerle los, die, jedes Gefühl von Sittlichkeit missachtend, auf den Straßen pinkelten und hier und da sogar die Hosen herunterließen, um sich größerer Sachen zu entledigen.

»Wenn Sie so einen Unhold erwischen, sofort die Identität feststellen!«, donnerte er. »Ob das Idioten sind, die noch nicht mitgekriegt haben, dass Sterkrade kein niederrheinisches Kuhdorf mehr ist, oder irgendwelche Polen, die glauben, sie wären hier in Pusemuckel, das ist mir völlig egal. Wir werden ihnen Ordnungsstrafen aufbrummen, die sie zur Räson bringen.«

Lambertus Hüppchen schlug mit der flachen Hand auf das Stehpult, schnaufte ein paar Mal tief durch, sah die fünf Männer seiner Kriminalabteilung nacheinander an und gewann den Eindruck, dass es ihm gelungen war, ihnen die besondere sittliche Bedeutung dieser unappetitlichen Affäre plausibel zu machen.

Er berichtete seinen Beamten kurz von der Beschwerde der königlichen Post über die zunehmende Zerstörung von Telegraphenanlagen und bat sie, auch in dieser Angelegenheit die Augen offen zu halten, bevor er sich an Zomrowski wandte.

»Dann, Herr Kriminalwachtmeister, setzen Sie uns doch mal vom augenblicklichen Stand der Mordermittlungen in Kenntnis!«, forderte er ihn auf.

Nach Zomrowskis Bericht machte der Kommissar keinen Hehl daraus, dass er mehr erwartet hatte. »Die beiden Kerle sind jetzt schon seit einer Woche in der Hölle oder wo auch immer, und wir sind noch nicht entscheidend weitergekommen.«

»Das wissen wir«, sagte Zomrowski. »Der Fall ist verzwickt. Wir haben schon zahlreiche Erkenntnisse gewonnen, es gibt Spuren und interessante Hinweise, aber noch lassen all diese Mosaiksteinchen sich nicht zu einem stimmigen Bild zusammenlegen. Wir arbeiten daran. Wir tun, was wir können.«

»Dass jeder von Ihnen sein Bestes gibt, das bestreite ich keineswegs«, lenkte Hüppchen ein, »aber es werden nun mal Ergebnisse von uns erwartet.«

Er zog ein Papier aus seiner Jackentasche, legte es vor sich aufs Pult und setzte seine Brille auf. »Es gibt noch eine weitere Beschwerde, betreffend die öffentliche Ordnung und Sicherheit. Auch in dieser Angelegenheit erwartet Inspektor Kerkhoff die Unterstützung der Kriminalabteilung«, erklärte er.

Der Kommissar las aus einem Schreiben der Oberhausener Straßenbahnverwaltung vor, die darüber Klage geführt hatte, dass beinahe täglich in den Abendstunden allerlei Unfug getrieben werde, der sich gegen Straßenbahnen und deren Personal richte.

Von Zündplättchen, die auf die Schienen gelegt wurden, und von unvernünftigen Burschen, die auf fahrende Wagen aufsprangen, war die Rede.

»Erst kürzlich ist im Bereich der Emmerichstraße ein Junge, der von hinten auf einen Straßenbahnwagen aufspringen wollte, mit einem Kleidungsstück am Puffer hängengeblieben und wäre zu Tode geschleift worden, wenn die Schaffnerin nicht den Vorgang noch rechtzeitig bemerkt hätte«, las der Kommissar.

Offenbar das Fass zum Überlaufen gebracht hatte bei der Verwaltung in Oberhausen eine Untat, die erstmals am Vorabend der Fronleichnamskirmes begangen worden war und sich seitdem bereits zweimal wiederholt hatte.

»Im Bereich der Emmerichstraße in Sterkrade, kurz vor der Endhaltestelle Zeche Hugo, warfen einige Jungen Grasplacken, die sie zuvor durch Hundekot gezogen hatten, gegen die Wagen. Dies führte nicht nur jedes Mal zu einem heftigen Erschrecken unter den Fahrgästen, sondern auch zu einer erheblichen Verunreinigung der Straßenbahnen«, las Hüppchen vor.

Es folgten Datum und Uhrzeit jedes einzelnen Vorfalls. Das Schreiben der Straßenbahnverwaltung schloss mit dem Satz: »In allen drei Fällen beobachteten die Schaffner, dass die Täter in die zur Kolonie Dunkelschlag gehörende Zechenstraße flüchteten.«

»Ekelhaft«, sagte Dietrich Grottkamp.

»Aber das ist doch wirklich die Sache der Uniformierten«, knurrte Molsbeck.

»Wenn es um das Ansehen der Gemeinde geht, dann haben alle Beamten an einem Strang zu ziehen, gerade jetzt, wo Sterkrade drauf und dran ist, sich um die Stadtrechte zu bewerben«, widersprach Hüppchen energisch.

»Und wie stellen Sie sich das vor?«, fragte Pötter. »Sollen wir uns vor der Kolonie auf die Lauer legen?«

»Natürlich nicht«, sagte Hüppchen ärgerlich. »Kerkhoffs Männer werden in den Abendstunden vermehrt über die Emmerichstraße patrouillieren. Außerdem werden wir die Jungen über die Schule zur Ordnung rufen. Und unter uns, meine Herren: Mir ist dieses törichte Auf- und Abspringen ebenso schrecklich wie der Unfug mit dem Hundedreck. Die Kinder setzen ja ihr Leben aufs Spiel. Da sind die Lehrer in der Pflicht, ihnen das klarzumachen.«

»Was Sie von uns erwarten, Herr Kommissar, das ist mir jetzt immer noch nicht klar«, sagte Anton Schmitz.

»Halten Sie die Augen und die Ohren offen, wenn Sie in der Kolonie zu tun haben. Vielleicht erfahren Sie ja beiläufig etwas. Lassen Sie bei Gelegenheit durchblicken, dass auf die Eltern der Knaben erheblicher Ärger und beträchtliche Reinigungskosten zukommen, wenn wir die Übeltäter erwischen. Wenn sich das herumspricht, hört der Unfug ja womöglich schon auf. Dabei zähle ich übrigens besonders auf Sie, Zomrowski. Sie haben schließlich Verwandtschaft in der Zechenstraße.«

***

Johann Zomrowski platzte der Kragen. »Du bist störrisch! Du verschweigst mir etwas!«, fuhr er seinen Sohn an. »Wenn du irgendwas mit der Sache zu tun hast, dann hol ich dich hier weg aus der Siedlung.«

Michael senkte den Kopf.

»Also, warst du mal dabei, bei den Ferkeln, die das mit der Hundescheiße gemacht haben?«, fragte Zomrowski noch einmal.

Michael schüttelte den Kopf.

»Bist du schon mal auf eine fahrende Straßenbahn aufgesprungen?«

»Nein, das ist mir viel zu gefährlich.«

»Aber du weißt, wer die Jungs sind, die diesen Unsinn machen?«

Michael antwortete nicht.

»Halt dich fern von denen!«, sagte Zomrowski drohend.

Sein Sohn nickte.

»Versprichst du mir das?«

Michael nickte noch einmal. »Das sind sowieso nicht meine Freunde«, erklärte er zaghaft.

»Aber du willst mir nicht sagen, wer sie sind?«

Michael schüttelte energisch den Kopf.

Sein Vater schwieg, und Michael entdeckte, als er zu ihm aufsah, ein flüchtiges Lächeln in seinem Gesicht.

Zomrowski fuhr seinem Sohn mit der Hand durchs Haar und deutete mit dem Kopf zum Ende der Zechenstraße, wo ein paar Jungen barfüßig einem Lappenball nachjagten.

»Habt ihr keinen richtigen Ball?«

»Der ist nicht schlecht, den haben wir uns selbst aus alten Lumpen gewickelt und zusammengeschnürt, mit einem Bindfaden von der Tante Paula Leschinsky.«

»Hält das denn?«

»Eine Zeitlang schon. Wenn er zerfleddert ist, dann wickeln wir ihn eben wieder zusammen.«

»Dann lauf zu! Deine Mannschaft braucht dich sicher.«

Michael rannte zu den Jungen ans Ende der Straße. Zomrowski setzte sich zu seinem Schwager auf die Bank vors Haus.

»Respekt, Herr Kriminalwachtmeister«, sagte Ingenbold lächelnd. »Ich hab eurem kleinen Disput zugehört. Dass du deinen Sohn nicht gezwungen hast, die Jungs zu verraten, zeugt von einer Klugheit, die ich einem preußischen Polizeibeamten gar nicht zugetraut hätte.«

Zomrowski lachte. »Ich glaube, ich war ein bisschen stolz auf ihn, als er so störrisch war. Aber das brauchst du ihm nicht zu sagen.«

»Auf den Michael kannst du stolz sein. Der tut nichts Unüberlegtes. Den Unfug mit der Straßenbahn hat er bestimmt nicht mitgemacht.«

»Ich hab schon mal dran gedacht, ihn im Rathaus unterzubringen, wenn seine Schulzeit zu Ende ist. Mit einem guten Abschlusszeugnis kann er als Botenjunge anfangen, und wenn er fleißig ist, Lehrgänge besucht und sich weiterbildet, dann kann er in einigen Jahren Sekretär sein.«

»Als Handwerker würd er sich auch gut machen«, entgegnete Ingenbold. »Lass den mal Schlosser werden oder Schreiner. Der bringt's bis zum Meister und zum eigenen Geschäft in der Bahnhofstraße. Davon bin ich überzeugt.«

»Hätt nichts dagegen, wenn's ihm mehr liegen würde als das

Büro«, sagte Zomrowski. »Dass er auf keinen Fall in den Pütt will, das hat er mir gestern noch gesagt, als die Katarina dich in der Regentonne abgeseift hat.«

Ingenbold griff nach der Schnapsflasche, die neben der Bank stand, und nahm einen kräftigen Schluck. »Gestern, als alle so fröhlich waren, da hab ich gar nicht drüber nachdenken können, was für ein Glück wir hatten, dass keinem von uns der Berg auf den Kopf gefallen ist und dass wir da rausgefunden haben. Heute muss ich schon den ganzen Tag darüber grübeln.«

»Bist du heute Morgen nicht eingefahren?«

»Wir mussten zum Obersteiger, alle fünf, und genau berichten, wie das gestern passiert ist und auf welchem Weg wir rausgekommen sind. Und dann hat er uns nach Hause geschickt. Feierschicht auf Kosten der Zeche. Großzügig, was? Aber morgen muss ich wieder runter, und zum ersten Mal in meinem Leben graust es mir davor.«

»Die brauchen doch auch immer mal wieder einen erfahrenen Hauer über Tage, als Aufsicht am Leseband oder in der Kokerei oder an der Hängebank. Da muss es doch Möglichkeiten geben für einen Mann mit deinen Erfahrungen.«

»Damit es mir so geht wie einem alten Hauer hier aus der Nachbarschaft.« Ingenbold machte eine wegwerfende Handbewegung. »Der hat so das Rheuma in den Knochen, dass sie ihn unten nicht mehr gebrauchen konnten. Zum Waschkauenwärter haben sie ihn gemacht, und jetzt hat er nur noch halb so viel in der Lohntüte wie früher. Wenn er nicht zwei Söhne hätte, die inzwischen mitverdienen, dann käm er nicht mehr über die Runden.«

Ingenbold nahm einen Schluck aus der Schnapsflasche und hielt sie Zomrowski hin. Der schüttelte den Kopf.

»Rund eineinhalbtausend Mark bring ich im Jahr nach Hause, Johann, wenn alles gut läuft im Pütt und wenn ich gesund bin. Das reicht doch jetzt schon an allen Ecken und Enden nicht. Nein, Johann, ich werde morgen wieder einfahren. Das Leben muss weitergehen.«

Zomrowski schwieg.

Nach einem weiteren Schluck aus der Schnapsflasche sagte Ingenbold: »Wenn uns die Christlichen nicht in den Rücken gefallen wären beim Streik, dann hätten wir jetzt mehr in der Lohntüte.«

Zomrowski zuckte mit den Achseln.

»Ein Kriminalwachtmeister verdient sicher doppelt so viel wie ein Bergmann, oder?«

»Nicht ganz«, sagte Zomrowski ausweichend.

»Du machst eine wichtige Arbeit, und du bist ein kluger Kopf. Deshalb hat das schon seine Ordnung. Aber wenn ich höre, dass jeder kleine Verwaltungssekretär, der sich im Rathaus den Hintern wund sitzt, mehr als zweitausend Mark im Jahr verdient, dann fühle ich mich verhöhnt, Johann. Verstehst du das?«

»Ja, das verstehe ich«, sagte Zomrowski.

»Für uns Arbeiter kann es nur besser werden, wenn wir alle zusammenhalten, die Kumpel von der Zeche und die Männer von der Hütte. Wer an den Hochöfen und den Walzstraßen schuftet, der ist genauso beschissen dran wie wir. Und wir werden von denselben Leuten ausgebeutet.«

»Ausgebeutet?« Zomrowski schüttelte missbilligend den Kopf. »Dass ihr für eure harte Arbeit einen höheren Lohn fordert, das ist richtig, Ludwig. Aber wenn ihr mit euren sozialistischen Schlagworten daherkommt, dann verschreckt ihr doch nur die gemäßigte Arbeiterschaft. So kommt ihr nie auf einen Nenner.«

»Mensch, Johann, schau dir doch mal an, wie die leben, die durch unsere Arbeit reich geworden sind, die Hütten- und Grubenbesitzer, die großen Aktionäre. Da muss sich unsereiner doch ausgebeutet fühlen.«

»Ich weiß nicht, wie die leben.«

Ludwig Ingenbold lachte böse. »Woher auch? Auf den Straßen von Sterkrade wird dir kein Haniel über den Weg laufen. Die leben in ihren Villen im mondänen Düsseldorf oder sonst irgendwo, wo die Luft sauber ist und der Himmel blau. Dabei gehören die Haniels noch zu den Bescheidenen ihrer Art. Ich hab mal Fotografien von der Villa Hügel gesehen, die die Krupps sich über dem Ruhrtal gebaut haben. Ein Palast ist das, eine Pracht, dass du es nicht fassen kannst. Und der August Thyssen, der residiert in seinem Schloss Landsberg wie ein König.

Dass ein Louis Haniel am kleinen Markt wohnte und jeden Morgen zum Kontor der Gutehoffnungshütte hinüberspazierte, das ist vierzig Jahre her. Nur aus Erzählungen wissen wir das noch. Heute leben die großen Industriebarone nicht mehr in unserer

Welt, Johann. Unsere Welt, die gehört ihnen, aber sie leben ein ganzes Stück darüber, so wie die germanischen Götter in ihren Himmelsburgen.«

Katarina, eine blau-weiß gestreifte Schürze über Rock und Bluse, kam, mit einem Korb am Arm, die Zechenstraße herauf.

Sie setzte sich zu den beiden Männern auf die Bank, stellte den Korb auf die Erde, streckte die Beine von sich und zog ihren Rocksaum bis zu den Knien hoch. »Himmel, ist das heute wieder warm«, stöhnte sie.

Ludwig Ingenbold reichte ihr die Schnapsflasche.

»Bist du verrückt? Ein Glas Wasser, das hätt ich jetzt gern.«

»Hol ich dir.« Ingenbold stand auf und ging ohne zu schwanken ins Haus.

»Er ist bedrückt«, sagte Katarina leise.

»Ich weiß. Aber der Schnaps macht es nicht besser«, entgegnete Zomrowski.

»Vielleicht doch«, sagte Katarina.

Eine Weile schaute Zomrowski schweigend den Jungen am Ende der Straße zu. Er war überrascht von der Geschicklichkeit, mit der sie ihren Lumpenball mit den Füßen behandelten, ihn vor sich hertrieben und einander zuspielten.

»Überall wird heutzutage Fußball gespielt«, sagte er. »Das gab es noch nicht, als wir Kinder waren.«

Katarina seufzte. »Es gab manches noch nicht, als wir Kinder waren.«

Das Glas Wasser, das ihr Mann ihr reichte, leerte sie in einem Zug.

»Wo warst du?«, fragte Ingenbold, als er sich wieder gesetzt hatte.

»In der Stadt«, sagte Katarina.

Zomrowski sah sie verblüfft an. »Bei der Hitze bist du bis in die Stadt gelaufen?«

Katarina lachte auf. »Bis in die Bahnhofstraße und wieder zurück.«

»Warst du bei unserer Schwester Therese?«

»Was sollte ich wohl bei der? Nein, im Laden bei den Hellwegs war ich.«

»Ludwig, sei auf der Hut!«, frotzelte Zomrowski. »Der junge

Hellweg will allen Sterkrader Frauen das Radfahren beibringen und möglichst jeder von ihnen ein Damenfahrrad verkaufen.«

Katarina amüsierte sich. »Das wäre was, wenn die Ingenbold auf so einem Ding in die Zechensiedlung geradelt käme. Da hätten die Leute bestimmt ihren Spaß dran. Nein, ich hab Nadeln und zwei neue Spulen für die Nähmaschine gebraucht.«

»Die Grete vom Jakob Lengeling, die will partout ein Fahrrad. Dem Jakob gefällt das ganz und gar nicht, aber gestern hab ich die beiden getroffen, als sie beim Hellweg aus dem Geschäft kamen«, erzählte Zomrowski. »Ich bin mal gespannt, wie lang die Grete noch braucht, bis sie den Jakob rumgekriegt hat.«

Ludwig Ingenbold schüttelte verständnislos den Kopf.

Katarina lachte.

»Die Edwina von den Hellwegs, kennst du die eigentlich?«, fragte sie nach einer Weile ihren Bruder.

»Ich seh sie hin und wieder. Vorige Woche bin ich ihr beim Wilhelm und bei der Therese begegnet, und vor ein paar Tagen hab ich sie noch bei ihrem Vater im Geschäft getroffen.«

»Da war sie gerade auch. Nach ihrem Hündchen hat sie gesucht. Durch mich hat sie durchgeguckt, als gäbe es mich gar nicht, obwohl ich ihr einen guten Tag gewünscht hab. Dass sie so eine eingebildete Person geworden ist, das hat mich überrascht. Die Hellwegs schienen mir immer recht patente Leute zu sein.«

»Sie hat dich wahrscheinlich wirklich nicht bemerkt«, erklärte Zomrowski. »Ihre Verlobung mit dem Lehrer Terhufen ist kürzlich in die Brüche gegangen. Das hat sie anscheinend nicht verkraftet, jedenfalls macht sie einen sehr verstörten Eindruck.«

»Ach, so ist das«, sagte Katarina.

»Außerdem war die Edwina mit einem der Mordopfer bekannt, mit dem Liliputaner. Dass er erschlagen worden ist, hat sie gewiss auch erschüttert. Sie und ihr Bruder hatten Friedrich Kessler vor ein paar Jahren auf der Kirmes kennengelernt. Dieser kleine Kerl hatte wohl irgendwas an sich, was den Frauen ganz besonders gefiel. Hin und wieder war er bei den Hellwegs im Haus und hat die Sterkrader Damenwelt mit krausen Geschichten unterhalten. Recht vergnügliche Kaffeekränzchen sollen das gewesen sein. Unsere Schwester Therese war auch mal dabei.«

Ludwig Ingenbold schüttelte ungläubig den Kopf. »Auf verrückte Ideen kommen die Weibsbilder, wenn sie nichts zu tun haben.«

»Das wär noch was für die Paula und mich, so ein Zwerg, der uns die Zeit vertreibt, wenn die Männer im Pütt sind«, sagte Katarina und lachte belustigt vor sich hin.

»Was ist denn hier los? Da sitzen die Herrschaften mitten am Tag in der Sonne und faulenzen und amüsieren sich.«

Paula Leschinsky war um die Hausecke gekommen, wischte ihre Hände an der Schürze ab, stemmte sie in die Hüften, schüttelte den Kopf und pustete eine dunkle Strähne zur Seite, die aus dem flüchtig gewundenen Haarknoten gerutscht war.

Sie setzte sich zwischen Zomrowski und Katarina auf die Bank. »Was gibt es denn hier für einen Grund, so fröhlich zu sein?«, fragte sie und stupste ihre Freundin mit dem Ellenbogen an.

»Erzähl ich dir ein anderes Mal, wenn die Männer nicht dabei sind«, sagte Katarina lachend.

»Weibsbilder«, knurrte Ingenbold und nahm einen Schluck aus seiner Schnapsflasche.

»Willst du die ganz allein leer trinken?«, fragte Paula.

Ingenbold reichte ihr die Flasche. Als sie sie ansetzte, löste sich der Knoten auf ihrem Hinterkopf. Ihr Haar fiel über Schultern und Rücken und streifte Johann Zomrowskis Arm.

»Die eine phantasiert von einem Zwerg zum Zeitvertreib, die andere setzt sich die Schnapsflasche an den Hals wie ein Kumpel. Ludwig, ihr müsst auf eure Frauen aufpassen! Die werden übermütig«, sagte er grinsend.

»Ich glaub, die Hitze steigt ihnen zu Kopf«, entgegnete Ingenbold. »Am besten, du sperrst sie für ein paar Tage in eure Arrestzellen.«

»Da würdet ihr Kerle euch aber umgucken, wenn ihr ohne uns klarkommen müsstet«, sagte Paula lachend und gab Ingenbold die Schnapsflasche zurück. »Außerdem sollte ein Sozialdemokrat wie der Ludwig sich freuen, wenn seine Frau ein wenig sündhaft ist. Dann braucht er wenigstens nicht ohne sie in der Hölle zu schmoren.«

»Jetzt redest du dummes Zeug«, sagte Katarina barsch.

»Tu ich nicht«, entgegnete Paula, ohne das Lächeln in ihrem Gesicht zu verlieren.

Sie kramte ein zusammengefaltetes Stück Zeitungspapier aus ihrer Schürzentasche hervor. »Das will ich dir schon seit ein paar Tagen vorlesen, damit du endlich weißt, warum ein Sozialdemokrat wie der Ludwig nicht auch ein guter Katholik sein kann. Erinnerst du dich, dass wir da in Walsum drüber gesprochen haben?«

»Natürlich erinnere ich mich«, sagte Katarina unwillig.

»Aus der niederrheinischen Arbeiterzeitung hab ich den Artikel rausgerissen«, sagte Paula. »Als ein Arbeiter im Beichtstuhl bekannte, dass er nicht nur sozialdemokratisch und gewerkschaftlich organisiert sei, sondern auch die Arbeiterzeitung abonniert habe, hielt der Pfarrer ihm vor, dass ein Mann, welcher der sozialdemokratischen Überzeugung anhänge und mit seinem Geld für das Zeitungsabonnement überdies die sozialdemokratische Bewegung unterstütze, unmöglich zugleich ein überzeugter Katholik sein könne, woraufhin der Pfarrer dem Manne die Absolution verweigerte.«

***

Kriminalwachtmeister Zomrowski und Kriminalsergeant Schmitz hockten nebeneinander im Gras und sahen über die Bahngleise hinweg auf die Zechenanlagen.

Schornsteine und Fördergerüste, Schacht- und Kesselhaus, Kohlenturm, Verladehalle, Halde und Kokerei verschmolzen vor dem tiefblauen Abendhimmel, durch den die untergehende Sonne blutrote Spuren zog, ganz allmählich zu einem finsteren Schattenriss.

»Es wird gleich dunkel«, sagte Schmitz.

»Die richtige Zeit für zwei zwielichtige Gestalten wie uns«, entgegnete Zomrowski grinsend und stand auf.

»Ich versteh immer noch nicht ganz, warum wir hier hinten herumschleichen. Wir hätten doch genauso gut über den Trampelpfad zum Lagerplatz gehen können.«

»Nein. Ich vermute, Marsilius hat am Anfang des Pfades einen Posten aufgestellt, der seine Leute verständigt, wenn sich jemand dem Lager nähert.«

»Kann ich mir nicht vorstellen.«

»Als ich gestern mit dem Fahrrad von der Brandenburger Straße kam, ist jemand vor mir weggehuscht. Da bin ich mir sicher.«

Schmitz zog skeptisch die Schultern hoch. »Und was, denken Sie, verbergen die so ängstlich vor der Welt?«

»Wir werden sehen«, sagte Zomrowski. »Wenn ich Ihnen jetzt erkläre, was ich vermute, verlieren wir zu viel Zeit, und außerdem halten Sie mich dann wahrscheinlich für verrückt. Aber ich verspreche Ihnen: Wenn nichts herauskommt bei unserer Aktion, lade ich Sie nachher auf ein Bier ein und setze Ihnen haarklein auseinander, was mir durch den Kopf gegangen ist. Sollten wir Erfolg haben, dann laden Sie mich ein und lassen sich ein paar nette Worte einfallen, mit denen Sie meinen kriminalistischen Scharfsinn rühmen.«

»Na gut.« Anton Schmitz grinste. »Die Hauptsache ist, es gibt nachher ein Bier.«

Die beiden Männer gingen ohne Eile über den Wiesenstreifen in Richtung Lagerplatz. Die Waggons eines Kohlenzuges rumpelten neben ihnen über die Gleise.

»Genau so hab ich mir die Jagd nach Verbrechern irgendwann mal vorgestellt, so abenteuerlich«, sagte Schmitz, während die Zuggeräusche verklangen. »Damals war ich zwölf oder dreizehn.«

»Na, sehen Sie«, entgegnete Zomrowski. »Jetzt sind Sie noch keine zwei Wochen ein Kriminaler und schon erfüllt sich Ihr Jugendtraum.«

Er zog Schmitz am Ärmel. »Hier schlagen wir uns ins Dickicht«, sagte er.

Die Männer schlichen gebückt durch Sträucher und Gestrüpp. Ein morscher Ast zerbrach knackend unter Zomrowskis Schuhsohle, Schmitz blieb an einem Brombeerbusch hängen und fluchte.

»Seien Sie mal ruhig!«, zischte Zomrowski.

Beide standen still und lauschten. Die Geräusche, die sie hörten, kamen nicht vom Lagerplatz der Kirmesleute.

»Das sind die Zugpferde. Die grasen da vorn neben der Bahnlinie«, flüsterte Schmitz.

Zomrowski nickte.

Nur noch ein paar karge Sträucher trennten die Männer von der Wiese mit den Wohnwagen, als Zomrowski vorsichtshalber auf die Knie ging.

»Da drüben.« Er deutete mit dem Kopf auf einen ausladenden Weißdornbusch. »Der bietet ausreichend Deckung für uns beide.«

Auf allen vieren legten die Kriminalbeamten die letzten Meter zu ihrem Versteck zurück.

»Das war anständig von Ihnen, dass Sie mir gesagt haben, ich soll meine älteste Hose anziehen«, flüsterte Schmitz.

»Es war klug von Ihnen, sich so dunkel zu kleiden«, erwiderte Zomrowski leise.

»Purer Zufall«, sagte Schmitz. »Ich wusste doch gar nicht, was Sie vorhatten.«

Am Weißdornbusch angekommen, kroch Zomrowski nach rechts und Schmitz nach links. Beide legten sich ins Gras, bevor sie sich, auf ihre Ellenbogen gestützt, so weit vorschoben, dass sie den Lagerplatz überblicken konnten.

Das leuchtende Blau der drei Kirmeswagen hatte sich im müden Licht der untergehenden Sonne zu einem tristen Blaugrau gewandelt.

Spitzenbesetzte weibliche Beinkleider von solch gewaltigen Ausmaßen, dass sie nur der dicken Emmy gehören konnten, hingen bewegungslos auf einer Wäscheleine, die zwischen den Wagen gespannt war.

Stimmen waren zu hören. Ein Mann lachte dröhnend. Im Direktionswagen von Nepomuk Marsilius wurde eine Petroleumlampe entzündet.

Zomrowski versuchte, den zaghaften Zweifeln, die in ihm aufkeimten, keine Beachtung zu schenken. Natürlich konnte es sein, dass sie hier vergeblich auf der Lauer lagen. Dann würde er es eben morgen Abend noch einmal versuchen. Und wenn Schmitz sich zieren sollte, dann würde er allein wiederkommen.

»Ich werde mir ein Fahrrad anschaffen«, raunte Schmitz. »Der junge Hellweg bringt mir bei, wie man mit so einem Ding fährt.«

»Großartig«, murmelte Zomrowski. Vielleicht brauchte er ja bald einen neuen Begleiter für seine sonntäglichen Ausflüge. Wenn die Grete den Jakob rumkriegte, ihr ein Damenrad zu kaufen, dann würde sie ihn demnächst wohl auch dazu überreden, an den Sonntagen mit ihr ins Blaue zu fahren.

Die Tür des Frauenwagens wurde aufgestoßen. Emmy, die schwerste Frau der Welt, stapfte japsend die kurze Holztreppe herunter, deren Bohlen sich bedrohlich bogen. Sie wuchtete keuchend ihren massigen Körper quer über die Wiese. Mit rudernden Armen steuerte sie auf das spärliche Gesträuch zu, das nahe beim Weißdornbusch den Wiesenrand säumte. Die beiden Kriminalbeamten zogen die Köpfe ein. Wenige Schritte neben Zomrowski blieb Emmy stehen, raffte ihre Kleider hoch, ging ein wenig in die Knie und beugte sich stöhnend so weit vornüber, dass sie sich mit ihren fleischigen Ellenbogen auf ihren gewaltigen Oberschenkeln abstützen konnte. Entgeistert starrte Zomrowski auf das bombastische Hinterteil, das sich ihm im abendlichen Zwielicht entgegenreckte. Es plätscherte nur kurz, viel kürzer, als er es erwartet hatte. Dann erhob Emmy sich ächzend und stampfte schnaufend davon.

»Unglaublich«, raunte Zomrowski, »unglaublich. So etwas gibt es doch gar nicht. Die hat ja einen Arsch wie ein Brauereipferd.«

»Ich hab nichts gesehen«, jammerte Schmitz.

»Seien Sie froh, Mann! Seien Sie froh! Diesen ungeheueren Anblick, den hätten Sie gar nicht ertragen. Der hätte Ihnen nur Albträume bereitet.«

»So ein Blödsinn!«, sagte Schmitz schmollend.

»Na ja, tut mir leid für Sie. Aber man kann eben nicht erwarten, dass sich an einem Abend gleich zwei Jugendträume erfüllen.«

»Ach, hören Sie doch auf!«

Nur für kurze Zeit tat sich nichts auf dem Lagerplatz, dann wurde die Tür des Männerwagens geöffnet.

Die Riesin Josefa kam heraus. Sie war nicht allein.

»Das ist unmöglich«, sagte Schmitz atemlos.

Zomrowski hörte es kaum. Sein Herz pochte. Jetzt musste er besonnen bleiben, in Ruhe beobachten, abwarten, im richtigen Moment hervorstürmen und zuschlagen. Im richtigen Moment.

Der Mann, der hinter Josefa aus dem Männerwagen kam, reichte der Riesendame kaum bis zum Bauchnabel.

»Der Zwerg«, flüsterte Schmitz aufgeregt.

Zomrowski hörte das heftige Atmen seines jungen Kollegen, und er hörte, wie Schmitz leise vor sich hinmurmelte: »Ein Geist.«

»Nun drehen Sie mal nicht durch, Herr Kriminalsergeant!«, zischte Zomrowski. »Das ist kein Geist.«

Josefa hatte auf der hölzernen Treppe des Männerwagens Platz genommen. Ihr Begleiter setzte sich eine Stufe höher als sie. Trotzdem überragte sie ihn noch um einiges.

Der kleine Mann zündete sich eine Zigarette an.

»Willst du auch eine?«, fragte er.

Josefa schüttelte den Kopf.

Über die Bahngleise ratterte ein Zug.

Die Riesendame Josefa legte ihren Arm um die Schulter des Kleinwüchsigen. Sie redete auf ihn ein. Er schüttelte den Kopf.

Der Zug hielt am Sterkrader Bahnhof an.

»Ich wünschte, es wäre vorbei«, sagte der Mann.

»Sei unbesorgt«, entgegnete Josefa. »Marsilius meint, dass wir vielleicht noch in dieser Woche weiterziehen können.«

Der Kleinwüchsige seufzte.

»Aber so oder so. Du hast keinen Grund, dich zu sorgen. Dir wird nichts geschehen. Das ist gar nicht möglich.«

»Dass ein unsinkbares Schiff untergeht, das ist auch nicht möglich«, sagte der Mann. »Trotzdem ist vor ein paar Wochen die Titanic gesunken, und eineinhalbtausend Menschen sind ertrunken.«

Die Riesendame und der Kleinwüchsige schwiegen eine Weile. Er zog ein paar Mal an seiner Zigarette und sah zum Himmel hinauf, an dem blass die ersten Sterne flimmerten.

»Das ist die Venus, da über den Bahngleisen.«

Josefa folgte seinem Blick. »Es wird alles gut werden«, sagte sie.

Hinterm Weißdornbusch fragte Anton Schmitz leise: »Was machen wir jetzt?«

»Wir greifen ihn uns«, antwortete Zomrowski.

»Sollen wir durch die Büsche schleichen?«

»Sie würden uns hören. Es liegt überall morsches Geäst herum«, flüsterte Zomrowski. »Wir rennen quer über die Wiese. Ehe die beiden begreifen, was los ist, sind wir bei ihnen.«

»Sollen wir warten, bis der nächste Zug vorbeifährt?«, fragte Schmitz.

»Nein. Wenn der seine Zigarette geraucht hat, dann verschwinden die beiden wieder«, sagte Zomrowski leise.

Langsam erhob er sich. Als er geduckt hinterm Weißdornbusch stand, knetete er die kalt gewordenen Muskeln seiner Oberschenkel. Er sah zu Schmitz hinüber.

»Ich bin so weit«, flüsterte der.

»Dann los«, sagte Zomrowski.

Die beiden Männer stürmten hinter dem Busch hervor und rannten über die Wiese. Gleichzeitig kamen sie am Männerwagen an und blieben heftig atmend vor der Treppe stehen.

Die Riesendame Josefa und der zwergenhafte Mann an ihrer Seite starrten sie fassungslos an. Josefa riss den Mund auf, als wolle sie um Hilfe rufen, aber sie brachte keinen Ton heraus. Der Kleinwüchsige ließ seine Zigarette aus den Fingern gleiten.

»Kriminalpolizei Sterkrade«, sagte Zomrowski und trat den Zigarettenstummel aus.

»Ach, Sie sind das. Ich hab Sie gar nicht erkannt.« Josefas Stimme klang zur Überraschung der beiden Beamten erleichtert.

»Wir müssen Sie mitnehmen«, sagte Zomrowski zu dem kleinen Mann, der bewegungslos auf der Treppe saß.

DREIZEHN

Der kleinwüchsige Mann war ein Mitglied der Schautruppe Marsilius und hieß Otto Stollberg.

Jedenfalls hatte er das behauptet, nachdem er sich widerstandslos von Zomrowski und Schmitz hatte abführen lassen und schweigend mit ihnen zum Rathaus getrottet war.

Mehr hatten die beiden Kriminalbeamten am Abend nicht mehr aus ihm herausbekommen.

Anton Schmitz hatte Zomrowski im Gasthaus »Zum grünen Klumpen« ein Bier ausgegeben, zunächst aber noch nicht den kriminalistischen Scharfsinn seines Vorgesetzten gerühmt.

Erst einmal hatte er von ihm hören wollen, was er sich vom abendlichen Herumschleichen um den Lagerplatz der Kirmesleute versprochen hatte.

Als Zomrowski gesagt hatte, genau das hätte er erwartet, dort ein zwergenwüchsiges Mitglied der Schautruppe aufzuspüren, hatte Schmitz das für Aufschneiderei gehalten.

Doch dann hatte Zomrowski ihm erzählt, der Hauptmann von Köpenick habe ihn auf die Idee gebracht.

»Die Menschen sehen immer das, was schon in ihren Köpfen ist. Ein Mann, der eine Hauptmannsuniform trägt, ist für sie ein preußischer Offizier, auch wenn's ein heruntergekommener Kerl ist, mit Bartstoppeln im Gesicht. Und wenn ein Mann durch eine Tür tritt, dann ist der, der herauskommt, natürlich derselbe wie der, der hineingegangen ist, auch wenn der geöffnete Türflügel ihn für ein paar Sekunden verdeckt hat.

Es irritiert die Leute zwar, wenn ein ungepflegter, kleiner Kerl in einer Offiziersuniform steckt, aber sie können sich nicht vorstellen, dass irgendein dahergelaufener Schuster sich beim Trödler einen Hauptmannsrock kauft, dass so einer äußerst bewandert in allen Fragen des Militärischen ist und dass er auftritt wie ein preußischer Offizier. Das ist so unwahrscheinlich, dass die Menschen trotz ihrer Zweifel lieber beim gewohnten Denken bleiben und vor ihrem Herrn Hauptmann strammstehen.«

Schmitz hatte zustimmend genickt.

»Genauso irritiert es das Publikum, wenn vor ihm auf der Bühne aus einem Bettler in Sekunden ein Edelmann wird«, hatte Zomrowski gesagt, »aber dass mit einer Kirmestruppe heimlich und vor der Welt verborgen ein zweiter Kleinwüchsiger mitreist, dessen einzige Aufgabe es ist, unter der kniehohen Bühne zu hocken und hinter dem geöffneten Türflügel aufzutauchen, während der erste Liliputaner dahinter verschwindet, das ist so unwahrscheinlich, da glauben die Leute lieber das, was sie sehen, und applaudieren einem Verwandlungskünstler.«

Anton Schmitz hatte schweigend von seinem Bier getrunken. Auch Zomrowski hatte einen Schluck genommen, bevor er weitergeredet hatte.

»Alle Gaukler könnten vom Wilhelm Voigt lernen, hat Marsilius zu mir gesagt. Das haben sie gewiss von ihm gelernt, dass man das Unwahrscheinliche tun muss, wenn man dem Publikum etwas vormachen will. Die Menschen halten nämlich lieber das Unmögliche für wahr, als dem Unwahrscheinlichen nachzuspüren. Das ist ihnen viel zu schwierig.

Ein Kriminalist, Schmitz, der lässt sich jedoch nichts vorgaukeln. Das Unmögliche bleibt für ihn unmöglich, auch wenn es während einer Abnormitätenschau auf der Kirmes scheinbar geschieht. Er sucht nach Erklärungen, und wenn das Unwahrscheinliche die einzige Erklärung für das Unmögliche ist, dann spürt er eben dem Unwahrscheinlichen nach. Genau das haben wir heute Abend getan, als wir ums Lager der Kirmesleute herumgeschlichen sind.«

Anton Schmitz hatte sprachlos staunend den Ausführungen Zomrowskis gelauscht, und der hatte hinzugefügt: »Mein Schwiegervater hat mir sehr genau beschrieben, was während der Verwandlungsnummer auf der Bühne der Schaubude vor sich gegangen ist. Danach habe ich zum ersten Mal daran gedacht, dass da ein zweiter kleinwüchsiger Artist im Spiel sein könnte. Zuerst erschien mir der Gedanke so verrückt, dass ich ihn wieder verworfen habe. Dann redete plötzlich alle Welt über den verstorbenen Wilhelm Voigt, dessen Husarenstück gerade deshalb gelungen ist, weil es so völlig verrückt war. Und als ich gestern zum Lager fuhr und am Trampelpfad diese Gestalt weghuschen sah, als mir klar wurde, dass Marsilius offenbar einen Wachtposten aufgestellt hatte, da erschien mir das Verrückte auf einmal sehr naheliegend.«

Anton Schmitz hatte noch zwei Krüge Bier bestellt und den kriminalistischen Scharfsinn seines Vorgesetzten gerühmt. Das hatte er ausgiebig und überschwänglich getan. Zomrowski hatte die Bewunderung des jungen Kollegen ebenso genossen wie den schäumenden Gerstensaft, und er selbst hatte den Wirt noch einige Male aufgefordert, die leeren Krüge zu füllen.

Es ging schon auf Mitternacht zu, als er endlich die Treppe zu seiner Wohnung hinaufstieg. Die Gaslaternen der Bahnhofstraße warfen einen schwachen Lichtschein durch die Fenster des Treppenhauses.

Im Halbdunkel stolperte Zomrowski und schlug mit dem Knie gegen die Kante einer Stufe. Während er leise fluchend das schmerzende Gelenk rieb, sah er über sich auf dem Treppenabsatz der ersten Etage eine weiße Gestalt, die auf ihn herabzuschweben schien.

Erschrocken griff er nach dem Geländer, verfehlte es und kippte vornüber. Kniend, mit beiden Händen auf einer Treppenstufe gestützt, starrte er dem weißen Wesen entgegen.

Zischend loderte ein Zündholz auf. Als es den Docht einer Kerze entflammte, erkannte er unter einer zerknautschten Nachthaube das schreckensbleiche Gesicht seiner Vermieterin Berta Horstkamp, die, von einem langen, weiße Nachthemd umhüllt, entsetzt auf ihn herabstarrte.

»Herr Zomrowski, Sie haben mich zu Tode erschreckt«, schnaufte sie.

»Frau Horstkamp, Sie mich auch«, sagte er und zog sich am Treppengeländer hoch.

»Sie schwanken ja«, stellte Berta Horstkamp erstaunt fest.

»Das kommt vom Bier«, sagte Zomrowski entschuldigend.

»Also wissen Sie, lieber Herr Kriminalwachtmeister, es ist fast Mitternacht. Und Sie machen einen Lärm, dass ich dachte, es würde unten im Laden eingebrochen.«

»Ich bin doch ganz leise«, widersprach Zomrowski zaghaft.

»Erst machen Sie sich minutenlang am Schloss der Haustür zu schaffen, bis die endlich mit einem Knall gegen die Flurwand fliegt.

Dann poltern Sie durchs Treppenhaus, dass es einem angst und bange wird. Das kenne ich ja gar nicht von Ihnen.«

»Wir haben heute Abend einen Zwerg gejagt, den es eigentlich gar nicht gibt«, erklärte Zomrowski. »Wir haben ihn trotzdem erwischt. Das musste doch ein bisschen gefeiert werden.«

»Einen Zwerg, den es gar nicht gibt. So, so.«

»Ja, als er sich zusammen mit der Riesin die Venus angeguckt hat, da haben wir blitzschnell zugegriffen.«

»Jetzt machen Sie mal, dass Sie ins Bett kommen! Geht es denn, oder soll ich den Herrn Ingenieur wecken, dass er Ihnen behilflich ist?«

»Den Herrn Ingenieur? Nein, um Gottes willen, das ist nicht nötig«, murmelte Zomrowski, während er sich an Berta Horstkamp vorbeischob. Im Schein der Kerze seiner Vermieterin erklomm er langsam, aufs Treppengeländer gestützt, Stufe für Stufe. Ohne ein einziges Mal zu straucheln, erreichte er den Absatz zwischen der ersten und zweiten Etage. Berta Horstkamp folgte ihm, mit dem Kerzenhalter in der Hand.

»Vielleicht sollten Sie die Lise wecken, dass Sie mir ins Bett leuchtet«, sagte Zomrowski, während er mit beiden Händen den Geländerknauf am Treppenabsatz umfasste. »Dann brauchen Sie sich nicht zu bemühen.«

»Der Lise, der lassen wir jetzt mal schön ihre Nachtruhe, Sie Schlawiner«, entgegnete Berta Horstkamp lächelnd. »Ich bleib mit der Kerze hier stehen, bis Sie da oben in Ihrem Zimmer verschwunden sind. Und dann wird geschlafen.«

Zomrowski stapfte gehorsam die letzten Stufen zu seiner Wohnung hinauf. Als er die Tür öffnete, hörte er, wie Berta Horstkamp im Treppenhaus vor sich hin brabbelte.

»So ein Schlawiner. Alle gleich sind sie, die Kerle. Alle gleich.«

Das war das Erste, woran er sich erinnerte, als er am Morgen aufwachte. Wie er ins Bett gekommen war, wusste er nicht mehr. Aber Hose und Hemd auf dem Stuhl neben dem Schrank waren sorgfältig glattgestrichen, die Jacke hing am Haken, Kragen und Binder, Sockenhalter und Strümpfe lagen ordentlich nebeneinander auf der Waschkommode.

Allzu betrunken konnte er also nicht gewesen sein.

In der kurzen Nacht hatte er fest und traumlos geschlafen. Als er Nachttopf und Blase auf dem Klosett entleert hatte, seinen Kopf eine Weile in die Waschschüssel getaucht und seinen Frühstückskaffee getrunken hatte, fühlte er sich überraschend munter und tatendurstig.

Er freute sich darauf, dem Kommissar in allen Einzelheiten sein kriminalistisches Bravourstück vom Vorabend zu schildern.

Als er kurz darauf Lambertus Hüppchen im düsteren Kommissariatszimmer, umhüllt von Zigarrenrauch, gegenübersaß, kam er dazu jedoch erst einmal nicht.

Hüppchen musste zunächst seine Neuigkeiten loswerden, auch wenn er diese nicht selbst erlebt, sondern den Zeitungen entnommen hatte.

Dass endlich die Bergmannsfrau aus Oberhausen enthauptet worden sei, die ihre drei Kostgänger angestiftet hatte, ihren Mann zu ermorden, berichteten die Zeitungen an diesem Mittwoch. Die drei jungen Kerle hatten den braven Bergmann auf dem Weg zur Zeche Neumühl überfallen, ihn mit einem Stein erschlagen und in die damals noch träge dahinfließende Emscher geworfen. Sie waren schon vor einer Weile hingerichtet worden. Die schwangere Ehefrau, die, wie die Zeitungen schrieben, aus Lebensgier die jungen Männer zum Mord an ihrem Gatten angestiftet hatte, war zunächst verschont worden. Doch jetzt, da ihr Kind auf der Welt und von ihrer Brust entwöhnt war, war auch sie dem Scharfrichter übergeben worden.

»Das arme Balg«, sagte Hüppchen. »Von wem auch immer es ist, es wird es schwer haben in diesem Leben. Aber es ist gut, dass der Gerechtigkeit endlich Genüge getan ist.«

In den Wäldern rings um Sterkrade wurden die Kreuzottern in diesen heißen Junitagen allmählich zu einer höchst bedrohlichen Plage – jedenfalls in den Augen der Zeitungsschreiber. Sie rieten ihren Lesern zu erhöhter Vorsicht und zu festem Schuhwerk.

»Das macht den Leuten doch nur Angst«, wetterte Hüppchen. »So einen Unfug hab ich in der Eifel noch nie in der Zeitung gelesen. Wenn da jemand eine Kreuzotter sieht, nimmt er einen Knüppel und erschlägt das Vieh, und damit hat sich die Sache.«

Er nahm seine Brille ab, schob die Zeitungen zur Seite, lehnte sich zurück, verschränkte die Hände vor seinem Bauch und erzählte, dass gerade jetzt in der Eifel der Ginster in voller Blüte stehe, dass er Hügel und Täler vergolde. »Und im nächsten Frühjahr, da leuchtet das Eifelgold endlich auch wieder für mich«, sagte er, seufzte, drehte seine Daumen umeinander und lächelte selig.

Zomrowski räusperte sich energisch. »Ich wünsche Ihnen, dass Sie gesund bleiben bis dahin«, sagte er. »Wie geht es Ihren Bronchien?«

»Immer noch nicht so gut«, antwortete Hüppchen mürrisch, blickte missmutig auf den Zigarrenstummel, der im Aschenbecher qualmte, zerdrückte ihn griesgrämig, erhob sich ächzend aus seinem schweren Stuhl und öffnete ein Fenster.

»Danke«, sagte Zomrowski.

Hüppchen blieb am offenen Fenster stehen, atmete ein wenig frische Luft, und Zomrowski fand endlich die Gelegenheit, seinem Vorgesetzten von der Entdeckung und Verhaftung des Kleinwüchsigen zu erzählen.

»Damit sind wir der Lösung des Falles ja wohl ein gutes Stück näher gekommen«, sagte Hüppchen erfreut und überlegte laut, während er sich wieder setzte: »Dann ist dieser Kessler doch wohl von seinem bösen Bruder erschlagen worden, und kurz darauf ist der zweite Liliputaner vom Lager der Kirmesleute gekommen, hat das Unheil gesehen und aus Rache den Mörder seines Freundes und Kollegen erschossen.«

Zomrowski schüttelte den Kopf. »Dafür gibt es keinen Anhaltspunkt, Herr Kommissar. Erstens hätte jedes andere Mitglied der Schautruppe ebenso der Rächer des erschlagenen Friedrich Kessler sein können, und zweitens hatten wir diese Überlegung bereits verworfen, weil es höchst unwahrscheinlich ist, dass Juskowiak seinen Bruder erschlagen und sich danach in aller Ruhe hingesetzt und eine Zigarette geraucht hat. Und außerdem gibt es da noch eine Fahrradspur, die in diese Theorie nicht hineinpasst.«

»Was hat dann die Entdeckung und Inhaftierung des Zwerges überhaupt gebracht?«, fragte Hüppchen ungehalten.

»Das weiß ich noch nicht«, antwortete Zomrowski. »Zunächst einmal haben wir nicht mehr als ein weiteres Mosaiksteinchen, einen interessanten, neuen Aspekt dieser undurchsichtigen Geschichte.«

»Es wird verdammt noch mal allmählich Zeit, dass aus Ihren

Mosaiksteinchen ein komplettes Bild wird«, blaffte Hüppchen. »Ich kann den Bürgermeister nicht mehr lange hinhalten.«

***

Dass es statt des erwarteten Schulterklopfens am Ende einen Rüffel von Lambertus Hüppchen gegeben hatte, irritierte Zomrowski mehr als es ihn ärgerte. Seitdem er das Zimmer des Kommissars verlassen hatte, saß er an seinem Schreibtisch, sah auf die Steinbrinkstraße hinaus und versuchte, sich die Frage zu beantworten, die Hüppchen ihm gestellt hatte: Was hat es eigentlich gebracht, dass wir den kleinwüchsigen Artisten entdeckt und in die Arrestzelle gesperrt haben?

Peter Molsbeck riss ihn aus seinen Überlegungen. »Heute Morgen haben anscheinend sämtliche Bediensteten des Bürgermeisteramtes irgendwas im Keller des Rathauses zu erledigen«, schimpfte er. »Alle wollen sie den Zwerg in der Arrestzelle sehen. Als wär's ein Affe in seinem Käfig.«

»Holt ihn rauf!«, sagte Zomrowski.

Molsbeck nickte. Anton Schmitz erhob sich von seinem Stuhl. »Das wird gewiss ein interessantes Verhör«, vermutete er.

»Ah, da kommt ja auch der Herr Impresario«, sagte Zomrowski, der in diesem Augenblick Nepomuk Marsilius die Rathaustreppe heraufstürmen sah.

»Wir sollten die beiden getrennt voneinander einvernehmen, den Marsilius und seinen Liliputaner«, schlug Molsbeck vor.

»Warum?«, fragte Zomrowski. »Die hatten seit den Morden an Kessler und Juskowiak mehr als eine Woche Zeit, sich abzusprechen. Du glaubst doch wohl nicht, dass du denen auch nur eine einzige Frage stellen kannst, auf die sie sich nicht schon längst eine Antwort zurechtgelegt haben.«

»Hast recht«, gab Molsbeck zu. »Es bringt wahrscheinlich nichts, wenn wir sie uns einzeln vorknöpfen.«

»Wenn wir die beiden zusammen verhören, können wir sehen, wie sie aufeinander reagieren. Mich interessiert, ob der Marsilius wütend auf seinen Liliputaner ist, weil der sich hat schnappen lassen, ob der Kleinwüchsige vielleicht seinen Herrn Direktor fürchtet oder ob er ihm in den Hintern kriecht. Auf unsere Fragen kriegen wir sowieso nur wieder vorfabrizierte Antworten. Das kennen wir ja schon von Marsilius und seinen Leuten. Wenn wir beobachten, wie die beiden miteinander umgehen, dann erfahren wir dadurch vielleicht mehr als durch ihre Aussagen.«

Ein paar Minuten später saßen der Impresario der Schautruppe Marsilius und sein kleinwüchsiger Artist, den er so sorgsam versteckt gehalten hatte, nebeneinander auf einer schmalen Holzbank, und der Kaiser lächelte auf sie herab, nicht milde wie gewöhnlich, sondern, so kam es Zomrowski vor, äußerst amüsiert.

Der Kriminalwachtmeister stützte sich auf ein Stehpult und betrachtete die beiden seltsamen Mannsbilder grübelnd, Schmitz stand mit verschränkten Armen neben ihm, und Molsbeck zog seinen Schreibtischstuhl heran, setzte sich und schlug die Beine übereinander.

»Ich habe Ihnen den Pass vom Otto mitgebracht«, sagte Marsilius.

Schmitz ließ sich das Identifikationspapier geben und schlug es auf: »Stollberg, Otto«, las er laut. »Beruf: Artist. Geboren 1885 in Sonsbeck, Kreis Moers, Provinz Rheinland. Staatsangehörigkeit: Preuße. Gestalt: gedrungen. Gesichtsform: rund. Augen: grün. Haare: braun. Besondere Kennzeichen: kleinwüchsig.«

»Sie sehen dem ermordeten Friedrich Kessler ähnlich«, stellte Zomrowski fest.

Stollberg nickte. Marsilius lachte auf.

»So wie sich eben zwei Männer ähnlich sehen, die dieselbe Größe und dieselbe Haarfarbe haben«, sagte er erheitert. »Nein, da mussten wir schon vor jedem Auftritt ein bisschen nachhelfen, Pomade in die Haare schmieren, Scheitel rechts, Bärtchen über die Lippen kleben, Augenbrauen nachziehen. Nach dem Schminken sahen sie sich dann recht ähnlich, der Friedrich und der Otto. Jedenfalls reichte es aus, um das Publikum hinters Licht zu führen. Für den normalen Menschen sehen sich ja alle irgendwie ähnlich, die nicht so sind wie er selbst. Ein Chinese sieht aus wie der andere, alle Neger gleichen sich und alle Liliputaner eben auch.«

Erstaunt nahm Zomrowski zur Kenntnis, wie offen Marsilius darüber sprach, dass Otto Stollberg auf der Bühne als Friedrich Kesslers Doppelgänger aufgetreten war. Dafür gab's nur eine Erklärung: Dem Direktor war klar geworden, dass die Kriminalbeamten den Verwandlungstrick inzwischen durchschaut hatten.

Dieser grau gelockte Impresario mit dem Bücherregal im Wohnwagen ist ein verdammt kluger Mann, dachte Zomrowski. Dass er zerknirscht ins Kriminalbüro schleichen würde nach der Entdeckung seines kleinwüchsigen Artisten, das hätte man erwarten können. Aber Nepomuk Marsilius war mit breiter Brust durch die Tür gekommen, hatte umsichtig Stollbergs Reisepass mitgebracht, gab sich aufgeräumt, lachte und erzählte freimütig, wie man in der Schaubude das Publikum hinters Licht führte.

Wie konnte man diesem Mann nur beikommen?

»Sie haben Otto Stollberg vor uns versteckt gehalten und dadurch unsere Ermittlungsarbeit ganz erheblich beeinträchtigt. Ich kann mir nicht vorstellen, dass Sie irgendwann noch mal Ihren Wandergewerbeschein wiedersehen werden«, sagte Zomrowski grimmig. »Im Moment überlegen wir, ob wir Sie wegen fortgesetzter Falschaussagen und massiver Behinderung der Kriminalbehörde nicht zusammen mit Ihrem Artisten in die Arrestzelle sperren sollen.«

»Aber, Herr Kriminalwachtmeister«, protestierte Marsilius, »das ist doch eine gänzlich unrichtige Darstellung des Sachverhaltes. Wir haben Otto Stollberg doch nicht vor Ihnen versteckt. Wir haben ihn vor der Welt versteckt. Seit Jahren tun wir das. Das gehört zu unserem Geschäft, zu unserem Leben gewissermaßen. Unser zweiter Liliputaner ist das Mysterium, auf dem sich der Erfolg der Schaubude Marsilius gründet. Das Geheimnis zu hüten, das hinter einer Illusion steckt, ist Ehrensache für einen Impresario und für jeden Artisten. Und nicht nur das. Es ist vor allem die Garantie für unser täglich Brot.«

Otto Stollberg hielt seine Arme vor der Brust verschränkt und hörte Marsilius mit gesenktem Blick zu. Hin und wieder hob er den Kopf, sah den Direktor an und nickte zustimmend.

»Wissen Sie, wie viele Abnormitäten- und Völkerschauen, Varietés und Kuriositätenbuden es auf der Fronleichnamskirmes gegeben hat? Acht waren das, meine Herren. Die Leute besuchen eine, wenn es hoch kommt vielleicht mal zwei, und jeder Impresario verkauft Ihnen seine Seele, wenn Sie ihm sagen, was er tun muss, dass seine Schau die eine ist, in die die Leute hineingehen. Die

Konkurrenz in unserem Gewerbe wird immer bedrängender. Drei Riesendamen hat es in diesem Jahr hier auf der Kirmes gegeben. Wie viele Liliputaner in Sterkrade waren, kann ich Ihnen gar nicht sagen. Allein im Heinzelmännchentheater waren es gewiss zehn.«

Otto Stollberg nickte heftig

»Wir haben uns auf allen Volksfesten behaupten können. Die Menschen haben gewusst, was sie bei uns geboten bekommen, eine bunte Mischung der beliebtesten Abnormitäten und Kuriositäten aus aller Welt. Die gibt es zwar in ähnlicher Zusammenstellung auch anderswo, aber bei uns hat jeder Artist etwas Besonderes zu bieten. Unser Wolfsmann gebärdet sich wahrhaftig furchterregend, unsere Inderin schwebt tatsächlich davon, unser Albino ist ein großartiger Jongleur, und die dicke Emmy, dieses Prachtweib, diese Augenweide, die wird zur Heldin fürs Publikum, wenn sie die Eisenstange verbiegt, an der der stärkste Mann des Kaukasus gescheitert ist. Was die Menschen fasziniert, sind Rätsel, Illusionen und Geheimnisse. Und das größte Mysterium, das die Schaubude Marsilius zu bieten hatte, war ihr zwergenwüchsiger Verwandlungskünstler. Ja, meine Herren, die Nummer war unsere Attraktion, die sichere Gewähr für ein gut gefülltes Zelt. Dass wir dieses Geheimnis gehütet haben wie unseren Augapfel, das müssen Sie doch verstehen.«

Zomrowski schüttelte den Kopf, Molsbeck zündete sich eine Zigarette an, und Anton Schmitz sagte: »Nein, das verstehen wir nicht, Herr Marsilius. Sie sollten den Trick ja nicht Ihrem Publikum verraten, sondern Sie sollten die Kriminalpolizei von der Existenz Otto Stollbergs in Kenntnis setzen. Das wäre Ihre Bürgerpflicht gewesen. Sie glauben doch wohl nicht, dass wir durch die Gegend gelaufen wären und herumerzählt hätten, dass zwei Liliputaner zu Ihrer Truppe gehört haben. Wenn Sie vertrauensvoll mit uns zusammengearbeitet hätten, dann hätten Sie sich auch auf unsere Diskretion verlassen können. Das wissen Sie. Nein, Herr Marsilius, das nehmen wir Ihnen nicht ab, dass Sie Otto Stollberg vor uns versteckt haben, um ihr Mysterium zu bewahren. Da steckt noch etwas anderes hinter Ihrer Geheimniskrämerei.«

»Der Verwandlungstrick funktioniert doch ohnehin nicht mehr, seitdem Friedrich Kessler tot ist«, fügte Molsbeck hinzu.

»Ich würde das gern von Ihnen hören, Stollberg. Warum haben Sie sich vor uns versteckt?«, fragte Zomrowski.

Marsilius zupfte unruhig an seinem buschigen Bart. Es fiel ihm sichtlich schwer, den Mund zu halten und seinem kleinwüchsigen Artisten die Antwort auf Zomrowskis Frage zu überlassen.

»Der Herr Direktor hat es Ihnen doch erklärt«, sagte Otto Stollberg. »Es war notwendig, mich zu verstecken. Ich war es seit Jahren so gewohnt. Es ist meine Lebensaufgabe, nicht existent zu sein.«

»Hören Sie endlich auf, uns zu verdächtigen!«, schimpfte Marsilius. »Versuchen Sie doch wenigstens mal, das zu verstehen, was ich Ihnen gerade erklärt habe. Das fahrende Volk, das lebt von seinen Geheimnissen. Es kann sie mit niemandem teilen, auch nicht mit drei Kriminalbeamten. Natürlich hätten Sie es nicht an die große Glocke gehängt, wenn Sie von Ottos Existenz gewusst hätten. Aber einer von Ihnen hätte es seiner Gattin anvertraut, und ein anderer hätte es irgendwann in der Schänke seinen Freunden erzählt. Wer die Lösung eines Rätsels kennt, der wird über kurz oder lang darüber reden, er wird sich ein wenig bewundern lassen für sein Wissen. Das liegt in der Natur des Menschen. Wenn es hier einen Mitwisser gibt und dort zwei oder drei, dann ist es nur eine Frage der Zeit, bis das Mysterium der Verwandlung keines mehr ist.«

Dass Marsilius durchaus recht haben könnte mit dem, was er da sagte, dachte Zomrowski bei sich. »Aber es gibt trotz allem eine Bürgerpflicht«, sagte er laut.

»Gegen die hab ich nicht verstoßen«, entgegnete Marsilius. »Ich wusste, dass der Otto mit den Morden nichts zu tun haben konnte, weil er den Lagerplatz überhaupt nicht verlassen hat an dem Tag, an dem wir in Sterkrade angekommen sind. Also war es für Ihre Ermittlungen völlig unerheblich, ob da noch sechs oder sieben unschuldige Artisten in den Wohnwagen lebten.«

»Reden Sie doch nicht so geschwollen daher!«, schnauzte Molsbeck ihn an. »Sie haben uns vorsätzlich falsch informiert. Das ist und bleibt eine Behinderung der kriminalpolizeilichen Arbeit.«

Marsilius ignorierte den Vorwurf. »Dass der Verwandlungstrick mit dem Friedrich gestorben ist, das stimmt nicht«, sagte er. »Einen kleinwüchsigen Artisten zu finden, der den Friedrich ersetzen kann, wird nicht allzu schwierig sein. Das Geheimnis gehört mir, ich habe die Verwandlungsnummer erfunden, und wir haben die Requisiten und die Bühneneinrichtung, um sie aufzuführen.«

»Also«, sagte Zomrowski, »wie der Verwandlungstrick funktioniert, das ist jetzt klar. Der Friedrich öffnet mitten auf der Bühne die Tür, dann verbeugt er sich noch einmal vorm Publikum. Zeit genug für Otto, hinter dem Türflügel eine Luke aufzustoßen und auf die Bühne zu kommen. Friedrich verschwindet hinterm Türflügel, Otto tritt Sekunden später in einem anderen Kostüm durch den Rahmen. Während Otto den Applaus entgegennimmt, schlüpft Friedrich unter die Bühne und zieht die Luke über sich zu. Otto schließt die Tür und präsentiert sich dann noch eine Weile dem staunenden Publikum. In der Zeit wechselt Friedrich sein Kostüm. Das ist zwar sehr schwierig unter der niedrigen Bühne, aber mit einiger Übung kriegt ein kleinwüchsiger Artist das hin. Schließlich öffnet Otto wieder die Tür, verbeugt sich noch einmal, und das ganze Spiel geht von vorn los.«

»Sie haben unser Mysterium entzaubert«, sagte Nepomuk Marsilius. Dabei lächelte er, als wolle er zeigen, dass er auch ein guter Verlierer sein konnte. »Jetzt bin ich wirklich auf Ihre Diskretion angewiesen.«

Otto Stollberg griff betrübt nach der Hand seines Impresarios, drückte sie kurz und ließ sie wieder los. Zomrowski verstand die Geste nicht. Wollte der kleine Mann seinen so unerschütterlich erscheinenden Impresario etwa trösten, ihm zeigen, dass er zu ihm hielt in dieser schwierigen Lage? Oder war das ein dankbarer Händedruck?

»Wie Sie es hinbekommen haben, dass alle Welt geglaubt hat, nur ein Liliputaner gehöre zu Ihrer Schautruppe, das ist mir ein Rätsel«, sagte Anton Schmitz nachdenklich. »Es ist doch gar nicht möglich, einen Menschen andauend versteckt zu halten. Haben Sie immer einen Wachtposten aufgestellt, wenn Sie irgendwo Ihr Lager aufgeschlagen hatten? Sie beide, Kessler und Sie, mussten doch mehrmals am Tag zwischen ihren Wohnwagen und der Schaubude hin und herlaufen. Wieso hat Sie dabei nie jemand entdeckt?«, fragte er Stollberg. »Haben Sie denn nie das Bedürfnis gehabt, sich auch mal in der Öffentlichkeit zu zeigen, in ein Gasthaus oder zum Einkaufen zu gehen?«

Das alles sei nicht so schwierig gewesen, wie es erschien, sagten Marsilius und Stollberg übereinstimmend.

Sie hätten immer Lagerplätze gesucht und gefunden, die ein wenig abseits lagen, so wie in Sterkrade die Wiese im Ödland an der Bahn.

Dort seien sie nie von Neugierigen behelligt worden. »Das liegt an der Furcht der Menschen vor unseren Abnormitäten«, erklärte Marsilius. »Wer möchte schon einem grauenerregenden Wolfsmenschen über den Weg laufen?«

In ihrem Wohnwagenlager, so erfuhren die Kriminalbeamten, bewegten die beiden kleinen Männer sich immer völlig ungezwungen zwischen den anderen Artisten. »Solange wir unter uns waren, im Lager oder auf der Reise, war das gar kein Problem«, sagte Stollberg.

Wenn die Truppe während eines Volksfestes an einem Ort war, gab es eine wichtige Regel: Nie durften die beiden Kleinwüchsigen gemeinsam das Lager verlassen.

»Meistens war der Friedrich ja unterwegs«, sagte Stollberg. »Mir hat nie was dran gelegen, durch die Gasthäuser zu ziehen. Unsere Artistentruppe, das ist meine Familie, da fühle ich mich wohl. Außerdem lese ich gern, und der Herr Direktor hat eine feine Bibliothek, die ich nutzen darf. Wenn ich dann doch mal rauswollte, mir ein Städtchen ansehen oder irgendwas kaufen, dann ist der Friedrich eben so lange mal im Lager geblieben. Die Leute haben immer gedacht, ach, da ist ja dieser Liliputaner von der Abnormitätenschau, egal, ob sie dem Friedrich begegnet sind oder mir. Nur zusammen durften sie uns beide natürlich nicht sehen.«

Auf dem Weg von den Wohnwagen zu den Vorstellungen in der Schaubude hätte kaum jemand Notiz von den Artisten genommen, fügte Marsilius hinzu. »Die Leute sind völlig gefangen von all dem bunten Firlefanz, den es auf der Kirmes zu entdecken gibt. Was hinter den Buden und den Karussells geschieht, das interessiert keinen Menschen.«

»Natürlich ist hin und wieder auch mal der eine oder der andere von uns auf dem Weg zwischen Lager und Kirmesplatz gesehen worden«, sagte Otto Stollberg. »Aber der Friedrich und ich, wir sind immer getrennt unsere Wege gegangen, wir haben uns nie zusammen sehen lassen. Deshalb hat kein Mensch bemerkt, dass zwei Liliputaner zur Schautruppe Marsilius gehörten.«

***

Peter Molsbeck stand, die Hände in den Hosentaschen, am Fenster, sah hinaus auf die Steinbrinkstraße, wo Nepomuk Marsilius und sein kleinwüchsiger Begleiter sich gerade eilig davonmachten, und ließ seinen Ärger heraus.

»Unmöglich finde ich das. Wir hätten sie beide hierbehalten müssen. Sie verkaufen uns für dumm. Seit dem Beginn der Morduntersuchungen halten diese Kirmesleute uns zum Narren, und du lässt sie einfach gehen. Die lachen uns doch aus.«

»Reg dich nicht auf, Peter! Wir werden zuletzt lachen«, entgegnete Zomrowski.

»Du hast diesen Zwerg nicht einmal gefragt, wo er zu der Zeit gewesen ist, als die Morde passiert sind.«

»Marsilius hat gesagt, der wär im Lager gewesen. Du glaubst doch nicht allen Ernstes, Stollberg hätte uns eine andere Antwort gegeben.«

»Und ob er den Juskowiak gekannt hat, hast du ihn auch nicht gefragt.«

»Und warum hast du das nicht getan?«

»Ist mir erst gerade eingefallen, die Frage«, gab Molsbeck zu.

»Woher sollte dieser Liliputaner denn den Juskowiak gekannt haben? Das ist doch Quatsch«, warf Schmitz ein.

»Und wenn er ihn gekannt hätte, dann hätt er es nicht zugegeben«, sagte Zomrowski missmutig.

»Was hat es nun gebracht, die beiden Kerle gemeinsam zu verhören?«, fragte Molsbeck herausfordernd. »War das aufschlussreich für dich, wie sie miteinander umgegangen sind?«

»Weiß ich noch nicht«, antwortete Zomrowski ungehalten. »Darüber muss ich noch nachdenken.«

»Ich versteh es auch nicht, dass wir die beiden laufen gelassen haben«, nörgelte Kriminalwachtmeister Schmitz. »Gestern Abend haben wir die Festnahme des kleinwüchsigen Artisten noch gefeiert, als wär uns ein dicker Fisch ins Netz gegangen. Und jetzt stehen wir wieder mit leeren Händen da.«

»So ist das nun mal«, entgegnete Zomrowski gereizt. »Es hätte uns aber auch nichts gebracht, wenn wir die beiden wegen Behinderung polizeilicher Ermittlungen festgehalten hätten. Oder glaubt ihr, die Morde wären aufgeklärt, wenn Marsilius und Stollberg jetzt unten in der Arrestzelle säßen?«

Ohne auf eine Antwort zu warten, stapfte er mürrisch durchs Kriminalbüro, zog seine Jacke vom Kleiderhaken und fuhr die Kollegen an: »Ein paar Kirmesleute ohne dringenden Tatverdacht einzusperren, das ist doch keine Lösung, und eure Quengelei, die bringt uns auch nicht weiter.«

Zomrowski schlug ärgerlich die Tür des Kriminalbüros hinter sich zu, legte im Flur seine Stulpen an, schwang sich vorm Rathaus aufs Fahrrad, trat in die Pedale, wäre beim Überholen eines Fuhrwerks beinahe mit dem Vorderrad in die Straßenbahnschienen geraten, musste in der Hüttenstraße minutenlang vor der geschlossenen Schranke der Werksbahn warten, war froh, als er endlich das rumpelige Pflaster der Innenstadt hinter sich gelassen hatte, ließ sein Rad die Holtenstraße hinunterrollen, ging aus dem Sattel, als er den Postweg hinaufstrampelte, keuchte, während er über die Kirchhellenstraße durch die Heide hastete, und fuhr erst gemächlicher, als er im Fernewald das Gebiet der Bürgermeisterei Sterkrade hinter sich gelassen hatte. Bei der Grafenmühle bog er ins Rotbachtal ein, im Hiesfelder Wald stieg er am Ufer des Baches vom Fahrrad. Er hatte die Hoffnung, von hier aus alles Ungereimte und Rätselhafte gelassen und mit dem Abstand betrachten zu können, den man braucht, um Antworten zu finden und Lösungen zu entdecken.

Er lehnte sein Rad an einen Baum, warf seine Jacke ins Ufergras, knöpfte seinen Kragen ab, befreite seine Füße von Stulpen, Schuhen und Socken, krempelte seine Hosenbeine bis zu den Knien hoch und seine Hemdsärmel bis zu den Oberarmen, setzte sich auf einen moosbewachsenen Uferstein und stellte seine Füße in die kühle Strömung des Rotbachs. Er stützte seine Ellenbogen auf die Oberschenkel und seinen Kopf in die Hände, schloss die Augen und spürte das Fließen des Wassers, hörte ihm zu und überließ sich dem unsteten Strom seiner Gedanken, der vorbeirauschte an den Ereignissen der vergangenen Tage, an Menschen, denen er begegnet war, mit denen er gesprochen, die er beobachtet hatte.

Nepomuk Marsilius und die seltsamen Geschöpfe, die ihn umgaben, hatten sich im Laufe der Ermittlungen immer verdächtiger gemacht. Schon nach ihren ersten Aussagen war Zomrowski misstrauisch geworden. Dass keiner von ihnen die Toten entdeckt hatte, dass ausgerechnet in der Nacht nach den Morden niemand in die Brandenburger Straße zum Bühnenwagen gegangen war, um ihn zu bewachen, das hatte Zomrowski nie ganz glauben können.

Den wichtigen Umstand, dass Friedrich Kessler in Sterkrade seinen Bruder treffen wollte, hatten die Kirmesleute lange verschwiegen. Erst als die Kriminalbeamten schon selbst darauf gekommen waren, hatten Marsilius und Josefa davon erzählt. Der Impresario hatte zwar die Schweigsamkeit seiner Truppe einleuchtend begründet, aber Zomrowskis Misstrauen hatte neue Nahrung erhalten.

Gestern Abend hatte er noch gedacht, die Entdeckung von Otto Stollberg würde zu einem Durchbruch bei den Ermittlungen führen.

Für ihn war klar gewesen, dass Marsilius den kleinen Mann vor der Polizei versteckt hatte, um ihn aus der Mordsache herauszuhalten. Jetzt sah es so aus, als hätte Stollberg nicht das Geringste mit dem Tod von Kessler und Juskowiak zu tun, und für das Versteckspiel hatte Marsilius eine Erklärung geliefert, die wiederum plausibel erschien.

Doch auch wenn er sie hatte laufen lassen, den Impresario und seinen kleinwüchsigen Artisten, Zomrowskis Misstrauen war noch einmal gewachsen.

Dass sie Schausteller waren, Menschen, deren Profession es war, anderen etwas vorzumachen, ihr Publikum hinters Licht zu führen, das hatte sich tief in sein Kriminalistenhirn eingebrannt, vielleicht zu tief, dachte er jetzt, da das klare Wasser des Rotbachs an ihm vorüberzog.

Hatte er über sein Misstrauen gegenüber Marsilius mit seinen stets einleuchtenden Antworten und Erklärungen nicht den Blick auf andere mögliche Mordmotive vernachlässigt?

Hatte er der Spur, die in die Wohnzimmer der feinen Sterkrader Damen führte, zu wenig Beachtung geschenkt? Gewiss hatte keine von ihnen einen Grund, dem putzigen Liliputaner, der so nette Geschichten erzählen konnte, den Schädel einzuschlagen. Aber vielleicht war die Zuneigung einer Dame für den kleinen Mann ja so weit gegangen, dass ein eifersüchtiger Ehemann zum Knüppel gegriffen hatte.

Dass ein gehörnter Gatte in blinder Wut seinen Nebenbuhler umbrachte, das konnte Zomrowski sich vorstellen. Aber die Schaustellertruppe war gerade erst in Sterkrade angekommen, als Kessler erschlagen wurde, und dass ein Ehebruch, der schon ein Jahr zurücklag, einen betrogenen Mann blindwütig morden ließ, das war kaum denkbar.

Außerdem ging es um zwei Tote, um zwei Brüder, die sich nach Jahrzehnten zum ersten Mal treffen wollten. Das machte die Eifersuchtsgeschichte unwahrscheinlich.

Gotthold Terhufen kam Zomrowski in den Sinn. Er war mit Edwina Hellweg verlobt gewesen. Edwina hatte eines der beiden Mordopfer gekannt. Die Verlobung war gelöst worden. Terhufen war während der Kirmes brutal zusammengeschlagen worden. Das waren die Tatsachen, das waren einige der Mosaiksteinchen, von denen sie jetzt schon so viele gefunden hatten, von denen jedoch keins ans andere zu passen schien, von denen sie nicht einmal wussten, ob sie überhaupt zum Bild dieses Doppelmordes gehörten.

Hatten sie sich zu wenig um die Spuren gekümmert, auf die sie im Umfeld von Paul Juskowiak gestoßen waren? Die Bergmänner glaubten, er hätte sie während des Streiks im März bespitzelt. Das konnte ein Mordmotiv sein. Davon war Zomrowski überzeugt, seitdem er erlebt hatte, wie hasserfüllt die Kumpel gewesen waren, die in der Kolonie den Streikbrecher verprügelt hatten. Aber was sollte er tun? Er konnte doch nicht in der Dunkelschlagsiedlung von Haus zu Haus gehen und jeden Mann fragen, ob er Paul Juskowiak erschossen hatte. Gab es überhaupt einen Bergmann, der einen Revolver besaß? So ein Ding mit der dazugehörenden Munition kostete immerhin um die zehn Mark. Und was hatte Heinrich Zirbel gesagt? Wenn aufgebrachte Kumpel einen Spitzel beseitigen wollen, erschießen sie ihn nicht, sondern der Mann stürzt unter Tage in einen Blindschacht. Das war nicht von der Hand zu weisen.

Vielleicht hätten sie sich intensiver um Juskowiaks Vorliebe für polnische Mädchen kümmern müssen. Er hatte ihnen nachgestellt, er hatte herumposaunt, sie seien sittenlos und leichte Beute für ihn. Wenn er tatsächlich einmal so ein junges Ding herumgekriegt und geschwängert hatte, wenn er es danach verhöhnt und mit dem Malheurchen sitzengelassen hatte, dann hatte er sich zweifelsohne den abgrundtiefen Hass einer ganzen Familie zugezogen. Zomrowski nahm sich vor, möglichst bald Paula Leschinskys Kostgänger zu fragen, ob ihnen in ihrem Polenverein irgendwas zu Ohren gekommen war.

Pferdehufe schlugen auf den Waldboden. Das Geräusch schreckte Zomrowski aus seinen Überlegungen auf. Es näherte sich im Rhythmus eines raschen Trabes und endete abrupt auf dem Uferpfad über ihm. Erstaunt sah er zu Pferd und Reiter hinauf. Er kniff die Augen zusammen. Der Mann im Sattel erschien ihm vor der gleißenden Sonne als gesichtsloser Schattenriss. Er erkannte ihn erst, als er sagte: »Herr Kriminalwachtmeister. Mit Ihnen hatte ich hier nicht gerechnet.«

Während der Mann über ihm sich aus dem Sattel schwang, stand Zomrowski auf. Er schützte seine Augen mit erhobenen Händen vorm grellen Sonnenlicht und strauchelte in der Uferböschung.

»Herr Bürgermeister«, sagte er verblüfft, als er dem Reiter gegenüberstand.

Eugen Zur Nieden reichte ihm lachend die Hand. »Wie ich sehe, sind Sie auch hoch zu Ross unterwegs«, sagte er mit einem amüsierten Blick auf das Fahrrad. »Und wovor sind Sie aus Sterkrade in die Wälder geflüchtet?«

Zomrowski zuckte mit den Achseln. »So eine Radtour macht den Kopf frei.«

Zur Nieden nickte. »Dann sind wir ja in derselben Absicht unterwegs«, stellte er fest und tätschelte den schlanken Hals seiner fuchsbraunen Stute. »Ich war im Alters- und Waisenhaus auf der Everslohstraße. Da schau ich ab und zu nach dem Rechten, obwohl das eigentlich gar nicht nötig ist. Der Verwalter hat alles prächtig im Griff. War ja auch mal Polizist, der Karl Saam.« Der Bürgermeister lachte. »Aber da ich nun schon mal so weit draußen war mit dem Pferd, hab ich die Gelegenheit beim Schopf ergriffen. Bei einem Ritt durch die Stille der Wälder kommen mir immer wieder völlig andere Ideen in den Kopf als in den Amtsstuben des Rathauses, und das sind keineswegs die schlechtesten Ideen.«

»Ich versteh gut, was Sie meinen«, sagte Zomrowski.

Eugen Zur Nieden, Doktor der Jurisprudenz, war nur ein Jahr älter als sein Kriminalwachtmeister, aber seine hohe Stirn und der Kneifer, den er gerade jetzt aus der Brusttasche seines Gehrocks zog und sich auf die Nase setzte, ließen ihn älter aussehen. Zum Rock trug er eine Kniebundhose und Reitstiefel, in der einen Hand hielt er eine Peitsche, in der anderen den Zügel seiner Stute. Trotz der frühsommerlichen Wärme hatte er nicht auf Stehkragen und Binder verzichtet. Dieser Mann war mit seiner kerzengeraden Körperhaltung, seinem akkurat geschnittenen, kräftigen Oberlippenbart und seinem herausfordernden Blick für Zomrowski der Inbegriff eines entschlossenen und tatkräftigen Vorgesetzten. Aus so einem hätte auch ein preußischer General werden können oder ein Minister, ein Gutsherr oder ein Hüttendirektor, dachte er. Es war nicht leicht, sich nicht einschüchtern zu lassen von der Gegenwart Dr. Zur Niedens. Zomrowski nahm sich vor, während dieser unerwarteten Begegnung mit dem Bürgermeister nicht ein einziges Mal seine Schnurrbartspitzen zu zwirbeln. Er legte seine Hände hinter dem Rücken ineinander.

»Und?« Zur Nieden sah ihn fragend an. »Ist Ihnen die entscheidende Idee schon gekommen?«

»Bei der Lösung eines Kriminalfalls ist es selten die große Idee, die weiterhilft. Es sind eher die vielen Kleinigkeiten, auch die nebensächlich erscheinenden, die man zusammensuchen muss, die man sehen und richtig beurteilen muss.«

»Ich verstehe. So wie die Mosaiksteinchen, die man zu einem Bild zusammenfügt.«

»Genau so, Herr Bürgermeister, und wenn nur eins oder zwei dieser Steinchen fehlen, dann kann man die anderen hin- und herschieben, so oft man will, es wird einfach kein Bild daraus.«

»Sie werden die fehlenden Mosaiksteine finden, Zomrowski. Überstürzen Sie nichts! Lassen Sie sich nicht verrückt machen! Ein schlüssiges Ermittlungsergebnis, das vor Gericht bestehen kann, ist mir wichtig. Wenn Sie uns eilig ein paar Verdächtige präsentieren, die der Richter nachher laufen lassen muss, dann ist niemandem gedient.«

»Schön, dass Sie das so sehen, Herr Bürgermeister«, sagte Zomrowski verblüfft.

»Wie sollte ich es denn wohl sonst sehen?«

»Ich war davon ausgegangen, dass Ihnen an einer schnellstmöglichen Aufklärung des Falles gelegen ist, damit Sterkrade nicht länger als Tatort eines Doppelmordes Schlagzeilen macht, jetzt, wo der Antrag in Vorbereitung ist.«

»Sie denken ja politisch, Zomrowski. Das gefällt mir, das erwarte ich vom künftigen Vorsteher der Kriminalabteilung. Ein ungelöstes Tötungsdelikt in der Bürgermeisterei ist zweifellos keine Empfehlung. Auch wenn letztlich kein Minister in Berlin seine Entscheidung davon abhängig machen wird, ist es besser, wenn die Angelegenheit aufgeklärt und vom Tisch ist. Aber Zomrowski, ich habe die Absicht, den Antrag auf die Verleihung der Stadtrechte erst dann einzureichen, wenn er bis ins kleinste Detail stimmig ist. Ob das im Juli sein wird oder in drei Monaten, das weiß ich noch nicht. Entschieden wird über unseren Antrag aber wohl kaum vor dem Winter.« Der Bürgermeister lachte kurz und herzhaft. »Bis dahin, Zomrowski, haben Sie nicht nur den Fall gelöst, bis dahin sind Sie längst Kriminalkommissar.«

»Wir werden sehen«, sagte Zomrowski verunsichert.

»Was heißt das?«, fragte Zur Nieden streng. »Wollen Sie etwa nicht? Scheuen Sie die Verantwortung?«

»Nein«, entgegnete Zomrowski. »Es ist nur so, dass ich unverheiratet bin, dass mein Sohn bei meiner Schwester in der Dunkelschlagsiedlung aufwächst und dass ich einen polnischen Familiennamen trage. Und ich fühle mich außerstande, Ihnen zuzusichern, dass meine persönlichen Verhältnisse sich in nächster Zeit entscheidend ändern werden.«

»Was reden Sie denn da, Mann!«, fuhr Zur Nieden ihn an. »Das erwartet doch niemand von Ihnen.«

Er sah in Zomrowskis verdattertes Gesicht und lachte plötzlich ungestüm. Seine Stute schlug verstört mit dem Kopf.

»Jetzt verstehe ich«, sagte er, während er beruhigend einen Arm um den Hals des Pferdes schlang. »Das hat Kommissar Hüppchen Ihnen in den Kopf gesetzt, der alte Filou. Das sind seine Vorstellungen von einem preußischen Oberbeamten. Nein, Zomrowski, Sie sind ein ausgezeichneter Kriminalist, ein kluger und besonnener Mann und schon jetzt eine unangefochtene Respektsperson in Ihrer Abteilung. Das ist entscheidend. Natürlich sollte die politische und moralische Integrität eines Amtsvorstehers vorbildlich sein, aber solange Sie Ihren Jungen nicht verwahrlosen lassen, ist das Ihre Sache, wo er aufwächst, und solange Sie keine braven Bürgersfrauen oder ihre noch braveren Dienstmädchen verführen, interessiert es mich nicht im Geringsten, ob Sie das Witwerdasein dem Stand der Ehe vorziehen. Und was Ihren Namen angeht, Zomrowski, da teile ich Hüppchens Auffassung ganz und gar nicht. Ein Amtsvorsteher polnischer Herkunft ist geradezu ein Glücksfall für ein Rathaus im Revier, ein Signal für zigtausende zugewanderter Polen und Masuren, dass sie der preußischen Obrigkeit vertrauen können und dass sie es hier im Ruhrgebiet weit bringen können, wenn sie sich einfügen, wenn sie tüchtig und anständig sind.«

VIERZEHN

Paula Leschinsky wischte sich eine Haarsträhne aus der Stirn und lachte. Vor ihr auf dem Küchentisch standen eine Spülschüssel und schmutziges Geschirr.

»Der Johann. Na, das ist ja nett, dass du mich mal besuchst. Ist bei den Ingenbolds niemand zu Hause?«

»Doch, doch, der Katarina und den Kindern hab ich schon einen guten Tag gewünscht, aber heute wollte ich mal zu dir.« Zomrowski zwirbelte die Spitzen seines Schnurrbartes. »Das heißt, um ehrlich zu sein, eigentlich wollt ich zum Karol und zum Pawel.«

Paula stemmte ihre Hände in die Hüften, legte den Kopf schief und sah ihn herausfordernd an. »Das hab ich ja noch nie von einem Kerl gehört, dass ihm die Gesellschaft von zwei polnischen Schlafburschen lieber ist als die von einer leichtlebigen, jungen Witwe«, sagte sie und zog einen Schmollmund.

Zomrowski schüttelte grinsend den Kopf. »Du bist mir eine, Paula. Andere Frauen entrüsten sich, wenn man sie ein leichtlebiges Weibsbild nennt, und du sagst es von dir selbst, als wärst du stolz darauf.«

»Wenn's einem gelingt, dieses beschissene Leben leicht zu nehmen und seinen Spaß zu haben hin und wieder, dann kann man darauf stolz sein, denk ich mir«, entgegnete Paula mit unerwartetem Ernst. »Außerdem, Johann, sag ich nicht zu jedem, dass ich leichtlebig bin, sondern nur zu Menschen, mit denen ich es gern mal zusammen sein möchte.«

Wieder zwirbelte Johann Zomrowski seine Bartspitzen.

»Der Pawel und der Karol sind gerade weg. Mittagsschicht. Was willst du denn von denen?«

»Na, die wollten sich doch mal in ihrem Polenverein umhören wegen Juskowiak und seiner Vorliebe für polnische Mädchen.«

»Klar«, sagte Paula, »haben sie auch gemacht, und ich weiß alles, was sie da rausgefunden haben.«

Jetzt lachte sie wieder. »Wenn du einen kleinen Spaziergang mit mir machst, dann erzähl ich's dir. Aber ich sag es dir gleich, damit du nicht nachher böse auf mich bist: Viel haben sie nicht erfahren im Polenverein.«

»Willst du, dass die Leute wieder über dich reden, wenn du mit einem unverheirateten Mann durch die Kolonie spazierst?«

»Ach Johann, als wär mir das nicht längst egal, was über mich schwadroniert wird. Mit dir spazieren gehen möcht ich eben gern, bei dem schönen Wetter. Außerdem möcht ich dir noch etwas erzählen, das dich vielleicht interessieren könnte, noch was anderes als die Geschichten aus dem Polenverein.«

»Und dein Abwasch?«

»Der kann warten. Er wird schon keinen Schimmel ansetzen, bis ich wiederkomme.«

»Na gut«, sagte Zomrowski.

»Im Dunkelschlag oder an der Bahn entlang zum Volkspark?«, fragte Paula.

»Ist mir egal.«

»Dann gehen wir an der Bahn entlang durch die Felder. Da ist es nicht so schattig wie im Wald. Ich spür gern die Sonne auf der Haut.«

Zomrowski deutete mit dem Kopf zur Stube. »Wie geht's dem Onkel Heinrich?«, fragte er.

»Gar nicht gut«, sagte Paula, während sie ihre Schürze über den Haken an der Küchentür hängte. »Manchmal denk ich, es geht zu Ende mit ihm. Er hustet oft die ganze Nacht durch, und morgens ist sein Kopfkissen voller Blut.«

»Ich würd gern noch nach ihm sehen.«

»Nach dem Mittagessen schläft er immer. Lass ihm jetzt lieber seine Ruhe.«

Zomrowski nickte.

»Wo hast du dein Fahrrad abgestellt?«

»Bei den Ingenbolds im Stall.«

»Da steht es gut«, sagte Paula und schob Zomrowski durch die Tür.

Ein paar Minuten später spazierten sie an der Bahn entlang durch die Felder, die zum Besitztum von Schulte-Westhoff gehörten.

»Ich bin gern hier. Wenn ich allein sein will, zum Nachdenken oder zum Träumen, dann muss ich raus aus der Kolonie. Hier begegnet man nur selten einem Menschen«, erklärte Paula.

Kurz vor dem Alsbach bog sie in einen schmalen Wiesenpfad

ein. Zomrowski folgte ihr. Der Weg verlor sich zwischen ein paar kümmerlichen Sträuchern, hinter denen Paula sich lachend ins Gras fallen ließ.

»Das hier ist mein Lieblingsplatz«, sagte sie. »Hier ist es, als wär man allein auf der Welt.«

»Dass du ein Mensch bist, der so gern allein ist, hätt ich nicht gedacht.«

Paula lächelte. »Bin ich ja auch nur manchmal«, gab sie zu. »Komm setz dich zu mir. Gleich können wir noch weitergehen in den Volkspark, aber jetzt will ich erst eine Weile meinen Lieblingsplatz mit dir teilen.«

Johann Zomrowski setzte sich und folgte Paulas Blick über die Gleise hinweg zur Zeche.

»Eine schöne Aussicht ist das nicht gerade«, stellte er fest.

»Ich würde auch lieber in den Dünen sitzen und aufs Meer hinausschauen. Das muss schön sein. Ich hab mal Bilder davon beim Onkel Heinrich in einer illustrierten Zeitung gesehen.«

Paula seufzte und schwieg eine Weile. Dann sagte sie: »Aber das hier ist nun mal unsere Welt. Und wenn ich von hier aus auf den Pütt schau, wenn ich sehe, wie sich in den Fördertürmen die Seilscheiben drehen und wie sie in der Sonne glitzern, dann verlier ich ein wenig von meiner Angst vor der Zeche, dieser Bestie. Meinen Leschinsky hat sie sich geholt und euren Vater, den Onkel Heinrich hat sie todkrank gemacht, und vorgestern hätt sie beinah auch noch den Ludwig und den Karol verschlungen. Aber wir müssen nun mal mit ihr leben. Sie quält uns, und sie nährt uns an ihrer Brust.«

»Wie kommt denn der Karol damit zurecht, dass es ihn beinahe erwischt hätte?«

»Wie meinst du das?«

»Na, den Ludwig hat das Erlebnis doch sehr mitgenommen. Gestern ging's ihm gar nicht gut. Mit einer Flasche Schnaps hat er versucht, seine Angst zu betäuben.«

»Der Karol hat zwei Tage lang gesoffen. Aber er spricht nicht über das, was er fühlt. Und jetzt ist er wieder im Berg.«

Dampfend nahm vor ihnen ein Schnellzug der Staatsbahn, der gerade den Sterkrader Bahnhof in Richtung Arnheim verlassen hatte, Fahrt auf.

Paula Leschinsky und Johann Zomrowski sahen ihm schweigend nach. Eine Weile nachdem er im Nordwesten verschwunden war, sagte Paula: »Du siehst steif aus in dem Anzug. In deinen Radfahrerkleidern gefällst du mir besser.«

»Ich bin ein preußischer Beamter«, erwiderte Zomrowski lachend. Dann zog er sein Jackett aus, legte es neben sich ins Gras, öffnete einen Kragenknopf und lockerte seinen Binder.

»So ist es schon besser«, sagte sie, zog ihren Rocksaum hoch bis über die Waden, schlang ihre Arme um die Knie und schaute zur Zeche hinüber.

Sie saßen nah beieinander. Paula roch nicht nach Dunkelschlag und Küche, sie duftete nach Sommer und Verführung. Das erstaunte Zomrowski. Er sah von ihren nackten Füßen hinauf zu ihrem vollen, dunklen Haar. Alles an ihr versprach Leidenschaft und Wollust, und er spürte, dass er sich danach sehnte. Wenn er jetzt einen Arm um sie legen und sie zu sich heranziehen würde, dann würde sie sich nicht sträuben. Eine Frau wie Paula Leschinsky sträubte sich nicht, so eine sehnte sich selbst nach Leidenschaft und Wollust, und er spürte, dass ihm das Angst machte.

»Was haben sie denn im Polenverein erfahren, der Pawel und der Karol?«, fragte er.

»Also, sie haben sich wirklich gründlich umgehört«, sagte Paula, »nicht nur im Verein. Sie kennen ja auch viele Polen auf der Zeche und in der Kolonie. Mit denen haben sie auch gesprochen. Herausgekommen ist immer dasselbe. Alle, die den Juskowiak kannten, wussten, dass er hinter den polnischen Mädchen her war und dass er zugleich schlecht über sie geredet hat. Niemand hat sich darüber gewundert, dass es so ein Ende mit ihm genommen hat. Aber keiner hatte jemals davon gehört, dass der Kerl tatsächlich ein Polenmädchen rumgekriegt hat, und von der ungewollten Schwangerschaft einer jungen Frau oder eines Mädchens wusste auch niemand etwas.«

Zomrowski sagte nichts.

»Ich selbst hab mit etlichen Frauen über den Juskowiak geredet, beim Einkaufen und beim Schwatz auf der Straße. Er war ein Mistkerl und ein Aufschneider, und die Mädchen sind ihm aus dem Weg gegangen. So war das. Also, Johann, der hat kein Polenmädchen geschwängert, sonst hätte irgendeine Frau in der Kolonie oder irgendein polnischer Kumpel auf der Zeche davon bestimmt etwas gewusst.«

Zomrowski schwieg nachdenklich.

»Das hilft dir vermutlich nicht weiter«, sagte Paula.

»Vielleicht doch. Je mehr Theorien man ausschließen kann, desto näher kommt man dem tatsächlichen Mordmotiv.«

»Du hast gestern der Katarina erzählt, dass die Edwina Hellweg den anderen Toten gekannt hat, diesen Liliputaner von der Kirmestruppe. Stimmt das?«

Zomrowski nickte.

»Gestern Abend hab ich's von der Katarina erfahren, und seitdem denk ich drüber nach, ob ich dir von der Sache erzählen soll. Eigentlich würd ich das nie tun, so etwas den Kriminalen auf die Nase binden. Aber du bist ja nicht irgendein Polizist, und außerdem könnte es vielleicht sein, dass die Angelegenheit irgendwie mit den Morden zusammenhängt.«

»Jetzt mach es mal nicht so spannend, Paula! Worum geht's denn?«

»Also, das war voriges Jahr im August. Ich war damals ein paar Mal bei den Hellwegs im Geschäft wegen meiner Nähmaschine. Die tat es nicht mehr richtig, hat ja auch schon allerhand Jahre auf dem Buckel. Irgendwann ist der alte Hellweg mal nach hinten gegangen und kurz drauf mit seiner Frau zurück in den Laden gekommen, mit der Margarete.

Ob ich ein paar Minuten Zeit hätte, hat sie mich gefragt. Sie hätt da ein Anliegen, bei dem ich ihr vielleicht weiterhelfen könnte. Ich hatte nicht die geringste Ahnung, was ich wohl für die Frau tun könnte, aber ich bin mit in ihre Wohnung gegangen. In die gute Stube hat sie mich geführt und mir einen Likör angeboten. Richtig fein haben die es, die Herrschaften in der Bahnhofstraße. Polstersessel, bestickte Kissen, Plüschvorhänge, Teppiche und sogar ein Klavier. Von solchen Sachen kann unsereiner nur träumen, aber das weißt du ja selbst.

Herumgedruckst hat sie, die alte Hellweg, und aufgeregt war sie, dass ich dachte, der Schlag würd sie gleich treffen. Von der Therese Grotedick hätte sie gehört, dass deren Schwester Katarina mit einer Weibsperson befreundet wär, die manches wüsste, was andere Frauen nicht wissen. Jetzt hätte sie erfahren, dass ich diese gewisse Person wär, hat sie gesagt, und ob das denn stimmen würde, dass Frauen zu mir kämen, wenn sie etwas erfahren wollten über die Liebe oder über die Männer oder darüber, wie man's verhindert, dass man schwanger wird.

Dass hin und wieder schon mal eine Frau aus der Kolonie zu mir kommt und mich um Rat in solchen Dingen fragt, das wär so, hab ich ihr geantwortet.

Ob ich denn auch einer Frau helfen könnte, wenn sie schon in andere Umstände geraten wär, hat sie dann wissen wollen.

Nein, hab ich gesagt, das könnte ich nicht.

Aber ich würde doch gewiss Frauen kennen, die eine Leibesfrucht wegmachen könnten. Ja, von einer Leibesfrucht hat sie gesprochen, daran erinner ich mich noch genau.

Ich hab erst mal nur mit den Schultern gezuckt, weil ich solchen Herrschaften nie so ganz traue. Es hätte ja sein können, dass die feine Dame mich nur aushorchen wollte, dass sie gerne mal eine Engelmacherin vor den Richter gezerrt hätte.

Aber dann hab ich doch gemerkt, dass sie wirklich einen gewaltigen Kummer hatte, die Frau Hellweg. Also hab ich sie ganz direkt gefragt, ob es um ihre Tochter gehen würd.

Da hat sie genickt und ganz leise gesagt: Sie ist auf diesen Teufel reingefallen, auf diesen kleinen Teufel. Und dann hat sie fürchterlich zu heulen angefangen.«

»Edwina ist auf diesen kleinen Teufel reingefallen? Das hat die Frau Hellweg gesagt?«, fragte Zomrowski ungläubig.

»Genau das«, sagte Paula.

»Und weiter?«

»Nun ja, ich hab ihr eine Engelmacherin genannt, ihr den Namen und die Anschrift gegeben.«

»Und? Ist die Edwina zu ihr hingegangen?«

»Das weiß ich nicht. Meinst du, ich renn zu der Frau und frag sie, ob sie der jungen Hellweg ihr Kind weggemacht hat? Aber ich denk schon, dass die Edwina bei ihr war. Jedenfalls hat sie kein Kind zur Welt gebracht, soviel ich weiß, und mit einem dicken Bauch hat sie auch niemand in Sterkrade gesehen.«

»Ich nehme an, wer die Frau war, die Engelmacherin, das werde ich nicht von dir erfahren.«

»Nein, Johann, das werde ich dir auf keinen Fall sagen.«

***

Er war nicht mehr mit Paula durch den Volkspark spaziert. Sie hatte zwar ein enttäuschtes Gesicht gezogen, aber gesagt, dass sie es verstehen könne. Sie waren eilig zurück in die Kolonie gegangen, er hatte sein Fahrrad bei den Ingenbolds aus dem Stall geholt und war mit einem so rasanten Tempo in Richtung Rathaus gefahren, dass er oben auf der Marktstraße eine Straßenbahn überholt hatte.

Im Kriminalbüro saß Anton Schmitz über die beiden Ausweispapiere von Friedrich Kessler und Otto Stollberg gebeugt und verglich ihre Identifikationsmerkmale miteinander.

»Wo sind die anderen? Wo ist Molsbeck?«

»Weiß ich nicht«, antwortete Schmitz. »Was ist denn los?«

»Ich möchte Edwina Hellweg verhören, und zwar sofort. Und ich will, dass mich jemand begleitet.«

»Na, das kann ich doch machen«, sagte Schmitz.

»Dann kommen Sie! Und nehmen Sie die Pässe von den beiden kleinwüchsigen Artisten mit. Die können wir vielleicht brauchen.«

Während sie von der Steinbrinkstraße zur Bahnhofstraße gingen, berichtete Zomrowski seinem Kriminalsergeanten, was er gerade von Paula Leschinsky erfahren hatte.

»Das ist ja ungeheuerlich«, sagte Schmitz. »Und Sie nehmen an, die Frau Hellweg hat den Liliputaner gemeint, als sie von dem kleinen Teufel gesprochen hat?«

»Das werden wir in Kürze erfahren.«

Das Glöckchen über der Eingangstür des Ladens schlug so heftig an, dass der alte Hellweg erschrocken von der Nähmaschine aufsah, die er gerade auseinandergeschraubt hatte. Er nahm seine Brille ab und fixierte aus zusammengekniffenen Augen die hereinstürmenden Kriminalbeamten.

»Was wollen Sie denn?«, fragte er grußlos.

»Guten Tag, Herr Hellweg«, sagte Zomrowski.

»Guten Tag«, knurrte der Alte.

»Wir müssen mit Ihrer Tochter Edwina sprechen.«

Hermann Hellweg wurde von einem Augenblick auf den anderen blass. Ein paar Mal atmete er sehr tief, dann fragte er leise: »In welcher Angelegenheit?«

»Nun, es geht um sehr persönliche Dinge, und Ihre Tochter ist eine erwachsene Frau. Wir würden ihr gerne selbst sagen, was wir von ihr wollen.«

Hellweg sah Zomrowski abschätzend an.

»Um sehr persönliche Dinge?«, fragte er.

Zomrowski nickte.

»Um ihre Schwangerschaft?«

Zomrowski war verblüfft. Das Wort hatte er selten von einem Mann gehört. Schwangerschaften und Geburten waren die intimsten weiblichen Angelegenheiten. Darüber redeten Frauen miteinander, mit der älteren Schwester oder mit der Mutter, nicht aber mit dem Vater. Männer wurden ferngehalten von diesen Dingen.

»Ich weiß alles darüber«, sagte Hellweg. »Wenn eine ganze Familie daran zugrunde geht, dann ist es nicht mehr nur eine Sache der Frauen.«

»Wir müssen trotzdem mit der Edwina sprechen«, entgegnete Zomrowski achselzuckend.

»Warum? Wollen Sie das Mädchen wegen der Abtreibung zur Rechenschaft ziehen?«

Zomrowski schüttelte den Kopf. Fünf Jahre Zuchthaus sah der Paragraph zweihundertachtzehn als Höchststrafe für eine Frau vor, die ihre Leibesfrucht abgetrieben hatte. Das wusste er wohl. Bei mildernden Umständen, und die würde man der jungen Hellweg gewiss zubilligen, verhängten die Gerichte Gefängnisstrafen. Er ahnte, dass Edwina an einer Verurteilung zerbrechen würde, selbst wenn sie mit der Mindeststrafe von einem halben Jahr Gefängnis davonkäme.

»Wir haben nur einen vagen Hinweis auf eine Abtreibung. Dem müssten wir nicht unbedingt nachgehen«, sagte er bedächtig. »Es könnte ja auch sein, dass die Edwina das Kind verloren hat, durch eine Fehlgeburt zum Beispiel. Was wir wollen, sind Informationen über den Mann, der Ihre Tochter verführt hat.«

»Wissen Sie denn noch nicht, wer das war?«

Zomrowski schaltete schnell. »Doch«, sagte er, »deshalb sind wir ja hier. Wenn es ihr Verlobter gewesen wäre, würde uns die ganze Affäre überhaupt nicht interessieren.«

»Kommen Sie!«, sagte Hellweg.

Zomrowski und Schmitz folgten ihm in die Werkstatt. Zwischen Fahrrädern, ausgebauten Reifen, herumliegenden Ketten,

Sätteln und Gepäckträgern, unzähligen Ersatzteilen, die in Regalen lagerten, Laufmänteln, die an Haken von der Decke hingen, und überall im Raum verstreuten Werkzeugen stand Hubert Hellweg.

»Ah, Besuch von der Polizei«, sagte er freundlich. »Hat der Herr Kriminalsergeant Schmitz sich inzwischen zum Kauf eines Fahrrades entschlossen?«

»Nein, ich habe mit den Herren zu reden«, erklärte sein Vater. »Geh bitte so lange nach vorne in den Laden!«

»Ja, natürlich«, sagte Hubert verdutzt.

Hermann Hellweg führte Zomrowski und Schmitz durch die Werkstatt und durchs Treppenhaus in die erste Etage und bat sie in die große Wohnstube.

Ein Sofa und zwei Sessel um den Salontisch, ein Vitrinenschrank und ein Vertiko, Edwinas Klavier und ein schwerer Esstisch mit sechs Stühlen vermittelten den Eindruck von bürgerlicher Gediegenheit.

Den verschwenderischen Luxus, mit dem Therese ein paar Häuser weiter den Salon der Grotedicks ausgestattet hatte, gab es hier nicht.

Hellweg wies auf die Stühle. »Setzen Sie sich bitte«, sagte er.

Anton Schmitz nahm Platz, Zomrowski blieb neben dem Tisch stehen.

»Wo ist die Edwina?«, fragte er.

»Herr Zomrowski, seien Sie kein Unmensch«, bat Hellweg. »Sie haben das Mädchen doch gesehen. Das verkraftet die Edwina nicht, wenn sie zu der Sache befragt wird. Sie ist ja ohnehin schon vollkommen durcheinander, ein verwirrtes Kind, das das Leben nicht begreifen kann. Sie würden doch auch gar nichts aus ihr herausbekommen. Sie hat das verdrängt, was passiert ist. Sie will das alles nicht wahrhaben. Meine Frau und ich, wir fragen uns in letzter Zeit immer häufiger, ob sie überhaupt noch weiß, was eigentlich mit ihr geschehen ist.«

Zomrowski zwirbelte seine Schnurrbartspitzen.

»Wo ist Ihre Tochter denn?«, fragte Schmitz.

»Unterwegs mit meiner Frau«, antwortete Hellweg, »durch die Geschäfte bummeln, ein bisschen spazieren, damit sie auf andere Gedanken kommt.«

»Wir müssen wissen, was passiert ist«, sagte Zomrowski.

»Das kann ich Ihnen doch auch erzählen«, entgegnete Hellweg. »Ich weiß es heute wahrscheinlich sowieso besser als die Edwina. Tausendmal haben wir drüber gesprochen, meine Frau und ich, und uns gefragt, wie das alles nur kommen konnte.«

Zomrowski setzte sich neben Schmitz an den Tisch.

»Angefangen hat alles, nachdem die Kinder vor ein paar Jahren den Liliputaner auf der Kirmes kennengelernt hatten. Sie haben ihn uns ins Haus geschleppt, und alle waren entzückt von diesem charmanten kleinen Mann. Die Margarete hat ein paar Damen zum Kaffeekränzchen eingeladen, und auch die waren ganz begeistert von ihm und von den Geschichten, die er erzählen konnte. Im vorigen Jahr ging er dann schon ein und aus bei uns. Die Frauen freuten sich jedes Mal, wenn er kam, besonders die Edwina. Für sie war er etwas Einzigartiges, ein Märchenwesen, ein Prinz aus dem Zwergenland. Dass er ein Mann war, ein lüsterner junger Mann ohne Moral, einer von der Kirmes eben, daran hat die Edwina nie gedacht.«

Hellweg seufzte und setzte sich den beiden Kriminalbeamten gegenüber an den Tisch.

»Keiner von uns hat daran gedacht«, fuhr er fort. »Natürlich haben wir das Mädchen niemals mit einem jungen Mann allein gelassen. Wenn unsere Tochter mit ihrem Verlobten, dem Lehrer Terhufen, da vorn auf dem Sofa geplaudert hat, dann hat meine Frau mit einer Stickerei hier am Tisch gesessen. Das ist doch selbstverständlich. Aber dieser Zwerg war für uns alle so etwas wie ein Fabelwesen. Wir waren völlig arglos, wenn er mit der Edwina allein war, und das hat er ausgenutzt. Er hat sich Vertraulichkeiten herausgenommen, die ihr fremd waren. Sie hat seine unschicklichen Schmeicheleien und seine anstößigen Liebkosungen für harmlose Zeichen seiner Gunst gehalten, und die Gefühle, die er damit in ihr geweckt hat, die kannte sie ja gar nicht. Es waren schöne Gefühle für sie, und sie hat sich auf seine Spielchen eingelassen. Und dann hatte er sie eines Tages so weit, dass sie wehrlos war, völlig wehrlos.«

Hermann Hellweg schüttelte den Kopf, als könne er alles das, was da in seinem Haus geschehen war, immer noch nicht fassen.

»Sie hatte ja nicht mal ein schlechtes Gewissen nachher, die Edwina. Sie wusste gar nicht, was sie getan hatte. Erst als sie Wochen später spürte, dass irgendetwas nicht stimmte mit ihr, hat sie sich besorgt an meine Frau gewandt, und die hat dann sehr schnell herausgefunden, was dieser putzige, kleine Liliputaner für ein Spiel mit dem Mädchen gespielt hatte.«

Hellweg lachte böse. »Verzeihen Sie«, sagte er. »Ich habe Ihnen gar nichts zu trinken angeboten. Möchten Sie vielleicht einen Schabau?«

Zomrowski und Schmitz schüttelten den Kopf.

»Ich aber«, sagte Hellweg, ging zum Vertiko, goss aus einer Karaffe Branntwein in ein Schnapsglas, leerte es in einem Zug und setzte sich wieder an den Tisch.

Schmitz hatte die beiden Reisepässe aus seiner Jackentasche gezogen. Er schlug sie auf und schob Kesslers Ausweispapier zu Hellweg hinüber.

Der warf einen erstaunten Blick darauf.

»Was ist das?«, fragte er unsicher.

»Das ist der Pass des Mordopfers Friedrich Kessler.«

Hellweg zog eine bügellose Brille aus der Brusttasche seines Rocks, setzte sich den Kneifer auf die Nase, studierte eingehend das Identifikationspapier und nickte. »Das ist der Mann, der bei uns im Haus verkehrt hat. Prinz Ottokar von Liliput.«

Er schob den Reisepass zurück zu Schmitz. »Und wem gehört der andere Ausweis?«, fragte er.

»Otto Stollberg, dem zweiten kleinwüchsigen Artisten der Schaubude Marsilius.«

»Da gab es keine zwei Liliputaner«, sagte Hellweg.

»Doch, die gab es«, entgegnete Schmitz.

Hellweg sah ihn entgeistert an, dann schaute er fragend zu Zomrowski hinüber.

»Ja, so ist es. Kessler und Stollberg gehören beide zu dieser Schaustellertruppe«, sagte Zomrowski und registrierte erstaunt den Ausdruck fassungsloser Bestürzung im Gesicht des alten Hellweg.

»Darf ich mir einmal beide Pässe ansehen?«, fragte er nach einer Weile.

Schmitz schob die Papiere zu ihm hinüber.

Hellweg verglich eine Weile die Identifikationsmerkmale miteinander, dann schüttelte er den Kopf. »Jetzt bin ich mir nicht mehr sicher«, sagte er verwirrt. »Nur die Augenfarbe unterscheidet sich, und der eine Kerl ist drei Jahre älter als der andere. Ansonsten steht in dem einen Ausweispapier dasselbe wie in dem anderen. Die könnten beide von unserem Liliputaner sein.«

»Nach unseren Ermittlungen war das Mordopfer Friedrich Kessler Ihr Prinz Ottokar. Er war ständig unterwegs, hat überall Menschen kennengelernt, ist durch Gaststätten und Tanzsäle gezogen und hat den Weibsbildern nachgestellt. Von der Existenz des zweiten Kleinwüchsigen wissen wir auch erst seit gestern. Er verlässt nur selten das Wohnwagenlager, sitzt lieber mit den anderen Artisten zusammen, liest gerne. Das ist nicht der Mann, der braven Mädchen die Unschuld raubt«, erklärte Schmitz.

»Dass dieser Unhold so ein Ende gefunden hat, das kann ich nicht bedauern«, sagte Hermann Hellweg. »Er hatte es nicht anders verdient. Jetzt kann er wenigstens keinem unschuldigen Mädchen mehr etwas antun.«

»Einen solchen Tod hat niemand verdient«, entgegnete Zomrowski entrüstet.

Hellweg schob die Reisepässe über den Tisch.

Während Schmitz sie zurücksteckte in seine Jackentasche, fragte er: »Wie ist es dann weitergegangen, als Sie wussten, dass die Edwina schwanger war?«

»Meine Frau hat dafür gesorgt, na ja, Sie wissen schon. Aber danach ging es erst richtig los mit dem Elend. Wir hatten gehofft, es würde niemand etwas mitbekommen von der ganzen Angelegenheit, vor allem Gotthold Terhufen nicht. Aber der Edwina ging es von Tag zu Tag schlechter, nachdem das Kind weg war. Wochenlang hat sie kaum gegessen, ist nicht mehr aus dem Bett aufgestanden. Sie fühlte sich schmutzig, hielt sich selbst für ein sittenloses Geschöpf und schließlich auch noch für die Mörderin ihres Kindes. Dass sie kein Recht mehr hätte zu leben, hat sie gesagt. Irgendwann fing sie dann an, wirres Zeug zu reden oder stundenlang in die Gegend zu starren. Wie es heute um sie steht, das haben Sie ja vor ein paar Tagen noch selbst gesehen, Herr Kriminalwachtmeister.«

Zomrowski nickte. »Und Gotthold Terhufen? Weiß der, was passiert ist?«, fragte er.

»Natürlich hat er ganz schnell gemerkt, dass mit der Edwina irgendwas nicht stimmte. Sie hatte sich ja innerhalb weniger Wochen völlig verändert. Aus meinem fröhlichen Mädchen war ein tieftrauriges, verwirrtes Geschöpf geworden. Irgendwann hat sie es ihm dann erzählt. Sie konnte es nicht mehr ertragen, ihm etwas vorzumachen, so zu tun, als wäre nichts geschehen.«

»Was hat sie ihm erzählt?«, fragte Zomrowski nach.

»Na, alles. Wie töricht sie war, was der Zwerg ihr angetan hatte und dass sie das Kind nie zur Welt bringen würde.«

»Und wie hat Terhufen reagiert?«

»Er ist aufgestanden, hat grußlos unser Haus verlassen und nie mehr etwas von sich hören lassen.«

***

Gotthold Terhufens Vermieterin war äußerst geschwätzig. »Aber gewiss ist der Herr Lehrer wieder genesen. So schlimm war's ja denn doch nicht mit seinem dummen Sturz. Und er lässt sich auch nicht hängen, der Herr Terhufen. Sobald es möglich war, hat er den Schuldienst wieder aufgenommen. Er ist eben mit Leib und Seele Lehrer. Ja, heute Morgen ist er schon in aller Herrgottsfrühe mit dem Fahrrad zur Schule gefahren. Ein wenig wundert es mich, dass er noch nicht zurück ist, wenn das mal gutgegangen ist mit dem gebrochenen Arm auf dem Fahrrad. Dass man auf so einem Ding überhaupt sitzen kann, ohne umzukippen, das versteh ich sowieso nicht. Und Sie? Sie sind sicher ein Kollege vom Herrn Terhufen.«

»Nein«, hatte Zomrowski gesagt, und dann war er zum zweiten Mal an diesem Mittwoch den Postweg hinaufgestrampelt.

Als er an der Schule ankam, traf er zuerst auf Grete Lengeling. Sie stand in der Tür der Lehrerwohnung und hielt nach ihren Töchtern Ausschau. Lachend winkte sie Zomrowski zu sich heran.

»Guten Tag, Johann. Bei dem schönen Wetter mit dem Fahrrad unterwegs zu sein, das ist bestimmt ein Spaß.«

»Guten Tag, Grete«, sagte Zomrowski. »Wenn man zur Liebsten fährt, dann ist es ein Vergnügen, aber wenn man hinter einem Mörder her ist, dann ist es mit dem Spaß nicht weit her.«

»Aber besser als zu Fuß Verbrecher zu jagen, ist es doch allemal«, stellte Grete Lengeling fest.

»Im Moment wünsch ich mir, ich hätte ein Motorkraftrad.«

»Ich hab den Jakob inzwischen überzeugt. Bald werde ich auch ein Fahrrad haben«, sagte Grete stolz.

»Wie hast du das denn gemacht?«

»Na, dass es günstig ist zum Einkaufen, das hat ihn schon nachdenklich gemacht. Aber er war trotzdem noch skeptisch. Gestern hab ich ihm dann erklärt, dass es auch gut wär für die Gesundheit, das sportliche Radfahren. Das hatte ich in der ›Gartenlaube‹ gelesen. Eine Frau in meinem Alter muss etwas tun, damit sie geschmeidig bleibt und nicht aus den Fugen gerät. Also hab ich dem Jakob gesagt, dass ich mich der Frauen-Riege im Turnerbund anschließen würde, wenn ich kein Fahrrad bekäme. Da hättest du ihn mal hören sollen. Zeter und Mordio geschrien hat er und gebrüllt, dass er mich auf keinen Fall zu diesen Mannweibern gehen ließe. Das Frauenturnen müsste verboten werden, unschicklich wäre das. Am Ende würden Frauen noch Gewichte stemmen und Ringkämpfe austragen. Als er sich endlich wieder beruhigt hatte, hat er ein bisschen nachgedacht, und dann hat er gesagt, wenn ich mir die Idee vom Turnen aus dem Kopf schlagen würde, ein für allemal, dann bekäme ich mein Fahrrad.«

»Erpresst hast du ihn also, den armen Jakob«, stellte Zomrowski schmunzelnd fest. »Dafür müsste ich dich eigentlich ins Gefängnis sperren.«

»Das ist weibliche List und keine Erpressung«, entgegnete Grete lachend.

»Wo ist er denn eigentlich, der Köbes?«

»In einem der Klassenräume. Dass er noch was mit dem Lehrer Terhufen zu besprechen hätte, hat er mir gesagt.«

»Na, dann bring ich mal mein Fahrrad hinters Haus«, sagte Zomrowski und schob seine Excelsior-Maschine hinter das Schulgebäude, wo die Räder von Jakob Lengeling und Gotthold Terhufen nebeneinander im Schatten standen.

»Verdammt noch mal, das gibt es nicht«, entfuhr es Zomrowski. Er trat einen Schritt näher an Terhufens Fahrrad heran und beugte sich über den Vorderreifen. Dann betrachtete er eingehend das Hinterrad. Es gab keinen Zweifel. Die Laufmäntel an Terhufens Maschine hatten das Profil eines Korbgeflechts. Es stimmte vollkommen mit dem Gipsabdruck vom Tatort überein.

Im Schulflur begegnete Zomrowski Jakob Lengeling.

»Johann, was machst du denn hier? Willst du zu mir?«

Zomrowski schüttelte den Kopf. »Ich muss den Terhufen sprechen.«

»Nimm ihn mit und sperr ihn in die Arrestzelle! Da gehört er hin«, sagte Lengeling wütend.

»Was ist denn los?«

»Er hat sich schon wieder vergessen. Einen seiner Schüler hat er so heftig geprügelt, dass der arme Junge nachher nicht mehr sitzen konnte. Unglaublich ist das. Das mach ich nicht mehr länger mit.«

»Und? Was willst du tun?«

»Ich hab gerade fast zwei Stunden mit ihm geredet. Er ist uneinsichtig. Eine maßvolle Züchtigung wär das gewesen, behauptet er allen Ernstes. Ich hab ihm meine Meinung dazu gesagt, in aller Deutlichkeit. Dass ich ihn an meiner Schule nicht mehr haben will und dass ich die Absicht hätte, morgen in dieser Angelegenheit Schulamtsvorsteher Rüter aufzusuchen, hab ich ihm erklärt.«

»Das hat ihm nicht gepasst, nehme ich an.«

»Natürlich nicht. Er wolle sich eventuell in eine andere Stadt bewerben, hat er mir erzählt. An Düsseldorf habe er gedacht. Mit Schülern aus bürgerlichen Häusern komme er besser zurecht als mit Arbeiterkindern. Aber ohne ein passables Zeugnis aus Sterkrade sei eine solche Bewerbung zwecklos.«

»Auf und davon machen will er sich also, der Herr Terhufen«, sagte Zomrowski nachdenklich.

»Ja, Gott sei Dank.« Lengeling seufzte einmal tief. »Ich hab ihm zugesagt, Vorsteher Rüter vorläufig nicht vom heutigen Zwischenfall in Kenntnis zu setzen. Voraussetzung dafür ist allerdings, dass Terhufen sich umgehend in Düsseldorf bewirbt und dass es keine weiteren Übergriffe mehr gibt.«

»Vielleicht bist du ihn schneller los, als du denkst.«

»Wie meinst du das denn?«

Zomrowski winkte ab. »Das ist mir jetzt so herausgerutscht. Es gibt nur einen vagen Verdacht gegen ihn, sonst nichts. Ich hätte nicht drüber reden sollen. Vergiss es bitte!«

»Etwa in dieser Mordsache?«

»Also bitte, Köbes. Jetzt bring mich nicht in Verlegenheit! Sollte an unserem Verdacht etwas dran sein, wirst du zu den Ersten gehören, die es erfahren. Zurzeit liegt nichts gegen Terhufen vor, außer dass er Kinder züchtigt, und das ist nicht strafbar.«

Lengeling nickte. »Da links die Tür. Er sitzt in seiner Klasse und korrigiert eine Rechenarbeit.«

»Danke«, sagte Zomrowski.

»Kommst du nachher noch zu uns rein? Die Grete würd sich freuen, und eine Neuigkeit hätte sie dir auch noch zu erzählen.«

»Das werd ich wohl nicht mehr schaffen«, sagte Zomrowski. »Und dass du ihr ein Fahrrad versprochen hast, das weiß ich schon. Ich hab sie vorhin getroffen.«

Gotthold Terhufen saß am Katheder, vor ihm lag ein Stapel Schulhefte.

»Was kann ich für Sie tun?«, fragte er überrascht, als Zomrowski seinen Klassenraum betrat.

»Ich hab ein paar Fragen an Sie. Ich bin von der Kriminalpolizei.«

»Das weiß ich. Sie sind Kriminalwachtmeister Zomrowski. Aber Sie werden von mir auch nicht mehr erfahren als Ihr Kollege, der mich im Krankenhaus besucht hat.«

»Das wird sich zeigen«, entgegnete Zomrowski, setzte sich Terhufen gegenüber auf ein Schülerpult, verschränkte die Arme vor der Brust und sah den jungen Lehrer herausfordernd an.

»Ich habe am Kirmesabend ein bisschen viel getrunken und bin gestürzt und damit basta«, sagte Terhufen und hob seinen geschienten linken Arm in die Höhe. »So etwas kann nun mal passieren.«

Dass der Lehrer ihn so unverblümt und respektlos anlog, ärgerte Zomrowski. »Sie stehen im dringenden Verdacht, den kleinwüchsigen Kirmesartisten Friedrich Kessler erschlagen zu haben, weil der mit Ihrer Verlobten Edwina Hellweg den Beischlaf ausgeübt und sie geschwängert hat«, sagte er schroff.

Terhufens Fassungslosigkeit war unübersehbar. Zomrowski fragte sich, ob es die Anschuldigung war, die ihn dermaßen schockierte, oder allein die Tatsache, dass ein Unbeteiligter über seine intimsten Angelegenheiten im Bilde war. Der junge Lehrer starrte ihn mit offenem Mund an.

»Wo waren Sie am Nachmittag und am Abend des dritten Juni? Das war vorige Woche Montag.«

»Das weiß ich nicht mehr, verdammt noch mal.«

»Dann sollten Sie darüber nachdenken. Ohne ein Alibi haben Sie äußerst schlechte Karten.«

»Wieso denn ich? Glauben Sie, die Edwina war die Einzige, die dieser Unhold besprungen hat? Wenn Sie mich fragen, dann gibt es unzählige Ehegatten, Verlobte, Väter und Brüder untreuer Weibspersonen, die eine Wut auf diesen Kerl hatten.«

Zomrowski hob zweifelnd die Schultern. »Ich vermute, jetzt übertreiben Sie«, sagte er. »In Sterkrade haben wir von keiner anderen jungen Frau gehört, dass sie auf ihn hereingefallen ist.«

Gotthold Terhufen öffnete eine Lade seines Katheders, holte eine Schnupftabaksdose heraus, entnahm ihr mit Daumen und Zeigefinger eine Prise, hielt sich den Tabak unter die Nase, zog ihn schniefend ein, wischte sich mit einem Taschentuch das Gesicht ab und sagte: »Ich betrachte die Verlobung mit Edwina Hellweg als gelöst. Für mich war die Angelegenheit an dem Tag erledigt, als ich von ihrer Verderbtheit erfahren habe.«

»Machen Sie mir nichts vor, Herr Terhufen! Die Edwina ist eine anziehende und gebildete junge Frau aus einem wohlhabenden Elternhaus. Mit ihr hätten Sie eine liebreizende Gattin bekommen, Sie hätten gewiss eine bemerkenswerte Mitgift zu erwarten gehabt, und als Edwinas Ehemann hätten Sie auch als junger Lehrer schon zur feinen Sterkrader Gesellschaft gehört. Und dann kommt ein lüsterner kleiner Kirmesartist daher, nutzt Edwina Hellwegs Arglosigkeit und Unerfahrenheit aus und macht alle Ihre wunderbaren Aussichten zunichte. Diesen Mann müssen Sie doch abgrundtief gehasst haben.«

Gotthold Terhufen erhob sich von seinem Stuhl hinterm Katheder, ging zum Fenster, schaute hinaus auf den Schulhof und schob seine Hände in die Hosentaschen.

»Vor allem hab ich die Edwina gehasst. Sie hätte ich umbringen können. Sie hat alles zerstört«, sagte er leise.

Zomrowski schüttelte hinter Terhufens Rücken den Kopf. »Sie war ein unerfahrenes Mädchen. Sie wusste von all diesen Dingen nichts, überhaupt nichts, scheint mir.«

»Was die Edwina getan hat, das ist durch nichts zu entschuldigen, auch nicht durch ihre Unwissenheit«, sagte Terhufen. »Einer jungen Frau muss doch wohl nicht erklärt werden, dass es unsittlich ist, einen Kerl unter ihre Röcke zu lassen. So viel Anstand und Sitte hat eine Tochter aus gutem Hause einfach in sich zu tragen, dass sie so etwas nicht zulässt, schon gar nicht, wenn sie sich einem anderen Mann versprochen hat.«

Eine Weile schwiegen die beiden Männer. Terhufen sah zum Fenster hinaus. Zomrowski zwirbelte ausgiebig seine Bartspitzen.

»Wir haben die Spur eines Fahrradreifens am Tatort gefunden«, sagte er dann, »von einem Laufmantel mit Korbgeflechtprofil.«

»Ich bin nicht der Einzige, der mit so etwas durch die Gegend fährt«, stellte Terhufen achselzuckend fest.

»Aber der einzige Verdächtige«, entgegnete Zomrowski.

»Und was ist mit dem anderen Toten, mit diesem jungen Bergmann? Hab ich den auch ins Jenseits befördert? Hat der sich etwa auch mit der Edwina amüsiert?«, fragte Terhufen bissig und wandte sich Zomrowski zu.

»Vielleicht ist er Ihnen in die Quere gekommen, als Sie Kessler getötet haben«, antwortete der. »Das werden wir noch herausfinden.«

Terhufen schüttelte unwillig den Kopf.

»Wer hat Sie am Freitag voriger Woche so erbärmlich verprügelt?«, fragte Zomrowski.

Terhufen seufzte einmal tief, bevor er antwortete. »Die Angehörigen einer Schülerin. Sie sind sehr verbittert, und ich kann es ihnen nicht einmal verübeln.«

FÜNFZEHN

In seinem Wohnzimmer warf Johann Zomrowski sein Jackett über die Sofalehne, setzte sich auf einen Stuhl an den Salontisch, fuhr sich durchs Haar und gähnte missmutig.

»Und wir werden dich doch kriegen, Herr Lehrer«, murmelte er.

In der Schule hatte er Terhufen noch einmal klargemacht, dass er dringend tatverdächtig sei. Er hatte ihn darauf hingewiesen, dass er sich vorläufig nicht aus der Bürgermeisterei Sterkrade zu entfernen habe und dass er sich für weitere polizeiliche Maßnahmen zur Verfügung halten müsse.

Er habe gerade zahlreiche ärztliche Untersuchungen hinter sich, da käme es ihm auf ein paar kriminalpolizeiliche auch nicht mehr an, hatte Terhufen höhnisch lachend geantwortet.

Daraufhin hatte Zomrowski ihn verärgert für den nächsten Morgen ins Kriminalbüro geladen, zur Abnahme seiner Fingerabdrücke.

Ob das etwa bedeute, dass er seine Finger auf ein tintentriefendes Stempelkissen legen und sie anschließend auf einen Karton drücken müsse, hatte der Lehrer spöttisch gefragt. Von diesem Unsinn habe er schon mal irgendwo gelesen. Lächerlich sei sie doch wohl, diese sogenannte Daktyloskopie. Man glaube bei der Sterkrader Kriminalpolizei doch wohl nicht allen Ernstes, mit solchem Firlefanz einen Mörder ertappen zu können.

Zomrowski hatte nicht die geringste Lust verspürt, mit dem anmaßenden Lehrer über moderne Methoden der Kriminalistik zu diskutieren. Dass Fingerabdrücke durchaus schon zur Überführung von Tätern geführt hätten und dass man ihm die seinen zu Vergleichzwecken abnehmen werde, hatte er Terhufen erklärt. Nahegelegt hatte er ihm, sich bis zum nächsten Morgen darüber Gedanken zu machen, wo er sich am Tage des Doppelmordes aufgehalten hatte, was er in den Nachmittags- und Abendstunden getan hatte und ob es Zeugen dafür gab.

Zomrowski ging zum Fenster und sah hinunter auf die Bahnhofstraße. In der Milde dieses frühen Juniabends schienen die

Menschen dort unten gemächlicher unterwegs zu sein als gewöhnlich, länger vor den Schaufenstern zu verweilen und gelassener ihre Einkäufe zu erledigen.

Er wandte sich vom Geschehen auf der Straße ab, als es klopfte. Lise konnte das nicht sein. Dafür war es noch zu früh.

Er öffnete die Tür. Davor stand Anton Schmitz.

Zomrowski ließ ihn eintreten.

»Na, Gott sei Dank. Ich hatte schon befürchtet, Sie liefen gerade mal wieder halbnackt herum oder säßen in der Badewanne«, sagte der junge Kriminalsergeant aufgekratzt und setzte sich unaufgefordert auf einen Stuhl am Salontisch.

Zomrowski lehnte sich gegen die Tür und verschränkte die Arme vor der Brust. »Sie sollten irgendwo ein Bier trinken gehen, Schmitz. Sie machen einen überarbeiteten Eindruck«, stellte er fest.

Anton Schmitz lachte. »Ich bin zu Ihnen gekommen, um Ihnen ein Geständnis zu machen.«

»Na, dann mal los!«

»Ich habe einen Diebstahl begangen, gewissermaßen.«

»Was heißt gewissermaßen?«

»Nun ja, im weitesten Sinne könnte man meine Untat wohl auch als Beweissicherung bezeichnen.«

»Sprechen Sie bitte nicht in Rätseln!«

»Heute Nachmittag beim Hellweg, als Sie schon weg waren, da war ich noch eine Weile im Geschäft.«

»Ich weiß, Sie haben in der Werkstatt mit dem Hubert über Ihr neues Fahrrad gesprochen.«

Anton Schmitz nickte. »Als ich später durch den Laden zur Tür ging, bin ich an der Werkbank vom alten Hellweg vorbeigekommen. Darauf lag eine Metallscheibe, Gusseisen, vermute ich mal.«

Zomrowski stand an der Tür und gähnte. »Was soll das werden Schmitz?«

»Dieses runde Metallplättchen hatte Hermann Hellweg in der Hand, als wir den Laden betraten, Sie und ich. Ich glaube, er hatte es gerade aus einer Nähmaschine ausgebaut.«

»Ja, und jetzt lag es also da«, sagte Zomrowski ungeduldig.

»Na ja, und weil der alte Hellweg gerade mit einer Kundin im Gespräch war, konnte ich es unbeobachtet mitgehen lassen.«

»Wollen Sie mich auf den Arm nehmen?«

»Nein, Herr Kriminalwachtmeister. Diese kleine Eisenplatte, die war mit einer Schicht von Schmierfett überzogen, und mitten drin in dieser feinen Fettschicht glänzte ein schöner, deutlicher Fingerabdruck. Da konnte ich einfach nicht widerstehen.«

Zomrowski pfiff durch die Zähne. »Ein Gauner sind Sie Schmitz, und zwar ein verdammt pfiffiger, scheint mir.«

»Ich hab die letzten Stunden im Rathaus verbracht, mit dem Holzknüppel, dem Metallplättchen und einer Lupe.«

»Na und?«

»Die Fingerabdrücke stimmen überein.«

»Was sagen Sie da? Wollen Sie mich veralbern?«, fragte Zomrowski verwirrt.

Anton Schmitz schüttelte den Kopf.

»Hermann Hellweg soll Friedrich Kessler erschlagen haben?«

»Daran gibt es keinen Zweifel«, sagte Schmitz.

Zomrowski schüttelte den Kopf. »Das kann nicht sein. Der ist kein übler Kerl, der alte Hellweg. So viel Hass steckt gar nicht in ihm, dass er blindwütig mit einem Knüppel auf einen Menschen einschlagen könnte.«

»Hat er aber getan. Mindestens sieben Mal, sagt der Obduktionsbericht.«

Zomrowski schüttelte immer noch den Kopf.

»Der Hellweg sucht sicher schon überall das Eisenplättchen. Wir sollten ihm erklären, wo es geblieben ist«, schlug Schmitz vor.

»Werden wir wohl müssen«, sagte Zomrowski.

Hermann Hellweg sah erstaunt von der Nähmaschine auf der Werkbank auf, als die beiden Kriminalbeamten zum zweiten Mal an diesem Tag den Laden betraten.

Er nahm seine Brille ab. »Ich wollte gerade zusperren«, sagte er.

»Wir wollten Sie fragen, ob Sie nicht ein rundes Metallplättchen vermissen, das heute Nachmittag auf Ihrer Werkbank gelegen hat«, entgegnete ihm Anton Schmitz.

Hellweg sah ihn verdutzt an.

»Sie hatten die kleine Eisenscheibe aus einer Nähmaschine ausgebaut.«

»Ja, natürlich, das Teil hab ich schon eine ganze Weile gesucht.«

»Ich hatte es mitgenommen«, erklärte Schmitz, »weil in der Fettschicht ein schöner Fingerabdruck von Ihnen war.«

Hellweg sah die beiden Kriminalbeamten fassungslos an.

»Auf dem Knüppel, mit dem Kessler erschlagen worden ist, waren auch Fingerspuren. Sie waren in das Blut des Opfers gedrückt«, sagte Zomrowski.

Hellweg saß mit offenem Mund da.

»Die Abdrücke auf dem Knüppel und auf dem Metallplättchen stammen von derselben Person, ohne jeden Zweifel«, sagte Schmitz.

»Fingerabdrücke«, wiederholte Hermann Hellweg leise und schüttelte ungläubig den Kopf.

Zomrowski lehnte sich gegen das Regal mit dem Fahrradzubehör, verschränkte die Arme vor der Brust und beobachtete den alten Hellweg aus schmalen Augen. Der saß regungslos auf dem Schemel an der Werkbank. Sein Blick irrte durchs Schaufenster hinaus in die beginnende Abenddämmerung und verlor sich irgendwo jenseits aller Fahrräder und Nähmaschinen im Nichts.

Kriminalsergeant Schmitz stand aufmerksam neben ihm.

»An Fingerabdrücke habe ich nicht gedacht«, sagte Hellweg irgendwann. »Ich war mir sicher, dass ich davonkäme, wenn mich niemand sehen würde.«

Er schaute auf, streifte Schmitz mit einem flüchtigen Blick und starrte Zomrowski eine Weile gedankenverloren an, bevor er fortfuhr: »An dem Abend war ich mit unserem Geschäftsrad unterwegs. Dass es einen Gipsabdruck vom Fahrradreifen gab, das war die erste böse Überraschung. Nun ja, ich hab dem Hubert aufgetragen, die Laufmäntel zu wechseln. Er hat es gemacht, ohne sich etwas dabei zu denken. Die alten Dinger hab ich vor ein paar Tagen verbrannt.«

Hermann Hellweg schwieg eine Weile. »Fingerabdrücke«, murmelte er dann. »Unglaublich.«

»Bei jedem Menschen sind sie anders, einzigartig und unverwechselbar«, sagte Schmitz.

»Ich hab ihn gehasst, diesen Zwerg. Er hat mein Kind zugrunde gerichtet, aus meinem liebreizenden, klugen Mädchen hat er ein armseliges, verstörtes Geschöpf gemacht. Alles war so schön geplant. Terhufen und sie wollten bald heiraten. Eine gute Mitgift hätte sie bekommen, und er ist gewiss in ein paar Jahren Schulrektor. Ein sorgenfreies Leben stand der Edwina bevor. Jetzt kümmert sie vor sich hin und muss umsorgt werden, und wenn meine

Frau und ich einmal nicht mehr sind, dann wird sie dem Hubert zur Last fallen.«

Leise und bedächtig sprach Hermann Hellweg, so als wolle er vor allem sich selbst erklären, was eigentlich geschehen war.

»Ich hab es selbst nicht geglaubt, dass ich zu so etwas fähig sein könnte, aber mit jedem Tag, an dem die Edwina hinfälliger und trauriger wurde, wurde mein Hass größer. Und dann hab ich sie gesehen, diese Kirmesleute, als sie am Montag vor einer Woche durch Sterkrade zu ihrem Lagerplatz fuhren. Gesocks! Und dieser Liliputaner saß lachend auf dem Kutschbock. Da hab ich's nicht mehr ausgehalten. Heute Abend wird er wieder losziehen und ein Mädchen unglücklich machen, eine Familie zerstören, hab ich gedacht. Dem Hubert hab ich gesagt, ich hätt noch was auszuliefern, und dann bin ich los. In der Nähe vom Lagerplatz hab ich mir einen Knüppel gesucht und mich neben dem Trampelpfad versteckt. Ich wusste nicht, was ich tun würde, ob ich ihn bedrohen oder schlagen würde, ob ich ihn beschimpfen oder ihm die Knochen brechen würde. Ich wusste ja nicht mal, ob er tatsächlich schon am frühen Abend losziehen würde. Aber ich stand noch keine fünf Minuten da, als er kam, fröhlich pfeifend, gut gelaunt, auf dem Weg in die Stadt. Da hab ich zugeschlagen. Ich hab einfach draufgeschlagen.«

»Mindestens sieben Mal«, sagte Schmitz.

Hellweg zuckte mit den Schultern.

»Ich bereue nicht, was ich getan habe«, sagte er leise. »Jedes Mal wenn ich mein Mädchen sehe, denke ich wieder, dass er es verdient hat, dieser Unhold. Heute Mittag, da habe ich einen fürchterlichen Schreck bekommen, als Sie mir die beiden Pässe gezeigt haben. Ich wusste nicht, dass zwei Liliputaner zu der Truppe gehörten. Wenn ich den Falschen erwischt hätte, das wäre schrecklich gewesen.«

»Es ist schrecklich, was Sie getan haben, so oder so«, sagte Zomrowski kopfschüttelnd.

»Was haben Sie gemacht, nachdem es passiert war?«, fragte Schmitz.

Hellweg sah ihn verständnislos an.

»Sie haben den Knüppel weggeworfen und sind zu Ihrem Fahrrad gelaufen.«

Hellweg nickte.

»Und dann saß da Paul Juskowiak auf dem Holzstapel und wartete auf seinen Bruder«, fuhr Schmitz fort. »Damit hatten Sie nicht gerechnet, dass Ihnen in dieser Einöde ein Mensch begegnen würde. Einen Zeugen durfte es nicht geben, einen jungen Mann aus Sterkrade, der Sie wahrscheinlich kannte. Also haben Sie Ihren Revolver aus der Tasche gezogen und Juskowiak erschossen.«

»Ich versteh ja, dass Sie so etwas denken müssen«, sagte Hellweg müde. »Aber es ist nicht wahr. Da war kein Mensch sonst, auf dem Trampelpfad nicht und auf dem Fußweg auch nicht, und eine Schusswaffe hab ich nie besessen. Als ich am nächsten Tag hörte, man hätte neben der Bahnlinie zwei Leichen gefunden, da hab ich es einfach nicht glauben wollen. Unfassbar war mir das, und ich kann es immer noch nicht begreifen. Wenn ich etwas über den Tod von Paul Juskowiak wüsste, dann würde ich es Ihnen sagen. Warum sollte ich es denn leugnen, wenn ich auch ihn getötet hätte? Damit ich nicht zweimal hingerichtet werde?«

***

Er war noch nie die Stiege hinaufgeklettert zu Lise Kleinrogges Kammer unterm Dach. Als er an diesem Mittwochabend nach Hause kam, war er entschlossen, es zu tun.

Doch als er vor der Kommode stand und sich über der Waschschüssel die Zähne putzte, klopfte Lise an seine Tür.

Sie stand da, barfüßig, im langen weißen Nachthemd, mit offenem Haar, sah ihn scheu an und fragte leise, ob es ihm zu spät sei heute Abend.

Er zog sie ins Zimmer, nahm ihr den Kerzenleuchter aus der Hand, stellte ihn auf den Tisch und schloss die Tür.

»Has du mich kommen gehört?«, fragte er.

Lise nickte.

»Hattest du auf mich gewartet?«

Lise lächelte. Zomrowski umarmte sie.

Als sie später still miteinander im Bett lagen, streichelte er über Lises Haar, bis sie den Kopf von seiner Brust hob und ihn fragend ansah.

»Das kommt nun mal vor«, sagte er.

»Am Sonntag haben Sie es auch schon so gemacht.«

Er zuckte mit den Schultern.

»Sonst waren Sie immer so vorsichtig, und jetzt auf einmal passen Sie gar nicht mehr auf. Da kann leicht ein Malheur passieren.«

Zomrowski lachte.

»Dann sollten wir wohl lieber damit aufhören«, sagte er. »Wenn ich Vorsteher der Kriminalabteilung werde, kann ich mir ein unzüchtiges Verhältnis mit einem Dienstmädchen sowieso nicht mehr erlauben. Dann werd ich mich wohl wieder verheiraten müssen.«

»Haben Sie denn schon eine im Auge?«

»Mehrere«, sagte Zomrowski.

»Und was tun Sie jetzt?«

»Ich denk drüber nach, ob eine dabei ist, die mir die Zehennägel schneidet, wenn ich einmal alt bin und mich nicht mehr bücken kann.«

Lise legte ihren Kopf wieder auf seine Brust.

»Ich muss jetzt gehen«, murmelte sie müde. »Sonst schlaf ich hier ein.«

»Du kannst bleiben«, sagte er leise.

Er spürte, wie sie einschlummerte. Als sie sich zur Seite gerollt hatte, stand er auf, nahm den Kerzenhalter von der Waschkommode, ging ins Wohnzimmer und stellte den Leuchter auf den Salontisch. Er schaute durchs Fenster auf die Bahnhofstraße hinunter, an deren nächtlicher Einsamkeit die Gaslaternen ihr Licht vergeudeten.

Johann Zomrowski hätte sich gerne wie ein Sieger gefühlt in dieser Nacht, aber es gelang ihm nicht.

Der Mörder, den er in die Arrestzelle gesperrt hatte, den sie in den nächsten Tagen nach Duisburg bringen würden, war der alte Hellweg, ein braver Fahrrad- und Nähmaschinenhändler aus der Bahnhofstraße, ein freundlicher Mann.

Auf ihn wartete das Fallbeil. Ein anderes Strafmaß für einen Mörder sah das Gesetz nicht vor. Die Umstände, die zu einer Mordtat geführt hatten, blieben vor Gericht unberücksichtigt. Die einzige Hoffnung, auf die Hellweg jetzt noch setzen konnte, war die Begnadigung durch den preußischen König, durch Kaiser Wilhelm.

Zomrowski ging einige Male in seinem Wohnzimmer auf und

ab. An der Tür zum Schlafraum blieb er stehen. Er wollte Lises Atem hören, einen kleinen Seufzer vielleicht, ein paar im Traum gemurmelte Worte, aber sie schlief lautlos. Eine Weile lauschte er vergeblich, dann setzte er sich im Wohnzimmer auf das Sofa.

Der Mordfall war noch nicht abgeschlossen. Hermann Hellweg hatte die Wahrheit gesagt, nachdem er begriffen hatte, dass seine Fingerabdrücke ihn verraten hatten, dass er überführt war. Er hatte sich in sein Schicksal ergeben, hatte seine Geschichte erzählt, ohne die Kraft, irgendetwas zu leugnen, ohne die Absicht, irgendetwas zu verheimlichen. Wenn er nach Friedrich Kessler auch Paul Juskowiak getötet hätte, dann hätte er es zugegeben, davon war Zomrowski überzeugt.

Er stand auf und sah durchs Fenster auf die stille Straße hinunter. Vielleicht hielt er ja längst alle Mosaiksteinchen in der Hand. Vielleicht musste er sie nur aufmerksamer betrachten, sie anders zusammenlegen, als er es bisher getan hatte.

Eine Theorie, die sie in den vergangenen Tagen mehrmals erwogen und verworfen hatten, kam ihm jetzt wieder in den Sinn: Paul Juskowiak könnte erschossen worden sein, weil er für den Mörder von Friedrich Kessler gehalten wurde.

Bei dieser Annahme hatten sie immer vorausgesetzt, dass Paul tatsächlich seinen kleinwüchsigen Bruder erschlagen hatte. Der getötete Friedrich, so die weitere Überlegung, war kurz darauf von einem anderen Artisten der Schautruppe gefunden worden, und der hatte, rasend vor Kummer und Zorn, Paul Juskowiak auf dem Holzstapel sitzen gesehen und ihn erschossen.

Zwei Gründe hatten gegen diese Theorie gesprochen: Die Fahrradspur passte nicht zu ihr, und dass ein Mörder nach seiner grausigen Tat nicht das Weite suchte, sondern sich in der Nähe seines Opfers hinsetzte und eine Zigarette rauchte, das hatte Zomrowski nicht einleuchten wollen.

Nach Hellwegs Geständnis lagen die Dinge anders.

Jetzt stand fest, dass er am frühen Abend des dritten Juni den kleinwüchsigen Artisten der Schautruppe Marsilius auf dem Trampelpfad erschlagen hatte. Unmittelbar nach der Tat war Hermann Hellweg auf sein Fahrrad gestiegen und über den Fußweg in Richtung Brandenburger Straße geflüchtet. Ein paar Minuten später, etwa eine viertel Stunde vor neunzehn Uhr, hatten die beiden Jungen Arnold Kückelmann und Ferdinand Lehmkuhl den Toten gefunden und waren in Panik davongerannt.

Zomrowski ging davon aus, dass kurz darauf Paul Juskowiak auftauchte, der sich mit seinem Bruder im Ödland zwischen Bahngleisen und Bergstraße verabredet hatte. Als er den Holzstapel am Rand des Weges sah, setzte er sich dorthin. Er wusste, dass Friedrich über den Trampelpfad kommen musste, der ein paar Meter weiter in den Fußweg einmündete, zündete sich eine Zigarette an und wartete.

Zomrowski ging einige Male in seinem Wohnzimmer auf und ab. Die Flamme der Kerze auf dem Salontisch flackerte, matt schimmerte das Licht der Straßenlaternen durch die Fenster.

Was war geschehen, nachdem Paul Juskowiak sich auf den Holzstapel gesetzt hatte?

Zomrowski konnte sich vorstellen, dass ihm jemand aus der Kolonie gefolgt war, der die Verlassenheit des Ödlandes genutzt hatte, um ihn zu erschießen. Dafür jedoch gab es inzwischen kein plausibles Motiv mehr. Juskowiak hatte offenbar kein Mädchen verführt und geschwängert, und für die Kumpel, die einen abgrundtiefen Groll gegen den vermeintlichen Spitzel des Obersteigers hegten, wäre es ein Leichtes gewesen, ihm unter Tage an den Kragen zu gehen. Sie waren gewiss nicht mit einem Revolver in der Tasche hinter ihm hergelaufen.

Dass ein Artist aus dem Wohnwagenlager gekommen war, Friedrich Kessler auf dem Trampelpfad liegen gesehen hatte, den wartenden Paul Juskowiak entdeckt und ihn in blinder Wut erschossen hatte, hielt Zomrowski für wahrscheinlicher.

Er setzte sich aufs Sofa, verschränkte die Hände hinter dem Kopf und gähnte. Diese Kirmestruppe hielt zusammen wie Pech und Schwefel, hatte alle Aussagen untereinander abgesprochen, und die Tatwaffe war verschwunden. Gab es unter diesen Umständen überhaupt eine Möglichkeit, herauszufinden, welcher Artist der Mörder war, ob es vielleicht Nepomuk Marsilius selbst war?

Hatte es vielleicht in den vielen Gesprächen, die er in den vergangenen Tagen geführt hatte, einen Hinweis gegeben, dessen Bedeutung er nicht erkannt hatte?

Lise murmelte etwas im Schlaf. Zomrowski hätte sich gern zu

ihr gelegt, aber er wusste, dass er sich nur unruhig im Bett herumwälzen würde.

Es gab Fragen, die ihn bedrängten. Warum verließ ein Artist mit einem Revolver in der Tasche den Lagerplatz? Warum war ein Mitglied der Schautruppe Marsilius sich so sicher, in dem arglos dasitzenden Paul Juskowiak den Mörder Kesslers vor sich zu haben, dass er ihn hinterrücks erschoss?

***

Irgendwann zwischen Nacht und Morgenröte hatten alle Mosaiksteinchen aneinandergepasst. Es hatte keins mehr gefehlt. Das Bild war fertig.

Als sich Johann Zomrowski, gefolgt von Peter Molsbeck und Anton Schmitz, über den Trampelpfad der Wiese an den Bahngleisen näherte, war es kurz nach acht am Morgen des dreizehnten Juni, eines Donnerstags, der ebenso wolkenlos heiter zu werden versprach, wie es die Tage vor ihm gewesen waren.

Bartholomäus Lange, der Höhlenmensch aus Alaska, jonglierte mit fünf Keulen vor den Wohnwagen. Während die Kriminalbeamten auf ihn zugingen, fiel eine Keule nach der anderen ins Gras, bis auf eine, die er in der rechten Hand behielt. Mit der linken strich er sich eine Strähne seines langen, weißen Haares aus dem Gesicht.

»So früh schon bei der Arbeit?«, fragte er mit tiefer Stimme.

»Genau wie Sie«, antwortete Molsbeck.

»Ich bin schon seit zwei Stunden draußen. Gleich, wenn die Sonne vom Himmel brennt, verkriech ich mich«, sagte Lange.

»Wo sind die anderen?«, wollte Zomrowski wissen.

»Die Emmy ist im Frauenwagen, Franz Meyer im Männerwagen, der schläft noch, unser Wolfsmensch. Adam sieht nach den Pferden, und der Otto Stollberg sitzt im Direktionswagen und liest.«

»Und wo ist Marsilius?«

»Der Direktor ist mit der Josefa und der Petronella in die Stadt zum Einkaufen. Sind sie Ihnen nicht begegnet?«

Zomrowski schüttelte den Kopf. »Wir gehen dann mal in den Direktionswagen«, sagte er zu Schmitz. »Und du, Peter, du setzt dich am besten davor auf die Treppe, genießt die Morgensonne, hältst den Lagerplatz im Auge und lässt niemanden zu uns.«

»Nehmt mich doch mit rein!«, bat Molsbeck. »Ich könnte auch durchs Fenster beobachten, was hier draußen vor sich geht.«

»Na gut. Dann kommt!«

Der kleinwüchsige Artist saß auf der Bank hinterm Tisch und sah erstaunt von seinem Buch auf, als die drei Kriminalbeamten den Wohnwagen betraten.

»Direktor Marsilius ist in der Stadt unterwegs«, sagte er.

»Der wird schon wiederkommen«, entgegnete Zomrowski und setzte sich dem kleinen Mann gegenüber. »Solange würden wir gerne ein wenig mit Ihnen plaudern.«

»Mit mir? Worüber denn?«

»Der Doppelmord ist immer noch nicht aufgeklärt, jedenfalls noch nicht ganz.«

»Aber Sie wissen doch, dass ich Ihnen dabei nicht helfen kann«, sagte der Kleinwüchsige nervös.

»Was lesen Sie denn da?« Zomrowski zog das aufgeschlagene Buch zu sich herüber. »Gustav Schwab. Die Sagen des klassischen Altertums. So etwas interessiert Sie?«

»Ja, sehr sogar.«

»Und was schreiben Sie da auf den Zettel?«

»Ich notiere mir Namen und Gegebenheiten. So behalte ich besser, was ich gelesen habe. Ist eine Angewohnheit.«

Molsbeck hatte sich neben das Fenster gestellt und schaute hinaus auf den Lagerplatz. Schmitz setzte sich zu dem Kleinwüchsigen auf die Bank.

»Paul Juskowiak ist von einem Ihrer Leute erschossen worden«, sagte Zomrowski, »von einem Mitglied der Schautruppe Marsilius. Dessen sind wir uns inzwischen sicher.«

Der kleine Mann strich sich hektisch durchs Haar.

»Diese Person hat am Abend des dritten Juni, vermutlich gegen sieben, das Lager über den Trampelpfad verlassen. Kurz bevor sie den Fußweg erreichte, lag plötzlich ein Toter vor ihr, ein Kollege, ein Freund. Die Person war schockiert. Wahrscheinlich stand sie eine Weile fassungslos neben der Leiche, erstarrt vor Entsetzen. Plötzlich hörte sie etwas, ein paar Meter weiter nur, auf dem Fußweg. Vielleicht war es ein Husten, vielleicht das Zerbrechen eines morschen Astes, jedenfalls war da jemand. Die Person schlich sich zum Ende des Trampelpfades und sah am Rand des Weges Paul Juskowiak sitzen. Rasend vor Zorn und Hass zog sie einen Revolver aus der Tasche, schlich sich leise von hinten an Juskowiak heran und drückte ab.«

Der kleinwüchsige, junge Mann saß mit gesenktem Kopf auf der Bank. Seine Hände zitterten. Er nahm sie von der Tischplatte und legte sie in seinen Schoß.

»Das sind doch alles nur Vermutungen«, sagte er unsicher.

»Ich habe die halbe Nacht darüber gegrübelt, wer diese Person gewesen sein könnte. Wer trug eine Waffe bei sich? Wer war sich so verdammt sicher, dass Paul Juskowiak den Mord auf dem Trampelpfad begangen hatte?«

Zomrowski machte eine lange Pause, bevor er sagte: »Nun, das kann nur einer gewesen sein, nämlich Friedrich Kessler.«

Er beobachtete den kleinen Mann auf der Bank aufmerksam. Auch Schmitz und Molsbeck sahen ihn forschend an. Zomrowski hatte ihnen auf dem Weg zum Lagerplatz seine nächtlichen Überlegungen mitgeteilt.

»Das ist doch Unsinn«, murmelte der Kleinwüchsige, ohne den Kopf zu heben. »Friedrich Kessler lag tot auf dem Trampelpfad.«

»Nein«, sagte Zomrowski bestimmt. »Wir wissen einiges über Friedrich Kessler, zum Beispiel, dass er gerne liest. Das hat er schon als Junge in der Provinzialanstalt in Bonn getan. Alles, was er in die Finger bekam, hat er gelesen. Und Friedrich ist kein Weiberheld. Dass er schüchtern und zurückhaltend gegenüber den Frauen war, das hat mir sein Ziehvater, der Schuster Reinartz, in Bonn erzählt.«

Der kleine Mann auf der Bank wischte sich über die Augen.

»Nein, der Artist, der tot auf dem Trampelpfad lag, war ein anderer, ein Weiberheld, einer, der in jeder Stadt durch Tanzsäle und Kneipen zog. Was Marsilius und die anderen uns über den Toten berichtet haben, das war schon zutreffend. Aber sie haben uns nicht Friedrich Kessler beschrieben, sondern Otto Stollberg. Kurz bevor er erschlagen wurde, lief er beschwingt, ein Liedchen pfeifend, über den Pfad. Ein junger Mann, der unterwegs zu seinen abendlichen Vergnügungen war.

Friedrich Kessler hat an diesem Abend gewiss nicht fröhlich das

Wohnwagenlager verlassen. Er war angespannt. Er konnte es nicht recht glauben, dass die Menschen, die ihn als Kind misshandelt und verstoßen hatten, ihn tatsächlich gerne wiedersehen wollten. Voller Misstrauen war er. Er hatte Angst, dass der Treffpunkt im Ödland ein Hinterhalt sein könnte. Das alles hat die Josefa uns erzählt. Friedrichs Argwohn war so groß, dass er sich einen Revolver in die Tasche steckte. Als er dann den toten Otto Stollberg fand, da gab es für ihn nicht den geringsten Zweifel daran, was geschehen war: Paul Juskowiak hatte nicht gewusst, dass zwei Liliputaner zur Schautruppe Marsilius gehörten. Er hatte den kleinwüchsigen Artisten auf dem Trampelpfad für seinen Bruder Friedrich gehalten und ihn erschlagen. Kessler war so überzeugt davon, dass eigentlich er das Opfer dieses brutalen Mordes sein sollte und dass sein Bruder Paul der Täter war, dass er keine Sekunde zögerte, Juskowiak zu erschießen, als er ihn auf dem Holzstapel sitzen sah.«

Eine Weile war es still im Wohnwagen. Draußen rumpelte ein Zug über die Schienen. Der kleine Mann saß starr auf der Bank.

»Kein Wunder, dass ich die Briefe von Paul an Friedrich bei den Habseligkeiten des Toten nicht gefunden hab, wenn das die Klamotten von Otto Stollberg waren«, sagte Molsbeck.

»Aber die Briefe von Friedrich an seinen Bruder Paul, die haben wir im Haus der Juskowiaks gefunden«, warf Schmitz ein. Er nahm den Zettel mit den Notizen des kleinwüchsigen Mannes vom Tisch. »Ob die in derselben Handschrift geschrieben sind wie das hier, werde ich gleich überprüfen.«

»Das sind sie, Schmitz, davon bin ich überzeugt«, sagte Zomrowski und zog die Reisepässe von Kessler und Stollberg aus seiner Jackentasche. »Sie sahen sich wirklich verdammt ähnlich, die beiden Liliputaner der Schautruppe Marsilius. Auf der Bühne hielt das Publikum sie für ein und dieselbe Person. Eine kleine, aber eindeutige Verschiedenheit gibt es allerdings: Kessler hat blaue Augen, Stollberg grüne.«

Er schob einen Pass zu dem erstarrten jungen Mann hinüber. »Das ist Ihr Identifikationspapier. Ihre Augen sind blau. Sie sind Friedrich Kessler.«

Eine Weile warteten die drei Kriminalbeamten vergeblich auf eine Reaktion des kleinwüchsigen Artisten. Der rührte sich nicht und schwieg.

Zomrowski spürte, dass sein Gegenüber beim nächsten Treffer umfallen würde. Er holte zum entscheidenden Schlag aus.

»Gestern Abend haben wir den Mörder von Otto Stollberg verhaftet.«

Friedrich Kessler hob den Kopf und sah den Kriminalwachtmeister ungläubig an.

»Ein Fahrrad- und Nähmaschinenhändler, dessen Tochter von Stollberg verführt und geschwängert worden ist, hat die Tat gestanden.«

Auf Kesslers Gesicht verwandelte sich der Ausdruck ungläubigen Staunens in eine Grimasse abgrundtiefen Entsetzens.

»Es gibt keinen Hinweis darauf, dass Ihr Bruder unfreundliche Absichten gegen Sie hegte. Mit dem Mord an Stollberg hatte er nichts zu tun. Er saß arglos auf dem Holzstapel und freute sich auf ein Wiedersehen mit Ihnen, als Sie ihn erschossen haben.«

»Nein, nein«, stammelte Kessler.

»Und Ihre Mutter, die das schreckliche Geschehen nicht verkraften konnte, die glauben musste, sie hätte ihre beiden Söhne verloren, die haben Sie auch in den Tod getrieben. Sie hat sich am Samstag das Leben genommen.«

Friedrich Kessler schüttelte den Kopf. Tränen liefen ihm über die Wangen. Als er sein Gesicht hinter den Händen verbarg, fragte Molsbeck unvermittelt: »Wo haben Sie den Revolver gelassen?«

»Der Adam«, stammelte Kessler, »der Adam hat ihn verbuddelt.«

Es dauerte lange, bis der kleinwüchsige junge Mann sich wieder gefasst hatte.

Während er sich mit den Hemdsärmeln die Tränen aus dem Gesicht wischte, sagte Zomrowski: »Als es geschehen war, rannten Sie Hals über Kopf zurück ins Lager und erzählten alles Ihren Leuten, nicht wahr?«

Friedrich Kessler nickte zaghaft.

»Die waren außer sich. Einer von ihnen, der liebenswürdige Otto Stollberg, war heimtückisch erschlagen worden. Natürlich glaubten alle, dass Ihr Bruder Paul der Mörder war. Dass Sie voller Wut und Verbitterung auf ihn geschossen hatten, das konnte jeder verstehen. Für Marsilius und die anderen waren nicht Sie der Böse, sondern Paul Juskowiak, der seinen kleinen Bruder erschlagen wollte und einen harmlosen Artisten getötet hatte. Alle waren sich einig: Der Friedrich muss jetzt beschützt werden, er darf auf keinen Fall der Justiz und damit dem Henker in die Hände fallen. Es lag nahe, Sie zu verstecken und der Polizei Ihre Existenz zu verschweigen. Schließlich glaubte ohnehin alle Welt, es gäbe nur einen kleinwüchsigen Artisten bei der Schautruppe Marsilius, und der lag tot auf dem Trampelpfad. Nach einem zweiten Liliputaner würde also kein Mensch suchen.«

Kessler hörte mit gesenktem Kopf schweigend zu. Molsbeck sah zum Fenster hinaus. Schmitz beobachtete aufmerksam den kleinen Mann neben sich auf der Bank.

»Warum ist eigentlich keiner von der Truppe zur Polizei gegangen, um den Fund der beiden Leichen zu melden?«, fragte er nach einer Weile.

»Weil wir fahrendes Volk sind«, sagte Kessler leise. »Wenn jemand von uns zwei Tote entdeckt, dann wird er doch sofort verdächtigt.«

Zomrowski zwirbelte ausgiebig seinen Schnurrbart.

»Der Plan, Sie versteckt zu halten, hatte einen Haken«, überlegte er laut. »Er konnte so nicht aufgehen, und irgendjemandem ist das aufgefallen. War das Marsilius?«

Kessler nickte stumm.

»Ein kluger Mann, der Herr Direktor. Er hat sich also gedacht, dass die Kriminalpolizei bei den Ermittlungen im Umfeld des toten Paul Juskowiak über kurz oder lang auf dessen kleinwüchsigen Bruder stoßen würde, vielleicht durch Erzählungen der Mutter, vielleicht durch die Briefe, die Friedrich an Paul geschrieben hatte. Wenn die Polizei aber erst einmal von der Existenz Friedrich Kesslers wüsste, dann würde sie zweifellos anfangen, nach ihm zu suchen. Das hat Marsilius vorausgesehen. Also kam er auf die Idee, die Identität seiner beiden Liliputaner zu vertauschen. Wir sollten den Toten für Friedrich Kessler halten, dann sollten wir herausfinden, dass er und Juskowiak Brüder waren, die ganze Angelegenheit für ein Familiendrama halten und die Schautruppe unbehelligt weiterziehen lassen. Nach einem kleinwüchsigen Artisten mit dem Namen Otto Stollberg würde kein Mensch suchen.«

»So hatte der Herr Direktor sich das vorgestellt«, murmelte Kessler.

»Da kommt er mit den beiden Frauen«, sagte Molsbeck vom Fenster her. »Der Weißhaarige informiert ihn anscheinend schon darüber, dass Besuch in seinem Wohnwagen wartet.«

Sekunden später kam Nepomuk Marsilius in den Direktionswagen gestürmt.

»Sag nichts, Otto!«, rief er aufgeregt. »Es ist nichts zu beweisen, gar nichts, ohne eine Tatwaffe!«

»Jetzt lassen Sie mal den Quatsch, Herr Marsilius«, sagte Zomrowski energisch. »Wir wissen, dass nicht Otto Stollberg vor uns sitzt, sondern Friedrich Kessler, und der hat längst zugegeben, dass er seinen Bruder erschossen hat. Wo der Revolver liegt, wird Adam Drescher uns gewiss zeigen. Er will schließlich nicht ins Gefängnis, und das Spiel ist aus, so oder so.«

»Mein Bruder Paul, der hat dem Otto gar nichts getan. Der war es nicht. Der hat nur da gesessen und auf mich gewartet. Auf mich gewartet hat er«, stammelte Friedrich Kessler, und dann brach er wieder in Tränen aus.

***

Lambertus Hüppchen lachte, dass es durchs Kriminalbüro bis hinaus in den Rathausflur dröhnte.

»Meinen Glückwunsch!«, rief er, als Zomrowski das Kommissarszimmer betrat. »Ich hab's schon gehört. Gleich zwei Scheusale haben Sie überführt, und beide haben gestanden. Meinen Glückwunsch!«

»Sie sind keine Scheusale«, sagte Zomrowski, während er sich einen Stuhl heranzog, »beide nicht.«

Hüppchen winkte ab. »Darüber werden wir uns heute nicht streiten, Herr Kriminalwachtmeister«, sagte er fröhlich. »Sie werden mir gleich alles erzählen, was seit gestern passiert ist, in gebührender Ausführlichkeit. Aber erst muss ich Ihnen etwas vorlesen. Das ist das Beste, was seit Wochen in den Zeitungen stand. Das wird Ihnen auch gefallen, Zomrowski.«

Lachend setzte er seine Brille auf, zog den »General-Anzeiger für Oberhausen, Sterkrade, Osterfeld, Bottrop und Umgegend« zu sich heran und las, immer wieder vom eigenen Gelächter unterbrochen, von der Titelseite vor.

»Um den falschen Gerüchten von seinem Tod entgegenzuwirken, hat der Schuhmacher Wilhelm Voigt folgenden Brief an die Redaktion des ›Berliner Tageblatts‹ gesandt:

Geehrte Redaktion! Die Nachricht, dass ich in London in einem Hospital gestorben sei, hat in Deutschland ungeheueres Aufsehen hervorgerufen. Meiner Gesundheit wegen ist mir Waldluft verordnet worden und habe deshalb mich nach Thüringen ins Städtchen Lauscha begeben. Auf der Fahrt dorthin musste ich in Duisburg umsteigen, wo mir, da ich in der dortigen Gegend sehr bekannt bin, als ich im Wartesaal erschien, einige Herren die ›Kölnische Zeitung‹ vorhielten. Was aber sah ich? Was wohl wenigen Sterblichen passiert war, meine eigene Todesanzeige.

Hinter Duisburg dann erklang von Station zu Station immer der gleiche Refrain: Der Hauptmann von Köpenick soll gestorben sein! Und doch saß er im Eisenbahnzuge.

Zwischen Kassel und Bebra gab mir eine Dame das ›Berliner Tageblatt‹ mit meinem Nekrolog. Ich kann Ihnen hierfür nur meinen aufrichtigen Dank aussprechen und sagen, wenn ich einmal wirklich gestorben sein werde, dass ich dann einen ebenso freundlichen Nachruf erhalten haben möchte. Hochachtungsvoll Wilhelm Voigt, genannt Hauptmann von Köpenick.«

Hüppchen lachte so ungehalten, dass einige Tränen über seine Wangen liefen und in seinem mächtigen Schnauzbart versickerten.

»Was dann in Thüringen passiert ist, das muss ich Ihnen auch noch vorlesen, Zomrowski«, sagte er. »Das gibt es wirklich nur bei uns in Preußen. Da kann der Kaiser mal wieder mit Recht sagen, dass uns so etwas kein Volk der Erde nachmacht.« Er nahm seine Brille ab, wischte sich mit dem Schnupftuch das Gesicht ab, setzte die Brille wieder auf und beugte sich über die Zeitung.

»Der Hauptmann von Köpenick, der totgesagt worden war, ist gestern in Lauscha eingetroffen und wohnt dort bei dem Glasbläser Ludwig Müller-Sachs. Er kam von Coburg, wo er sich einige Stunden aufhielt und auf der Straße Ansichtspostkarten von sich verkaufte. Die Polizei in Lauscha, die von seinem Aufenthalt Kenntnis erhielt, ließ ihn auf die Wache kommen und verlangte, seine Legitimationspapiere zu sehen. Voigt hatte jedoch kein einziges Schriftstück bei sich, das ihm als Legitimation hätte dienen können. Nachdem die Identität des Hauptmanns endlich dennoch festgestellt werden konnte, gaben die Herren Polizeibeamten sich zufrieden.

Gegen den im Londoner Spital als Hauptmann von Köpenick Gestorbenen ist wegen Standesregisterfälschung und groben Unfugs ein Steckbrief erlassen worden.«

Hüppchen nahm seine Brille wieder ab und lachte hemmungslos. »Ist das nicht herrlich? Ist das nicht köstlich?«

Noch bevor Zomrowski antworten konnte, erschreckte ihn ein lauter Knall. Die Tür zum Kommissarszimmer flog auf, ein lederner Fußball sprang ein paar Mal auf dem Fußboden auf, rollte an Johann Zomrowski vorbei und blieb vor Hüppchens Schreibtisch liegen.

»Was soll das denn, meine Herren? Sind Sie verrückt geworden?«, brüllte der Kommissar.

Anton Schmitz erschien mit hochrotem Kopf in der Zimmertür. »Verzeihen Sie! Ich wollte Kriminalsergeant Grottkamp den Ball zuschießen, aber der hat ihn einfach durchgelassen. Entschuldigen Sie bitte vielmals!«

»Wer bringt denn einen Fußball mit ins Kriminalbüro? Das ist ja ungeheuerlich!«, empörte sich Hüppchen.

»Das war ich, Herr Kommissar«, gestand Zomrowski. »Ich hab den Ball soeben gekauft und will ihn gleich in die Dunkelschlagsiedlung bringen.«

»So, Ihr Ball ist das also. Na gut, Zomrowski«, sagte Hüppchen, nahm seine Brille ab, schob die Zeitung zur Seite und steckte sich eine Zigarre in den Mund.

Fiktion und historische Realität – Ein Nachwort

Die Kriminalgeschichte, die sich um zwei mysteriöse Todesfälle im Schatten der Zeche rankt, ist eine Fiktion. Die Hintergründe der Morde an einem kleinwüchsigen Kirmesartisten und einem jungen Bergmann sind ebenso erfunden wie Persönlichkeiten und Lebensumstände der beiden Opfer.

Mein Anspruch war es allerdings, eine Geschichte zu erzählen, die sich im Ruhrrevier des Jahres 1912 zugetragen haben könnte.

In dem Roman »Tod an der Ruhr«, erschienen 2008 im Emons Verlag, habe ich das Leben im Ruhrgebietsdorf Sterkrade des Jahres 1866 beschrieben. Es war geprägt von der stürmischen Entwicklung der jungen Eisen- und Stahlindustrie, die sich in das damals noch bäuerliche Dorfleben drängte und die Menschen aus jahrhundertealten Gewohnheiten und Traditionen riss.

Sechsundvierzig Jahre später gibt es das Dorf Sterkrade nicht mehr. Aus der niederrheinischen Bauerngemeinde in der Bürgermeisterei Holten ist eine Industriestadt geworden, aus der Hütte am Rande des Ortes der Weltkonzern »Gutehoffnungshütte Actien-Verein für Bergbau und Hüttenbetrieb«, zu dem auch die beiden Zechen Constanzia (Zeche Sterkrade) und Hugo gehören.

Die Einwohnerzahl Sterkrades ist von vierhundertsiebenundfünfzig anno 1808 über knapp viereinhalbtausend im Jahr 1866 auf gut zweiundvierzigtausend im Mai 1912 angewachsen. In einem Jahrhundert hat sie sich nahezu verhundertfacht.

1866 hatten die Sterkrader, trotz aller bestehenden sozialen Abgrenzungen, noch zusammen in ihrem Dorf gelebt.

1912 lebten und arbeiteten der Schlepper im Pütt, der seine vielköpfige Familie nicht immer satt bekam, der Dreher der Gutehoffnungshütte, der mit einem Hüttenkredit sein Häuschen gebaut hatte, der Bürgermeistersekretär, in dessen Salon selbstverständlich ein Klavier stand, und die Geschäftsfrau in der Bahnhofstraße, um deren Kinder sich das Dienstmädchen kümmerte, zwar noch im selben Ort, aber in verschiedenen Welten.

Die im Schmelztiegel Ruhrgebiet schwelenden Konflikte traten beim großen Bergarbeiterstreik im Frühjahr 1912 offen zutage. Nachdem die Zechenbesitzer die Forderungen der Bergleute, unter anderem nach Lohnerhöhung und Anrechnung der Seilfahrten auf die achtstündige Arbeitszeit, abgelehnt hatten, wurde am 10. März der allgemeine Streik beschlossen. Am 13. März waren zweihundertfünfunddreißigtausend Kumpel im Ausstand, etwa sechzig Prozent aller Bergarbeiter an der Ruhr. Getragen wurde der Streik vom sozialdemokratisch orientierten Alten Verband, von der polnischen Bergarbeitervereinigung und vom liberalen Hirsch-Duncker-Verband. Die Mitglieder des Christlichen Gewerkvereins wollten weiterhin einfahren, wurden jedoch von den Streikenden handgreiflich am Betreten der Zechengelände gehindert. Im gesamten Ruhrgebiet wurden Militär, Gendarmerie und Polizei aufgeboten, um die Arbeitswilligen zu schützen. In Sterkrade kam ein Gendarmerie-Kommando zum Einsatz. Unter diesen Umständen hatten die Streikenden keine Aussicht auf Erfolg.

Die im Roman beschriebenen Gerichtsverfahren und Urteile gegen Bergarbeiter wegen verschiedener »Streikvergehen« sind Zeitungsberichten des Jahres 1912 entnommen.

Die Angst der Kumpel, die sich beim Streik hervorgetan hatten, ihre Arbeit und – soweit sie in Zechenhäusern lebten – auch ihre Wohnung zu verlieren, war bittere Realität, ebenso die Feindseligkeit, mit der Streikende und Streikbrecher einander begegneten.

Ob tatsächlich in der Kolonie Dunkelschlag ein Streikbrecher zusammengeschlagen wurde, habe ich nicht in Erfahrung bringen können, aber zu Übergriffen gegen Bergmänner, die während des Streiks eingefahren waren, kam es in den Wochen nach den Märzereignissen immer wieder.

Die Unerbittlichkeit, mit der politische Meinungsverschiedenheiten ausgetragen wurden, und die Unversöhnlichkeit, mit der katholische und evangelische Christen einander begegneten, werden in mehreren Szenen des Romans beschrieben.

Dass ein katholischer Priester einem Bergarbeiter die Absolution verweigerte, weil er Mitglied der SPD und Abonnent der sozialdemokratischen Zeitschrift »Volksfreund« war, ist nicht meiner Phantasie entsprungen. Mit diesem Vorfall setzt sich die »Oberhausener Volkszeitung« in ihrer Ausgabe vom 15. April 1912 auseinander.

Tatsächlich ereignet hat sich auch die handgreifliche Auseinandersetzung während der Sterkrader Fronleichnamsprozession, allerdings neunzehn Jahre vor den Romanereignissen.

Am 1. Juni 1893 wurde dem Brunnenarbeiter Friedrich van Zeyl, Holländer und Protestant, von katholischen Prozessionsteilnehmern der Hut vom Kopf geschlagen. Zwei Gendarmen sperrten van Zeyl ein. Um die Schläger kümmerten sie sich nicht. Die evangelische Bevölkerung war empört, die beiden Gendarmen wurden gerügt. Als Täter wurde später der 1825 geborene katholische Fabrikarbeiter Lambert Schaap wegen Körperverletzung und Beleidigung angeklagt, doch sowohl vom Amtsrichter in Oberhausen als auch vom Landgericht in Duisburg wurde er freigesprochen. Die Urteilsbegründung der Duisburger Richter: Ob sein Vorgehen berechtigt oder unberechtigt war, »konnte der Angeklagte Schaap, ein einfacher Fabrikarbeiter, nicht ermessen«.

Aus dem holländischen Brunnenarbeiter des Jahres 1893 einen holländischen Kanalbauarbeiter des Jahres 1912 zu machen, lag nahe, denn im Sommer 1912 war der Rhein-Herne-Kanal eine Großbaustelle, auf der einige tausend Männer beschäftigt waren, unter ihnen zahlreiche Saisonarbeiter aus den Nachbarländern. Der Kanal wurde 1914 fertiggestellt.

Im Roman ist Kommissar Hüppchen ein begeisterter Zeitungsleser, der während der Dienstbesprechungen im Kriminalbüro gern von den Neuigkeiten erzählt, die er aus der Presse erfahren hat.

Die mutwillige Zerstörung eines Heiligenhäuschens und das Sittlichkeitsverbrechen an zwei sechsjährigen Schulmädchen in Kirchhellen, das Hüppchen am Tag vor der Fronleichnamskirmes empört, sind keineswegs erfunden. Sie sind, wie alle von Hüppchen zitierten Nachrichten, der »Oberhausener Volkszeitung« und dem »General-Anzeiger für Oberhausen, Sterkrade, Osterfeld, Bottrop und Umgegend« entnommen, deren Ausgaben von 1912 ich im Stadtarchiv Oberhausen einsehen konnte.

Vom Tod des Schusters Wilhelm Voigt, des berühmt gewordenen Hauptmanns von Köpenick, berichteten Zeitungen überall im Deutschen Reich um den 10. Juni 1912 herum. Wenige Tage später mussten sie sich korrigieren und veröffentlichten eine Stellungnahme Voigts. Er lebte noch bis zum 3. Januar 1922.

Die Delikte, mit denen die Männer des Sterkrader Kriminalamtes sich innerhalb des Romangeschehens beschäftigen müssen, sind – von der fiktiven Mordgeschichte abgesehen – authentische Kriminalfälle jener Zeit.

Laut einer Aufstellung vom November 1909 bestand die Sterkrader Polizei aus einem Polizeiinspektor, einem Kriminalkommissar, drei Wachtmeistern und fünfundzwanzig Polizeisergeanten, davon vier Kriminalsergeanten, sowie Büroassistenten und Schreibgehilfen.

1912 war Polizeiinspektor von Scheven Sterkrades oberster Polizist und Leiter des Polizeiamtes. Vorsteher des Kriminalamtes im Zimmer Nr. 2 des Sterkrader Rathauses war Kriminalkommissar Schmitz.

Die im Roman agierenden Polizei- und Kriminalbeamten, ihre privaten Verhältnisse und beruflichen Laufbahnen habe ich erfunden. Ich weiß nicht, ob es die beschriebenen Lebensgeschichten und Polizeikarrieren tatsächlich gegeben hat, es hätte sie im wilhelminischen Preußen allerdings durchaus geben können.

Nicht erfunden habe ich den Namen der zentralen Romanfigur, des Kriminalwachtmeisters Johann Zomrowski, der die Ermittlungen in den beiden Mordfällen leitet. Johann Zomrowski hieß einer meiner Urgroßväter. Er war aus der Provinz Posen ins Ruhrgebiet gekommen und arbeitete als Heizer auf Zeche Osterfeld.

Die Zuwanderung polnischer Arbeiter hielt seit den achtziger Jahren des 19. Jahrhunderts an. Um 1912 sprach rund ein Drittel der Bergarbeiter an der Ruhr polnisch, in manchen Zechensiedlungen bildeten polnische Familien die Bevölkerungsmehrheit.

Die preußischen Behörden forderten die »Germanisierung der polnischen Elemente«. Im Schulunterricht polnisch zu sprechen, war verboten. So gab es in der Tat die im Roman beschriebene Anfrage des Regierungspräsidenten an das Bürgermeisteramt, »ob über die Erteilung polnischen Sprachunterrichts … etwaige Tatsachen zu Ihrer Kenntnis gelangt sind«. Dies sei nicht der Fall, antwortete die Sterkrader Verwaltung.

Kriminalwachtmeister Zomrowski lehnt es ab, seinen Namen eindeutschen zu lassen. Zigtausend polnischstämmige Einwohner des Ruhrgebiets machten jedoch in den ersten Jahrzehnten des 20. Jahrhunderts von der Möglichkeit der Namensänderung Gebrauch.

Dass Bürgermeister Zur Nieden, wie im Roman dargestellt, keine Einwände gegen einen Amtsvorsteher mit polnischem Namen hatte, ist anzunehmen, denn der Vorsteher des Melde- und Militäramtes im Sterkrader Rathaus war im Jahre 1912 Bürgermeistersekretär Makowski.

Dr. Eugen Zur Nieden (1873–1937) ist eine historische Persönlichkeit, seine Auftritte im Rahmen der fiktiven Romanereignisse sind jedoch frei gestaltet.

Er war Bürgermeister in Sterkrade von 1906 bis 1915. Unter seiner Federführung wurde 1912 der Antrag auf Verleihung der Stadtrechte erarbeitet, der am 17. März 1913 zum Erfolg führte: Sterkrade wurde durch Verfügung der königlich preußischen Regierung zur Stadt.

Angelehnt an die Vita des 1847 geborenen Arbeiterdichters Heinrich Kämpchen ist die Lebensgeschichte der Romanfigur Heinrich Zirbel. Heinrich Kämpchen starb am 6. März 1912 in Dahlhausen (Bochum). Die beiden Gedichte im elften Kapitel habe ich nach dem 1984 erschienenen Buch »Seid einig, seid einig – dann sind wir auch frei, Gedichte von Heinrich Kämpchen« zitiert. Dort haben sie die Titel »Zwei Fragen« und »Tief unten«.

Das »Ruhrlied«, das die Kinder in der Postwegschule singen, ist von Gregor Rensing. Entnommen habe ich den Text dem von Rensing 1912 in dritter Auflage herausgegebenen Büchlein »Liedergarten für Schule und Haus«.

Die Zitate, die Katarina und Paula sich in ihrer Diskussion über Sexualität und Moral gegenseitig vorhalten, entstammen dem kleinen Buch »Die Ehe«, erschienen 1904 im Verlag Auer in Donauwörth.

Die Sterkrader Fronleichnamskirmes, noch heute eine an Rhein und Ruhr bekannte und beliebte Straßenkirmes, war schon vor hundert Jahren eine Kirmes mit Tradition. Der Schweinemarkt am zweiten Kirmestag musste 1912 wegen der grassierenden Schweineseuche ausfallen.

Für die Riesendame Josefa, die im Roman ein Mädchen aus dem Eifeldorf Sistig ist, gibt es ein Vorbild. In dem vom Landschaftsverband Rheinland 1990 herausgegebenen Buch »Kirmestreiben – Ein Rhein-Landfest« entdeckte ich die Reproduktion einer Postkarte von 1918 mit der Bildunterschrift: »Eine Bauerntochter aus

Sistig bei Schleiden bereiste als Riesendame mit Schaustellern Rheinische Kirmessen.«

Eine ausführliche Liste der bei meinen Recherchen benutzten Literatur habe ich auf meiner Internetseite www.peterkersken.de zusammengestellt.

Die Episode, in der Kriminalwachtmeister Zomrowski den beiden Jungen Arnold und Ferdinand begegnet, die ein Paar Holzschuhe für Arnold kaufen wollen, beruht auf einer kleinen Geschichte, die mein Großvater Wilhelm Kersken, der 1912 als dreizehnjähriger Junge in der Reinersstraße lebte, mir vor vielen Jahren erzählt hat: Obwohl es um die Ecke einen Laden gab, der Holzschuhe anbot, holländische Klotschen mit Spitzen, ging er bis in die Stadt, um seine Holzschuhe in der Kolonial- und Manufakturwarenhandlung Lantermann am großen Markt zu kaufen. Denn dort gab es die flachen Kirchhellener Klumpen, mit denen man besser Fußball spielen konnte.

Schleiden in der Eifel, im Jahr 2010, Peter Kersken

Peter Kersken
TOD AN DER RUHR
Broschur, 320 Seiten
ISBN 978-3-89705-581-0

»Dem Autor Peter Kersken gelingt mit seinem historischen Roman ›Tod an der Ruhr‹ all das, was man für eine spannende Kriminalgeschichte benötigt.« WAZ

»Ein historischer Kriminalroman, der einerseits ein solides Sittenbild des Sterkrader Fleckens jener Zeit zwischen Kirche und Hütte zeichnet, andererseits aber die nötigen Freiheiten lässt, die Handlung mit einer ordentlichen Portion Spannung zu versehen.« NRZ